OÙ LE CŒUR SE POSE

DU MÊME AUTEUR

CHEZ LE MÊME ÉDITEUR

SAGA LA PENSION DU BORD DE MER

L'espoir ne meurt jamais, L'Archipel, 2017 ; Archipoche, 2018.

Si loin des siens, L'Archipel, 2016 ; Archipoche, 2017.

Et le ciel sera bleu, L'Archipel, 2015 ; Archipoche, 2016.

SAGA AUSTRALIENNE

Les Fleurs du repentir, L'Archipel, 2017 ; Archipoche, 2018.

Les Orages de l'été, L'Archipel, 2016 ; Archipoche, 2017.

L'Île aux mille couleurs, L'Archipel, 2015 ; Archipoche, 2016.

L'Or du bout du monde, L'Archipel, 2014 ; Archipoche, 2015.

Les Pionniers du bout du monde, L'Archipel, 2013 ; Archipoche, 2014.

La Terre du bout du monde, L'Archipel, 2012 ; Archipoche, 2013.

L'Héritière de Jacaranda, L'Archipel, 2011 ; Archipoche, 2012.

Le Chant des secrets, L'Archipel, 2010 ; Archipoche, 2011.

Éclair d'été, L'Archipel, 2009 ; Archipoche, 2010.

La Dernière Valse de Mathilda, L'Archipel, 2005 ; Archipoche, 2007.

TAMARA McKINLEY
alias Ellie Dean

OÙ LE CŒUR SE POSE

traduit de l'anglais
par Danièle Momont

ARCHIPOCHE

Ce livre a été publié sous le titre
Where the Heart Lies
par Arrow Books, 2013.

Notre catalogue est consultable à l'adresse suivante :
www.editionsarchipel.com

Éditions de l'Archipel
34, rue des Bourdonnais
75001 Paris

ISBN 978-2-37735-367-5

1

1941

Julie ayant terminé la vaisselle, elle aida Flo, sa mère, à empiler les assiettes sur l'étagère la plus proche. Elle n'avait passé là que quelques heures et elle allait déjà devoir reprendre son service, enfourcher sa bicyclette, puis pédaler de toutes ses jambes afin d'aider, aux quatre coins du district, de futures mamans à mettre au monde leur bébé qui, souvent, choisissait la nuit pour paraître.

Exercer la profession de sage-femme à Shoreditch, ainsi que dans les secteurs avoisinants, constituait un défi permanent et, en pleine guerre, une activité souvent périlleuse. Mais il s'agissait aussi d'un métier ô combien gratifiant, auquel jamais Julie n'eût songé à renoncer. Quant à ces courtes visites à Stepney, elles finissaient de lui mettre du baume au cœur, car elles lui rappelaient la chance qu'elle avait de posséder une famille aimante, à ses yeux son meilleur guide et son plus fidèle soutien.

Elle rangea les couverts, regarda s'affairer sa mère, tandis que Bert, son père, s'était affalé dans son vieux fauteuil favori, à côté du petit fourneau. La pièce, minuscule et encombrée, au plancher nu, aux murs tachés d'humidité, représentait l'âme de la maison – cette dernière, en dépit de sa décrépitude, se révélait luxueuse par comparaison avec les taudis qui la cernaient.

Le fourneau, installé dans l'âtre, dispensait une douce chaleur lorsque le vent soufflait au-dehors. Une table occupait le centre de la pièce, assortie de plusieurs tabourets et de chaises en bois. On avait placé contre l'un des murs le buffet délabré, où s'entassaient des photographies, des bibelots sans valeur, des carnets de tickets de rationnement et des listes de courses. Le poste de radio, récente et coûteuse acquisition, trônait fièrement dans un coin de la cuisine – son placage d'acajou, que Flo cirait avec amour, reluisait. La fenêtre enfin, à la vitre surchargée de bandes adhésives, située au-dessus de l'évier en pierre, donnait sur le jardinet, les toilettes extérieures et, au-delà du mur de briques croulé, sur d'autres habitations.

Lorsque tous les membres de la famille vivaient encore sous le même toit, on avait converti le salon en chambre, mais désormais Flo s'y installait pour raccommoder des vêtements ou confectionner des robes – de quoi mettre un peu de beurre dans les épinards. Flo, en effet, petite bonne femme industrieuse, ne demeurait jamais inactive. Âgée d'une cinquantaine d'années, fluette et bavarde, elle possédait un sens de l'humour à toute épreuve et aimait s'amuser. Ses voisins n'ignoraient pas que sa cuisine leur était toujours ouverte, ses enfants la chérissaient, qui savaient lui devoir cette confiance en soi grâce à laquelle ils avaient, sans hésitation, quitté un à un le nid pour apprendre chacun le métier qui leur faisait envie – mais toujours ils revenaient à ce nid, car c'était là que battait leur cœur à tous.

Julie avait vu le jour vingt-trois ans plus tôt, dans le grand lit situé à l'étage – où étaient nés les six enfants de Flo –, et bien que la guerre fît rage depuis plus d'une année à présent, et qu'Eileen, la sœur aînée de Julie, fût partie depuis longtemps sur la côte, ceux qui restaient continuaient à juger étrange de n'être plus tous réunis autour de la table le dimanche après-midi.

Flo Harris ajusta le foulard à fleurs qu'elle venait de nouer sur ses bigoudis.

— C'est plus la même chose, sans le tapage des trois garnements, murmura-t-elle, comme si elle venait de lire dans les pensées de sa fille. Dieu m'est témoin que j'ai râlé contre eux bien des fois, mais aujourd'hui, je donnerais un bras pour les entendre rire et se chamailler, un bras pour qu'ils me fassent encore tourner en bourrique.

Bert remua dans son fauteuil – ses bretelles pendaient sur ses cuisses, et il avait retroussé les manches de sa chemise.

— Bah, ils ont la vie plus belle que nous, commenta-t-il, la pipe au coin des lèvres. L'armée sait comment bien nourrir ses recrues, tu peux me croire. Te bile donc pas.

Julie et sa mère échangèrent un regard entendu. Leur navrement n'avait rien à voir avec les rations alimentaires. Elles ne désiraient que revoir les trois garçons, les savoir sains et saufs, elles voulaient que le conflit se terminât, qu'il n'y eût plus, pour seules nouvelles des absents, ces lettres odieusement caviardées par la censure.

— Tu ne me sembles pas souffrir trop des restrictions, papa, gloussa Julie. Les boutons de ta chemise sont prêts à sauter.

L'homme lui décocha un large sourire :

— Taratata. C'est pas ma faute si je suis tout en muscles.

— Tu m'en diras tant, intervint Flo qui, pour jouer, lui assena un coup de torchon. C'est plutôt la bière qui torture tes boutons de chemise.

Puis, se tournant vers sa fille :

— Ses copains et lui en descendent des dizaines de litres tous les soirs quand ils se retrouvent aux Outilleurs, mais au moins, ça le remplit assez pour qu'il s'aperçoive à peine du peu qu'il trouve dans son assiette au moment du dîner.

Elle lissa son tablier aux couleurs passées, tira dessus.

— J'ose même pas penser à ce qui se passerait s'ils se mettaient aussi à rationner la bière. Un homme a quand même besoin de se détendre un peu après une rude journée de travail.

Julie sourit tendrement à sa mère. Il était peu de choses capables de l'abattre – en dépit des raids aériens, qui se multipliaient, malgré les terribles incendies qui, deux semaines plus tôt, s'étaient déclarés à Londres, elle demeurait pleine d'énergie.

— Assieds-toi donc un peu, maman. C'est moi qui vais faire le thé.

La jeune femme prit la vieille théière et y déposa avec précaution les feuilles de thé déjà utilisées que sa mère avait fait sécher plus tôt dans une soucoupe. Le thé ne vaudrait guère mieux que de l'eau de vaisselle, sans sucre ni lait pour en masquer un peu la fadeur, mais au moins serait-il chaud, et l'on avait fini par s'accoutumer à cette rinçure.

— Tu m'as l'air fatiguée, Julie, observa Flo en allumant une cigarette. L'infirmière en chef t'en demande trop.

— Hélas, je ne peux pas y faire grand-chose. On manque de médecins et d'infirmières, maintenant que beaucoup se sont engagés dans l'armée, mais cela n'a aucune incidence sur le nombre de nouveau-nés. Je te jure que j'ai assisté à plus d'accouchements pour la seule année écoulée que depuis le début de ma carrière.

Flo sourit à travers les volutes de fumée :

— C'était la même chose pendant la Grande Guerre. On était persuadés que la fin du monde approchait, si bien que notre seule consolation, c'était de revoir nos bonshommes quand ils obtenaient une permission. Comment crois-tu que j'aie fait pour me retrouver avec une pareille tripotée de marmots ?

Julie se concentra sur la préparation du thé. Depuis toujours, elle rêvait d'être infirmière, et grâce aux sacrifices consentis par ses parents, ainsi qu'à sa volonté sans faille, elle était parvenue à ses fins – bien qu'à l'époque on tînt encore cette profession pour une activité réservée aux jeunes femmes issues de la classe moyenne. Au contraire de beaucoup de ses consœurs, elle avait choisi, au lieu de rejoindre l'armée, de demeurer dans l'East End, quartier populaire de Londres, et d'y œuvrer, à sa modeste échelle, auprès de ces gens qu'elle connaissait, qu'elle comprenait – une manière comme une autre, songeait-elle, de remercier cette communauté qui l'avait aidée à grandir.

— Je me demande comment ça se passe pour Eileen à Cliffehaven, maugréa Flo sans prendre la peine d'ôter d'entre ses lèvres sa cigarette, dont la cendre menaçait de tomber sur ses genoux. Tu n'as pas de nouvelles non plus, je suppose ?

Julie secoua la tête.

— De toute façon, elle ne m'écrira pas. Tu sais bien que nous ne nous sommes jamais très bien entendues, ce qui n'est pas si surprenant. Après tout, elle a douze ans de plus que moi.

L'ombre d'un chagrin passa sur les traits de Flo, navrée de constater que sa fille aînée avait pratiquement coupé les ponts avec sa famille, sans que ces temps tragiques l'eussent adoucie.

— Je suis certaine qu'elle ne tardera plus à se manifester, tenta de la réconforter Julie. Vu les ravages récemment subis par Londres, elle aura forcément envie de savoir si nous allons bien.

Flo renifla, fit tomber la cendre de sa cigarette dans une soucoupe. Le mégot au coin du bec, elle saisit son tricot, résolue à changer de sujet au plus vite.

— Je suis surprise que Stanley se soit pas pointé, fit-elle en plissant les yeux à travers la fumée. Vous n'êtes pas brouillés, tous les deux?

— Bien sûr que non.

La jeune femme posa la théière sur la table, ainsi que les tasses. Un doux sourire flottait sur ses lèvres, tandis qu'elle songeait à Stanley Rudge, de même qu'à la bague de fiançailles qu'il lui avait offerte trois semaines plus tôt. Stanley était un garçon grand et fort, aux cheveux foncés, aux yeux noirs – chaque fois qu'il l'embrassait, il lui semblait que ses jambes se dérobaient sous elle.

— Nous sommes allés danser hier soir. Aujourd'hui, il est de service au commissariat, c'est tout. Je le verrai la semaine prochaine.

— Je vois pas pourquoi vous ne vous dépêchez pas de vous marier, au lieu d'attendre qu'il ait passé ses examens pour devenir sergent. Si ça se trouve, on sera tous morts demain. Et toi, tu te retrouveras où?

— Six pieds sous terre et sans alliance, se mit à rire Julie.

Flo pointa vers elle un index faussement accusateur:

— Tu sais très bien ce que je veux dire. Les petites surprises, j'en ai soupé, figure-toi. Surtout depuis ce qui s'est passé avec Franny.

Julie distribua les tasses avant de consulter la pendule posée sur le buffet.

— Qu'est-ce qu'elle fabrique, d'ailleurs? Elle devait simplement faire un saut chez les voisins, mais voilà bien une demi-heure qu'elle s'est absentée.

— Tu la connais, et tu connais Ivy. Bavardes comme des pies l'une et l'autre. Elle finira par revenir, t'en fais pas.

Ayant mis de côté son tricot, Flo posa sur sa fille un regard plein de gravité :

— Je me tracasse beaucoup pour elle, tu sais. Elle n'aurait pas dû garder cet enfant, mariée ou pas. Tu prendras bien soin d'elle, hein ?

Julie, qui se tourmentait aussi au sujet de sa cadette, se contenta d'opiner, puis de tapoter la main de sa mère.

— J'ai pris toutes les dispositions nécessaires auprès de la direction de l'hôpital. Elle y sera admise la semaine prochaine, soit quinze jours avant la date prévue pour l'accouchement. Juste au cas où.

Les deux femmes avaient déjà eu plusieurs fois cette conversation, mais Julie comprenait combien sa mère avait besoin qu'on la rassurât sur le sort de Franny.

— Elle sera entre de bonnes mains, maman, je te le promets.

— On parle encore de moi ? lança la cadette, franchissant la porte de derrière, qu'elle claqua dans son dos, avant d'adresser à sa sœur et ses parents un sourire las. J'adore être le centre de toutes les attentions, mais je suppose qu'il y a, ces temps-ci, des sujets plus importants que ma petite personne et mon gros ventre.

— Est-ce que tu vas bien ? s'enquit sa sœur.

Elle la jugeait en effet d'une pâleur extrême, et elle avait le souffle court, après seulement quelques pas. Franny avait toujours été un être délicat, une petite porcelaine qui, depuis sa naissance, avait dû lutter bec et ongles pour parvenir à rivaliser avec ses frères et sœurs, plus robustes qu'elle. Elle semblait recrue de fatigue, ses yeux avaient terni, ses épaules tombaient. Julie s'empressa de lui prendre le pouls, trop rapide.

La jeune fille dégagea son poignet, rejeta vers l'arrière ses cheveux blonds, puis s'assit avec précaution sur une chaise. En dépit de sa grossesse avancée, elle demeurait trop maigre.

— Ne te tracasse pas, rassura-t-elle Julie, je vais bien. Mais le fait est que je me sentirai soulagée quand le bébé arrivera enfin. J'ai de plus en plus de mal à effectuer les tâches les plus banales. Je me fais l'effet d'une énorme baleine.

— Il n'y en a plus pour longtemps, la réconforta sa mère. Ensuite, ta sœur veillera sur toi. Tu peux dormir tranquille.

— Je sais… mais j'aimerais que Bill soit là…

Franny prit une tasse de thé.

— Il aurait quand même pu te passer la bague au doigt avant de faire des cabrioles puis de partir à la guerre, maugréa Bert.

— Ne recommence pas, papa, s'il te plaît, l'implora Franny, l'œil bleu brillant de larmes qu'elle ne versait pas. Il m'a promis de m'épouser dès qu'il viendrait en permission. Nous n'avions prévu ni l'un ni l'autre ce qui s'est passé…

— T'avais qu'à faire plus attention, s'entêta l'homme, fusillant sa cadette du regard de sous ses broussailleux sourcils grisonnants. Le médecin t'avait pourtant dit de pas avoir de gosses à cause de ton rhumatisme articulaire. T'as pas le cœur assez solide.

— Eh bien… C'est un peu tard, maintenant, répliqua la jeune fille avec une brusquerie dont elle n'était pas coutumière.

— Du calme, ma chérie, intervint sa mère. Ton père se fait du souci parce que tu es restée à Shoreditch, alors que tu aurais mieux fait de t'installer chez nous, où on aurait pu prendre soin de toi.

— Je préfère être plus près de Julie et de l'hôpital. D'autant plus que tes voisins t'ont déjà assené assez de reproches. Inutile de leur donner à nouveau du grain à moudre. Bill m'a envoyé de quoi payer le loyer et gonfler un peu mon salaire. Et si le travail commence sans prévenir, je pourrai toujours faire appel à Mme Bessell, ma logeuse, qui courra jusqu'à la cabine téléphonique pour avertir Julie.

— La famille de Billy aurait quand même pu nous faire signe, soupira Flo. Je pensais qu'ils auraient eu envie de te donner un coup de main, de voir leur premier petit-fils, ou leur première petite-fille. Je croyais même, bécasse que je suis, qu'ils te proposeraient de t'installer chez eux, dans le Yorkshire, où tu aurais été en sécurité, loin des bombardements.

— Ils ne veulent rien savoir. Je leur ai déjà écrit deux fois, mais jamais ils n'ont daigné me répondre. Bill, lui, est convaincu qu'ils accepteront la situation le jour où il m'épousera.

— Drôles de bonnes gens que les gens du Nord, ronchonna Bert. C'est aussi bien si tu te débrouilles sans eux, ma fille.

Franny et sa sœur échangèrent un regard amusé. Il s'agissait là d'un des refrains favoris de leur père, qui avait eu du mal à apprécier Bill, venu à Londres pour y travailler sur les quais, sous prétexte qu'il n'accordait sa confiance qu'aux natifs de l'East End. À ses yeux, le Yorkshire représentait un univers lointain, peuplé d'extraterrestres sur lesquels on ne pouvait pas compter – la perspective de voir sa cadette se mêler à eux lui faisait horreur, sa grossesse n'ayant fait que confirmer ses plus noirs soupçons.

Le jour tombait et, comme Flo tirait les épais rideaux exigés par le black-out, Julie consulta sa montre.

— Mieux vaut partir tôt, sinon, nous risquons de rater le train.

Flo allumait la dernière chandelle – le gaz et l'électricité se trouvant maintenant rationnés, on n'en jouissait plus que quelques heures par jour.

— Tu peux vraiment pas rester une soirée de plus?

— Je suis désolée, maman, mais il faut que je sois rentrée au foyer avant 22 heures. Je prends mon service à minuit.

— Ça me rend malade de te savoir dehors pendant les raids aériens. Quand je pense à toutes ces bombes, à toutes ces explosions... et toi qui n'as qu'un casque en fer-blanc pour te protéger...

— J'aime encore mieux ça que m'enfermer avec d'autres dans l'abri situé sous l'usine d'outillage. À l'idée d'avoir au-dessus de la tête toutes ces machines qui pèsent chacune plusieurs tonnes, j'en ai des frissons. Quant à vous, papa et maman, je préférerais que vous vous réfugiiez dans le métro.

— L'abri est plus près, et une fois qu'on en a pris l'habitude, on s'y sent à peu près bien.

Un sourire illumina le visage épuisé de Flo:

— On y va tous les jours. Autant dire que c'est presque devenu notre deuxième maison! Bert et moi, on a même notre petit coin attitré, sans compter les gens qui chantent, ça aide à faire passer le temps. C'est un peu comme si on faisait la fiesta tous les soirs.

Julie étreignit sa mère, avant de l'embrasser sur la joue.

— Je prendrai bien soin de Franny, ne te tourmente pas, murmura-t-elle.

— Je sais bien que tu le feras, répondit Flo, qui de sa main abîmée par le travail effleura la joue de sa fille. Tu es quelqu'un de bien, Julie, et nous sommes très fiers de toi, tu sais.

— Je n'aurais pas réussi sans ton aide ni celle de papa. Je sais combien vous avez tiré le diable par la queue pendant mes études.

Elle glissa une main dans la poche de sa jupe en laine, en fit surgir une demi-couronne, qu'elle fourra dans la paume de sa mère.

— Tiens, ce n'est pas grand-chose, mais ça vous aidera à tenir le coup jusqu'à la semaine prochaine, dit-elle à voix basse, afin que Bert ne l'entendît pas.

Flo referma les doigts de Julie sur la pièce de monnaie.

— On n'en a pas besoin, ma chérie. Plus maintenant que je travaille à l'usine d'outillage, et puis ton père est resté au Service des eaux. On a largement de quoi vivre, alors que toi, il faut que tu fasses des économies pour ton mariage.

Invariablement, sa mère lui faisait la même réponse et, invariablement, la jeune femme déposait malgré tout la demi-couronne sur le buffet, à côté de la pendule. Ses parents s'étaient privés d'à peu près tout pour que leur fille pût devenir infirmière et sage-femme ; maintenant qu'elle gagnait deux cents livres par an, ces deux shillings dont elle se délestait chaque semaine allégeaient certes sa conscience mais, surtout, ils permettaient à Bert et Flo de s'offrir de petits extras. Dieu savait qu'ils s'échinaient l'un et l'autre : à soixante-cinq ans, le père de Julie avait différé son départ en retraite pour continuer à exercer sa profession de plombier au Service des eaux, cependant que Flo, non contente de tenir sa maison, de coudre et d'aider ses voisins, demeurait plantée plusieurs heures par jour devant un tour pour confectionner des outils.

Comme Franny embrassait leur mère, son aînée piqua un baiser sur le crâne chauve de Bert.

— Fais bien attention à toi, lui souffla-t-elle. Et prends soin de maman.

— Je prenais déjà soin de ta mère avant que tu voies le jour, grommela-t-il, la considérant d'un œil sévère. Alors occupe-toi plutôt de tes affaires, fillette. Est-ce que tu te rends compte du genre d'existence que tu mènes? Sur le pont à n'importe quelle heure du jour ou de la nuit, y compris au beau milieu des bombardements. Surtout, t'avise pas de retirer ton fichu casque en fer-blanc une seule seconde. Tu m'entends, fillette?

Julie se contenta de l'étreindre brièvement – en dépit de ses manières brutales, il chérissait ses filles. Elle enfila le manteau bleu marine fourni par l'Association des infirmières britanniques, puis récupéra son sac de voyage et l'étui contenant son masque à gaz.

— Je reviendrai aussi vite que possible, mais je vais être de service pendant trois semaines d'affilée avant d'avoir droit à soixante heures de repos.

Bert, qui venait de quitter son fauteuil, rajusta ses bretelles avant de fermer le dernier bouton de sa chemise, puis de saisir sa veste.

— Le pub est sur le chemin de la gare. Je vais faire un bout de route avec vous.

Il vissa sa casquette sur son crâne à peu près entièrement dégarni.

— Et toi, Flo? Un porto citron, ça te dirait?

— Ce serait pas de refus.

Et la maîtresse de maison de dénouer son tablier. Elle ôta le bigoudi qui, au-dessus de son front, dépassait de son foulard, fit bouffer un peu sa frange, avant d'enfiler un manteau élimé. Elle souffla les bougies, étouffa les flammes à l'intérieur du fourneau… Enfin, s'étant emparée de son sac à main et de l'étui de son masque à gaz, elle prit Franny par le bras.

C'était soudain comme si la petite famille remontait le temps, lorsque, bras dessus bras dessous, il arrivait à ses membres de se diriger en chœur vers le pub. Mais la guerre était partout. Des maisons partiellement frappées par les bombes se dressaient, solitaires, parmi les décombres de leurs voisines – des meubles brisés se donnaient à voir, abandonnés aux quatre vents. De vastes cratères débordant de gravats s'étaient changés en terrains de jeu pour les enfants demeurés à Stepney, qui en exploraient patiemment le contenu, en quête de ces éclats d'obus qu'ils prisaient tant. Quant aux trottoirs, ils se révélaient à peu près impraticables, et il n'était pas une habitation qui n'eût été consolidée à cause des attaques aériennes – c'était ici des planches qu'on avait clouées, là des pièces de métal pour cacher la misère, là encore des briques de récupération. Des portes d'entrée avaient souffert, on avait remplacé par des panneaux de bois des vitres que les explosions avaient soufflées, abattu des cheminées avant qu'elles ne s'effondrent d'elles-mêmes, au risque de tuer un passant. L'usine d'outillage, sombre et volumineux bâtiment de plusieurs étages occupant tout un pâté de maisons, dominait le quartier depuis toujours.

Le trajet qui, en temps ordinaire, n'aurait pas dû prendre plus de quelques minutes dura près d'une demi-heure, car les voisines, les bras croisés sur le pas de leur porte en dépit de la fraîcheur du soir, tenaient toutes à papoter une dernière fois avec Julie avant qu'elle ne regagnât Shoreditch.

Son diplôme de sage-femme infirmière, lorsqu'elle l'avait obtenu, s'était soudain trouvé sur toutes les lèvres, suscitant, au sein de cette communauté très unie, un mélange d'envie et de fierté – puis, à mesure que s'étaient multipliés les ravages causés par la guerre et que les habitants du cru avaient appris par la bande que la jeune femme travaillait à s'en rendre malade et qu'elle veillait sur ses patients avec beaucoup de soin, la fierté avait éclipsé la jalousie.

Elle était l'une d'entre eux et, déjouant tous les pronostics, elle avait atteint son but. Elle méritait qu'on lui tirât son chapeau.

Le bar des Outilleurs faisait face à l'usine. Édifié au début du XIXe siècle, il s'agissait d'un édifice à un étage en briques rouges que le temps avait noircies, orné d'une frise de carreaux verts courant au-dessus des fenêtres du rez-de-chaussée. À l'étage, dans les chambres qui, jadis, avaient accueilli des dockers ou des matelots en permission, on logeait à présent des évacués. Les fenêtres à vitraux avaient disparu derrière des planches pour les protéger du souffle des explosions – la vieille enseigne de l'établissement, au-dessus de la porte, se distinguait à peine sous les salissures qui, à chaque bombardement, la recouvraient. Bien qu'il fût encore tôt, il régnait à l'intérieur du pub un vacarme assourdissant, et deux pochards quittaient déjà les lieux d'un pas mal assuré pour regagner leur domicile en chantant fort et faux.

Julie étreignit sa mère, pressa l'avant-bras de son père – qui n'était pas homme à s'épancher en public.

— Passez une bonne soirée, et à très bientôt.

— Prends soin de toi, murmura Bert.

— Surtout, ajouta Flo, préviens-moi dès que Franny aura été admise à l'hôpital. Je viendrai tout de suite. À l'usine, ils ont le téléphone, tu n'auras qu'à m'appeler là-bas.

— Je t'informerai dès qu'un lit se libérera. Ne te tourmente pas.

— Occupe-toi bien d'elle, Julie, répondit sa mère, le ton mal assuré et l'œil soudain brillant.

Elle serra contre elle sa cadette.

— Arrête de te faire des cheveux, dit celle-ci pour la rassurer, en l'embrassant sur la joue. Tout se passera bien.

— Allons, décréta Bert avec impatience. J'ai le gosier sec comme une pierre à fusil.

Comme il s'engouffrait dans le troquet en compagnie de son épouse, leurs filles les saluèrent une dernière fois d'un geste de la main, puis se hâtèrent vers la gare.

Près d'une semaine s'était écoulée depuis la dernière visite de Julie à Stepney. Entre-temps, le climat s'était dégradé. Il neigeait, il tombait du grésil – de quoi rendre plus pénibles encore les raids aériens, devenus quasi quotidiens.

La sonnerie du téléphone avait soudain retenti dans le foyer des infirmières, à l'heure où Julie n'espérait plus que de passer enfin une nuit paisible. La journée, en effet, avait été longue, entrecoupée d'incessantes alertes aériennes, qui perturbaient le bon fonctionnement de la maternité, ainsi que les visites à domicile effectuées par la jeune femme. Il était clair à présent que la nuit se révélerait plus longue encore que le jour auquel elle succédait, car la patiente, qui avait déjà, à deux reprises, mis au monde un enfant mort-né, avait obstinément refusé, cette fois encore, en dépit des conseils de Julie et du médecin, de se rendre à l'hôpital pour accoucher.

— Ça ne va pas être une partie de plaisir, commenta Lily, sa meilleure amie, qui, assise sur son lit, dans la chambre qu'elles partageaient avec quatre autres jeunes femmes, se limait les ongles.

— À qui le dis-tu, grimaça Julie.

Elle mit sa coiffe, en ajusta les plis, qui arrivaient presque jusqu'aux épaules de son uniforme rayé de bleu pâle.

— Par-dessus le marché, la mère de Sadie sera sûrement là, à fourrer son nez partout et à nous asphyxier avec la fumée de sa cigarette.

Lily adressa à son amie un sourire entendu : elle aussi était originaire de l'East End et s'était enrôlée dans le VAD[1] :

— As-tu besoin d'un coup de main?

Julie enfila son manteau bleu marine et ses gants, serra son écharpe autour de son cou.

— Non, je te remercie, mais je devrais réussir à dompter Val Wickens sans l'aide de personne.

Elle prit sa trousse d'infirmière.

— C'est pour Sadie que je m'inquiète le plus.

Lily haussa les épaules.

— Elle n'a peut-être que dix-huit ans, mais elle connaît la musique. Si les choses se passent mal cette fois encore, tu n'y seras pour rien, Julie.

Cette dernière n'était pas d'accord, mais elle s'abstint de tout commentaire, se contentant d'enfoncer son casque en fer-blanc par-dessus sa coiffe. Elle récupéra l'étui de son masque à gaz.

— À tout à l'heure, souffla-t-elle.

Elle dévala l'escalier, se hâta dans le couloir, passa la tête à la porte du bureau de l'infirmière en chef :

— J'y vais, annonça-t-elle.

— Alors, ne perdez pas de temps, répondit sa supérieure sans daigner relever le nez des documents empilés sur son bureau. Bonne chance, Harris, ajouta-t-elle, se radoucissant.

Bientôt, la jeune femme pénétrait dans une nuit glacée, annonciatrice de plus de neige encore. Une fois sa trousse solidement arrimée à son porte-bagages, elle enfourcha sa bicyclette pour s'élancer dans les rues sombres et désertées. Elle ne craignait

---

1. Le VAD, ou Voluntary Aid Detachment, rassemblait des aides-soignantes et des infirmières volontaires recrutées par le ministère de la Guerre, ainsi que par la Croix-Rouge britannique. *(Toutes les notes sont de la traductrice.)*

pas de se faire agresser, dans ce quartier où pourtant les policiers ne patrouillaient que par deux, où seules les prostituées se risquaient au-dehors une fois le jour tombé, car son uniforme la protégeait – inspirant le respect, même aux plus aguerris des truands.

Comme elle atteignait la ruelle menant aux vieux entrepôts à demi croulés, reconvertis en logements à la lisière méridionale de Whitechapel, les sirènes se mirent à hurler. Ce district, l'un des plus pauvres parmi ceux dont Julie avait la charge, s'était trouvé terriblement meurtri par les bombardements, mais ses habitants s'y cramponnaient – eux qui ne connaissaient rien d'autre que leur quartier lutteraient jusqu'à leur dernier souffle pour obtenir le droit d'y demeurer.

La jeune femme rendit leurs saluts à celles et ceux qui, déjà, se précipitaient vers l'abri le plus proche. Elle descendit de son vélo, qu'elle appuya contre un mur, et leva les yeux. Les projecteurs balayaient le ciel et, malgré le cri perçant des sirènes, malgré les braillements des membres de la Protection civile, Julie croyait entendre l'effroyable vrombissement des bombardiers ennemis à l'approche.

Elle se hâta de récupérer sa trousse sur son porte-bagages, jeta en bandoulière l'étui contenant son masque à gaz, rajusta son casque, avant d'allumer sa lampe torche, puis de s'enfoncer dans les ténèbres, au pied des hauts murs des entrepôts. C'était un parcours semé d'embûches, imposant à l'infirmière de contourner des gravats en masse, d'esquiver des flaques au contenu indéterminé. La jeune femme avait beau tenter d'ignorer le rugissement à chaque instant plus puissant des bombardiers, elle tressaillait chaque fois que tonnaient les canons antiaériens – elle sursauta plus fort encore lorsqu'un énorme rat, comme surgi de nulle part, détala devant elle.

— Éteignez-moi cette lampe et rejoignez l'abri, bon sang de bonsoir !

Le représentant de la Protection civile se planta devant elle.

— Tu m'as fait une peur bleue, Harry ! répliqua Julie, dont le cœur avait bondi dans sa poitrine.

— Désolé, je ne t'avais pas reconnue.

Il paraissait penaud.

— Qu'est-ce que tu fais dans le secteur à cette heure-ci ?

— Une jeune femme s'apprête à accoucher au numéro 95. Sadie Smith.

Harry, en guise de salut, tapota son casque du bout de l'index :

— Allez-y, infirmière. Et pardon encore de t'avoir crié dessus. As-tu besoin d'aide ?

— Non, tout ira bien, merci.

— Alors, bonne nuit. Et bonne chance, surtout.

La jeune femme se fraya un passage entre les cordes à linge qui, ployant sous de volumineuses lessives, zébraient le petit ciel des arrière-cours, passa en trombe devant le robinet municipal, devant plusieurs appentis où se dissimulaient les toilettes que se partageaient les quelques centaines d'habitants du quartier. Enfin, elle grimpa l'escalier quatre à quatre, sa pesante mallette entre les bras – le faisceau de sa torche se posait brièvement sur des plâtres mal en point et des rampes brisées. Ses pas résonnèrent dans la bâtisse infestée de cafards jusqu'à ce qu'elle atteignît le quatrième étage. La puanteur dégagée par les insectes se mêlait à celle de l'urine, des excréments, des corps rarement lavés – il s'y invitait aussi des relents de chou et de poisson bouilli. Partout flottait l'odeur de la misère… À la jeune femme, néanmoins, ces conditions d'existence, ces gens, ces lieux étaient familiers, et elle n'ignorait pas qu'en dépit de leur extrême pauvreté, les êtres qui peuplaient ces masures réservaient toujours à la sage-femme un accueil chaleureux.

— Dieu soit loué, vous voilà, fit une femme, aux cheveux teints au henné, qui tirait avec force sur sa cigarette devant la porte de l'appartement de Sadie. Je pensais qu'à cause des Boches tout près d'attaquer vous réussiriez pas à venir jusqu'ici.

Affublée, comme à l'accoutumée, d'une jupe courte, de hauts talons, ainsi que d'un manteau de fausse fourrure miteux, Val Wickens avait, dans l'intention de soutenir sa fille, quitté pour un moment le coin de rue où elle gagnait sa vie.

Julie lui sourit en retour. Certes, Val se prostituait, et Val prétendait tout savoir sur la façon de mettre au monde un enfant, mais derrière le maquillage épais, derrière l'argot et les manières un peu rudes se dissimulait un cœur d'or; sa famille comptait pour elle plus que tout.

— Bonjour, madame Wickens. Comment se porte Sadie?

Val secoua la tête et, à ses oreilles, les boucles bon marché oscillèrent.

— Elle m'a l'air d'avoir entamé le travail depuis un bout de temps, mais cette idiote a pas pipé mot quand je l'ai vue tout à l'heure, un peu plus tôt dans la journée.

Val, qui avait accouché chez elle de ses huit enfants, avait insisté pour que Sadie respectât la tradition familiale. L'infirmière, qui jugeait insensée une telle décision, se contenta d'opiner avant de pénétrer dans le logis.

Une bougie plantée au centre d'une soucoupe éclairait chichement la petite pièce glacée, où se distinguaient, en plus du lit de fer garni d'un matelas bosselé et couvert de taches, un fauteuil à demi effondré, une commode tout près de rendre l'âme, ainsi qu'une vieille table sur laquelle on avait posé une cuvette et un broc, afin que Julie pût se laver les mains, un réchaud à gaz et une poêle. Un manteau élimé pendait derrière la porte, avec la maigre garde-robe de Sadie ; une paire de chaussures se trouvait devant le poêle à gaz que personne n'avait allumé – soit que l'occupante des lieux ne disposât plus de pièce de six pence à introduire dans l'appareil pour le faire démarrer, soit qu'elle craignît, vu son âge et son état, qu'il ne lui explosât à la figure si elle se risquait à en approcher une allumette.

Toutefois, en dépit des plâtres couverts de moisissure, on avait balayé le plancher nu, briqué les lieux et remis un semblant d'ordre. Un épais rideau se trouvait cloué devant l'unique fenêtre, tandis que, sur le manteau de la cheminée, une photographie représentant l'époux de Sadie, marin de son état, occupait la place d'honneur. L'un des tiroirs de la commode avait été transformé en berceau, garni d'une couverture tricotée à la main, d'un petit lambeau de drap – juste à côté s'empilaient des serviettes de table usées et des vêtements de bébé ayant déjà servi.

Sadie, recroquevillée sur le lit, se remit à gémir : une autre contraction lui déchirait les entrailles. Comme la douleur refluait, elle cramponna la main gantée de Julie, les yeux agrandis par l'effroi.

— Je vais pas le perdre, celui-ci, hein ? supplia-t-elle. Il est pas déjà mort, dites ?

La sage-femme lui sourit avec douceur en tapotant son épaule nue.

— Son cœur battait quand je vous ai examinée ce matin, Sadie. Laissez-moi le temps d'ôter mon manteau, puis de sortir mon matériel, après quoi je vous examinerai de nouveau.

La parturiente grinça des dents : une énième contraction la taraudait. Les bombardiers allemands vrombissaient à présent au-dessus de la ville.

Les premières explosions eurent beau retentir au loin, leur souffle ébranla les murs de la bicoque où gisait Sadie, cependant que Julie se débarrassait prestement de son manteau, de ses gants et de son écharpe, qu'elle rangea dans le sac en papier brun qu'elle emportait toujours avec elle – il était plus prudent, dans ce genre d'endroit, d'éviter de pendre ses vêtements auprès de ceux des patients, ou de les déposer sur une chaise, sur un lit, les uns et les autres grouillant, la plupart du temps, de puces et autre vermine.

— J'ai apporté des draps propres et des couches que je mettais à mes gosses, intervint Val en allumant une autre cigarette. Y'a de l'eau aussi, il manque rien. Sauf que ça caille, parce que j'avais pas de quoi racheter de la paraffine.

Julie songea pour elle-même que Val possédait suffisamment d'argent pour se procurer des cigarettes, mais elle ne souffla mot. Ouvrant sa trousse, elle y puisa du savon phéniqué, une brosse à ongles et une petite serviette ; elle se lava les mains, avant d'enfiler des gants de caoutchouc, puis de se pencher au-dessus du lit pour écouter le cœur du bébé au moyen d'un stéthoscope obstétrical. Par bonheur, elle avait eu la sagesse de raser sa patiente le matin même, et de lui faire un lavement.

— Tout va bien, rassura-t-elle la jeune femme terrorisée.

Celle-ci éclata en bruyants sanglots, serra la main de Val :

— Oh, maman… Ça va aller, cette fois…

— Tout à l'heure, je lui ai filé une cibiche et un petit coup de gnôle pour qu'elle ait moins mal, déclara Val à Julie depuis l'autre côté du lit. Vous croyez que je peux lui en redonner une gorgée?

La jeune femme posa sur la mère de sa patiente un œil navré.

— Je vous ai déjà expliqué que le gin et les cigarettes sont nocifs...

— Moi, ça m'a jamais fait de mal, répliqua Val avec un haussement d'épaules.

Julie, s'abstenant de répondre, couvrit Sadie d'un drap et d'une couverture, non sans réfléchir au moyen de se débarrasser de Val, qui l'empêchait de se concentrer pleinement sur sa tâche.

— Pouvez-vous aller me chercher d'autres bougies, s'il vous plaît? Je vois à peine ce que je fais.

C'est alors qu'une explosion retentit non loin, qui ébranla le bâtiment tout entier; de la poussière de plâtre ennuagea la pièce, Julie s'empressant de couvrir le visage de sa patiente pour l'en protéger, elle-même maintenant, de l'autre main, son casque en fer-blanc sur sa tête.

Val cilla à peine. Elle continuait à fumer.

— Pourquoi vous voulez des chandelles? brailla-t-elle. Vous avez votre lampe.

— Je ne peux pas la tenir en même temps que j'aide le bébé à voir le jour, cria Julie à son tour pour couvrir le hurlement d'un chasseur ennemi. Allons, Val, dépêchez-vous.

Cette dernière quitta les lieux en trottinant sur ses talons hauts, en direction de l'appartement en sous-sol qu'elle occupait dans le pâté de maisons voisin. Julie disposa ses instruments auprès d'elle, tandis qu'au-dessus de la ville les chasseurs se livraient à des duels, et que les bombes, ici ou là, continuaient d'exploser. La jeune femme avait apporté des récipients émaillés, une canule et une poire à lavement destinée aux douches vaginales, des forceps, du coton, de la gaze, une seringue hypodermique, des comprimés de sulfamide et des ciseaux.

— J'aurais pas dû écouter ma mère, gémit Sadie de sous son oreiller.

Malgré le froid qui régnait dans la pièce, elle transpirait à grosses gouttes sous l'effet de la douleur.

— C'est vrai qu'on peut vous donner des trucs pour avoir moins mal à l'hôpital ?

— En effet, mais il est trop tard pour changer d'avis.

Comme Julie se penchait sur sa patiente pour l'examiner encore, celle-ci perdit les eaux. Il s'agissait d'un bon signe. Elle se hâta de ramasser le drap en boule afin qu'il absorbât l'essentiel du liquide – elle tâchait de préserver le matelas déjà souillé.

— Je vais vous aider à vous mettre sur le flanc pour que je puisse retirer le drap mouillé, murmura-t-elle. Vous vous sentirez plus à l'aise.

— Ça fait mal…, se plaignit la jeune fille, qui haletait.

— Je sais, mais ce sera bientôt terminé.

Elle se débarrassa du drap.

— Très bien… Maintenant, vous allez ramener votre genou droit jusqu'à votre menton, pour que je puisse voir ce qui se passe.

Elle alluma sa lampe torche.

— La tête apparaît, indiqua-t-elle aussi calmement que possible en dépit du raffut de l'aviation. Ne poussez pas encore, mais continuez à faire le petit chien.

Sadie s'exécuta, cependant que les murs autour d'elle tremblaient, que la flamme de la bougie frissonnait, et que la crasse accumulée sur les plâtres depuis plusieurs années tombait doucement du plafond.

— C'est bien, l'encouragea Julie. Bravo.

Elle rajusta son casque sur sa coiffe et se servit du drap comme d'une toile de tente qu'elle tendit de son mieux au-dessus d'elle et de la parturiente – il n'était pas question qu'à peine venu au monde, le bébé eût à lutter pour respirer dans ces nuages de poussière.

— Il faut que je pousse, souffla Sadie.

— Pas trop fort. Respirez profondément et ne poussez qu'un tout petit peu, pour que la tête sorte le plus doucement possible.

De nouveau, la jeune femme fit ce qu'on lui disait de faire ; sur ses traits se peignait une intense concentration.

— Bien..., dit l'infirmière, qui serrait à présent sa torche entre ses dents pour voir ce qu'elle était en train de faire.

Elle attendait que la contraction cessât, en aidant la tête de l'enfant à glisser peu à peu hors du corps de sa mère, après quoi elle soutint cette tête dans l'une de ses mains en coupe, puis vérifia le pouls du nourrisson, toujours puissant et régulier.

Elle ôta de sa main demeurée libre la lampe de sa bouche.

— Bravo, Sadie, vous vous débrouillez comme un chef.

Une explosion retentit à proximité.

— À la prochaine contraction, vous expulserez le bébé tout entier, alors poussez maintenant le plus fort possible.

Les petites épaules parurent à leur tour, à l'instant où Val regagnait l'appartement avec plusieurs bougies. Aussitôt, elle prit sa torche à Julie, afin que celle-ci disposât de ses deux mains.

L'infirmière retenait son souffle. Puis vinrent les bras et, déjà, le corps de l'enfant glissait jusque dans les mains de la sage-femme. Cette dernière débarrassa la bouche et le nez du nouveau-né du mucus qui les souillait, avant de le soulever par les pieds pour s'assurer qu'il n'en avait pas respiré. Hélas, le petit être se révéla inerte, et sa poitrine ne se soulevait ni ne s'abaissait. Repoussant de son mieux l'effroi qui venait de la saisir, elle lui tapota le derrière dans l'espoir de l'entendre enfin pousser son premier cri. Échouer si près du but se révélerait pour Sadie d'une intolérable cruauté.

— Pourquoi il crie pas? glapit la jeune fille en rejetant l'oreiller et tâchant de s'asseoir dans son lit.

— Il est mort, murmura Val.

Julie, quant à elle, priait pour qu'un miracle se produisît et, alors qu'elle s'apprêtait à masser le petit torse, l'enfant poussa un hurlement si puissant que, pour un peu, il eût couvert le vacarme des bombardiers alentour. Des larmes de soulagement roulèrent sur les joues de la sage-femme.

— C'est une fille, Sadie, et elle m'a l'air en pleine forme.

— Elle est belle comme un cœur! brailla sa grand-mère qui, dans son excitation, faisait danser en tous sens, et sans plus s'en soucier, le faisceau de la lampe.

Sadie tendit les bras:

— Donnez-la-moi, je veux la voir. Je veux la voir.

— Une seconde.

Julie coupa le cordon ombilical, secoua l'une des couches apportées par Val, que la poussière recouvrait, en équipa l'enfant, qu'elle déposa ensuite, sans plus de cérémonie, sur le ventre de sa jeune mère.

— Nous devons quitter les lieux au plus vite avant que l'immeuble entier nous tombe sur la tête.

Déjà, l'infirmière, qui avait récupéré sa torche, rangeait ses instruments dans sa trousse.

— Votre mère et moi allons vous aider à descendre l'escalier.

Mais Val et sa fille n'avaient d'yeux que pour le bébé, indifférentes, semblait-il, aux oscillations du bâtiment sur ses bases, aux nuages de poussière qui, à chaque instant plus épais, plus volumineux, tourbillonnaient autour d'elles.

Repoussant Val, Julie posa son casque en fer-blanc sur le nourrisson, avant d'envelopper d'un drap propre la mère et l'enfant. Puis elle passa son manteau, noua son écharpe autour de son cou. Elle posa sa trousse à côté de Sadie, jeta sur son épaule l'étui contenant son masque à gaz et saisit le matelas à deux mains.

— Récupérez les vêtements du bébé, Val, puis attrapez donc l'autre extrémité du matelas.

Val hésitait :

— C'est pas juste pour ma gosse. Elle a même pas expulsé le placenta.

— Elle ne l'expulsera peut-être que dans une demi-heure, répondit la sage-femme, qui battit des paupières et se baissa par instinct lorsqu'une explosion toute proche souffla la vitre de la chambre – des éclats de verre se fichèrent dans le rideau. Il n'y a plus de temps à perdre, Val ! Attrapez-moi ce matelas et sortons-les de là au plus vite !

Sadie avait beau ne pas peser bien lourd, elle constituait, allongée sur son matelas, une charge encombrante, que les deux femmes eurent beaucoup de mal à faire franchir la porte du logis, puis à descendre dans l'étroit escalier en colimaçon. Et, sans répit, les bombes ravageaient Whitechapel… Dans les ténèbres de la cage d'escalier, il eût été aisé de manquer une marche, et Julie ne pouvait qu'espérer que les hauts talons de Val ne lui joueraient pas de vilain tour.

Les deux porteuses tremblaient sous leur fardeau, elles transpiraient, mais, enfin, elles parvinrent au rez-de-chaussée. Le pinceau de la lampe révéla un profond renfoncement sous l'escalier, que se disputaient des détritus malodorants, un landau sans roues, ainsi qu'une quantité impressionnante de cartons et de bouteilles vides. D'un commun accord, Val et Julie posèrent le matelas sur le sol, puis allèrent déblayer le réduit. Il y faisait sombre, et la puanteur qui s'en dégageait suffoquait presque l'infirmière. Mais c'était le seul endroit où les trois femmes pouvaient se réfugier à présent, le réduit représentait leur unique chance, car l'abri municipal se trouvait à trois rues de là, et quant à la station de métro, elle se situait encore plus loin. Il ne leur restait plus qu'à prier pour qu'une bombe ne frappât pas l'immeuble de plein fouet.

— La vache…, geignit Val. Ça schlingue comme c'est pas permis, là-dedans.

— Vous devriez fumer une cigarette, lui suggéra Julie. L'odeur deviendrait moins désagréable.

Elle ralluma sa torche, inquiète que Sadie n'eût pas bronché ni émis le moindre son durant leur périple dans l'escalier : la jeune fille, que les affres de la guerre n'atteignaient plus, donnait le sein à sa fille, émerveillée.

Dans l'air saturé de poussière, au son des explosions, Julie finit par récupérer le placenta de la jeune maman, qu'elle enveloppa dans de vieux journaux abandonnés non loin d'elle. Hélas, les conditions sordides dans lesquelles il leur fallait attendre la fin du raid, ce ténébreux réduit, les balayures qu'il contenait, son atmosphère empuantie faisaient craindre à l'infirmière que la mère ou l'enfant, victime de ces miasmes, contractât une infection. La jeune femme fit de son mieux la toilette de Sadie, au moyen de tampons d'ouate imbibés d'une solution antiseptique, vérifia le pouls du nourrisson qui tétait toujours, avant de l'emmailloter dans les petits vêtements apportés par Val ; elle couvrit la jeune mère et son enfant de plusieurs couvertures. La fillette ne devait pas prendre froid.

Elle éteignit sa lampe afin d'en préserver les piles, ce qui eut pour effet de plonger les trois femmes dans une nuit d'un noir d'encre, cependant qu'autour d'elles le vacarme de la guerre se déchaînait de plus belle. L'immeuble continuait d'osciller, il frémissait – il semblait à chaque seconde que ses murs allaient crouler. Le silence régnait dans le réduit, ses trois occupantes, serrées, affolées et transies, ne parvenant même plus à émettre une parole.

Julie ne tarda pas à constater que Val utilisait l'étui de son masque à gaz à la manière d'un sac à main, dans lequel, outre le masque lui-même, elle rangeait son paquet de cigarettes, une petite bouteille de gin, un bâton de rouge à lèvres, ainsi que de la poudre de riz. Val avala quelques gorgées d'alcool – l'infirmière avait auparavant refusé poliment la flasque qu'elle lui tendait –, puis se mit à fumer cigarette sur cigarette. Lorsqu'un peu de temps eut passé, Julie songea que, tout compte fait, elle aurait aimé pouvoir imiter la mère de Sadie – le gin l'aurait peu à peu engourdie, étanchant peut-être d'autant son effroi…

Enfin retentit la sirène indiquant le terme de l'alerte. L'infirmière ralluma sa lampe torche, consulta la petite montre épinglée à son uniforme. Elles ne se trouvaient là que depuis deux heures. Ces deux heures lui avaient paru une éternité.

— Nom de Dieu, jura Val à voix basse en éteignant un énième mégot sous la semelle de son soulier. Je connais des façons autrement plus bath de passer la nuit.

Elle repoussa le drap, contempla sa fille et sa petite-fille… sourit de toutes ses dents en s'avisant qu'elles s'étaient endormies.

— Veinardes…, souffla-t-elle avec douceur.

— Allons-y, Val, fit Julie, qui s'extirpa de leur cachette, avant de se masser les reins, puis de se dégourdir les jambes pour en aviver la circulation sanguine. Nous devons la remonter jusqu'à son appartement et la réinstaller dans son lit.

Le trajet de retour prit plus de temps encore que la descente, car sur les marches gisaient des morceaux de bois, des blocs de plâtre tombés pendant l'attaque aérienne, qu'il s'agissait de contourner quand ils n'obstruaient pas tout bonnement le passage. Enfin, les porteuses atteignirent le quatrième étage, où elles constatèrent, avec soulagement, que les dégâts subis par le bâtiment étaient minimes. Elles replacèrent le matelas sur le lit.

N'étaient la vitre brisée et une poussière grisâtre qui s'était déposée partout, la pièce avait à peine changé durant l'attaque.

— Je vais faire le ménage, déclara Val à Julie, vous bilez pas. Occupez-vous seulement de Sadie et de la mouflette.

Ainsi fut fait. Pendant que la jeune grand-mère époussetait les lieux à l'aide d'un chiffon et rassemblait les éclats de verre, l'infirmière installa Sadie dans le fauteuil, puis secoua l'un des draps couverts de poussière que Val avait apportés plus tôt. Elle fit le lit, déshabilla la fillette pour lui donner le bain dans une cuvette, rhabilla l'enfant, qu'elle remit à Val, le temps pour elle d'aider Sadie à se laver aussi, à passer une chemise propre appartenant à son époux et qui lui tiendrait lieu de chemise de nuit.

Une fois la jeune femme réinstallée dans son lit, l'infirmière lui remit le bébé, considérant avec affection ce petit être dont elle avait facilité la venue au monde. Comme tous les bambins issus de ce quartier, elle connaîtrait une existence difficile, mais déjà, elle paraissait armée pour l'affronter sans peine, car elle dormait à poings fermés, ce qui était remarquable si l'on songeait à l'affreux tapage qui avait accompagné sa naissance.

Sa tâche enfin accomplie, Julie rassembla ses affaires et enfila son manteau.

— Merci, merci de tout mon cœur, fit Sadie, les yeux mouillés de larmes, tandis qu'elle berçait l'enfant, dont les doigts minuscules s'étaient refermés sur le pouce de sa mère.

— Mais de rien, voyons, lui sourit doucement l'infirmière. Je repasserai demain pour voir comment vous vous portez, puis je continuerai à vous rendre visite chaque jour pendant deux semaines. Essayez de vous reposer. Et pas de gin. Cela risquerait de rendre votre bébé malade, puisque vous l'allaitez. Vous n'avez pas envie que cette petite merveille tombe malade, n'est-ce pas?

Sadie secoua la tête, non sans couler un regard à sa mère qui, ayant interrompu son ménage, avalait une copieuse gorgée de son alcool favori, prélevé au goulot de sa bouteille.

— Ça me calme, se justifia-t-elle. Vous minez pas, ajouta-t-elle à l'adresse de Julie, je vais bien m'occuper d'elle, et une fois que le reste de la smala sera arrivé, elle aura même plus besoin de lever le petit doigt.

Val et sa fille appartenaient en effet à une famille fort nombreuse, dont les membres habitaient à un jet de pierre les uns des autres; nul doute que la jeune mère trouverait auprès d'eux tout le soutien nécessaire.

— J'espère qu'ils ne vont plus tarder, observa la sage-femme, maintenant que l'alerte a été levée.

Elle noua son écharpe autour de son cou, enfila ses gants.

— Moi aussi, répondit Val. Maman nous préparera du thé. Cette pauvre Sadie doit crever de soif à l'heure qu'il est.

Elle inclina la tête.

— Vous voulez pas rester un peu pour le prendre avec nous, ce fameux thé?

Julie se sentit tentée – le thé de l'East End se révélait si puissant, on le laissait infuser si longtemps que, pour un peu, on aurait pu y planter une cuiller sans qu'elle tombât. Mais elle secoua la tête:

— Je suis navrée, mais il faut que je rentre.

Elle se tourna vers Sadie:

— Vous avez bien reçu vos tickets de rationnement supplémentaires, n'est-ce pas? Pour la nourriture et le lait. Tant que vous allaitez votre bébé, vous devez rester en pleine forme.

Sadie opina, puis, manifestement éreintée, se blottit contre les oreillers bosselés en compagnie de sa fillette. Val tira sur elles la mince couverture.

Julie se sentit submergée par l'émotion. Chaque naissance tenait du miracle, et quoique les lieux fussent misérables, Sadie chérissait son enfant; elle ferait tout son possible pour lui rendre la vie plus douce.

— À demain, murmura l'infirmière en quittant la pièce, dont elle referma doucement la porte derrière elle.

2

Le vaste édifice situé à Shoreditch, hôtel particulier à l'origine, s'était changé plus tard en foyer pour jeunes femmes, employées et dactylos, qui travaillaient dans les bureaux voisins. Depuis, le rez-de-chaussée avait été converti en clinique équipée de salles d'examen, d'une grande cuisine, ainsi que d'une salle à manger, d'une salle de soins, d'une blanchisserie et d'une réserve cadenassée, où l'on entreposait le matériel médical, les uniformes de rechange et les pièces détachées pour les nombreuses bicyclettes.

De son bureau, installé au premier étage, Irène Starkey, l'infirmière en chef, organisait et suivait, à la minute près, la journée de travail de chacune de ses trente infirmières et remplaçantes – ces dernières en effet n'étaient pas rattachées à un établissement en particulier, et travaillaient aux côtés de médecins eux-mêmes venus de divers cabinets.

Irène Starkey, extrêmement à cheval sur le règlement, ne s'en laissait jamais conter par les jeunes femmes logées dans le foyer des infirmières, quels que fussent leur âge, leur origine sociale ou leur niveau d'expérience professionnelle. Le port de l'uniforme était obligatoire, sauf lorsque l'on n'était pas en service, et ces demoiselles se devaient d'avoir regagné le foyer à 22 heures au plus tard, à moins qu'elles ne fussent en train de visiter un patient. Irène Starkey exigeait en outre que les chambres fussent toujours propres et bien rangées, que les pensionnaires eussent fait leur lit avant le petit-déjeuner, et qu'à toute heure du jour ou de la nuit, le matériel médical fût propre et chaque instrument à sa place.

Julie et ses consœurs n'avaient pas tardé à comprendre que la discipline de fer imposée par leur supérieure ne visait pas à les brimer – contrairement à nombre de ses pareilles, Irène Starkey ne désirait que de voir les infirmières et les bénévoles placées sous ses ordres redoubler d'efficacité, éprouver de la fierté à travailler dans des conditions optimales qui, par surcroît, permettaient à leurs patients d'être mieux soignés et de savoir qu'ils se trouvaient entre d'excellentes mains.

L'infirmière en chef Starkey possédait certes des façons de sergent-major, mais elle était avisée – ainsi n'autorisait-elle jamais ses subordonnées à œuvrer plus de trois mois d'affilée dans le même quartier pauvre. Son raisonnement était le suivant : durant leurs études, elles avaient appris leur métier en l'exerçant dans divers services. De même, chaque district leur permettait de découvrir des familles différentes, des modes de vie différents dans des demeures différentes ; de quoi accumuler sans cesse de nouvelles et précieuses expériences.

Pendant ses quatre années de formation, Julie s'était d'abord battue contre les préjugés attachés à ses origines sociales. Mais, lorsqu'elle avait ensuite enchaîné avec un apprentissage de six mois pour devenir sage-femme dans la maternité d'Islington, elle s'était peu à peu débarrassée de son accent, typique de l'East End ; dès lors, on l'avait acceptée. Après cette formation, elle en avait entamé une autre, de six mois également, au terme de laquelle, en septembre, elle était devenue « infirmière de Sa Majesté », arborant désormais un insigne sur sa coiffe, un autre sur sa poitrine – elle percevait aujourd'hui un salaire des plus décents. Pour une jeune fille issue des quartiers pauvres de Londres, elle avait connu une formidable réussite.

Le temps qu'elle avait passé dans les secteurs misérables de Shoreditch, Whitechapel, Holborn, Bethnal Green et Stepney, son quartier natal, lui en avait appris davantage que tous les livres qu'elle eût pu consulter. Ces incursions lui avaient enseigné la ténacité, le sens de l'improvisation ; elles lui avaient enseigné à écouter ses patients. Il lui arrivait fréquemment de devoir laver les cheveux de l'un d'eux, ou bien de lui couper les ongles, ou encore de nettoyer son dentier. À d'autres, elle apprenait à se laver correctement les dents, à se débarrasser des poux dont ils étaient infestés, à faire une toilette digne de ce nom – elle les encourageait alors à se rendre dans les bains publics plus souvent, afin de mieux combattre les maladies contagieuses qui, au sein de ces bidonvilles, se répandaient comme des traînées de poudre.

Julie avait été retardée par les membres de la famille de Sadie qui, arrivés à l'instant où elle quittait l'appartement de la jeune mère, avaient tenu à lui rendre hommage. Puis c'était l'un des représentants de la Protection civile qui lui avait demandé de s'occuper d'une partie des blessés dont il avait la charge – deux heures durant, elle avait pansé des plaies infligées par des éclats d'obus ou des gravats. Enfin, elle avait aidé un malheureux vieillard, désemparé par l'attaque aérienne, à regagner son domicile. Elle-même avait rejoint le foyer juste avant l'aube. Elle y avait gravi lentement l'escalier, puis avait pénétré à pas de loup dans la chambre. Elle s'était débarrassée de son manteau, de sa coiffe, de ses chaussures.

Elle s'était laissée tomber sur son lit. À peine sa tête avait-elle touché l'oreiller qu'elle avait sombré dans le sommeil.

Autant dire que, ce matin-là, tandis qu'elle descendait l'escalier en compagnie de Lily, en vêtements de ville toutes deux, et toutes deux munies de leur trousse, elle se sentait patraque. Elle n'avait pour ainsi dire pas dormi que, déjà, on l'avait réveillée pour le petit-déjeuner et, en dépit des deux tasses de thé fort qu'elle avait ingurgitées avec un bol de porridge, elle demeurait un peu désorientée, et recrue de fatigue.

— Je déteste le lundi, maugréa Lily en suivant son amie dans la salle de soins.

Elles étaient les premières levées ce matin-là, pour accomplir le rituel hebdomadaire consistant à nettoyer leur trousse et leurs instruments médicaux.

Elles placèrent leurs trousses sur la table briquée avec soin, les ouvrirent, puis prirent un morceau de savon, une brosse à ongles et une serviette qu'elles firent surgir d'une poche intérieure du sac.

— Moi aussi, répondit enfin Julie.

Elles se rendirent ensemble à l'évier, où elles se lavèrent les mains avec vigueur à l'eau chaude, et se brossèrent les ongles.

— Je me sens horriblement gênée de demander aux gens combien ils ont d'argent et de quelle façon ils le dépensent, alors qu'ils n'arrivent pas à joindre les deux bouts, ça crève les yeux. Ce n'est pas une petite somme qu'on leur réclame, même pour ceux qui travaillent. Certains ne paient que trois pence pour les soins médicaux, eh bien, je peux t'assurer que ce n'est pas rien.

— J'éprouve la même chose que toi. Je n'arrive pas à les regarder dans les yeux.

Lily commença de vider sa trousse, déposant sur la table désinfectée les flacons, les pots et les boîtes, ainsi que les paquets de gaze et les pansements stériles.

— J'avoue que je suis soulagée quand je tombe sur un patient particulièrement économe ou, au contraire, sur quelqu'un qui ne dispose pas d'un sou vaillant, soupira Julie. Au moins, les plus pauvres d'entre eux n'ont rien à payer, mais je ne supporte pas de devoir agiter ma boîte en fer-blanc sur le seuil de ces maisons où une pauvre femme vient tout juste de percevoir son maigre salaire après s'être tuée à la tâche à l'usine pendant une semaine.

— Je vois encore ma mère en train de racler le fond de son porte-monnaie quand l'infirmière de district lui rendait visite. Papa aimait boire, si bien que dès qu'il s'était endormi après une bonne cuite, maman fouillait ses poches dans l'espoir d'y trouver quelques pence.

La jeune femme eut un large sourire.

— Il ne l'a jamais su, et jamais il n'a déniché la petite boîte qu'elle cachait à l'intérieur de la cheminée. Jamais. Elle ne contenait pas grand-chose, cette petite boîte, mais souvent, c'était elle qui nous sauvait la mise pour terminer la semaine.

Julie hocha la tête d'un air entendu, bien que les choses se fussent passées autrement chez elle. Bert Harris, qui ne rentrait jamais éméché, se hâtait, les jours de paie, d'en confier la totalité à Flo, qui prenait ce dont elle avait besoin, avant de lui rendre de quoi s'offrir quelques bières, du tabac pour sa pipe, ainsi que le journal.

Les deux jeunes femmes travaillèrent un moment en silence, lavant avec méticulosité, dans l'eau chaude et savonneuse, leurs instruments un à un, avant de remplir leurs fioles, leurs boîtes et leurs pots, puis de troquer contre un propre le rectangle de coton blanc qui garnissait l'intérieur de leur trousse.

Il ne leur restait plus qu'à en cirer le cuir jusqu'à ce qu'il brillât.

— Comment se porte Franny? s'enquit Lily. Quand je l'ai croisée l'autre jour, j'ai eu l'impression qu'elle allait éclater.

— J'ai fait un saut chez elle hier matin. Il lui reste encore deux semaines à patienter, mais elle se sent plutôt bien. Elle a dû arrêter de travailler, parce qu'elle ne supportait plus de rester debout toute la journée à l'usine. Mais je lui ai promis qu'il y aurait un lit pour elle demain, à l'hôpital. J'irai la chercher avant le déjeuner.

— Tu dois quand même te faire des cheveux, à cause de son cœur…

— En effet, répondit la jeune femme, dont l'esprit se trouva sur-le-champ traversé par tous les malheurs susceptibles de se produire au moment de l'accouchement. Mais Franny est plus solide qu'il n'y paraît. Du moment qu'il n'y a pas de complications…

Lily abandonna sa trousse quelques instants, se lava les mains, puis tapota ses cheveux d'un blond d'or. Un visage en forme de cœur, d'immenses yeux bleus… La jeune femme parvenait toujours à demeurer séduisante, même affublée d'un vieux chandail et d'une jupe usée, même dépourvue de maquillage… Julie en éprouva une pointe de jalousie. À personne ne serait venue l'idée saugrenue de la juger jolie. Trop maigre, des cheveux d'un brun indéfinissable, raides comme des baguettes de tambour; quant à son nez, il ne possédait en rien l'élégance de celui de son amie. Par bonheur, son regard marron lui sauvait la mise. L'autre jour, d'ailleurs, Stanley lui avait avoué combien il le trouvait beau, tandis qu'ils allaient tous deux danser au Regency.

Ce souvenir la fit sourire. Elle finit de cirer sa trousse, avant de se laver les mains à son tour. Sa bague de fiançailles resterait suspendue à la chaîne qu'elle avait passée autour de son cou jusqu'à sa prochaine journée de repos, car une infirmière se lavait si fréquemment les mains que le bijou en pâtirait si elle le portait, et les diamants, pour petits qu'ils fussent, risqueraient de trouer à tout moment l'un de ses gants en caoutchouc.

— Je prends mon service dans moins d'une heure, et je n'ai pas encore repassé mon uniforme de rechange. Il faut absolument que j'aie terminé avant que l'infirmière en chef arrive.

Julie considéra la robe et le tablier froissés qu'elle avait apportés avec elle.

— Je te rejoindrai tout à l'heure, ajouta-t-elle.

— D'accord. Je vais apprendre dans la joie à retirer des points de suture en compagnie de l'infirmière Bradley, à nettoyer les ulcères aux jambes, ainsi que les furoncles… Autant dire que j'en ai probablement pour la journée. Alors, à ce soir!

Lily quitta la pièce à l'instant où d'autres infirmières, ainsi que des bénévoles, s'y engouffraient. On tourna des robinets, on se mit à papoter… Le volume sonore s'éleva notablement.

Les trente pensionnaires du foyer, dont l'âge courait de dix-huit à quarante-cinq ans, étaient issues de milieux sociaux fort différents et possédaient des parcours divers. Parmi celles qui se pressaient ce matin-là dans la salle de soins se trouvait la petite Doris, originaire de Camden, Ida, de Camberley, et Clarice, une jeune snob dont la famille était propriétaire de la moitié de Camden – ce qui ne l'empêchait nullement d'accomplir gaiement toutes les tâches qu'on lui confiait, y compris les plus ingrates. Maude et Jane, célibataires toutes deux, ne travaillaient qu'ensemble; elles étaient les plus âgées de la bande à œuvrer depuis toujours dans les quartiers les plus démunis de la capitale.

Et puis il y avait Alison, la plus allègre de toutes, la plus prompte aux espiègleries. Fille de la campagne, elle avait quitté ses Cornouailles natales pour entreprendre des études de sage-femme à Londres, où elle n'avait cependant rien perdu de la fraîcheur de son teint, de ses joues roses ni de l'étincelle qui embrasait son œil. Elle avait aussi conservé son accent et sa gouaille, qui amusaient ses consœurs et surprenaient parfois ses patients.

— Tu es rentrée drôlement tard hier soir, ma poulette, dit-elle à Julie en nettoyant ses instruments médicaux. T'as dû en baver des ronds de chapeau avec l'attaque aérienne.

Elle sourit de toutes ses dents.

— Nous, on est restés planqués dans l'abri, la tête entre les genoux, pas moyen de retourner au turbin. Dis-moi, poulette, ça te dirait de t'en jeter un petit avec nous ce soir?

Julie, qui appréciait beaucoup Alison, s'était plus d'une fois éclipsée avec elle en compagnie de Lily, malgré le règlement, pour passer quelques heures dans un pub situé assez loin du foyer pour que l'infirmière en chef ne risquât pas de les y surprendre.

— Désolée, Alison, mais ce soir, je ne peux pas. J'ai rendez-vous avec Stanley.

La Cornouaillaise haussa les épaules et retourna à ses forceps.

— Pas grave. Je crois que, de toute façon, je serai trop crevée pour aller jusque là-bas.

Julie aurait apprécié de continuer à discuter avec ses collègues, mais le temps lui manquait : elle se rendit en hâte à la blanchisserie.

En règle générale, deux femmes s'affairaient autour des cuves, des essoreuses à rouleaux, ainsi que des presses à repasser, mais à cette heure matinale, les lieux demeuraient déserts. Seul Horace, concierge et homme à tout faire qui occupait l'une des chambres aménagées sous les combles, avait déjà pris son service. En ce moment, il fumait probablement en cachette dans son appentis, guettant l'arrivée de l'infirmière en chef et désireux qu'on ne lui confiât pas de mission trop pénible. Toutefois, le vieux ronchon, qui n'appréciait rien tant que les jolis minois, se laissait aisément convaincre par l'une de ces demoiselles de réparer ici le pneu crevé d'un vélo, là de graisser une chaîne… Mais ce qu'il aimait plus que tout consistait à boire une tasse de thé en fumant une cigarette, et à se tenir au courant des exploits éventuels d'Arsenal, son équipe de football favorite qui, au mois de mai, jouerait à Wembley.

Comme elle jetait un coup d'œil par la fenêtre donnant sur le jardin potager, les soupçons de Julie se trouvèrent confirmés : de la fumée s'élevait de l'appentis, par un interstice entre l'une de ses parois et sa porte mal équarrie.

— Je me demande combien on vous paie, Horace, maugréa la jeune femme, mais c'est encore trop.

Elle posa le regard sur les fers à repasser soigneusement alignés à côté du volumineux fourneau, qu'on n'éteignait jamais, puisque c'était lui qui fournissait l'eau chaude dont on avait un besoin si pressant pour la lessive et la stérilisation des instruments. L'infirmière saisit deux fers, qu'elle plaça sur la plaque chauffante, humecta sa robe et son tablier, puis alla chercher la table à repasser, qu'elle eut bien du mal à déplier. Elle pria pour que l'infirmière en chef se trouvât trop occupée à examiner les trousses de chacune de ses subordonnées pour venir la surprendre. À ses yeux impitoyables en effet, omettre de repasser son uniforme la veille au soir tenait du péché. Péché mortel, à n'en pas douter.

La jeune femme trouva une manière de réconfort, d'apaisement à faire glisser le fer sur l'étoffe humide, à entendre siffler la vapeur, à voir un à un les plis disparaître. Le repassage n'avait jamais représenté une corvée pour Julie qui, au contraire, aimait jadis, le mardi, au retour de l'école, voir sa mère s'emparer de la pile de linge propre. Elle finit de repasser sa robe, mouilla de nouveau les plis les plus rebelles de son tablier raidi par l'apprêt...

Elle emporta sa trousse, sa robe et son tablier au deuxième étage, dans la chambre commune.

Il s'agissait d'une vaste pièce carrée au plafond haut, munie d'une grande fenêtre d'où l'on découvrait la rue, ainsi que la maternité située juste en face du foyer. L'été, le soleil se déversait généreusement dans la chambre, mais en ce jour glacial et venteux, rien, dans le décor, n'était susceptible de réjouir le cœur – les branches dénudées de l'arbre le plus proche heurtaient la vitre avec des plaintes douloureuses.

Julie se retourna vers les six lits de fer, chacun assorti d'un petit meuble en bois et d'une mauvaise chaise. Ces six lits, bien sûr, se trouvaient impeccablement faits, les draps immaculés et les couvertures brunes et rêches tendus à rompre afin d'empêcher le moindre pli de s'y former. Rien ici ne pouvait évoquer la chaleur d'un foyer, sinon, sur le dessus des meubles de rangement, quelques photographies, une brosse à cheveux, des livres, ou de minuscules coupelles emplies de bijoux de pacotille. Les jeunes femmes avaient ordre de suspendre leurs vêtements à l'intérieur de deux volumineuses garde-robes, au fond desquelles elles rangeaient aussi leurs chaussures, tandis que leurs chapeaux et leurs sacs à main étaient posés sur l'étagère située en haut du meuble. Irène Starkey exigeait que le reste des effets personnels fût remisé dans les armoires individuelles – pas d'images aux murs, ni de courtepointes colorées sur les lits ; aucun oreiller fantaisie. Cela ressemblait à tous les foyers d'infirmières que Julie avait fréquentés depuis son départ de Stepney, et dont elle soupçonnait qu'ils n'étaient guère plus confortables que les cellules de la prison de Wandsworth.

Réprimant un bâillement, elle posa sa trousse sur sa chaise, arrangea sa robe et son tablier frais repassés sur un cintre, qu'elle suspendit au bouton de la porte de la garde-robe. Le temps filait, elle devait se changer. Pour l'heure, elle disposait pour elle seule de la chambre – non que cela revêtît à ses yeux la moindre importance, car elle était accoutumée à la promiscuité – d'autant plus que, chez elle, jusqu'à ce qu'Eileen eût soudain déserté le domicile familial, les trois sœurs se partageaient la même chambre.

Songeant aux raisons qui avaient pu pousser son aînée à décamper ainsi, elle ôta sa jupe épaisse et son pull-over. Julie était encore très jeune, à l'époque, de sorte qu'elle n'avait pas compris grand-chose à ce qui se jouait autour d'elle – elle se rappelait seulement la violente dispute qui, le dernier matin, avait opposé Eileen à leurs parents, dispute dont elle eût souhaité saisir le contenu, mais sa mère, qui l'avait surprise en train de tendre l'oreille, l'avait aussitôt envoyée à la boulangerie pour acheter du pain. Lorsque Julie était rentrée, sa grande sœur avait déjà filé, emportant avec elle tout ce qui lui appartenait.

Elle supposait aujourd'hui que le différend avait à voir avec l'homme qu'Eileen fréquentait alors, car elle se souvenait de son père répétant que jamais il n'accorderait sa confiance à ce garçon. Peut-être Eileen s'était-elle enfuie en sa compagnie pour, ensuite, ne plus jamais oser paraître devant leurs parents…

— Allons, maugréa-t-elle, c'est de l'histoire ancienne. Je ne connaîtrai probablement jamais le fin mot de l'histoire, et ce n'est pas maman qui me fera des confidences.

Elle secoua la tête comme pour repousser ces divagations.

Après avoir retiré son caraco et son slip délicat, elle fixa autour de sa taille son porte-jarretelles, puis passa l'abominable culotte qu'entre elles les infirmières avaient surnommée la « ceinture de chasteté ». Taillée dans un épais tissu noir, elle dissimulait toute la zone située entre le nombril et la mi-cuisse ; le sous-vêtement se révélait d'une laideur effarante. Julie attacha ensuite son soutien-gorge réglementaire – à peu près aussi séduisant que la culotte –, terminant par les épais bas noirs qu'elle avait dû repriser pour la énième fois.

La robe informe, rayée de bleu et de blanc, lui arrivait sous le genou, ainsi que l'exigeait le règlement. Elle la boutonna, en ajusta le col blanc, puis en serra la ceinture. Elle chaussa ses robustes brodequins noirs, dont elle noua les lacets avant de les épousseter brièvement à l'aide d'un gant de toilette sec, avec l'espoir que l'infirmière en chef ne s'apercevrait pas qu'elle ne les avait pas cirés ce matin.

Lorsqu'elle eut brossé ses cheveux, qu'elle retint ensuite avec des peignes, elle noua son tablier, y épingla sa montre, puis saisit son couvre-chef. Ce dernier ne possédait rien de commun avec les charmantes petites coiffes arborées par les infirmières qui travaillaient en milieu hospitalier. Celle de Julie et de ses consœurs se rapprochait davantage de ce que des soldats auraient pu s'enfoncer sur la tête lors d'une tempête de sable au beau milieu du désert. Serrée au niveau de la tête, l'étoffe apprêtée couvrait aussi les oreilles pour pendre ensuite, toutes fronces dehors, jusque sur la nuque – d'où son surnom de « coiffe tempête ».

La jeune femme observa son reflet dans le miroir, tandis qu'elle épinglait son insigne, et passait autour de son cou la cordelette attachée au second. Elle vérifia les coutures de ses bas. Chaque fois qu'elle se vêtait ainsi, elle éprouvait un léger frisson de plaisir, songeant à tout ce qu'elle avait accompli depuis son départ de la demeure familiale ; jamais elle ne tiendrait pour acquis, jamais elle ne prendrait à la légère l'honneur qui lui avait été fait de pouvoir devenir infirmière de Sa Majesté.

Elle s'adressa un sourire plein d'entrain, avant de récupérer son manteau, son écharpe bleue et ses gants. Enfin prête à affronter le monde extérieur, elle saisit sa trousse, son casque et l'étui contenant son masque à gaz, puis descendit au bureau d'Irène Starkey afin que celle-ci lui annonçât son emploi du temps pour la journée.

Comme Julie sillonnait les rues étroites et les venelles de Whitechapel, les femmes la saluaient gaiement qui, sur le seuil de leur logis, échangeaient des potins, une cigarette au coin des lèvres et leurs bigoudis jetant des reflets métalliques de sous leurs foulards. Les hommes occupés à déblayer les gravats, ou ceux qui se rendaient au travail, se contentaient pour leur part, sur son passage, d'effleurer de l'index le bord de leur casquette – les garçonnets, en quête d'éclats d'obus au milieu des décombres, lui décochaient des sourires canailles. Ces trésors qu'ils débusquaient, ils les conservaient ensuite précieusement, surtout s'il s'agissait d'une boucle de ceinture allemande, ou d'un insigne, d'un fragment de parachute – parfois même, ils échangeaient ces prises de guerre contre des tickets de cigarettes ou des bandes dessinées.

D'un geste de la main, Julie rendait à chacun son salut, s'arrêtait de loin en loin pour admirer un nourrisson, un éclat d'obus particulièrement gros, ou pour déplorer, avec les autres, la férocité des Allemands, la sévérité des restrictions, ainsi que le climat, qui n'était pas au beau fixe. Ayant rendu visite à Sadie et son bébé, que la jeune fille avait prénommé Julie en l'honneur de la sage-femme, elle se dirigea vers les voies plus larges, les voies bordées d'arbres de Shoreditch et, plus précisément, vers la maison où sa petite sœur Franny louait une chambre.

Ces demeures avaient beau n'être dotées ni d'une salle de bains ni de toilettes intérieures, elles se situaient dans un quartier un peu plus cossu, et toutes arboraient un jardinet en façade, une allée pavée menait à la porte d'entrée et aux fenêtres pendaient d'impeccables rideaux. Bill avait tenu à ce que Franny jouît de tout le confort possible en attendant son retour et Julie lui en savait gré. Le pauvre garçon avait assez à faire, combattant les Italiens et les Allemands en Afrique du Nord, pour n'avoir pas, de surcroît, à se soucier nuit et jour des conditions d'existence de la future maman.

Ayant presque atteint la demeure, Julie identifia le jeune policier en train de traverser la rue au triple galop; son pouls s'accéléra lorsqu'il lui sourit. Il était si robuste, si séduisant, si plein d'énergie… Auprès de lui, elle se sentait infime et désarmée. Âgé de vingt-sept ans, Stanley était un beau parti, au point que la sage-femme peinait à croire en sa chance, car il aurait pu, au lieu d'elle, choisir n'importe laquelle des nombreuses jeunes personnes qui se pressaient autour de lui.

— Stanley…, souffla-t-elle. Quelle délicieuse surprise. J'ignorais que ta ronde comprenait aussi ce quartier.

— Ce n'est pas le cas, mais comme je savais que tu viendrais voir Franny aujourd'hui, j'ai demandé au sergent de modifier mon itinéraire.

De sous le casque réglementaire, le regard sombre du garçon chercha celui de Julie, dont il saisit la main gantée.

— C'est gentil, dit-elle, et son cœur battait la chamade.

— J'ai envie de t'embrasser, murmura Stanley, l'œil incandescent tandis qu'il se penchait vers elle.

Julie s'empourpra, détourna le regard.

— Pas ici, siffla-t-elle en étouffant un gloussement. D'autant plus que nous portons tous les deux notre uniforme. Réfléchis un peu, voyons.

— Pourquoi donc? Nous vivons dans un pays libre, il me semble.

Elle lança autour d'elle des regards inquiets.

— Une bonne moitié des voisins doivent être en train de nous reluquer derrière leurs rideaux, et tu peux être certain que la nouvelle ne tardera pas à arriver aux oreilles de l'infirmière en chef et de ton inspecteur principal.

— Je m'en fiche, claironna Stanley, d'une voix puissante et passionnée. Je ne vois pas ce qu'il y a de répréhensible à embrasser sa fiancée.

Il saisit le menton de celle-ci entre le pouce et l'index, puis lui donna, sans lui laisser le temps de réagir, un baiser sur les lèvres.

Julie se sentit fondre, la réalité lui échappa quelques instants mais, déjà, elle se ressaisissait.

— Tu vas nous attirer des ennuis, se fâcha-t-elle en s'écartant de lui, et jamais tu n'obtiendras ta promotion.

Il lui adressa un sourire espiègle:

— N'empêche que j'ai eu mon baiser. De quoi me donner la pêche pour le reste de la journée.

De nouveau, il avança d'un pas vers elle.

— Que dirais-tu d'un deuxième?

Elle pouffa, le repoussant de la main.

— J'ai du travail, Stanley Rudge, et toi aussi. Si tout va bien, nous nous verrons ce soir.

Il poussa par plaisanterie un soupir à fendre l'âme, en prenant des airs de chien battu.

— Je serai bien obligé de patienter jusque-là, mais tu sais, Julie, il arrive qu'un homme finisse par succomber à l'attente.

— Tes simagrées ne m'impressionnent pas, répliqua l'infirmière en s'efforçant de garder son sérieux. Allons, va donc arrêter quelques criminels pendant que je termine ma tournée. À ce soir, au Bull.

— C'est d'accord... Mais d'ici là, mon cœur saignera jusqu'à ce que tu franchisses la porte du troquet...

Il roula des yeux en refermant sur sa poitrine, côté cœur, ses doigts en crocs.

Cette fois, Julie s'esclaffa.

— Je t'assure que tu as raté ta vocation, Stanley. Tu aurais mieux fait de choisir le métier d'acteur : tu aurais brûlé les planches !

Lorsqu'elle se remit enfin à pédaler en direction de la bâtisse où logeait sa sœur, elle riait encore – se retournant, elle le vit toujours planté au beau milieu de la rue. Elle lui adressa un geste de la main, prit sa trousse et pénétra dans la maison.

Dans le vestibule carré flottait une odeur d'encaustique et, plus surprenant, de pain brûlé. La propriétaire devait s'être absentée, car elle passait sinon le plus clair de son temps à la fenêtre, se ruant vers la porte à l'instant où elle entendait tourner la clé dans la serrure. Julie en éprouva un indéniable soulagement – cela signifiait que la pipelette avait manqué la petite scène qui s'était jouée entre Stanley et son amie, sans quoi elle en eût informé le quartier tout entier en moins de temps qu'il n'en aurait fallu pour le dire.

De la musique parvint à ses oreilles, tandis qu'elle grimpait quatre à quatre l'escalier menant au premier étage, que l'on avait divisé en trois chambrettes indépendantes. Deux des pièces étant occupées par des employées de bureau qui, à cette heure de la journée, travaillaient forcément, Julie conclut que sa cadette écoutait la radio. Après s'être brièvement annoncée, elle pénétra dans sa chambre, où elle la découvrit, soutenue par plusieurs oreillers, endormie sous l'édredon en patchwork que, de nombreuses années plus tôt, leur mère avait confectionné pour Julie ; autour de Franny gisaient son tricot ainsi qu'une poignée de magazines. Un soleil chiche éclairait les lieux, jetant des feux dans la chevelure de la future mère, dont plusieurs mèches barraient le visage mince.

On dirait un ange, songea son aînée avec tendresse en posant sa trousse sur la petite table installée près du lit. Elle examina la pièce, tout juste assez grande pour contenir le lit, la table, une commode, ainsi qu'un fauteuil, un chauffage au gaz et une plaque électrique à deux feux. Sous la table, on avait glissé une caisse contenant des boîtes de conserve et d'autres victuailles, ainsi qu'une bouilloire, une casserole, une poêle à frire et des couverts.

Le cœur de Julie se serra : combien Franny devait se sentir seule… Si seulement la situation avait été différente, si seulement elle n'avait pas craint les langues de vipère, elle serait demeurée auprès des siens, au lieu de partager son existence avec de parfaits étrangers, au moment pourtant le plus délicat de la vie d'une femme. Hélas, ainsi allaient les choses à l'époque, et Franny ne serait pas la dernière à devoir quitter le domicile familial parce qu'elle avait commis une regrettable erreur et que, par un vilain tour du destin, il n'y avait, pour l'heure, personne qui fût susceptible de lui passer à l'annulaire l'alliance synonyme de respectabilité.

Julie baissa le volume de la radio dans un soupir. Sa jeune sœur avait fait face aux événements avec une vaillance exemplaire, et elle s'était donné du mal pour conférer à sa chambrette un air de gaieté : photos de famille alignées sur l'étroit manteau de la cheminée, étoffes brodées garnissant le dos et les accoudoirs du vieux fauteuil, ainsi qu'une collection de bibelots en porcelaine que Bill et elle avaient chinés dans des marchés aux puces. Il y avait aussi un tapis aux tons passés devant l'âtre, et Mme Bessell, qui avait fourni le poste de radio à sa pensionnaire, avait installé, aux fenêtres, des rideaux à motifs fleuris.

Julie ôta son manteau, ses gants, son écharpe, puis s'assit. Franny dormait si paisiblement qu'elle ne souhaitait pas la réveiller, et puisqu'elle disposait d'une heure devant elle, autant en profiter, songea-t-elle, pour reprendre ses esprits après sa rencontre impromptue avec Stanley.

Elle récupéra le tricot de sa sœur, qui menaçait de glisser sur le sol, avant de prendre un magazine de cinéma. Elle éprouva une joie intense à l'idée de le lire, sans se soucier d'autre chose – quand, pour la dernière fois, s'était-elle offert un tel luxe ? Elle en vint à désirer que Franny continuât de dormir encore un moment…

Elle venait de dévorer, de la première à la dernière ligne, l'article consacré au dernier film de Fred Astaire. Elle feuilletait le reste du magazine, tout entier consacré aux potins d'Hollywood, illustrés de photos de stars sur papier glacé. Alors, sa sœur battit des paupières, puis ouvrit les yeux.

— Salut, murmura-t-elle d'une voix ensommeillée. Je ne t'attendais pas aujourd'hui. Depuis quand es-tu ici ?

Elle s'assit avec peine sur le bord de son lit.

— Reste couchée, dit Julie. Il n'y a pas assez de place pour nous deux dans cette pièce.

Elle se leva du fauteuil pour embrasser la jeune femme.

— Tu as bonne mine aujourd'hui! constata-t-elle en lui prenant le pouls.

— Je me repose à longueur de journée, soupira Franny. Si tu savais comme je m'ennuie... Je ne fais rien, sinon tricoter un peu et écouter la radio. Ces magazines, j'ai dû les lire chacun plus d'une dizaine de fois, à tel point que je ne peux plus les voir en peinture. J'en ai fait autant avec les lettres de Bill. Résultat, je n'ose plus les toucher, de peur qu'elles se déchirent en petits morceaux.

Julie lui décocha un grand sourire:

— Réjouis-toi plutôt de ne plus passer tes journées plantée devant une chaîne d'usine, dit-elle,s'efforçant de la consoler.

Elle considéra le ventre énorme sous le chandail terni et la jupe.

— Me permets-tu de l'ausculter?

— Je t'en prie. J'ai fini par prendre l'habitude de me faire tripoter par tout le monde, mais je peux t'assurer que ce petit bonhomme-là a de l'énergie à revendre. Il a tellement gigoté cette nuit que c'est tout juste si je suis parvenue à fermer l'œil.

Julie saisit le pot à eau tout proche, emplit une cuvette, puis se lava les mains, réchauffa le stéthoscope obstétrical avant de le poser sur le ventre de la future maman. Plaçant son oreille à l'autre extrémité de l'instrument, elle écouta les battements réguliers du petit cœur de l'enfant – elle sourit lorsqu'un coup de pied plus violent que les autres fit sauter le métal du stéthoscope contre sa tempe.

— Tu as raison, commenta-t-elle, il est drôlement agité.

— Je t'avais prévenue, gloussa Franny.

Julie passa doucement ses paumes sur l'abdomen de sa cadette, puis le palpa du bout des doigts afin d'évaluer la taille et la position du bébé.

— Il faut qu'il grandisse encore un peu, mais il est idéalement placé, tête en bas, comme il doit se présenter à ce stade de la grossesse. As-tu souffert d'autres élancements depuis la dernière fois que nous nous sommes vues?

Franny secoua la tête:

— Rien d'alarmant.

Son sourire, cependant, mourut sur ses lèvres.

— Tout se passera bien, n'est-ce pas? Ça ne va pas trop me fatiguer le cœur?

Julie s'assit sur le lit, à côté d'elle, lui prit la main et lui répéta, pour la énième fois, ce qu'elle lui avait déjà exposé:

— Demain matin, on t'admettra à l'hôpital, où tu resteras jusqu'à ce que le médecin estime que ton bébé est prêt à venir au monde. À ce moment-là, ils t'anesthésieront, avant de t'emmener au bloc pour pratiquer une césarienne. Tu ne sentiras absolument rien, et on surveillera ton cœur jusqu'à ce que tu reviennes à toi. Je te le promets. Ensuite, tu te réveilleras à la maternité, avec un joli bébé tout propre, dont tu n'auras plus qu'à faire la connaissance et que tu pourras chérir tout ton saoul.

Les traits de Franny se contractèrent, tandis qu'elle luttait pour ne pas verser les larmes qui étincelaient à présent dans ses yeux. Julie en eut la gorge nouée, car sous les airs bravaches que sa cadette opposait au monde depuis plusieurs mois, se dissimulait une enfant terriblement vulnérable...

— J'ai peur, Julie, avoua-t-elle à mi-voix. Je n'aurais jamais dû me lancer dans une pareille aventure. Et si jamais...?

L'infirmière l'étreignit aussitôt.

— Il ne t'arrivera rien, murmura-t-elle. Ne te tourmente pas de cette façon, sinon tu vas aussi perturber ton bébé. Je me tiendrai à tes côtés du début à la fin, tu as ma parole.

Franny se dégagea, les larmes, maintenant, lui coulaient sur les joues.

— S'il m'arrive quand même quelque chose, Julie, je veux que tu me promettes de t'occuper du bébé jusqu'au retour de Bill. Je ne veux pas qu'il grandisse dans un orphelinat, ou que de parfaits inconnus l'adoptent et l'élèvent.

Le pessimisme de sa sœur ébranla la sage-femme.

— Voyons, Franny, ne dis pas des choses pareilles.

Franny se moucha, ravala ses larmes, sur le visage une expression soudain déterminée.

— Je connais la musique, Julie, je ne suis pas complètement idiote. C'est pour cette raison que j'ai besoin de t'entendre me promettre que tu veilleras sur mon enfant.

— Si je te faisais une telle promesse, ce serait comme si…

— Promets-le-moi, c'est tout, insista Franny, la mine farouche. Je dois être absolument certaine qu'il sera en sécurité.

Ce fut au tour de Julie de sentir les larmes lui monter aux yeux.

— Je te le promets, mais tu as tort de…

— Je suis réaliste, l'interrompit Franny.

Elle retomba contre les oreillers dans un soupir.

— Merci, Julie, dit-elle avec douceur. Je peux me reposer l'esprit en paix, à présent.

— Oh… Comme je voudrais réussir à te convaincre que…

— As-tu envie d'une tasse de thé? lança Franny. Maman m'en a apporté un paquet hier, et j'ai même un peu de sucre et de lait pour aller avec. Et des biscuits !

Le sujet était clos, songea son aînée, qui soupira, avant de consulter sa montre : elle n'avait pas vu le temps passer !

— Je vais te préparer tout ça, dit-elle à Franny, mais moi, je ne peux pas rester. J'ai encore trois visites à faire avant de pouvoir rentrer au foyer puis prendre mon service à la clinique.

La future maman parut d'abord abattue mais, quelques minutes plus tard, comme elle dégustait sa boisson chaude, elle se ressaisit :

— C'est la vie…

— Mange donc ton pain blanc, lui répondit sa sœur sur un ton faussement sévère. Une fois que le bébé sera là, qu'il exigera ton attention, c'en sera fini des siestes et des tasses de thé.

Elle sourit, embrassa doucement Franny :

— Je viendrai te chercher demain matin, très tôt. N'oublie pas de faire ta valise d'ici là, en y rangeant tout ce que j'ai noté sur la liste.

Franny effectua une parodie de salut militaire.

— Oui, mon adjudant. Les bagages seront prêts. Et au garde-à-vous.

— Repos, caporal, répondit Julie en pouffant.

Elle souffla un dernier baiser à sa sœur, puis quitta la pièce en refermant la porte derrière elle. Elle s'y adossa pendant quelques instants pour reprendre ses esprits, et tenter aussi de repousser loin d'elle cette terrible promesse que sa cadette lui avait littéralement extorquée. Franny avait le cœur fragile, cela ne faisait aucun doute, mais les médecins avaient pris toutes les dispositions nécessaires pour que l'accouchement se déroulât sans encombre. Néanmoins, même si Julie avait fait de son mieux pour éviter d'envisager que, peut-être, Franny mourrait en couches, que quelque chose, peut-être, se passerait mal en dépit des mille précautions mises en place en amont… Malgré tout, la menace continuait de planer… La jeune femme prit une profonde inspiration, ferma les paupières en formulant des vœux pour que le sort sourît enfin à sa sœur qui, pour jeune qu'elle fût, avait assez souffert.

Lorsqu'elle rouvrit les yeux, elle s'ébroua, se concentra sur les bonnes nouvelles : l'enfant certes était petit, mais il possédait un cœur solide. Quant à Franny, elle avait pour elle sa jeunesse, une santé convenable – le Dr Philips, l'obstétricien, était d'ailleurs convaincu que tout se déroulerait au mieux. Ragaillardie, Julie se rappela soudain combien elle était en retard pour sa prochaine visite ; elle dévala l'escalier.

Mme Bessell l'attendait. Rebecca Bessell était une Juive opulente d'âge indéterminé, qui se teignait les cheveux et se maquillait trop. Couverte de bijoux, elle cliquetait à chaque pas. Impressionnante de prime abord, elle ne tardait pas à se révéler une logeuse au grand cœur, dotée, en outre, d'un impayable sens de l'humour. Elle se montrait pleine d'attentions pour ses pensionnaires, qu'en bonne mère juive elle choyait jusqu'à les étouffer presque.

— Comment va-t-elle ? demanda-t-elle sans préambule à Julie.

Cette dernière lui indiqua brièvement ce qu'elle avait prévu pour le lendemain.

— Vous avez toujours le numéro de téléphone du foyer, madame Bessell ?

Celle-ci ayant opiné, l'infirmière enchaîna :

— Seulement en cas d'urgence, mais on ne sait jamais, mieux vaut quand même que vous le gardiez jusqu'à ce que Franny soit installée à l'hôpital.

— Elle est adorable, commenta la logeuse, les traits empreints de tristesse. Quelle tragédie que de se voir séparée des siens dans de tels moments. Tiens, hier encore, je disais à mon amie Bella Weinstock…

— Je suis navrée, madame Bessell, l'interrompit son interlocutrice, mais il me reste d'autres patientes à voir, et je suis déjà très en retard.

Avisant la déception sur le visage de la logeuse, elle tapota gentiment son avant-bras doux et potelé.

— Je vous suis infiniment reconnaissante de veiller sur ma sœur aussi bien que vous le faites. Elle vous adore, vous savez, et elle éprouve à votre égard une immense admiration.

Mme Bessell s'empourpra, puis se tamponna les yeux au moyen d'un mouchoir, en veillant à ne pas faire baver son mascara.

— Oh…, murmura-t-elle. C'est qu'elle est comme une fille pour moi, Julie. Comme ma propre fille… Je vais lui préparer un peu de soupe au poulet, lui en monter un bol, puis je lui tiendrai compagnie. Dans son état, elle a besoin de manger. Il faut que quelqu'un la nourrisse. Elle est tellement mince, bien trop mince, si vous voulez mon avis.

Julie lui adressa un sourire chargé d'affection.

— Elle va être ravie. Sur ce, je file.

Elle quitta les lieux en hâte, courut presque dans l'allée menant à la rue. Car lorsque Mme Bessell se mettait à pleurer et évoquait sa soupe au poulet, il devenait presque impossible de lui échapper. Pour le reste, c'était une femme admirable et, auprès d'elle, Franny se trouvait en sécurité.

3

Comme à l'ordinaire, il régnait dans la clinique une activité de ruche – de petits enfants couraient de droite et de gauche, des bébés pleuraient et des mères élevaient la voix pour se faire entendre en dépit du raffut, échangeant entre elles des propos sur les difficultés de prendre soin d'une famille en période de guerre ; et les femmes de se navrer que leurs aînés, qui leur manquaient, eussent été évacués, pour leur sécurité, à l'autre bout du pays. Chacune tâchait en outre de surpasser dans l'horreur ses interlocutrices, en narrant les mille et un tourments qu'elle avait endurés pendant leur grossesse, puis lors de l'accouchement.

Julie n'ignorait pas que ces terribles récits se répandaient comme des traînées de poudre dans l'ensemble du district, pour arriver invariablement aux oreilles de jeunes femmes enceintes de leur premier enfant, et qui tremblaient de tous leurs membres en écoutant ces fables affreuses. Julie s'en navrait beaucoup, mais elle ne pouvait rien faire pour y mettre un terme. Elle avait donc appris à s'en accommoder.

Le médecin avait quitté les lieux au moment même où son dernier patient filait, sans demander son reste, par les rues plongées dans l'obscurité. Julie et ses consœurs s'empressèrent de tout nettoyer et ranger avant de s'installer pour le dîner. Julie mangea plus vite que les autres, car elle avait parcouru dans la journée près de quinze kilomètres à vélo et, par obligation, manqué le déjeuner.

Le dîner terminé, elle avait ôté la bague de fiançailles qui pendait à son cou pour la passer à son doigt, puis elle avait mis son plus joli pull-over et sa jupe la plus élégante. Ayant enfilé ses bas avec mille précautions, Julie chaussa ses escarpins à talons hauts, avant d'ajouter ses boucles d'oreilles. Pour ses cheveux, hélas, elle ne pouvait pas faire grand-chose, aussi se contenta-t-elle de les ramener vers l'arrière au moyen de deux peignes en plastique rose assortis à son pull. Un peu de rouge à lèvres et de mascara, un peu de poudre de riz... Elle était prête. Elle tenait à se présenter à Stanley sous son meilleur jour, même s'ils n'allaient passer ensemble que deux heures.

— Si tu veux, lui proposa Lily, qui était ce soir-là de service jusqu'à minuit, je te couvrirai, et je laisserai ouverte l'une des fenêtres de derrière.

Julie enfila sa gabardine, à peine plus séduisante que le manteau de son uniforme.

— Merci, Lily, mais après ces deux journées intenses, j'ai besoin d'une bonne nuit de sommeil. Je serai rentrée à l'heure.

Son amie gloussa :

— Quel dommage, alors que tu pourrais t'offrir du bon temps avec ce fiancé tellement mignon... Et là, je te prie de croire que tu aurais tôt fait d'oublier tes envies de dormir.

Julie rougit jusqu'aux oreilles. Certes, elle s'était fiancée avec Stanley, mais elle entendait bien calmer ses possibles ardeurs jusqu'à leur mariage.

— Je t'assure, Lily, je suis complètement rincée, et une journée très chargée m'attend demain.

— Nous en sommes tous là, soupira son amie. L'infirmière Bradley me prend pour une véritable bête de somme, et c'est à moi qu'elle réserve les tâches les plus ingrates.

Elle sourit cependant à Julie, qui finissait de se coiffer avant d'ajuster son petit chapeau.

— Bah…, reprit-elle. Après tout, c'est la guerre, et je ne suis jamais qu'une bénévole. Je suppose que je ne peux pas m'attendre à un traitement de faveur.

— Tu es une excellente bénévole, répondit Julie en prenant son sac à main et l'étui de son masque à gaz. Tu n'as jamais songé à passer les examens qui te permettraient de devenir une véritable infirmière?

Lily secoua la tête.

— Voyons, Julie, ce n'est pas pour moi… Je n'ai pas le cerveau assez gros pour ingurgiter tout ce qu'on vous enseigne. Après la guerre, je reprendrai ma place de vendeuse chez Woolworth, dans le quartier d'Hammersmith. À condition, bien sûr, que le magasin soit toujours debout. Et si je ne me suis pas mariée entre-temps.

Julie, qui estimait que son amie gâchait ses talents, espéra que, d'ici à la fin du conflit, elle aurait pris conscience qu'elle pouvait prétendre à mieux.

— Sur ce, je file.

Elle noua son écharpe sous son menton.

— À tout à l'heure.

— Fais-lui un bisou de ma part.

Julie s'esclaffa:

— Certainement pas! Tu n'as qu'à te dénicher, toi aussi, un joli garçon à embrasser.

Lily fit la grimace, l'œil pétillant d'espièglerie.

— C'est ce que j'aurais fait, figure-toi, si je n'avais pas été de service ce soir. Parole. Je me sens d'humeur badine.

— Tu es toujours d'humeur badine, la taquina son amie. On devrait mettre quelque chose dans ton thé, comme on fait avec les soldats.

Elle souriait encore tandis qu'elle se hâtait dans les rues sombres en direction du Bull, situé à plusieurs pâtés de maisons du foyer. Lily comptait des admirateurs par dizaines, qu'elle aguichait à plaisir, mais elle se révélait une amie précieuse, et jamais elle ne tentait de séduire les galants de ses camarades.

Stanley patientait à l'entrée, superbe dans son beau costume, sa chemise repassée de frais assortie d'une cravate sombre. Il avait coiffé un chapeau mou qui, en lui tombant sur l'œil, lui conférait un petit air canaille. Il referma les mains autour d'une cigarette, qu'il alluma.

Julie se tint à distance un moment, pour le boire des yeux, tandis qu'il jetait son allumette avant de s'adosser contre le mur; la fumée de sa cigarette s'élevait nonchalamment au-dessus de sa tête, pareille à un halo. Elle l'aimait de tout son cœur, ne rêvait que de l'épouser, puis de s'installer avec lui sous un toit qui ne serait qu'à eux… Hélas, c'était la guerre, la jeune femme croulait sous le travail, et Stanley se voyait dans l'obligation d'obtenir ses galons de sergent avant qu'on lui permît de convoler en justes noces. Bref, il pourrait s'écouler encore un temps considérable avant que le bonheur de Julie pût être complet.

Elle traversa la rue.

— Bonsoir, Stanley, murmura-t-elle.

Il tourna la tête, d'un regard intense parut sonder la jeune fille jusqu'à l'âme, puis il la toisa. D'une pichenette, il se débarrassa de sa cigarette à demi consumée pour ouvrir les bras en souriant:

— Comment se porte ma poupée, ce soir? Prête à me donner un baiser, ici et maintenant?

Julie se blottit contre lui, leva vers le sien son visage:

— Tente donc ta chance, répondit-elle avec un petit rire. Tu verras bien.

Son baiser se révéla d'abord très doux, presque sucré, puis il resserra son étreinte et se fit plus pressant, sa langue agaçant celle de sa partenaire, dont il écrasait les lèvres contre les siennes.

— Oh, Julie…, fit-il d'une voix rauque. Faut-il vraiment que nous attendions, ma chérie?… J'ai très envie de toi, tu sais.

Elle se dégagea doucement, tous les sens en ébullition.

— Je brûle aussi de m'unir à toi, Stanley, dit-elle d'une voix tremblante, mais nous ne devons pas céder à nos pulsions. Pas avant d'être mariés.

— Mais cela risque de prendre une éternité, s'insurgea-t-il. Allez, Julie, dit-il pour l'amadouer et l'attirant de nouveau à lui. L'un de mes amis a une petite piaule adorable du côté d'Islington. Il m'a promis qu'il serait absent ce soir, nous y serons tranquilles tous les deux.

Julie peinait de plus en plus à lui résister, mais elle devait à tout prix s'arc-bouter.

— C'est non, Stanley, fit-elle avec fermeté. Je n'irai nulle part ce soir, sauf à l'intérieur de ce pub. Je viens de vivre deux journées éreintantes, j'ai envie d'un verre, tout bonnement, pas d'un match de boxe.

— Mazette, répondit le jeune homme en effleurant le bord de son chapeau. Vous êtes dure avec les hommes, gamine, surtout un soir où vous vous êtes arrangée pour être mignonne à croquer.

— Allons-y. Il faut que je sois rentrée à 22 heures, et on meurt de froid, ici.

Au Bull, établissement populaire et populeux, on chantait autour d'un piano. Le volume sonore augmentait au fil des heures, tandis que la fumée des cigarettes flottait en lourds nuages au-dessus de toutes les têtes. Stanley joua des coudes pour atteindre le comptoir, cependant que Julie tentait de dénicher deux places assises. La chance lui sourit, car deux soldats en permission venaient de quitter les lieux. L'infirmière leur succédait prestement lorsque son fiancé reparut avec deux chopes de bière.

— Santé ! brailla-t-il avant d'engloutir la moitié de son bock.

— Tchin ! lança Julie à son tour.

Comme il tournait la tête pour saluer ici et là quelques connaissances, elle s'aperçut qu'il demeurait maussade. Il termina sa bière, alluma une cigarette, puis se carra sur sa chaise.

— Je me demande bien pourquoi on vient ici, maugréa-t-il. J'ai déjà arrêté une bonne moitié de ces types à un moment ou un autre.

— Nous venons au Bull parce qu'il se trouve tout près du foyer, répondit sa fiancée avec un sourire. De toute façon, tu sais aussi bien que moi qu'il n'y a pas un troquet à Londres où tu ne tomberais pas sur quelqu'un à qui tu as un jour passé les menottes.

— Ce n'était pas l'idée que je me faisais d'une bonne soirée, ronchonna-t-il encore, avant de se lever sans un mot pour aller chercher une autre chope de bière.

Julie le regarda s'éloigner, sans illusion sur ce qui le taraudait, mais toujours résolue à ne pas accéder à ses désirs. Elle espérait qu'il ne tarderait pas à retrouver sa bonne humeur, sans quoi ce serait gâcher le peu de temps qu'ils avaient l'occasion de passer ensemble. Elle aurait peut-être dû rester au foyer ce soir.

À l'instant où Stanley regagnait la table, les sirènes se mirent à hurler. Les lumières, aussitôt, s'éteignirent dans le pub, en dépit des protestations. Il ne restait plus qu'à se hâter dans les rues obscurcies en direction de l'abri le plus proche.

— Je ferais mieux de rejoindre l'abri du foyer, indiqua Julie d'une voix forte, pour se faire entendre malgré les terribles stridences des sirènes. Parce que si l'attaque dure plus d'une heure, je risque de rentrer en retard.

— Arrête de raconter n'importe quoi ! s'emporta Stanley, décidément de fort méchante humeur. Si tu as du retard, l'infirmière en chef comprendra, autant te réfugier au plus près. Allons, viens.

Il la saisit sans ménagement par le bras, l'entraînant dans son sillage.

Sa bouderie avait gâché la soirée, et voilà que Julie souffrait de cette main pareille à un étau qui s'était refermée sur son avant-bras. Elle se dégagea prestement, puis se mit à courir. Ayant atteint l'abri, elle ne daigna pas se retourner pour s'assurer qu'il se trouvait derrière elle : elle dévala l'escalier, en quête déjà d'une place assise.

Les lieux, hélas, étaient bondés, en sorte qu'il lui fallut louvoyer entre des femmes hésitantes et de vieux messieurs, contourner les sacs, les paquets et les trésors dérisoires dont certains refusaient de se séparer lors d'une attaque aérienne. Des bébés hurlaient, de petits enfants pleurnichaient et des femmes éreintées s'interpellaient dans la lumière chiche et l'humidité de l'abri, où flottait une vilaine odeur de sueur, de fumée de cigarette et de chaussettes sales.

Il ne s'agissait assurément pas de l'endroit idéal où finir une soirée désastreuse – Julie sentait l'oppresser une claustrophobie à chaque instant plus lourde. Elle finit par dénicher un petit espace non loin de la porte, où elle se laissa tomber, résignée à y passer sans doute le reste de la nuit en compagnie d'un fiancé morose et d'un mal de tête naissant.

— Tu aurais quand même pu m'attendre, bougonna Stanley en s'affalant auprès d'elle. Qu'est-ce qui t'a pris de détaler de cette façon ?

— Peu importe.

La jeune femme ne voulait pas d'une autre dispute.

Le garçon alluma une cigarette, balayant les environs immédiats d'un œil noir. Les ampoules, au plafond, vacillaient dans leurs petites cages en fil de fer, et le membre de la Protection civile s'apprêtait à fermer la porte de l'abri. On entendait déjà crépiter les mitrailleuses du côté des quais, tandis que les pilotes de la RAF décollaient les uns après les autres pour tenter de repousser, à bord de leurs chasseurs, l'ennemi à l'approche.

La porte se ferma avec un bruit sourd, qui fit tressaillir Julie. Alors qu'elle tendait l'oreille vers les sons étouffés de la bataille qui faisait rage au-dehors, elle se cramponna au bras de Stanley. Elle s'efforçait de repousser l'effroi qu'elle sentait s'insinuer en elle, plus envahissant de seconde en seconde. Elle haïssait cette séquestration, détestait se savoir si profondément enfouie sous terre. Elle priait pour que les ampoules, aussi tremblotantes fussent-elles, parvinssent à résister jusqu'au terme du raid, sans quoi l'abri se trouverait plongé dans d'épouvantables ténèbres.

Cette terreur, elle l'avait pour la première fois éprouvée le jour où l'un de ses frères l'avait enfermée dans la cave à charbon. Elle avait hurlé, pleuré durant de longues heures avant qu'on vînt la délivrer – elle avait fait ensuite d'horribles cauchemars. C'était la seule fois où elle avait vu son père assener des coups de ceinture à l'un de ses enfants, Freddy avait poussé des clameurs, pleuré à gros sanglots en présentant des excuses à sa sœur, qui n'en avait pas tiré le moindre bénéfice. Depuis, elle avait fait de son mieux pour éviter les espaces confinés.

— Pardon, chérie, murmura Stanley. Je sais que je me suis montré imbuvable toute la soirée, mais… c'est difficile pour un homme, tu comprends?

Elle opina, blottie contre son épaule.

— Bien sûr que oui, mais tu ne regretteras pas d'avoir attendu. Je te le promets.

Le jeune homme se contenta de fumer sans mot dire.

Julie ayant fermé les paupières, elle tenta de rester imperméable au chaos dans lequel l'humanité s'était trouvée précipitée par le déclenchement du conflit. Imperméable aux déflagrations, aux écroulements. Stanley et elle se réconcilieraient. Ils étaient fatigués, rien de plus. À bout de nerfs. Et puis, qui n'avait pas ses hauts et ses bas?...

L'attaque ennemie semblait ne devoir plus connaître de fin. Sans cesse plus angoissée à la perspective d'être bientôt, peut-être, enterrée vivante, Julie se sentait tout près de craquer. Elle se serra plus étroitement encore contre son fiancé qui, contre toute attente, s'était endormi. Elle s'efforçait de ne pas sursauter ni trembler chaque fois qu'une bombe explosait, ou que les lumières, à l'intérieur de l'abri, menaçaient de s'éteindre.

Ce qu'elle était en train de vivre se révélait infiniment plus pénible que les quelques heures qu'elle avait passées en compagnie de Val et de Sadie dans le réduit situé sous l'escalier, car là-bas, au moins, il n'était pas de porte verrouillée pour l'empêcher de s'enfuir si l'envie lui en prenait. À présent, le sol frémissait sous ses pieds, les parois de l'abri chancelaient, de la poussière de plâtre dégringolait du plafond. Ils étaient pris au piège. Qu'une bombe frappât le bâtiment de plein fouet, et c'en serait fini de tous.

Tâchant de se ressaisir, la jeune femme se reconcentra sur sa relation avec Stanley. Peut-être avait-elle tort d'attendre, tort de préserver sa virginité quand elle ne rêvait que de s'unir à lui, puisque après tout elle pouvait succomber à tout instant, ce soir même par exemple, et jamais elle n'aurait expérimenté ces mystères au sujet desquels elle avait entendu et lu tant de choses…

Enfin, le raid se termina. Une demi-heure après le passage du dernier avion ennemi, la sirène retentit, et le responsable de l'abri en rouvrit la porte.

— Il faut que je rentre au foyer, fit Julie, soudain pressée, secouant Stanley pour qu'il se réveillât. Nous verrons-nous mercredi ?

Passant un bras autour des épaules de la jeune femme, il lui donna un baiser plein de passion, alors qu'ensemble ils se dirigeaient, avec leurs compagnons d'infortune, vers la sortie de l'abri.

— Mercredi, chuchota-t-il, c'est d'accord. Et je te promets que je serai de meilleure humeur.

Ils émergèrent dans une nuit humide et froide, saturée de cendre et de fumée ; les cloches des ambulances et des camions de pompiers tintaient sans répit. Il était plus de minuit, mais le ciel se teintait d'orangé, reflétant les brasiers que les bombes allemandes avaient allumés non loin des quais, ainsi que dans l'est de la capitale. La puissance du souffle des explosions se donnait à voir dans les vitres des bâtiments situés de l'autre côté de la rue : toutes avaient volé en éclats.

— Au moins, le Bull tient encore debout, déclara Stanley avec un large sourire. Je vais te raccompagner au foyer, puis je repasserai par le pub pour m'y offrir une chope. Je sais bien que l'heure de fermeture est passée, mais la propriétaire laisse toujours ouverte la porte latérale, et j'ai le gosier en paille de fer.

Julie lui ayant pris le bras, ils se mirent en route d'un pas leste, évitant les gravats, les pavés descellés des trottoirs, ainsi qu'un impressionnant jet d'eau surgi d'une canalisation éventrée. Les équipes d'entretien se trouvaient déjà à pied d'œuvre – la jeune femme se demanda si son père, à Stepney, se livrait en cet instant aux mêmes réparations hâtives, parant au plus pressé.

Parvenus devant le foyer plongé dans l'ombre, Stanley la prit dans ses bras. Il lui donna un baiser tendre et doux, l'étreignit sans ardeur excessive.

— À mercredi, lui souffla-t-il, une main contre sa joue. Et pardon encore de m'être montré…

Il haussa les épaules avec un sourire.

— Bah… Tu sais bien…

De ses lèvres, Julie effleura celles de son fiancé, puis hocha la tête :

— Je comprends. Je t'assure que je comprends.

Pour éviter de faire naître de nouveaux espoirs dans l'esprit de Stanley, elle tourna les talons pour rejoindre à la hâte la porte d'entrée. Elle lui souffla un baiser, tourna la clé dans la serrure, puis pénétra dans le vestibule.

— Dieu merci, te voilà, fit Lily, hors d'haleine, qui arrivait en courant de la salle à manger. Mme Bessell a téléphoné. Franny a commencé le travail plus tôt que prévu.

Le sang de Julie se glaça dans ses veines.

— Oh, mon Dieu…, murmura-t-elle. A-t-elle appelé une ambulance?

— Oui. Franny a été admise à la maternité il y a plus de deux heures. Ils l'ont emmenée au bloc immédiatement.

Julie gravit les marches quatre à quatre, tout en ôtant son écharpe et son manteau. Lily galopait derrière elle.

— Sais-tu à quelle étape du travail se trouvait ma sœur quand ils l'ont admise?

Lily la suivit dans la chambre, récupérant au fur et à mesure qu'elle les abandonnait derrière elle les vêtements de son amie, qui les troqua contre son uniforme.

— J'ai essayé de calmer cette pauvre Mme Bessell, mais elle déraillait complètement sous l'effet de la panique. J'ai réussi à comprendre que Franny avait perdu les eaux.

Habillée de pied en cap, Julie ferraillait maintenant avec son manteau.

— Si l'infirmière en chef te pose la question, réponds-lui que je suis à l'hôpital.

Son effroi se révélait tel que la tête lui tournait. Son cœur battait à rompre.

— Ils ne te permettront pas de t'occuper d'elle, la mit en garde son amie. Tu sais bien que les membres de la famille ne sont pas autorisés à soigner un patient.

— Je le sais, oui. Mais grâce à mon uniforme, j'obtiendrai des réponses qu'on ne fournit pas forcément à quelqu'un qui n'est pas du métier. Merci, Lily ! lança-t-elle en dévalant l'escalier, avant de claquer la porte d'entrée derrière elle.

À l'évidence, et par bonheur, l'édifice paraissait n'avoir subi aucun dommage lors de la récente attaque aérienne. Bâtiment de pierre gris pâle, il occupait à lui seul plus d'un pâté de maisons, dominant en outre les habitations voisines de la tête et des épaules. Julie emprunta au pas de course l'allée conduisant à l'entrée, survola les quelques marches menant à la réception.

— Frances Harris, s'il vous plaît. Elle a été amenée chez vous il y a environ deux heures. Je suis sa sage-femme.

Elle haletait, ce dont s'étonna l'infirmière postée à l'accueil.

— On l'a conduite en salle d'opération dès son arrivée, répondit-elle, sans cesser de considérer Julie d'un œil plein de curiosité – il était rare qu'une sage-femme rappliquât ici ventre à terre. Je n'en sais pas davantage, mais elle est peut-être sortie du bloc, à l'heure qu'il est. Dans ce cas, on l'aura installée en salle de réveil, au troisième étage. Vous pouvez monter si vous…

Sans attendre la fin de la phrase, Julie bondit dans l'escalier, s'attirant, de la part des infirmières qu'elle croisait, d'autres regards éberlués, voire réprobateurs. Elle cessa de courir en atteignant l'interminable couloir qu'elle parcourut d'un pas vif, jusqu'à rejoindre la salle de réveil. Elle prit alors une profonde inspiration, tenta d'apaiser un peu sa peur, puis, enfin, poussa les portes battantes.

L'infirmière de service se tenait à son bureau, une lampe éclairant les dossiers et les comptes rendus dispersés sur la table de travail.

— Que puis-je faire pour vous? demanda-t-elle obligeamment.

— Je cherche ma sœur, Frances Harris, répondit Julie, balayant du regard les nombreux lits.

— Elle n'est pas ici, je suis navrée.

— On m'a pourtant dit qu'elle était entrée au bloc il y a plus de deux heures, où elle n'était censée subir qu'une simple césarienne.

L'infirmière se leva, tapota l'avant-bras de sa visiteuse.

— Vous vous faites énormément de souci, n'est-ce pas? Mais je ne peux vraiment rien faire pour vous. Vous devriez regagner le rez-de-chaussée, puis vous rendre dans la salle commune située à côté de la salle d'opération. Quelqu'un, là-bas, aura forcément des informations à vous transmettre.

Julie hésitait, incapable d'admettre que les circonstances eussent contraint les médecins à garder sa cadette au rez-de-chaussée. Il devait se passer quelque chose de très grave…

— Vous êtes certaine qu'elle n'est pas chez vous?

L'infirmière secoua la tête.

— On compte quatre salles à cet étage, et je dispose des fiches de toutes les patientes. Le nom de Frances Harris n'y figure pas.

— Merci.

Et la jeune femme de se précipiter à nouveau, en direction, cette fois, de l'aile où se situait le bloc opératoire. Si Franny s'y trouvait, hélas, cela signifiait qu'on la classait toujours parmi les cas urgents.

— Je Vous en prie, murmura-t-elle dans sa hâte, faites qu'elle se porte bien. Je Vous en supplie… Je Vous en supplie…

Elle s'immobilisa devant une porte, le cœur dans la gorge et tremblant de tous ses membres. Elle aurait dû faire admettre Franny plus tôt à l'hôpital, elle aurait dû lui rendre une visite supplémentaire, au lieu de passer la soirée avec Stanley…

Elle n'osait pas entrer. Quelques longues secondes s'écoulèrent puis, enfin, ses nombreuses années de discipline et d'expérience prirent le dessus. Elle rajusta sa coiffe et son tablier. Pénétra dans la pièce.

Il ne se trouvait là que quatre autres patientes, et dès qu'elle posa les yeux sur Franny, elle comprit que ses plus terribles craintes s'étaient réalisées. Mais comme elle se dirigeait vers le lit, au flanc duquel était une bouteille à oxygène, ainsi que plusieurs poches de perfusion, elle fut arrêtée dans son élan par une main douce et chaude qui se posa sur son bras.

Elle se retourna d'un bond, prête à mordre : il s'agissait du Pr Philips, le plus apprécié de tous les praticiens du lieu, qui, pour la durée du conflit, avait repris du service.

— Que s'est-il passé ? souffla-t-elle.

Le chirurgien la poussa doucement vers la sortie puis, une fois dans le couloir, l'invita à s'asseoir. Il s'assit auprès d'elle et lui prit la main.

— Julie, commença-t-il avec sollicitude. Lorsque votre sœur est arrivée chez nous, il était déjà trop tard pour que je puisse pratiquer une césarienne.

— Pourtant, elle savait qu'à peine le travail commencé, elle devait prévenir Mme Bessell. Pourquoi a-t-elle attendu aussi longtemps ?

Le Pr Philips secoua la tête, l'argent de ses cheveux étincelant sous les éclairages électriques.

— Elle n'a pas attendu, car quand Mme Bessell a prévenu les ambulanciers, elle leur a indiqué que Franny n'avait commencé à souffrir que quelques minutes plus tôt. Ensuite, ils ont fait très vite, d'autant plus que le trajet n'est pas long. Mais à son arrivée ici, votre sœur en était déjà à la deuxième étape du travail. Lorsque nous nous sommes retrouvés au bloc, le col était entièrement dilaté.

Julie dévisagea le vieil homme qu'elle avait appris à bien connaître durant sa formation à Shoreditch. Elle ne pleurait pas, mais l'effroi agrippait son cœur de ses doigts glacés.

— Va-t-elle s'en remettre ? murmura-t-elle.

Le chirurgien referma ses mains sur celles de la jeune femme.

— Je suis navré, Julie. Votre sœur a été victime d'une embolie du liquide amniotique, et bien que nous l'ayons placée sous oxygène et que nous lui fassions des perfusions de sang, son cœur s'est trouvé encore affaibli par le choc.

Julie sentit un frisson lui parcourir l'échine.

— Mais cela se produit si rarement…, souffla-t-elle. Et c'est grave. A-t-elle la moindre chance de s'en sortir ?

— Je suis désolé, répondit le Pr Philips avec gravité. Nous avons eu également à déplorer une occlusion des vaisseaux pulmonaires. Elle a survécu, mais son cœur n'est plus en mesure, désormais, de remplir ses fonctions.

Julie le dévisagea, tandis que, lentement, très lentement, les mots qu'il venait de prononcer, ainsi que leur signification, se frayaient un chemin à l'intérieur de son cerveau. Elle ne parvenait pas à y croire. Elle refusait d'y croire. Elle avait promis à sa sœur que tout se déroulerait sans la moindre anicroche.

— Mais… mais elle est toujours en vie. Il reste donc un espoir?

L'expression qui se peignit sur le visage du chirurgien ne lui laissa hélas aucun doute.

— Nous avons tout mis en œuvre pour lui rendre les choses aussi douces que possible, mais il n'est rien de plus que nous puissions faire pour elle. La fin est proche, Julie, je suis navré.

La jeune femme éclata en sanglots.

— Je lui ai fait faux bond, hoqueta-t-elle. Ce matin même, je lui ai assuré que tout irait bien. J'aurais dû la faire admettre ici plus tôt. Je n'aurais jamais dû sortir ce soir. C'est auprès d'elle que j'aurais dû me trouver…

— Il ne faut pas vous en vouloir, Julie.

— Mais le fait est que je m'en veux, répliqua-t-elle d'une voix rauque. Bien sûr que je m'en veux. Elle est ma sœur. J'aurais dû rester à ses côtés.

Elle sortit de sa poche un mouchoir, se moucha – elle tentait avec force de se calmer un peu, d'aligner, fût-ce seulement deux pensées l'une derrière l'autre.

— J'ai manqué quelque chose? C'est ma faute? Est-ce une erreur que j'ai commise qui a provoqué ce drame?

— Absolument pas, répondit le chirurgien avec fermeté. Vous l'avez dit vous-même, l'embolie du liquide amniotique est une complication extrêmement rare, qu'il était impossible de déceler par avance. Ce n'est la faute de personne, Julie. Et vous n'y êtes pour rien.

Les larmes de la jeune femme ruisselaient à présent sur ses joues.

— Et le bébé ? chuchota-t-elle.

— Il est légèrement prématuré, mais il se porte plutôt bien, et même si la procédure aurait exigé que je le fasse installer dans une salle spéciale réservée aux nouveau-nés, j'ai demandé à ce qu'on le place auprès de sa mère, afin qu'elle puisse le voir et apprendre à le connaître un peu avant de…

Il ploya la nuque, poussa un lourd soupir.

— Une pareille tragédie nous bouleverse tous, Julie. Je compatis de tout cœur à votre chagrin.

Julie se moucha encore, s'essuya les yeux d'un geste rageur, balayant du même coup les dernières traces de mascara. Elle pleurerait plus tard. Pour le moment, il lui fallait se montrer forte et flegmatique. Elle devait agir en professionnelle.

— Quelqu'un a-t-il pensé à appeler Stepney ? Mes parents doivent y être.

— Nous avons tenté de joindre le numéro que vous nous aviez confié, mais les lignes sont coupées. Sans doute à cause du raid aérien. Mais nous allons réessayer, Julie, ne vous tourmentez pas.

Bien sûr que si, Julie se tourmentait. Sa sœur se mourait. Ses parents auraient dû, à l'heure qu'il était, se trouver à son chevet.

— Merci pour votre gentillesse, professeur Philips, fit-elle d'une voix tremblante. Puis-je la voir, maintenant ?

— Bien sûr. Vous pourrez demeurer auprès d'elle aussi longtemps que vous le souhaiterez. Si vous avez besoin de moi, je serai dans mon bureau. C'est la porte juste à côté.

Comme elle s'avançait vers le lit de sa sœur, il semblait à la jeune femme qu'on venait de la plonger dans le plus affreux des cauchemars. Rien ne lui paraissait réel. Hélas, il n'y aurait pas de réveil, pas de soupir de soulagement. Elle se demandait comment elle réussissait à afficher encore cette contenance qu'elle n'éprouvait en rien.

Franny avait le teint presque aussi pâle que les blancs oreillers sur lesquels reposait son tout petit visage. Sous le masque à oxygène, sa respiration se révélait irrégulière et ténue, mais elle n'avait d'yeux que pour le bébé niché au creux de son bras, dans une couverture bleue.

— Salut, Franny, murmura Julie en s'asseyant au chevet de sa sœur – elle posa une main tendre sur le bras squelettique de la jeune maman. On m'a annoncé que tu avais un fils…

— Il est magnifique, n'est-ce pas? haleta Franny, sans détourner un instant le regard du petit être qu'elle avait mis au monde. Je l'ai prénommé William Albert. William pour Bill, son père. Et Albert pour Bert… notre père.

— Ne parle pas trop, lui conseilla Julie, tu risques de te fatiguer.

Elle rabattit doucement l'un des coins de la couverture pour découvrir le visage de l'enfant. Aussitôt, son cœur s'emplit à parts égales d'amour et de chagrin. Extrêmement menu, il possédait, comme tous les nourrissons, une peau marbrée et fripée – cependant, il recelait quelque chose d'impalpable mais de très différent des autres bambins que la jeune femme avait aidés à naître. Car il était le fils de Franny.

— Il est superbe, chuchota-t-elle.

La patiente émit un sourire doux et triste de sous son masque à oxygène.

— N'oublie pas… ta… promesse. Prends soin… de lui. En attendant… le… retour de Bill.

— Bien sûr que je m'en occuperai.

La sage-femme déglutit avec peine.

— Mais tu vas te retaper, Franny, je t'assure, tu...

Franny ôta son masque, plongeant ses yeux bleu clair dans ceux de son aînée, sur le visage une expression indiquant que ce qu'elle s'apprêtait à dire ne souffrirait aucune contradiction.

— Je vais mourir, Julie. Aime-le pour moi.

Ces quelques mots, débités d'un trait, parurent avoir raison de ses dernières forces, car elle se mit à tousser; elle postillonnait du sang.

Julie s'écarta prestement en voyant accourir l'infirmière. Sur le mur au-dessus du lit, celle-ci pressa la sonnette.

— Prenez le bébé, ordonna-t-elle à la visiteuse, j'ai besoin de place.

La jeune femme s'exécuta, serrant contre elle le nourrisson sans plus lâcher des yeux sa sœur, que le Pr Philips venait de rejoindre. La malheureuse peinait à respirer, cependant que la saisissait, dans la poitrine, une terrible douleur – du sang s'écoulait à présent de sa bouche et de ses narines.

Julie, qui priait rarement, qui fréquentait encore plus rarement les églises, supplia soudain Dieu, dans le silence de son âme, d'épargner sa cadette, que le chirurgien et son infirmière tentaient de sauver.

Hélas, Dieu, sans doute, n'avait pas entendu sa prière, car Franny s'effondra soudain sur les oreillers, où elle demeura immobile. Puis, après un ultime et laborieux soupir, elle s'éteignit.

Le Pr Philips secoua la tête, tandis que Julie se laissait tomber sur la chaise, à côté du lit de la défunte, dont elle saisit la main sans presque plus se soucier du bébé qu'elle tenait toujours entre ses bras.

— Oh, Franny, ma chérie... Je suis navrée. Je suis tellement navrée...

Peut-être le petit William avait-il deviné l'ampleur du drame, car il se mit à gigoter, avant de serrer ses poings minuscules, puis d'émettre à pleins poumons un cri funeste et perçant.

L'infirmière enleva les perfusions, ferma le robinet de la bouteille à oxygène.

— Je vais emmener William dans la salle réservée aux nouveau-nés pendant que vous resterez un peu seule avec votre sœur. Personne ne vous dérangera.

Ayant tiré le rideau autour du lit de la défunte, elle quitta les lieux.

Bientôt, Julie perdit toute notion du temps. Assise à côté du lit, elle entendit à peine le hurlement des sirènes, bientôt suivi du rugissement des bombardiers ennemis au-dessus de sa tête. Elle parla de leur enfance, des tours qu'elles aimaient à jouer, de la cueillette du houblon l'été, dans le Kent, et des rêves qu'en cette époque bénie les deux sœurs faisaient ensemble. Elle parla de son amour, de sa profonde affliction. Elle renouvela à sa cadette la promesse qu'elle lui avait faite de prendre soin du bébé.

Elle demeura près de sa sœur durant toute l'attaque, sans se préoccuper des explosions ni des rafales de mitrailleuse, jusqu'à ce que, pour la deuxième fois cette nuit-là, la sirène annonçant le terme de l'alerte se mît à retentir. Alors, elle se leva, franchit le rideau pour s'approcher de l'infirmière de service.

— Je souhaite faire sa toilette mortuaire, lui indiqua-t-elle. J'aimerais qu'elle affiche une mine paisible quand nos parents viendront se recueillir. À ce propos, quelqu'un est-il parvenu à les joindre?

L'infirmière secoua la tête.

— L'une de mes subordonnées a essayé toute la nuit, mais les communications téléphoniques n'ont pas encore été rétablies. Je suis désolée.

Elle sourit avec compassion à Julie, dont elle pressa la main dans la sienne.

— Vous trouverez du linge propre et tout ce dont vous pourrez avoir besoin dans la pièce voisine.

Lorsque la jeune femme entreprit de laver le corps pâle et sans vie de Franny, des larmes se mirent à rouler lentement sur ses joues. Ensuite, elle l'essuya à l'aide d'une serviette douce, puis elle brossa ses cheveux, dont elle arrangea les boucles luisantes afin qu'elles encadrent joliment son visage d'ange avant de cascader sur ses épaules.

Dans le sommeil éternel qui venait de la ravir à ses proches avec une intolérable cruauté, la jeune femme ressemblait plus que jamais à une fée et, lorsque sa sœur lui baisa le front, avant de tirer lentement le drap sur elle, elle sut que, pour toujours, elle se la rappellerait ainsi – paisible, reposée, exemptée enfin des âpres combats qu'elle avait dû livrer.

Julie referma une dernière fois le rideau autour du lit, remercia l'infirmière, puis quitta la salle commune. Elle ne désirait pas voir les brancardiers la conduire à la morgue – elle refusait de l'imaginer seule dans ces sous-sols glacés où elle allait demeurer jusqu'à ce que leurs parents vinssent lui rendre visite dans la chapelle mortuaire.

La salle réservée aux prématurés, ainsi qu'aux nourrissons malades, se situait à l'extrémité du couloir. Quoi qu'il fût à présent 4 heures du matin, Julie en poussa bientôt la porte. Il s'agissait d'un endroit feutré, éclairé chichement, où s'alignaient de petits berceaux, sur lesquels veillaient deux infirmières et une VAD.

On avait dû prévenir l'infirmière la plus âgée de la visite imminente de Julie, car elle quitta son bureau pour l'accueillir avec chaleur.

— Nous avons donné son biberon à William, qui ne semble pas excessivement affecté par la vitesse à laquelle s'est déroulé l'accouchement. Mais il va devoir demeurer avec nous pendant quelques semaines car, pour le moment, il est beaucoup trop petit.

Julie suivit l'infirmière jusqu'au berceau, où elle baissa le regard sur l'être minuscule qui y dormait, inconscient de la tragédie qui avait accompagné non seulement sa conception, mais sa venue au monde.

— Puis-je le prendre dans mes bras?

Comme l'infirmière opinait, la jeune femme souleva l'enfant, posant sa joue contre sa toute petite tête, humant la douceur qui émanait de lui. Il était, aux yeux de sa tante, une part de Franny, son ultime et son plus précieux cadeau à l'homme qu'elle aimait. Julie se sentit presque écrasée par le poids des responsabilités qui lui incombaient maintenant.

William s'étira, se tortilla, grimaça, sa bouche pareille à un bouton de rose se mouvant comme s'il se rêvait en train de boire du lait.

— Nous allons bien nous occuper de toi, murmura sa tante. Avec maman, papa et moi, tu seras en sécurité, je te le promets.

Elle embrassa la joue duveteuse et le serra contre son cœur. Peu importaient désormais les obstacles à franchir, peu importait le temps qui s'écoulerait avant le retour de Bill: Julie et les siens protégeraient et chériraient cet enfant, ainsi que son aînée l'avait promis à Franny.

4

À peine avait-elle quitté l'hôpital que Julie enfourcha son vélo pour se rendre chez Mme Bessell, que la terrible nouvelle dévasta. Les deux femmes se consolèrent tant bien que mal en pleurant beaucoup, jusqu'à ce que la sage-femme parvînt à prendre son courage à deux mains pour monter dans la chambre de sa sœur.

Mme Bessell avait refait le lit, probablement durant l'interminable nuit qui venait de s'écouler, elle avait remis de l'ordre, pourtant Julie éprouva un affreux sentiment d'abandon, tandis qu'avec lenteur elle rassemblait les photos de famille, les quelques vêtements de la défunte, ainsi que la couverture que leur mère avait tricotée avec tellement d'amour. Elle éclata en sanglots lorsque, ouvrant le tiroir, elle y découvrit de petits habits d'enfant, auprès des lettres de Bill, réunies en paquet au moyen d'un ruban bleu. Franny avait nourri tant d'espoirs et de rêves… À présent, il ne restait de cette existence à peine vécue qu'une poignée de souvenirs dérisoires.

Une fois les effets de sa cadette remisés dans une valise que Mme Bessell lui avait prêtée, la jeune femme referma doucement la porte de la chambre, puis regagna le rez-de-chaussée pour y saluer la logeuse. Celle-ci se tenait sur le seuil de sa maison, son doux visage poupard empreint de tristesse. Julie lui promit de lui rapporter sa valise, de lui communiquer aussi la date et l'heure de l'inhumation.

Il semblait à l'infirmière qu'elle agissait en somnambule. Elle fixa la valise au porte-bagages de son vélo, puis partit… Mais, comme le soleil matinal perçait les fumées, Julie sentit la réalité la frapper soudain en plein visage, et lui broyer le cœur. Franny était morte…

Il était plus de 9 heures quand elle arriva au foyer. Ses consœurs, de même que les volontaires, devaient avoir déjà pris leur service, ce qui la soulagea, car elle n'avait ni la force ni l'envie de parler à quelqu'un. Mais alors qu'elle pénétrait dans le hall, elle entendit Horace et Mabel, la cuisinière, en train de se disputer âprement, la seconde reprochant au premier de n'être capable de rien dans sa cuisine, sinon d'y semer la pagaille.

Nés, puis élevés l'un et l'autre dans l'East End, tous deux possédaient un répertoire d'insultes riche et fleuri, dont ils usaient sans retenue. Par ailleurs, ils s'égosillaient tant et plus. Julie, recrue de fatigue au terme de ces heures tragiques, avait l'impression que chacune des injures qui volaient entre eux se changeait en poignard, les lacérant peu à peu l'un et l'autre. Ce fut pour elle la goutte qui fit déborder le vase. Elle éclata en lourds sanglots, grimpa l'escalier quatre à quatre… pour se retrouver, sur le palier, nez à nez avec l'infirmière en chef.

— Installez-vous dans mon bureau, lui dit cette dernière avec douceur. Je vais régler leur compte à nos deux lascars.

Julie déposa la valise sur le sol, avant de laisser enfin libre cours à ses émotions, qui se matérialisèrent en un torrent de larmes éperdues. Elle avait le cœur brisé, et le sentiment d'avoir failli, d'être passée à côté d'un indice qui, à coup sûr, lui aurait permis de s'apercevoir, lors de sa dernière visite à sa sœur, que celle-ci n'allait pas bien. Ce sentiment lui perforait l'âme. Les regrets la submergeaient. Jamais elle n'aurait dû s'absenter ce soir-là. Elle aurait dû, plutôt, retourner voir Franny, la faire admettre plus tôt à l'hôpital.

Elle finit par se rendre compte que l'infirmière en chef était de retour, qu'elle refermait derrière elle la porte au nez de l'épais silence qui régnait à présent dans tout le bâtiment. Ce fut ensuite le cliquetis d'une tasse sur sa soucoupe, que sa supérieure posa devant elle sur le bureau. Julie s'en voulait de se sentir à ce point égarée. Elle tentait à toute force de sécher ses larmes et de se ressaisir. Hélas, le drame qui venait de se produire l'avait frappée trop violemment, trop profondément – elle ne cessait pas de pleurer.

— Le Pr Philips m'a rendu visite, lui indiqua l'infirmière en chef. Je suis vraiment navrée pour votre sœur, mais vous ne devez pas vous en vouloir. Ce sont des choses qui arrivent, malheureusement, et ni vous ni personne n'aurait pu faire quelque chose pour prévenir cette tragédie.

Julie rassembla ce qui lui restait de courage. Elle se moucha, se tamponna les yeux, avant de prendre une profonde inspiration ; elle tremblait.

— C'est également ce que le Pr Philips m'a expliqué, fit-elle d'une voix rauque, la gorge nouée. Il s'est montré avec moi d'une grande gentillesse.

Elle prit la tasse et la porta à ses lèvres. Elle but une gorgée de thé chaud, additionné de lait, avec l'espoir que le sucre lui redonnerait un brin d'énergie.

— On m'a aussi indiqué que personne n'était encore parvenu à joindre vos parents, enchaîna l'infirmière en chef, son regard bleu pâle posé avec affection sur sa subordonnée. Les bombardements que nous avons subis la nuit dernière ont été rudes. C'est pour cette raison que la plupart des lignes téléphoniques ont été coupées. Je vous donne votre journée pour que vous alliez les voir, mais veuillez néanmoins garder votre uniforme et emporter votre trousse médicale, car officiellement, vous êtes censée être de service jusqu'à demain soir.

— Merci, infirmière en chef, répondit la jeune femme, l'échine raidie par les efforts qu'elle déployait pour garder contenance.

Le sourire que lui adressait sa supérieure se révélait chaleureux et plein de sollicitude :

— Je vous conseille de vous rendre à Stepney à bicyclette, car la plupart des lignes de tramway ont été endommagées, et les autobus ont bien du mal à circuler.

Julie opina, songeant que l'entretien était terminé, mais l'infirmière en chef se leva pour faire le tour de son bureau, puis lui prendre la main.

— Avez-vous mangé depuis hier soir?

La jeune femme ayant secoué la tête, sa supérieure soupira.

— Je l'aurais parié. Allez donc demander à Mabel de vous préparer un sandwich. Vous ne serez utile à personne si vous perdez connaissance.

Julie quitta le bureau dans un brouillard d'éreintement et d'affliction mêlés. Elle se sentait sale, dépenaillée, et si rompue qu'elle peinait à mettre un pied devant l'autre – quant aux casse-croûtes indigestes de Mabel, elle préférait s'en passer. Elle désirait seulement rentrer chez elle, retrouver son père et sa mère, chercher, au cœur de la maisonnette où Franny et elle avaient vu le jour, un peu de réconfort et de consolation.

Après avoir rangé la valise de Mme Bessell dans la garde-robe, elle se lava le visage et les mains, se peigna – de quoi se préparer un peu à affronter ses parents. Sa trousse à la main, elle se rendit au garage à vélos et, bientôt, elle pédalait en direction de Stepney.

L'air froid sur ses joues la revigora. Elle longea des demeures et des commerces que les bombes allemandes avaient frappés, louvoya entre les débris qui jonchaient chacune des rues qu'elle empruntait. Une sourde angoisse s'insinua en elle. Les quais et les entrepôts de l'East End avaient subi la nuit précédente un très violent assaut : où qu'elle posât le regard, partout se succédaient les dents creuses là où, la veille encore, se dressaient des édifices qu'elle connaissait depuis toujours ; ils n'étaient plus que gravats sur les chaussées autrefois bondées.

Un peu partout s'affairaient des ouvriers. On étayait des maisons menaçant ruine, on réparait les conduites de gaz ou les fils électriques, on remplaçait les câbles endommagés du téléphone. On démolissait les bâtisses qu'il aurait été trop dangereux de laisser debout. Et partout, les habitants, ahuris et confus, contemplaient le sinistre spectacle en serrant contre leur cœur les maigres possessions qu'ils avaient réussi à sauver du naufrage.

Ayant atteint les abords de Stepney, Julie accéléra. L'air humide et froid était saturé de fumée, fumée des usines et des cheminées, des bateaux à vapeur sur la Tamise, fumées vomies par les édifices en flammes. Londres ne tarderait plus à se trouver plongé dans une épaisse purée de pois.

L'église Saint-Paul, pour sa part, avait tenu bon, à l'instar du presbytère et des habitations voisines. Mais à mesure qu'elle se rapprochait de Backhouse Lane, le sang de la jeune femme se glaçait un peu plus, car à travers les tourbillons de fumée, il ne lui avait pas échappé que le paysage offrait un visage inédit.

Elle immobilisa son engin au bout de la rue. Ouvrit de grands yeux effarés sur le décor qui se déployait devant elle. Quatre rangées de maisons avaient été littéralement pulvérisées par l'aviation ennemie, changées en menus morceaux de brique et de béton – il continuait à flotter au-dessus de cette friche un nuage de poussière. Mais ce qui la choqua le plus fut l'usine d'outillage, qui depuis tant d'années dominait les demeures alentour, offrant en outre, aux habitants du quartier, l'abri le plus proche en cas d'attaque aérienne.

Julie ne parvenait même plus à raisonner. Devant ses yeux s'amoncelait une quantité phénoménale de débris fumants, et les énormes machines gisaient çà et là, démantibulées, comme broyées entre les mains d'un géant qui les aurait ensuite jetées sur le sol pour s'en débarrasser. Des hommes s'affairaient avec frénésie pour tenter de consolider les parois du trou qu'ils avaient creusé dans l'intention de porter secours aux malheureux toujours prisonniers des décombres, sous cette affreuse pyramide de matériaux disloqués, de tuyaux biscornus, de poutres en acier plus déformées les unes que les autres, et d'éclats de verre. Ces garçons devaient œuvrer là depuis de nombreuses heures.

Julie discernait des présences autour d'elle, devinait des voisins de ses parents réunis là, incrédules, rendus muets par le choc, mais elle ne pouvait détacher son regard de cet amoncellement funeste, prêt, semblait-il, à s'effondrer d'une minute à l'autre sur les sauveteurs. Ses parents étaient-ils descendus au fond de cet abri la nuit dernière? Ou s'étaient-ils rendus à l'ouest de leur quartier pour y célébrer leur anniversaire de mariage? Papa avait parlé d'un spectacle, puis d'un dîner au restaurant.

— Faites attention à vous, infirmière, parce qu'il y a des gens ici qui ont besoin de vous. Et il y en aura bientôt d'autres, si on réussit à les sortir de là.

La jeune femme tressaillit, se retourna vers l'homme, dont les traits souillés de suie disaient la terrible fatigue. Son uniforme de membre de la Protection civile était en lambeaux, ses cheveux embroussaillés, et il tenait à la main une pelle et une pioche.

— Je cherche mes parents, lui répondit-elle, hébétée. M. et Mme Harris.

— Désolé, mademoiselle. Le responsable du quartier a la liste, mais on l'a expédié du côté de Dock Road.

— Mon père s'appelle Bert Harris, insista Julie, au bord de la crise de nerfs. Il travaille pour le Service des eaux. Vous le connaissez sûrement.

— Désolé, mais vous feriez mieux d'aller à Saint-Paul pour obtenir des renseignements. Les prêtres ont installé les blessés légers dans l'église, et puisque vous êtes infirmière, ils seront sans doute ravis que vous vous joigniez à eux.

— Les sauveteurs sont-ils parvenus à faire sortir tout le monde ? s'enquit-elle d'une voix tremblante.

— Seulement les veinards qui se trouvaient à côté de la porte. Il doit encore rester une bonne centaine de personnes là-dessous.

Elle frissonna, essayant de repousser loin d'elle la vision cauchemardesque de ses deux parents enterrés vivants. Elle regarda son interlocuteur s'éloigner pour rejoindre ceux qui, avec l'énergie du désespoir, continuaient à creuser au cœur des décombres, cependant que des ouvriers se mettaient en quatre pour écarter du passage une volumineuse machine sans faire crouler la totalité des gravats. Deux ambulances, ainsi qu'une voiture de pompiers, se tenaient non loin, dont les équipages prêtaient main-forte aux secouristes et aux terrassiers.

Julie scruta les visages de celles et ceux qui, abasourdis, demeuraient plantés au beau milieu des ruines, espérant contre toute raison reconnaître parmi eux ses parents. En vain. Et, aux questions qu'elle s'obstinait à poser aux uns et aux autres, l'on ne répondait qu'en secouant la tête. Elle réprima un gémissement de terreur, avant de rebrousser chemin en direction de l'église.

Le père O'Neil la repéra à l'instant où elle posait le pied à l'intérieur de l'édifice religieux et se précipita vers elle, le visage pâli par la fatigue et les tourments.

— Dieu soit loué, souffla-t-il en saisissant dans les siennes les deux mains de la jeune femme. J'ai fait de mon mieux, mais c'est beaucoup trop peu, car je ne connais strictement rien à la médecine.

Il lorgna deux prêtres plus jeunes, qui s'efforçaient de venir en aide à une femme hystérique dont la blessure à la tête saignait abondamment.

— C'est dans des moments comme celui-là que je regrette que nous n'ayons pas de couvent, maugréa le père O'Neil en passant ses doigts dans ses cheveux grisonnants. Les religieuses, elles, sauraient comment s'y prendre.

— Je cherche mes parents, répondit Julie, du regard balayant les infortunés entassés là – si nombreux qu'ils occupaient tout l'espace au sol. Les avez-vous vus? Savez-vous s'ils sont sains et saufs, ou si on les a conduits à l'hôpital?

L'ecclésiastique fronça les sourcils.

— Ils ne sont pas ici. Et je ne les ai pas vus, mais il se peut que quelqu'un, ici, sache où ils se trouvent.

Julie ne tarda pas à repérer plusieurs voisins, qu'elle interrogea longuement, tandis que l'on soignait leurs plaies et leurs bosses, que l'on confectionnait des écharpes pour soutenir les bras ou les poignets brisés. Blottie dans un coin, Ivy, la meilleure amie de Franny, pleurait à chaudes larmes.

La jeune fille habitait la maison mitoyenne de celle des Harris depuis que sa mère l'avait déposée, alors qu'elle n'était encore qu'un bébé, sur le seuil de son oncle et de sa tante – l'identité de son père demeurait inconnue. Comme Julie l'étreignait pour tenter de la réconforter, elle lui narra un épouvantable récit.

— J'ai eu de la veine, parce que j'étais assise près de la porte. Quand tout a sauté, j'ai été éjectée jusqu'à l'autre côté de la rue. J'ai atterri directement dans l'arrière-cuisine de Ma Foster. Je me suis assommée contre son essoreuse à rouleaux, si bien qu'à l'arrivée des secours j'étais toujours dans les vapes.

Aussitôt, Julie évalua la gravité de ses blessures. Une très vilaine bosse à la tête pouvait fort bien représenter le signe avant-coureur d'une commotion cérébrale, il faudrait aussi recoudre l'entaille au-dessus de l'œil. L'infirmière se demanda enfin si Ivy ne s'était pas cassé le poignet. Pour le reste, elle avait en effet eu une chance folle.

Elle brûlait de lui demander si elle avait vu ses parents, mais dans le même temps redoutait d'entendre sa réponse, d'entendre les mots de la miraculée confirmer ses plus terribles craintes, aussi préféra-t-elle demeurer silencieuse, se contentant de nettoyer la plaie, puis de bander le poignet d'Ivy. Celle-ci finirait bien par parler.

La jeune fille renifla, tâchant de ravaler ses larmes avant de poser sur la sage-femme un regard assombri par l'effroi – elle avait été le témoin de scènes atroces. Son petit visage était souillé de suie, dans laquelle ses larmes avaient creusé de mauvais sillons ; le sang qui coulait de son estafilade complétait ce triste grimage.

— T'as vu ce qui reste de l'usine?

Julie opina, le cœur glacé, tandis qu'Ivy frissonnait en serrant ses bras autour de sa taille maigre.

— Je suis désolée, se remit-elle à sangloter, mais Bert et Flo étaient en plein milieu de l'abri. Ils jouaient aux cartes avec mon oncle et ma tante. Juste en dessous de toutes les grosses machines…

L'infirmière la considéra sans mot dire, rendue muette par les paroles qu'elle venait d'entendre et qui, désormais, ne cessaient plus de résonner à l'intérieur de son crâne à la façon d'un glas.

Ivy prit une profonde respiration, essuya ses larmes.

— Je sais pas ce qui leur est arrivé. Mais j'ai cherché, j'ai cherché pendant des heures. Je les ai trouvés nulle part.

Julie la serra de nouveau dans ses bras jusqu'à ce qu'elle arrêtât de pleurer. Quatre niveaux exclusivement occupés par de volumineuses machines. Comment quelqu'un pourrait-il survivre à une telle catastrophe?… Toutefois, la jeune femme gardait espoir. Elle exigeait de croire encore aux miracles. Après tout, si Ivy et d'autres voisins s'en étaient tirés, pourquoi ses parents n'auraient-ils pas, eux aussi, joui d'une chance insolente?

Elle prépara une écharpe pour le poignet de la jeune fille, luttant à chaque instant pour ne pas se laisser submerger par la terreur sourde qui continuait de s'insinuer en elle.

— Il faut que tu ailles à l'hôpital pour qu'ils examinent ta bosse à la tête, murmura-t-elle. Et je crois que tu t'es cassé le poignet.

— J'irai nulle part. Pas avant de savoir ce que sont devenus mon oncle et ma tante. À part eux, j'ai personne, tu comprends. Je n'ai qu'eux au monde.

En dépit de ses propres tourments, Julie passa un bras autour de ses épaules et l'étreignit lorsqu'elle se remit à sangloter. Elle n'avait plus la moindre intention de lui annoncer le décès de Franny. C'eût été trop cruel.

Pressée de se rendre à nouveau sur les lieux du désastre, la sage-femme attendit cependant qu'Ivy se fût un peu reprise, après quoi elle la confia à des membres du WRVS[1], qui venaient de paraître, désireuses d'offrir du thé, du réconfort et des couvertures aux survivants en état de choc. Puis elle quitta les lieux à la hâte, sauta sur sa bicyclette pour regagner l'endroit où se dressait naguère l'usine d'outillage.

Il régnait parmi la foule rassemblée là un lourd silence, tandis que s'affairaient toujours les sauveteurs qui, ne cessant de s'interpeller, agrandissaient le trou qu'ils avaient creusé, le consolidaient au fur et à mesure. Lorsqu'ils s'estimeraient prêts, ils descendraient dans ces profondeurs.

Julie retenait son souffle. On arrêta bientôt de creuser, et tout le monde à présent écoutait les voix étouffées de ceux qui s'étaient enfin risqués à s'aventurer dans les entrailles de la terre. Ils avaient déniché des survivants.

La foule soupira ; on se rapprocha, aimanté vers la béance par un fol espoir.

Avec d'infinies précautions, les secouristes élargirent le trou. La première rescapée, blessée mais capable de marcher, ne tarda pas à surgir. Elle cligna d'abord des yeux, ahurie, mais ses proches se ruaient déjà vers elle en pleurant de joie. Peu après, on remonta un garçonnet, auquel succédèrent un homme, puis deux femmes, et trois autres enfants accompagnés de leur mère. Un couple plus âgé vint ensuite, à ce point traumatisé qu'il fallut le diriger aussitôt vers une ambulance.

---

1. Women's Royal Voluntary Service : organisme bénévole dont l'objectif est d'aider les gens dans le besoin, en Angleterre, en Écosse et au pays de Galles.

La foule se rapprochait de plus en plus, tandis que les survivants se succédaient, sonnés par la lumière du jour et l'épreuve qu'ils venaient de traverser. L'espoir allait croissant.

Julie, s'avisant tout à coup que, du côté des sauveteurs, on manquait cruellement de bras, se rua dans leur direction pour se joindre à leur effort : elle jugeait d'un œil aiguisé la gravité des blessures, puis elle aiguillait les rescapés soit vers l'ambulance, soit vers l'église. Et chaque fois qu'un homme, qu'une femme ou un enfant renouait avec la lumière du jour, elle priait pour qu'ensuite vinssent ses parents.

La foule ne cessait plus de grossir. On affluait des quatre coins de Stepney pour assister au miracle en train de se produire, et pour prêter main-forte aux équipes de sauvetage. Les ambulances allaient et venaient, leurs cloches sonnaient continûment, cependant que les pompiers continuaient à consolider les gravats amoncelés, ainsi qu'à arroser, ici ou là, les petits départs de feu.

L'air était saturé de fumées nocives et de cendre, la poussière formait maintenant une manière de brouillard sulfureux qui faisait tousser l'ensemble des présents. Mais personne ne s'en souciait, car tous les yeux étaient braqués sur la sortie du puits, où résidait leur espoir. En effet, si tant de rescapés étaient déjà remontés des tréfonds de l'usine, pourquoi diable leurs proches n'auraient-ils pas survécu, eux aussi ?

Après qu'un vieillard fut sorti du trou en titubant si fort qu'il fallut l'aider à tenir sur ses jambes, il ne se passa plus rien durant de longues minutes. Le silence était total. Puis parurent des civières, que l'on déposa avec d'infinies précautions sur le sol. Ces gens étaient-ils grièvement blessés, ou s'agissait-il de leurs cadavres ?

Des couvertures empêchaient de distinguer les formes immobiles qui gisaient dessous, et que les brancardiers éloignèrent des gravats pour se délester de leur fardeau, avec respect eût-on dit, sur un carré de trottoir que les bombes avaient épargné. C'était là les premiers morts. Ce qui signifiait qu'il n'y avait plus de survivants.

Des cris jaillirent parmi la foule. Puis ce furent des pleurs, qui s'élevèrent dans le silence, alors que les sauveteurs continuaient à extraire de l'abri croulé d'autres défunts que leurs proches identifiaient peu à peu.

Julie les dévisagea un par un, terrorisée, mais gardant au cœur cette faible étincelle d'espoir qui l'empêchait de s'effondrer. Et elle priait pour que ses parents ne se fussent pas trouvés dans ce gigantesque tombeau, pour qu'Ivy se fût trompée, pour que…

Elle fixa soudain l'étrange amas difforme sous les deux couvertures – les sauveteurs venaient de déposer la civière.

— Mieux vaut ne pas regarder là-dessous, lui conseilla l'un d'eux. Ils ont été broyés. Broyés l'un contre l'autre, comme des frères siamois. Ce n'est pas beau à voir.

La dernière lueur d'espoir qui, l'instant d'avant, brillait encore dans l'âme de Julie, s'éteignit lorsque deux mains entrelacées glissèrent de sous les couvertures. Elle reconnut, au doigt de sa mère, la fine alliance en or et la bague de fiançailles ornée d'un grenat. Elle identifia aussi la manche de chemise de son père et, surtout, la montre que la direction du Service des eaux lui avait offerte pour le récompenser de ses quarante années de bons et loyaux services. Bert et Flo Harris étaient morts dans les bras l'un de l'autre, aussi unis dans le trépas qu'ils l'avaient été durant leur mariage…

— Non…, gémit leur fille. Non, je Vous en prie…

Elle se laissa tomber à genoux, saisit entre les siennes les deux mains réunies pour les porter à son cœur. Elle baisa ces deux mains, emportée soudain par un désespoir et un chagrin sans fond. Des larmes ruisselaient sur son visage, elle se balançait d'avant en arrière en pressant maintenant les deux mains mortes contre sa joue.

Sans plus savoir ce qui se déroulait autour d'elle, Julie ne tarda pas à perdre la notion du temps, agenouillée sur ce trottoir où elle avait joué durant son enfance. Elle ferraillait de son mieux pour tenter d'accepter le départ de ses parents, d'admettre que jamais plus elle ne les reverrait, n'entendrait leurs voix, n'éprouverait l'amour et la sécurité qu'ils lui avaient prodigués avec libéralité depuis sa naissance.

— Venez, Julie, fit une voix avec douceur, pardessus son épaule. L'ambulance attend.

Elle leva les yeux, considérant, à travers ses larmes, le prêtre sans comprendre.

— Je n'ai pas besoin d'ambulance, parvint-elle à articuler.

— Ce n'est pas pour vous, mon enfant…

Elle ne comprenait toujours pas, mais les mots, cette fois, ne franchissaient plus la barrière de ses lèvres. L'ecclésiastique l'ayant saisie sous les bras, il la remit sur ses pieds, mais ses jambes aussitôt se dérobèrent sous elle, et elle s'effondra contre le prêtre, dont elle cramponna la soutane souillée et couverte de poussière. Il étreignit la jeune femme, qui s'abandonna contre lui, ne brûlant plus que d'un peu de réconfort et de consolation, ne désirant plus que de sentir la robustesse et la chaleur d'un autre être humain, en cette heure ténébreuse et glacée.

Cependant, ce bref moment de répit manqua de la briser tout à fait, car ces bras n'étaient pas ceux de son père, ils n'étaient pas non plus ceux de sa mère ou de sa sœur. Tous trois s'en étaient allés. La conscience brutale d'avoir perdu presque simultanément les trois êtres qu'elle chérissait le plus la frappa avec la violence d'un coup de massue.

Elle s'agrippa plus fort au prêtre ; elle souffrait si affreusement que même ses sanglots ne suffisaient plus à l'apaiser.

L'homme la tenait contre lui, lui murmurant des paroles dont il espérait qu'elles la soulageraient un peu, mais ces paroles ne faisaient que rappeler à Julie celles qu'avaient jadis prononcées ses parents pour calmer ses terreurs d'enfant ou la consoler d'une égratignure au genou.

Elle finit par s'écarter de l'ecclésiastique, levant le regard vers le regard doux et brun de l'homme :

— Merci, chuchota-t-elle.

Il lui sourit avec tendresse et compassion.

— Croyez-vous que vous allez réussir à marcher ?

Elle hocha la tête.

— Je n'ai pas besoin d'ambulance, insista-t-elle, la voix brisée par l'émotion.

— L'ambulance est là pour conduire vos parents aux pompes funèbres. Vous pourrez les voir demain, dans la chapelle mortuaire.

Il semblait à Julie qu'elle n'avait plus à l'intérieur du crâne que du coton, qu'il lui devenait impossible d'introduire la moindre cohérence dans ses pensées. Elle fronça les sourcils.

— Demain ? Mais demain, je serai de service. Et puis, je dois prendre des dispositions pour l'inhumation de Franny.

Elle se remit à trembler, de nouvelles larmes menaçant de rouler sur ses joues.

Le prêtre se contenta de saisir sa trousse médicale, avant de la guider, parmi les débris, jusqu'à sa bicyclette.

— Mieux vaut que vous veniez avec moi, il me semble, hasarda-t-il, redressant le vélo tombé sur le sol, puis attachant la trousse sur le porte-bagages. Vous avez subi un terrible choc. Les membres du WRVS vont vous offrir une bonne tasse de thé bien chaud et bien sucré.

Julie laissa l'homme se charger de sa bicyclette et l'entraîner loin de cet endroit – l'ambulance, dont la cloche s'était mise à tinter, prenait le chemin de l'entreprise de pompes funèbres située derrière Ensign Street.

— Je ne les ai pas prévenus pour Franny, bredouilla-t-elle. Je ne leur ai pas parlé du bébé non plus.

— Ne vous tourmentez pas. Ils ont rejoint à présent notre Père qui n'est qu'amour, qui voit et qui sait tout.

La jeune femme, tandis que l'ecclésiastique l'aidait à gravir les marches menant à l'église, laissa échapper quelque chose comme une petite quinte de toux mouillée d'acide. Elle n'ignorait pas, bien sûr, que le prêtre ne cherchait qu'à apaiser son chagrin, mais ce «Père» dont il prétendait qu'Il n'était qu'amour était demeuré sourd aux prières de Julie – Il lui avait tourné le dos et, en quelques heures, l'avait privée pour toujours de sa maison et de ceux qui la peuplaient.

L'ecclésiastique s'abstint de tout commentaire. Il lui dénicha une place où s'asseoir, puis alla lui chercher une tasse de thé.

La jeune femme, alors, observa les malheureux autour d'elle, ainsi que les blessés, tous ayant convergé vers le lieu de culte dans l'espoir d'y trouver un peu de réconfort, un mot gentil. Peut-être certains d'entre eux se consolaient-ils grâce à la foi et la prière. Julie, pour sa part, tout à son désarroi, ne parvenait plus à croire que Dieu existât. Sinon, où était-Il quand les siens avaient eu besoin de Son aide comme jamais encore ils n'en avaient eu besoin?

Ce bref accès de colère eut pour effet de la ragaillardir. Elle leva les yeux vers le prêtre, de retour auprès d'elle avec une tasse de thé.

— Merci, fit-elle en refermant ses doigts glacés autour de la tasse. Dès que j'aurai fini, je m'en irai.

— Vous n'allez pas…

— Si, mon père. Il faut que je retourne à l'hôpital.

— En êtes-vous bien sûre?

L'homme fronça les sourcils, posant sur elle un regard si tourmenté qu'elle faillit flancher dans ses résolutions.

Elle détourna les yeux, vida sa tasse de thé.

— J'ai des responsabilités, murmura-t-elle. Veillez sur vos ouailles, mon père, et je prendrai soin des miennes.

Elle s'était exprimée avec sécheresse, elle ne l'ignorait pas, mais il lui était impossible de se comporter autrement. Si elle ne déguerpissait pas au plus tôt, elle s'effondrerait de nouveau, et plus jamais elle ne retrouverait la force d'accomplir ce qu'elle savait être son devoir.

Julie rejoignit Shoreditch en milieu d'après-midi et, bien qu'elle dormît presque debout, et que la faim la tenaillât, elle ne se rendit pas tout de suite au foyer.

Il régnait, dans l'hôpital de maternité, une atmosphère chaude et paisible. Un baume, après la dévastation et le chaos de Stepney. La jeune femme aperçut son reflet dans les vitres de la porte d'entrée, mais peu lui importait sa mise. Peu lui importaient ses cheveux en bataille, ses joues salies que les larmes avaient striées, ses bas en lambeaux et son manteau gris de poussière. Elle ne songeait qu'à William.

Indifférente aux regards qui la toisaient, elle se hâta en direction de la salle où l'on avait installé le nourrisson la nuit précédente. Elle franchit résolument les portes battantes… puis se tint là, ahurie, sans plus se rappeler quel berceau était celui de son neveu.

— Vous semblez épuisée, lui fit doucement remarquer l'infirmière en avisant son allure dépenaillée. Avez-vous accompagné les ambulanciers dans les quartiers bombardés ?

Julie, qui ne souhaitait pas s'étendre sur le sujet, se contenta de hocher la tête.

L'infirmière la poussa gentiment vers la sortie.

— Je vais vous montrer où faire votre toilette. Nous devons éviter tout risque d'infection. Surtout dans ce service.

Alors, seulement, Julie se rendit compte de l'inconscience professionnelle dont elle venait de faire preuve. Elle bredouilla quelques excuses, puis suivit son hôtesse dans la salle de soins. L'infirmière lui remit une savonnette, ainsi qu'une serviette propre, avant de refermer la porte derrière elle pour que la jeune femme pût jouir d'un minimum d'intimité.

Julie ôta son manteau, sa coiffe et son tablier, prenant soin, tandis qu'elle les glissait dans le grand sac en papier qu'elle promenait toujours avec elle, de ne pas faire tomber trop de poussière sur le sol immaculé. Elle se débarrassa ensuite de ses bas, qu'elle jeta dans la poubelle. En revanche, elle ne pouvait rien faire pour sa robe crasseuse et tachée de sang, aussi se mit-elle à emplir le lavabo d'eau bien chaude, avant de laver avec vigueur son visage, son cou et ses mains.

Lorsqu'elle se sentit propre à nouveau, elle plaça sa tête sous le robinet, utilisant le savon phéniqué pour débarrasser ses cheveux de leur poussière et de leurs souillures. Puis elle les frictionna avec la serviette pour les sécher au mieux – elle se félicita de les porter court.

Elle prit alors une profonde inspiration, afin de repousser une nouvelle vague de tristesse et d'éreintement qui menaçait de la submerger, puis obligea ses jambes défaillantes à la porter jusqu'à la pouponnière. Elle adressa un pâle sourire à l'infirmière qui, installée à présent sur un siège bas, donnait le biberon à l'un de ses jeunes protégés.

— Où se trouve William?

— Nous l'avons sorti de la tente à oxygène pour l'installer dans le berceau situé tout au fond de la salle.

L'infirmière posa sur sa visiteuse un œil préoccupé:

— Vous m'avez l'air complètement lessivée. Voulez-vous une tasse de thé?

— Seulement si ça ne vous dérange pas, répondit Julie, qui s'avançait déjà vers son neveu.

William pleurait. Son visage s'était empourpré, et il agitait ses poings menus avec colère.

— Vous pouvez le changer et lui donner le biberon, si le cœur vous en dit, indiqua l'infirmière à Julie. Les couches se trouvent dans ce placard, là, et on prépare les biberons dans la cuisine, de ce côté. Il suffit de les réchauffer.

Abrutie par la fatigue et le chagrin, elle s'exécuta. Puis une jeune aide-soignante lui apporta une tasse de thé, qu'elle but avec plaisir. Certes, le breuvage se révélait si léger qu'il n'avait pratiquement aucun goût, et l'on devinait à peine la présence d'un peu de sucre, mais cela aida suffisamment Julie à reprendre ses esprits pour poursuivre sa tâche.

Lorsqu'elle regagna la salle après être allée chercher un biberon en cuisine, William avait cessé de pleurer. Elle le souleva de son berceau pour le serrer contre son sein. Il ne pesait pas bien lourd, mais la jeune femme, percevant la chaleur apaisante du petit corps, en conçut un réel soulagement – l'enfant n'était-il pas là pour lui rappeler qu'en dépit des drames qui survenaient la vie, bon gré mal gré, continuait? Elle huma son odeur, posa sa joue sur son crâne duveteux, puis s'installa sur une chaise pour lui donner son biberon.

Elle regarda les doigts infimes se détendre et se replier successivement à mesure que se précisait pour l'enfant le plaisir d'être nourri. Avec quelle gloutonnerie il tétait!… La vulnérabilité de ce petit être, et le fait qu'il dépendît entièrement d'elle, ébranlèrent la jeune femme, qui acquit la certitude, en cet instant précis, qu'elle ferait tout ce qui serait en son pouvoir pour protéger William. Car à présent, ils n'étaient plus que deux au monde.

Quand Julie quitta l'hôpital, enfourchant sa bicyclette pour rentrer au foyer, l'air s'emplissait du raffut des Hurricane et des Spitfire qui se dirigeaient vers la côte. Elle n'y prit qu'à peine garde, occupée par le miracle de cet amour qu'elle venait d'éprouver, si puissant qu'il lui paraissait en mesure de soulever des montagnes. Cet amour-là, elle l'avait vu, y compris dans les plus misérables des taudis, lorsqu'elle plaçait pour la première fois un bébé dans les bras de sa mère. Cet amour-là, elle l'avait reconnu dans l'invraisemblable courage dont un père ou une mère pouvait parfois faire preuve quand son enfant se trouvait en danger. Cet amour-là, elle l'avait encore identifié dans les soins que prodiguait une mère, sans plus jamais se fatiguer, à son bambin malade.

William n'était pas né d'elle, mais tandis qu'elle l'étreignait doucement, lui donnait le biberon, puis le regardait s'endormir, elle avait senti cet amour, à nul autre pareil, la traverser de part en part. Un amour intense, et qui emportait tout. Plus puissant que tout ce qu'elle aurait pu imaginer. Et, dans le même temps, cet amour-là consolait, il devenait un précieux soutien, car alors qu'elle prenait soin de l'enfant, Julie avait perçu un petit quelque chose qui ressemblait à du réconfort.

La cuisine était déserte, mais Julie découvrit une assiette pleine sur la plaque chauffante. Elle se mit à manger. La sauce avait séché, les bords du hachis durcissaient, et les feuilles de chou, un peu racornies, brunissaient à vue d'œil, mais elle avait si faim qu'elle engloutit sa portion sans broncher. Dans le garde-manger, elle dénicha une part de tarte aux pommes, qu'elle dévora aussi, pour la faire descendre avec une tasse de thé. Enfin, elle se renversa sur sa chaise, revigorée – son besoin de sommeil se faisait moins pressant.

La pendule murale tictaquait puissamment dans le silence de la pièce et, lorsque Julie la consulta, elle fut éberluée de constater qu'il était plus de 17 heures.

Alors que la jeune femme rinçait ses deux assiettes, l'infirmière en chef surgit dans la cuisine.

— J'ai confié votre planning à l'infirmière Preston, lui annonça-t-elle sans préambule. Soyez tranquille, elle a veillé sur l'ensemble de vos patients durant votre absence.

— Je lui revaudrai ça, murmura Julie.

Pauvre Polly Preston, qui déjà ne chômait pas…

L'infirmière en chef s'empara de la bouilloire, qui jamais ne quittait la plaque chauffante du fourneau, posant un œil réprobateur sur la robe souillée de Julie et sur ses jambes nues.

— Je vous conseille vivement de prendre un bain, puis d'aller vous coucher. Vous reprendrez le travail demain matin, quand vous aurez récupéré.

— Merci, infirmière en chef, mais j'aurais besoin d'un peu de congé pour organiser les funérailles.

Comme sa supérieure haussait un sourcil, elle l'informa du décès de ses parents.

— Bien sûr, commenta cette dernière.

Elle lui sourit avec douceur.

— Le sort ne vous a pas épargnée, c'est le moins qu'on puisse dire. Prenez donc un congé jusqu'aux inhumations. Ensuite, et seulement si vous vous sentez de taille à reprendre le travail, vous reviendrez parmi nous.

— Merci, infirmière en chef.

— J'ai déjà pris contact avec l'agence d'adoption de l'Église, enchaîna celle-ci en préparant à nouveau du thé, puis en disposant sur un plateau une soucoupe, une tasse et deux biscuits. Le dossier devrait être prêt quand le bébé de votre sœur quittera l'hôpital.

Julie considéra sa supérieure d'un œil hagard.

— Mais... William n'est pas candidat à l'adoption. Je suis là pour lui, et quand son père reviendra...

— Je ne pense pas que vous ayez songé sérieusement à votre situation, la coupa l'infirmière en chef, qui s'était rembrunie. Vous n'êtes pas mariée. Vous ne pouvez tout de même pas élever seule un enfant. Imaginez un peu le scandale que cela provoquerait. Par ailleurs, il ne serait pas question que vous poursuiviez votre activité professionnelle, encore moins que vous restiez dans ce foyer, qui ne possède pas de garderie.

L'implacable poids de la réalité commença de peser très lourd sur les épaules de Julie.

— Mais j'ai promis à Franny de prendre soin de lui, objecta-t-elle, la voix tendue par le tourment. Or, elle m'a clairement indiqué qu'elle ne voulait pas que son enfant soit élevé par des inconnus.

— Sans doute pourrait-il...

— Il restera avec moi jusqu'au retour de son père, décréta soudain la jeune femme.

Les lèvres de l'infirmière en chef se réduisirent à une ligne mince, et son regard se durcit. À l'évidence, elle n'appréciait pas le ton péremptoire sur lequel sa subordonnée venait de s'adresser à elle.

— Que se passera-t-il si le père en question ne revient pas? Votre sœur et lui n'étaient pas mariés. Il se peut qu'il n'ait pas la moindre envie d'endosser pareille responsabilité.

Jamais Julie n'avait envisagé cette possibilité, en sorte qu'elle hésita un moment avant de répondre:

— Il aimait Franny, et elle lui faisait confiance. Il ne tournera pas le dos à son propre fils.

— Dans ce cas, il ne nous reste plus qu'à espérer qu'il ne décevra pas la foi que vous avez en lui. Quoi qu'il en soit, cela ne résout rien dans l'immédiat. Qui va s'occuper de cet enfant en attendant le retour de son père?

Elle poussa un lourd soupir, regarda par la fenêtre – Horace binait le potager avec paresse.

— Élever un enfant, enchaîna-t-elle, radoucie, cela requiert une attention de chaque instant, sans compter la formidable quantité d'énergie qu'il faut puiser en soi pour y parvenir. C'est bien pour cette raison que les femmes cessent de travailler quand elles deviennent mères, à moins qu'elles ne puissent pas faire autrement.

Elle se retourna vers Julie.

— Vous êtes encore très jeune, infirmière Harris, et même si vous êtes une sage-femme hautement qualifiée, vous n'avez pas la moindre idée des efforts et de l'engagement total qu'exige le fait d'élever un enfant. Il vous sera impossible de prendre soin de William et de continuer à exercer votre métier d'infirmière sans l'aide d'une famille pour vous soutenir et vous guider.

Elle la dévisagea avec acuité.

— Je suppose que Bill a de la famille. Confiez-leur le bébé.

Julie s'empourpra, et détourna le regard.

— Ils vivent dans le Yorkshire, dit-elle à voix basse, et jamais ils n'ont répondu aux lettres que Franny leur a envoyées pour leur parler de l'enfant. Je ne crois pas que…

— Je l'aurais parié. La plupart des gens ont du mal à accepter qu'un bébé soit conçu en dehors des liens du mariage. Même si ce bébé est censé être celui de leur fils.

La jeune femme ne goûta guère l'insinuation selon laquelle William pourrait ne pas être l'enfant de Bill, mais elle garda le silence, désireuse de ne pas envenimer la situation.

L'infirmière en chef se plongea longuement dans ses pensées.

— Existe-t-il d'autres membres de votre famille, qui seraient susceptibles de vous épauler?

— J'ai une sœur aînée, Eileen, répondit Julie d'un air dubitatif. Mais elle est partie s'installer à Cliffehaven, sur la côte, il y a déjà de nombreuses années, et nous avons perdu tout contact avec elle.

— Eh bien… je vous conseille vivement de tenter de la joindre. Il se pourrait en effet qu'elle représente votre seul espoir.

Sa cadette n'y croyait pas une seconde. Eileen, après son départ, n'avait plus souhaité entretenir la moindre relation avec les siens, elle s'était montrée, sur ce point, on ne peut plus claire. Jamais elle n'avait envoyé de lettre, jamais elle ne leur avait rendu visite. Julie ne savait même pas si elle était mariée ni si elle vivait toujours à Cliffehaven.

— Je vais lui écrire pour lui exposer la situation. Mais l'adresse dont je dispose est déjà ancienne. Il se peut qu'entre-temps elle ait déménagé.

— Prions pour qu'elle accepte de se charger de cet enfant. Car dans le cas contraire, si vous persistez à vouloir commettre cette folie de l'élever seule, vous serez contrainte de démissionner.

Le cœur de la jeune femme battait à rompre, ses pensées dansaient la sarabande à l'intérieur de sa boîte crânienne.

— William ne quittera pas l'hôpital avant plusieurs semaines, se hâta-t-elle d'avancer, et il me faut du temps pour prendre des dispositions concernant ma sœur et mes parents. Puis-je conserver mon emploi jusque-là ?

— Bien entendu. Nous manquons déjà de personnel, et vous comptez parmi nos meilleurs éléments. Peut-être ces quelques semaines de réflexion vous permettront-elles de revenir sur votre décision. Peut-être comprendrez-vous que l'adoption ou le placement dans une famille d'accueil reste pour votre neveu, comme pour vous, la meilleure solution.

Julie la regarda quitter la cuisine avec son plateau. Elle avait le dos très droit, le port de tête presque militaire. Le rythme de ses pas possédait la perfection de qui sait où il va et pour quelle raison ; ni trop lent ni trop rapide. Le conseil que venait de lui prodiguer l'infirmière en chef Starkey était sensé, elle ne l'ignorait pas, étayé par une sagesse accumulée au fil des ans, ainsi que par un bon sens à toute épreuve… mais il n'était pas question pour Julie de rompre la promesse qu'elle avait faite à sa sœur.

Toutefois, en gardant William auprès d'elle, elle allait voir devant elle se dresser mille et un obstacles auxquels elle n'avait pas songé au chevet de Franny, lorsqu'un puissant mélange d'amour et d'affliction guidait seul ses pas. À présent que sa supérieure venait de lui jeter littéralement la réalité au visage, ces obstacles lui semblaient insurmontables.

5

Julie n'imaginait pas qu'elle réussirait à fermer l'œil après sa conversation avec sa supérieure, mais une fois qu'elle eut pris un bain et se fut couchée, elle s'endormit aussitôt, pour ne se réveiller qu'à 6 heures le lendemain matin, lorsqu'on alluma les lumières.

— Salut, la Belle au bois dormant, murmura Lily.

Elle s'assit sur le bord du lit de son amie, vêtue du pyjama rayé de son frère, à l'intérieur duquel sa silhouette menue se perdait.

— L'infirmière en chef nous a tout raconté, ne t'en fais pas. Comment te sens-tu?

— Comme si j'étais passée sous un autobus, grommela Julie en peinant à s'asseoir dans son lit. J'éprouve des douleurs dans des muscles dont je ne connaissais même pas l'existence.

Elle remonta la couverture râpeuse jusque sous son menton, mordue par le froid qui avait déposé du givre à l'intérieur des vitres, et par le vent glacé qui sifflait sous la porte.

— Tu as dû crouler sous le travail à cause de moi, hier, fit-elle en prenant dans la sienne la main de Lily. Je suis vraiment navrée.

— Tu aurais fait la même chose pour moi, voyons.

La jeune femme posa sur son amie ses grands yeux bleus chargés de compassion.

— On m'a dit que Franny avait accouché d'un petit garçon. Cela doit te consoler un peu, j'imagine.

Julie replia ses genoux contre sa poitrine, y posa son menton :

— Il est magnifique, soupira-t-elle. Tellement petit, tellement adorable... Et en même temps, on devine en lui une incroyable volonté de vivre. Si tu le voyais téter son biberon...

Lily fronça les sourcils.

— Je comprends, mais n'oublie pas que cet enfant n'est pas le tien. Ne t'entiche pas trop de lui. Sinon, tu souffriras d'autant plus le jour où tu devras t'en séparer.

— Je n'ai pas l'intention de m'en séparer. J'ai promis à Franny de le garder auprès de moi jusqu'au retour de Bill.

Lily prit les mains de son amie.

— Tu divagues, voyons. Que se passera-t-il si Bill est tué au combat? Ou s'il décrète à son retour qu'il ne veut pas de ce bébé? Tu te retrouveras coincée.

— Je ne peux pas me permettre de raisonner de cette façon, s'obstina Julie.

— Tu devrais, pourtant, murmura Lily.

Elle se rapprocha, passa un bras autour des épaules de son amie.

— Je n'ai pas la moindre envie de te rudoyer, Julie, dit-elle avec douceur, mais tu ne vois pas la situation sous son vrai jour. Et ton métier? Comment subviendras-tu à tes besoins et à ceux du petit? Et où t'installeras-tu?

— Je me débrouillerai. Et puis, il y a ma sœur aînée, à Cliffehaven. Si ça se trouve, elle acceptera de nous accueillir chez elle. D'ailleurs, là-bas, nous serions plus en sécurité. Ici, il pleut des bombes tous les jours.

— Mais ici, tu as ton travail, tu as tes amis. Il y a Stanley. Vous étiez censés vous marier, non? As-tu l'intention de nous abandonner tous?

Julie n'avait nulle envie de quitter la place de sage-femme infirmière qu'elle occupait à Londres. Encore moins de couper les ponts avec son fiancé et ses amis. Elle dévisagea Lily un long moment et, peu à peu, tandis que ses pensées tourbillonnaient, une idée germa dans son esprit.

— Si Stanley et moi nous mariions le plus vite possible, nous pourrions nous occuper ensemble de William. Nous pourrions trouver un logement bon marché où nous installer tous les trois, et je travaillerais à mi-temps.

Lily la considéra avec gravité.

— Tout ça est bien joli en théorie, mais avant de prendre tes rêves pour des réalités, tu ne crois pas que tu devrais d'abord parler avec Stanley?

— Je lui parlerai demain, décréta Julie en repoussant la couverture et le drap. Nous ne devions pas nous voir avant mercredi, mais demain, il terminera son service à 14 heures. Je pourrai lui rendre visite chez lui.

Comme elle tendait la main vers sa robe de chambre, Lily l'arrêta dans son geste.

— Réfléchis un peu, Julie. Les hommes ont parfois des réactions inattendues. Et ils n'aiment pas qu'on les brusque, qu'on les oblige à prendre des décisions en deux temps, trois mouvements. Si ça se trouve, Stanley refusera de…

— Il ne me fera pas faux bond, l'interrompit son amie, ragaillardie par sa certitude d'avoir à l'instant trouvé la solution à tous ses problèmes.

— Si tu le dis, murmura Lily, qu'elle n'avait pas convaincue.

Julie l'ayant étreinte, elle se rua vers la salle de bains. Enfin, la journée qui s'annonçait avait cessé pour elle de lui apparaître sous la forme d'une affreuse nuée d'angoisse et de chagrin.

Elle avait quitté le foyer après le petit-déjeuner, vêtue de sa plus jolie robe en laine et de ses plus beaux souliers. Un béret complétait sa mise, ainsi que le manteau de son uniforme, qui lui tenait chaud en cette journée venteuse. Elle s'était rendue au chevet de William, où elle était demeurée pendant une heure, elle l'avait changé, puis lui avait donné le biberon, avant de lui faire un câlin jusqu'à ce qu'il sombrât dans le sommeil. Alors seulement, elle s'était levée, et l'avait contemplé longtemps avant de s'éclipser sur la pointe des pieds.

Comme elle pédalait en direction de Stepney, elle huma l'air frais monté de la Tamise, en même temps que le vent – le froid lui piquait le visage. Il glaçait aussi son cœur. Elle redoutait en effet de regagner cette rue où ils avaient vécu ensemble, mais elle savait qu'elle devait s'y rendre, car il pouvait s'y trouver encore quelques vestiges de leur existence passée au milieu des décombres.

Elle s'immobilisa un moment devant l'église Saint-Paul. Les portes, grandes ouvertes, semblaient l'inviter à entrer. Elle descendit de son vélo, l'appuya contre un mur, puis pénétra avec hésitation à l'intérieur de l'édifice religieux. Sa famille, qui n'était pas catholique, estimait que les églises ne servaient que pour les baptêmes, les mariages et les enterrements. Ah… oui… Il y avait aussi, de loin en loin, la messe de minuit… C'est pourquoi Julie se faisait l'effet d'une intruse, tandis qu'elle passait avec lenteur devant le bénitier pour s'engager dans la travée centrale.

Il régnait là un silence respectueux, et la lumière du soleil se déversait dans l'édifice, à travers les vitraux, en arcs-en-ciel sublimes. L'odeur de l'encens était puissante, cependant que les flammes des cierges vacillaient sur l'autel, ou étincelaient sur les porte-cierges en cuivre. Au-dessus de l'autel se dressait le Christ en croix. Les murs de pierre s'ornaient de peintures représentant les diverses stations de son Calvaire.

Julie se dirigea sans bruit vers l'un des bancs et s'assit. Plusieurs personnes y priaient à genoux, leurs lèvres se mouvant en silence, tandis que leurs doigts couraient sur les grains de leurs chapelets. La jeune femme sentit une quiétude inattendue s'emparer d'elle – les fantômes bienveillants de plusieurs générations de fidèles s'approchèrent pour la consoler, en ce lieu séculaire où elle tentait de redonner sens à sa vie. Elle ne priait pas. Ne savait comment, au juste, on s'y prenait pour prier. Mais elle ferma les paupières et se rappela ceux qu'elle venait de perdre... Un peu de réconfort lui vint...

Alors qu'elle quittait l'église, un peu moins égarée qu'en y entrant, le père O'Neil se précipita dans sa direction, sa soutane voletant autour de ses chevilles.

Lui tendant les deux mains, il sourit :

— Julie, je suis ravi de vous voir ici, dans mon église.

— Je me contentais de passer devant, mais l'envie m'est venue tout à coup d'entrer.

Elle dégagea ses mains, que le prêtre serrait encore, bien décidée à lui faire comprendre que la foi ne lui était toujours pas venue.

Il opina.

— Je me suis entretenu avec M. Simms, le directeur de l'entreprise de pompes funèbres. Je suis désolé, mais il ne vous sera pas possible de voir vos parents. Leurs blessures sont...

— Ça ne fait rien, se hâta de le couper Julie. Ce n'est pas là que je me rendais, de toute façon. Je préfère me les rappeler tels qu'ils étaient de leur vivant.

Elle lui adressa un sourire tremblant :

— D'ailleurs, il faut que j'y aille. Si vous n'y voyez pas d'inconvénient...

Quelques minutes plus tard, elle atteignait ce qui avait dû être, selon ses estimations, l'une des extrémités de sa rue. Les lieux étaient méconnaissables.

Elle descendit de sa bicyclette et la poussa à côté d'elle, piétinant des gravats, contournant des tuiles brisées, des cadres de fenêtres qui avaient volé en éclats. Des briques en miettes. Une portion de mur avait résisté, qui se dressait à présent au cœur des ruines. Julie reconnut le rideau qui voletait à ce qu'il restait de la fenêtre. Il s'agissait de la demeure de Ma Foster – elle identifia l'essoreuse à rouleaux contre laquelle Ivy s'était assommée, là où, hier encore, se situait l'arrière-cuisine.

Julie se tourna, examina les vestiges de son propre logis. Le seuil, que sa mère avait, chaque matin, briqué avec tant d'ardeur, disparaissait sous un mélange de briques, de mortier, de tuyaux de plomb tordus par les explosions. Le fourneau, en revanche, avait survécu, trônant de tout son poids au milieu du carnage – et au-dessus duquel le fauteuil préféré de son père s'était trouvé projeté. La jeune femme déposa son vélo sur le sol, puis se fraya un chemin parmi le verre brisé et les éclats de bois.

Elle parvint à s'emparer du fauteuil. Il était certes couvert de poussière et de saletés diverses, mais il était entier. Après avoir posé son manteau dessus, elle s'y assit. Pour un peu, elle aurait entendu le rire de son père face à l'absurdité de l'acte qu'elle venait d'accomplir – Julie ne put s'empêcher de sourire à travers ses larmes.

La pendule, elle, avait été réduite en miettes, et du précieux poste de radio il ne demeurait rien – une lourde poutre l'avait pulvérisé. L'évier gisait au centre de la cour. Les photographies que sa mère avait collectionnées se trouvaient éparpillées de droite et de gauche. Le verre qui les protégeait s'était cassé, l'eau avait eu raison des clichés, mais les cadres, étonnamment, se révélaient intacts.

Julie ramassa les photos une à une, y compris les plus endommagées, avant de les remiser avec précaution dans son sac à main, où elles seraient en sécurité. Piquée dans les gravats, comme en sentinelle, elle ne parvenait pas à admettre que c'était bel et bien là que se dressait autrefois sa maison. Elle s'apprêtait à quitter les lieux, lorsqu'une rafale de vent fit voleter quelque chose. Elle s'approcha. Il s'agissait d'une pièce d'étoffe, salie et trempée – le cœur lui manqua : elle avait reconnu la plus jolie robe de sa mère.

Ravalant ses larmes, elle alla récupérer, non sans mal, le vêtement accroché à un clou planté dans l'une des poutres effondrées. De sa vie de famille, il ne restait rien d'autre.

— Merci, murmura-t-elle à ses parents dans le silence qui la cernait. Je vous aimerai jusqu'à mon dernier souffle.

Il était près de 15 heures lorsqu'elle quitta Stepney, car après s'être recueillie sur les ruines de son existence passée, elle s'était rendue aux pompes funèbres pour organiser l'inhumation de sa sœur et de ses parents. Tous trois seraient enterrés dans le cimetière du quartier. Ayant ensuite déniché, au coin d'une rue, un troquet miraculeusement épargné par les bombardements, Julie s'y était offert une tasse de thé, puis elle était retournée à l'église, afin de tenter d'apprendre ce qu'il était advenu de cette pauvre Ivy.

Une véritable armée de femmes aidaient les deux jeunes prêtres de la paroisse à nettoyer les lieux. Elles assurèrent à Julie que le père O'Neil avait pris toutes les dispositions nécessaires afin que la jeune fille s'en allât vivre chez la belle-sœur de sa tante, qui habitait sur la route de Rainham. Ravie d'apprendre qu'Ivy avait un nouveau foyer, Julie avait remercié les bénévoles, avant de se diriger vers Poplar, où logeait Stanley.

L'aviation ennemie y avait causé à peu près autant de dégâts qu'à Stepney – les lugubres squelettes de bâtiments soufflés par les explosions se dressaient au bord de vastes cratères débordant de gravats. Lors d'une attaque survenue au mois de janvier, les bombes incendiaires larguées par les Allemands avaient embrasé l'ensemble des rues du quartier, si bien qu'aujourd'hui les demeures qui avaient tenu bon se trouvaient noircies par les fumées d'une bonne centaine d'incendies successifs. Sur la plupart des fenêtres, on avait cloué des planches et, pour en assurer l'étanchéité, installé sur les toits des bâches et des plaques de tôle ondulée.

La porte menant au logis de Stanley se situait sur l'un des flancs d'un bureau de tabac. L'étroite ruelle qui y menait se terminait par un muret permettant d'éviter que les eaux de la Tamise vinssent l'inonder parfois. Comme Julie calait sa bicyclette contre un réverbère, elle vit passer avec lenteur un énorme bateau de marchandises. L'âcre odeur du fleuve aux eaux boueuses vous prenait aux narines, cependant qu'au-dessus des têtes des mouettes criaillaient, qui se querellaient pour quelque menu morceau dans les gouttières. La corne de brume du navire marchand émit son assourdissant signal, auquel d'autres répondirent. La jeune femme se félicita de ne pas habiter ces parages.

Elle actionna plusieurs fois le heurtoir avant d'entendre le bruit d'une fenêtre à guillotine qu'on levait.

— Dégagez ! J'essaie de dormir, bon sang de bonsoir !

Julie recula d'un pas, leva les yeux vers le visage furibond.

— C'est moi, Stanley! Il faut que je te parle.

Contrarié, le jeune homme referma la fenêtre sans ménagement, au point que sa fiancée se demanda s'il n'allait pas la laisser ainsi sur le seuil. Quelques minutes s'écoulèrent, et elle s'apprêtait à quitter les lieux lorsqu'elle l'entendit descendre l'escalier d'un pas pesant. Son cœur battait la chamade, et elle avait la gorge sèche. Peut-être avait-elle eu tort de venir jusqu'ici...

La porte s'ouvrit. Stanley était pieds nus, et il avait enfilé à la hâte un pantalon sur son pantalon de pyjama. Sa chemise, qu'il n'avait pas pris le temps de boutonner, dévoilait un torse velu et musclé. Il avait les cheveux embroussaillés, n'était pas rasé, et paraissait de très mauvaise humeur.

— J'ai bossé toute la nuit, se plaignit-il, et je venais à peine de m'endormir. J'espère que c'est important.

Jamais encore elle ne l'avait vu si débraillé, au point qu'elle hésita à se lancer.

— Ça l'est, en effet, répondit-elle dans un souffle, en reculant d'un pas. Mais tu es épuisé. Je repasserai plus tard.

Il ouvrit plus grand la porte, d'un mouvement du menton désignant l'escalier.

— Bah, tu es là, maintenant, fit-il, malgracieux. Et puis je suis réveillé. Tu ferais mieux d'entrer.

Douchée par cet accueil auquel elle ne s'attendait pas, Julie pénétra néanmoins dans le petit vestibule où flottait une odeur mêlée de crasse et d'humidité, de graillon, sans compter le goût infect que son appréhension lui laissait dans la bouche.

Lorsque Stanley eut refermé la porte, ils se trouvèrent plongés dans l'obscurité.

— On n'a plus de gaz, indiqua-t-il avec aigreur. Fais attention où tu mets les pieds.

Doutant de plus en plus du bien-fondé de sa démarche, elle le suivit dans l'escalier. Sur le palier se donnaient à voir quatre portes – l'étrange odeur du rez-de-chaussée se faisait, ici, plus puissante encore.

— Qu'est-ce que c'est que cette puanteur? s'enquit-elle en fronçant le nez.

— Deux matelots indiens ont emménagé il y a quelques jours. Ce que tu sens, c'est du curry. Je trouve ça bon, mais je préfère nettement la gelée d'anguille.

Après s'être passé les doigts dans les cheveux, il posa une main sur la poignée de la porte, interrompit son geste.

— Tu voudras bien excuser le désordre, fit-il, mal à l'aise. Je n'attendais pas de visite.

— J'ai sans doute vu bien pire pendant mes visites à domicile, le rassura Julie, sur un ton de légèreté qu'elle n'éprouvait pas. Peut-on entrer et ouvrir une fenêtre? Cette odeur me soulève le cœur.

Stanley s'exécuta, et elle le suivit. Elle nota aussitôt le lit en désordre, une pile de linge sale dans un coin de la pièce, les assiettes avec des restes de nourriture, les bouteilles de bière vides jonchant le sol. C'était une petite chambre qui sentait le renfermé, meublée d'un lit d'une personne, d'une armoire et d'une commode. Partout gisaient de vieux journaux et ce que Julie soupçonna être des revues pornographiques.

Elle s'empressa de tourner la tête, mais Stanley devait avoir surpris son regard, car il rassembla les publications à la hâte, avant de les fourrer dans un tiroir. Ayant aussi pris conscience de sa chemise ouverte, il la boutonna, puis redressa la pile de linge sale.

— On ne peut s'asseoir que sur le lit, désolé, ce gourbi est minuscule.

Julie, de son côté, s'épouvantait en silence de l'état de la chambre. Ainsi, songea-t-elle, son fiancé vivait comme un souillon – elle ne s'étonnait plus qu'il ne lui eût jamais proposé de prendre une tasse de thé chez lui. Cela dit, jamais elle n'aurait accepté pareille invitation. Elle n'était pas ce genre de fille. Elle s'installa tout au bord du lit douteux, les genoux et les chevilles résolument serrés, l'étui contenant son masque à gaz posé dans son giron, comme une infranchissable barrière entre les deux jeunes gens.

Stanley, pour sa part, semblait revenu de son embarras, car il lui décocha le genre de sourire espiègle dont il était coutumier, tout en roulant une cigarette.

— Tu es belle comme un soleil, dis donc, assise sur mon plumard. Alors, qu'est-ce qui t'amène? Tu avais peur que je m'en aille jouer les jolis cœurs?

Il gloussa, plaça la cigarette entre ses lèvres et s'empara d'une boîte d'allumettes.

— Ne te fais pas de bile, poursuivit-il. Je suis trop crevé pour penser à la bagatelle.

Le cœur de Julie battait contre ses côtes. Il ne s'agissait en rien du Stanley qu'elle connaissait jusqu'alors. Elle n'aurait pas dû venir. Elle aurait mieux fait de patienter jusqu'à mercredi soir, comme initialement convenu.

Le garçon frissonna, referma la fenêtre, sans se soucier du malaise éprouvé par sa fiancée, que l'odeur du curry incommodait toujours. Il s'assit sur l'appui de fenêtre, où il fuma sa cigarette, son œil sombre rivé au visage de la jeune femme à travers la fumée.

— Alors… Qu'y a-t-il donc de si urgent? Ça ne pouvait vraiment pas attendre mercredi?

Julie humecta ses lèvres desséchées. Le doute à présent l'assaillait, mais elle était venue jusqu'ici avec une intention bien précise. Il n'était pas question qu'elle renonçât si près du but. Elle serra plus fort l'étui de son masque à gaz, sans plus lâcher du regard le diamant minuscule qui ornait sa bague de fiançailles. Elle lui rapporta par le menu les événements survenus durant les dernières vingt-quatre heures.

— Je suis navré, ma chérie. C'était des gens épatants. Auprès d'eux, je me sentais chez moi.

Il termina sa cigarette, se débarrassa du mégot en le jetant dans l'une des bouteilles de bière vides.

— Je n'ai rencontré Franny que deux ou trois fois, mais elle m'a paru douce et gentille. Quel malheur. Pour elle et pour le bébé.

— Le bébé, justement… Il s'appelle William. William est vivant. Les médecins veillent sur lui à l'hôpital. Il est né légèrement trop tôt, c'est pour cette raison qu'on le maintient sous surveillance médicale jusqu'à ce qu'il ait pris un peu de poids.

Elle hésita, puis se lança : elle lui révéla la promesse qu'elle avait faite à Franny peu avant sa mort, puis les difficultés auxquelles elle se heurterait forcément en élevant seule cet enfant.

Stanley plissa les yeux, la fixa à la manière d'un chat prêt à dévorer un oiseau.

— Dans ce cas, tu ne peux pas te charger de lui. D'ailleurs, ce ne serait pas convenable.

— Mais il le faut. J'ai promis.

Le garçon l'observait sans ciller.

— Si tu romps ta promesse, ta sœur n'en saura rien, déclara-t-il sur le ton du constat. Par-dessus le marché, tes parents ne sont plus là non plus. Il faut que tu le places dans une famille d'accueil. Et si son père ne revient pas des combats, un couple l'adoptera.

Julie le dévisagea. Il n'avait pas écouté un traître mot de ce qu'elle venait de lui dire. Il n'avait pas la moindre idée, non plus, de ce que cette promesse faite à Franny représentait pour elle.

— Je ne trahirai pas ma promesse, Stanley, fit-elle, la voix brisée par l'émotion.

— Ne sois pas ridicule, la moucha-t-il. À part ton métier et ton lit au foyer, tu n'as absolument rien.

Il se mit à faire les cent pas devant la fenêtre, excédé.

— Si tu prends ce gosse en charge, tu te retrouveras sans logement. Et sans emploi. Que feras-tu alors?

— Je me suis dit que je pourrais travailler à mi-temps, et payer quelqu'un pour le garder quand je serais de service.

Il partit d'un grand rire sans gaieté.

— Et de quel genre de boulot s'agirait-il? Personne ne respecte les filles qui élèvent seules un gamin. Dès qu'on connaîtra ta situation, on t'interdira d'exercer ta profession d'infirmière.

Julie n'avait pas cru, en se rendant ici, qu'il lui faudrait, pour exposer ses vues, faire preuve d'un tel courage.

— J'étais… Je pensais… Disons que j'espérais…

Sa voix s'éteignit dans un murmure; ses forces déclinaient.

Stanley se figea.

— Quoi? Allons, Julie, crache-la, ta pastille.

— J'avais pensé que, puisque nous sommes fiancés, nous aurions pu nous marier un peu plus tôt que prévu, fit-elle doucement, sans oser le regarder dans les yeux. Nous pourrions ensuite dénicher un petit logement pas cher où vivre et nous occuper de William jusqu'au retour de Bill.

Enfin, elle leva le regard vers le jeune homme, mais sans le voir, car la lumière à laquelle il tournait le dos éblouissait Julie.

— Si j'étais mariée, enchaîna-t-elle, je pourrais continuer à exercer mon métier. Et puis partager la nourriture et les factures à deux revient souvent moins cher, proportionnellement. Et une fois que tu auras réussi ton examen pour devenir sergent, nous pourrons…

Les mots moururent dans sa gorge lorsque Stanley avança d'un pas dans sa direction, le teint blême, et l'œil étincelant d'une lueur mauvaise :

— Tu avais déjà tout manigancé, si je comprends bien ?

Incapable de répondre, elle se sentait comme hypnotisée par ce regard pénétrant qui semblait vouloir la clouer au lit.

Comme il se rapprochait encore, puis se penchait en avant pour venir poser ses deux mains sur le matelas, de part et d'autre de la jeune femme, elle tressaillit.

— Je ne t'épouserai pas, Julie. Pas avant que tu te sois débarrassée de ce mouflet.

— Mais...

Il se pencha plus près, son haleine aigrelette passait dans les cheveux de sa fiancée.

— Il n'y a pas de mais. Pas de peut-être. Je n'élèverai pas le bâtard d'un autre bonhomme. Point final.

Cramponnant l'étui de son masque à gaz, Julie tenta de se lever.

Il la repoussa sur le lit.

— Balance-moi ce gosse, et nous reprendrons rendez-vous. Si tu le gardes, c'est terminé entre nous.

Elle le fixait, terrorisée. Que comptait-il faire à présent ?... Mais soudain, le charme se rompit, et elle se dégagea pour se remettre debout.

— Je vais y réfléchir, bredouilla-t-elle en se dirigeant vers la porte.

Stanley retourna s'asseoir sur l'appui de fenêtre, où il roula une autre cigarette.

— Excellente idée, murmura-t-il. Et quand tu auras repris tes esprits, reviens donc me voir, et je te montrerai tout ce que tu aurais pu rater.

Il lui coula un regard lubrique, assorti d'un clin d'œil.

— Tu m'as dit toi-même l'autre soir que je ne regretterais pas d'avoir attendu.

Julie se dépêcha d'ouvrir la porte, dévala l'escalier. La porte d'entrée claqua dans son dos. Elle tituba quelques instants sur la chaussée – le souffle lui manquait, et elle ne souhaitait plus que de mettre entre ce garçon et elle la plus grande distance possible. Et sur-le-champ. Elle enfourcha sa bicyclette, pédala de toutes ses forces pour fuir cette horrible chambre, ces mouettes querelleuses et le vacarme qui s'élevait des quais. Elle ne s'arrêta qu'une fois devant le foyer.

Elle tremblait si fort qu'elle faillit tomber de son vélo. Il lui fallut une poignée de secondes pour regagner son équilibre. Elle se sentait vexée que le jeune homme n'eût pas tenté de la rattraper, dans l'escalier ou dans la rue, qu'il n'eût pas même fait l'effort de la héler par sa fenêtre. Mais à tout prendre, elle n'avait rien à regretter, car il ne faisait aucun doute que la rencontre eût pu, pour elle, se terminer beaucoup plus mal.

Elle s'était méprise sur Stanley, qui ne ressemblait en rien au garçon poli dont sa famille avait loué les bonnes manières et les projets respectables. Il se révélait en réalité sans cœur. C'était un rustre qui, à la faveur des événements récents, avait enfin tombé le masque. Comment avait-elle pu se montrer assez sotte pour s'imaginer qu'elle l'aimait, alors que, tout bien considéré, elle ne connaissait rien de lui? Posant les yeux sur sa bague de fiançailles, qu'elle avait chérie, elle décida de la lui renvoyer par la poste le lendemain matin, à la première heure.

Elle rangea sa bicyclette dans le garage à vélos, la cervelle en ébullition. À présent qu'elle venait d'exclure à jamais Stanley de son existence, elle se retrouvait absolument seule. Dès lors, elle se mit à échafauder des plans. Depuis qu'elle était en âge de le faire, c'était elle qui avait pris en charge la correspondance familiale, de sorte qu'elle ne se séparait pas de leur carnet d'adresses, qui dormait actuellement dans le tiroir de sa table de nuit. Ce soir, elle écrirait à Bill et aux siens, afin de leur expliquer la situation, avec au cœur l'espoir ténu que les parents du garçon accepteraient d'accueillir William chez eux. Ensuite, elle écrirait à Eileen, ainsi qu'à ses frères. Elle leur annoncerait les drames qui venaient de se produire.

Sans doute la famille de Bill ne lui répondrait-elle pas, mais si Eileen se manifestait, elle obtiendrait l'assurance que son aînée vivait toujours à Cliffehaven. Elle pourrait envisager de l'y rejoindre. À l'exception de ses frères, qui combattaient actuellement en Afrique du Nord, Eileen demeurait son unique parente. Certes, douze années les séparaient, mais elles étaient du même sang, après tout, et pour l'ensemble des natifs de l'East End, cela ne comptait pas peu. Eileen avait en quelque sorte le devoir de lui ouvrir ses bras et sa maison.

Toujours ébranlée par la scène qui venait de se jouer avec Stanley, elle commença néanmoins à se ragaillardir. Elle pénétra dans le foyer par la porte de derrière, avant de se diriger vers sa chambre. Elle se sentait sale d'avoir passé du temps dans celle de son ex-fiancé, dans cette carrée repoussante ; souillée par la sordidité de mœurs et de tempérament du jeune homme. Elle s'en voulait, terriblement, de s'être abaissée en l'implorant de l'épouser. Enfin, elle était prête à jurer que l'odeur du curry s'était incrustée dans sa chevelure et l'étoffe de son manteau.

S'étant emparée de serviettes propres, Julie s'enferma dans la salle de bains. De l'eau chaude, du savon et de l'huile de coude la rendraient à elle-même. Ensuite, elle rédigerait son courrier, et réfléchirait aux moyens les plus judicieux de soustraire William au chaos londonien, puis lui faire découvrir le havre de paix que Cliffehaven constituerait, du moins l'espérait-elle, pour eux deux.

6

Peggy Reilly s'accordait quelques minutes de repos – elle avait passé le plus clair de la matinée debout, dans l'une des salles de la mairie, en qualité de bénévole, triant des vêtements pour les malheureux qui avaient tout perdu lors des attaques aériennes.

Doris, sa sœur aînée, lui avait rendu visite et, comme à l'accoutumée, l'avait si bien fait sortir de ses gonds que Peggy avait fini par lui tourner le dos en silence. Doris, à n'en pas douter, lui ferait payer cet affront, mais pour l'heure, sa cadette jouissait sans mélange des agréments de l'air frais.

Ayant enfourché sa bicyclette, elle lutta un moment contre les rafales de vent qui chahutaient sa frêle silhouette, puis descendit de son engin pour s'asseoir sur l'un des bancs de pierre installés le long de la promenade. La quiétude soudaine l'apaisa, après le chaos qui régnait à l'hôtel de ville, les bavardages incessants des femmes en nombre trop important, et qui se querellaient pour un pyjama, tandis que leurs bébés hurlaient, et que les enfants un peu plus âgés couraient en tous sens, se jetant sans répit dans les jambes des bénévoles. Peggy avait bien mérité cette courte pause – à la pension du Bord de mer, on se débrouillerait un peu sans elle.

On était au début de l'après-midi, des rais de lumière transperçaient les nuages pour former sur la Manche de superbes flaques d'or. L'horizon, en revanche, s'obscurcissait, annonciateur de pluie, mais il se passerait encore du temps avant que Cliffehaven se retrouvât sous l'averse ; Peggy choisit de courir le risque de revenir chez elle trempée. Elle noua son foulard autour de son cou, remonta le col de son manteau. Le vent qui venait de la mer se révélait glacial, et la baie, hérissée de rouleaux de fil de fer barbelé barrant l'accès à la plage désormais minée, ne se présentait certes pas sous son meilleur jour, mais la jeune femme avait chaud dans ce manteau tout neuf que Jim, son époux, lui avait offert pour son quarante-quatrième anniversaire. Elle se délectait de ce bref moment de solitude – elle contemplait le décor en laissant vagabonder ses pensées.

Avant la guerre, Cliffehaven accueillait de nombreux touristes, ses hôtels et ses pensions de famille ne désemplissaient pas. Sur la jetée se produisait un orchestre, au son duquel on aimait alors à danser, et plusieurs centaines de personnes se promenaient aux beaux jours sur l'esplanade. Peggy, qui vivait là depuis sa naissance, avait repris la pension du Bord de mer le jour où ses parents avaient décidé de partir à la retraite, quelques années plus tôt. Bien sûr, la physionomie de la ville avait peu à peu changé, mais c'étaient les longs mois de guerre qui l'avaient pour de bon métamorphosée. Peggy se demandait si Cliffehaven, au terme du conflit, parviendrait jamais à retrouver son charme d'antan.

Les hôtels de luxe continuaient à orner le front de mer, mais ils arboraient à présent de profondes cicatrices, infligées par l'ennemi. Quant aux soldats britanniques et alliés qui y logeaient, ils ne respectaient guère la splendeur des lieux. Les petites pensions de famille, ainsi que les villas perchées dans les collines dominant la baie, tenaient bon, mais entre elles se donnaient aujourd'hui à voir un nombre non négligeable de dents creuses. La grand-rue avait souffert aussi – parmi les boutiques et les bureaux qui la bordaient, certains avaient été réduits en miettes par les bombes. Quant à la gare, elle n'était plus qu'une coquille vide, et les masures qui s'entassaient naguère derrière elle avaient été pulvérisées lors d'une nuit d'effroi, à la fin du mois de décembre.

Refusant de s'appesantir sur ces drames, Peggy reporta son attention sur le paysage face à elle. La plage de galets formait un croissant situé entre de hautes falaises de craie à l'est, et, à l'ouest, de douces collines au cœur desquelles se blottissait la ville – une ville qui ne cessait plus de s'étendre, à mesure que l'on y construisait en hâte de nouvelles usines et des logements de fortune pour ceux que les bombardements avaient jetés à la rue sans préavis. Un peu plus loin, dissimulés au fond d'un vallon, se trouvaient un campement de l'armée canadienne, ainsi qu'une base aérienne édifiée durant la Première Guerre mondiale par les États-Unis. Cette base accueillait aujourd'hui des pilotes et des ingénieurs américains, que l'on croisait fréquemment en ville, et qui, à l'aide de leurs puissantes machines, aidaient les autorités locales à consolider les demeures à demi croulées ou à déblayer les gravats après un raid aérien. Chacun, cependant, savait ici que ces jeunes hommes auraient préféré en découdre, là-haut, dans le ciel, en compagnie des aviateurs de la RAF – ils se sentaient à ce point déçus que leur pays ne fût pas encore entré en guerre qu'il n'était pas rare de les voir, submergés par l'impatience et la frustration, faire le coup de poing à la sortie des pubs.

On avait fini par agrandir l'aérodrome, ajouter des pistes, bâtir une nouvelle tour de contrôle, des baraquements Nissen et des hangars supplémentaires pour faire face à l'afflux d'appareils et de pilotes. L'importance des lieux devenait de plus en plus stratégique à mesure que la guerre se prolongeait, si bien que les Allemands en avaient fait l'une de leurs cibles privilégiées. C'était là-bas que travaillait Martin, le beau-fils de Peggy, qui pilotait un Spitfire. Là aussi que la plus jeune de ses filles, Cissy, occupait maintenant un emploi de secrétaire. Tous deux avaient été blessés lors d'un raid particulièrement violent survenu juste avant Noël mais, à présent, ils se portaient de nouveau à merveille.

Peggy poussa un lourd soupir en contemplant la plage où elle avait joué lorsqu'elle n'était encore qu'une petite fille, où elle avait emmené plus tard ses propres enfants pour qu'ils pussent barboter dans l'eau ou partir à la chasse aux trésors entre les rochers où se formaient à marée basse de minuscules bassins. Mais désormais, d'énormes blocs de béton garnissaient la baie, destinés à empêcher les navires ennemis d'approcher en vue d'un éventuel débarquement, et le long de la promenade s'alignaient les batteries. On avait par ailleurs fait sauter l'accès à la jetée, et des flaques de pétrole, de même que des boulettes de goudron, souillaient la mer et les galets. Car au cours de l'année précédente, plusieurs centaines de bâtiments avaient coulé au beau milieu de la Manche, le goudron rappelant aux habitants de Cliffehaven, à sa sinistre façon, que des milliers d'hommes avaient péri lors de ces naufrages.

Résolue de nouveau à s'abîmer dans des songes plus heureux, Peggy tourna ses regards vers les gigantesques falaises au pied desquelles, sur les galets, gisaient les bateaux de pêche, infiniment moins nombreux qu'avant la guerre. Ron, son beau-père, issu d'une longue lignée de marins pêcheurs, avait en son temps possédé plusieurs navires, dont il dirigeait aussi les équipages. Puis il avait pris sa retraite et choisi de s'installer au sous-sol de la pension du Bord de mer. Frank, son fils aîné, avait repris le flambeau avec ses trois garçons, jusqu'à ce que le conflit éclatât. À présent que ces derniers comptaient parmi les réservistes de la Royal Navy, qui les avait portés à la tête de dragueurs de mines, Frank demeurait le seul membre de la famille Reilly à pêcher encore au large des côtes de Cliffehaven.

Les pensées de Peggy se dirigèrent vers Jim, son époux, le plus jeune fils de Ron. Un sourire en coin lui vint aux lèvres. Elle s'était mariée avec lui pendant la Première Guerre mondiale, contre l'avis de ses parents, et au bout de toutes ces années, elle continuait à l'aimer autant qu'au premier jour. En dépit de celles et ceux qui lui avaient assuré, alors qu'elle n'était encore qu'une jeune fille, que Jim était un vaurien, doublé d'un coureur de jupons, leur union se portait bien.

De loin en loin Peggy avait parfois eu envie de le tuer – lorsque ses façons flirteuses lui avaient donné à croire qu'il s'était montré infidèle. Mais la plupart du temps, elle adorait son époux. Elle était alors capable de tout lui pardonner. Elle avait fini par accepter le fait que Jim Reilly, jusqu'à son dernier souffle probablement, jouerait les bourreaux des cœurs auprès des jolies femmes et se livrerait à de petits trafics dont elle ne voulait rien savoir. À charge pour elle de le maintenir tant bien que mal dans le droit chemin. Quoi qu'il en soit, ils avaient surmonté ensemble tous les obstacles ; bientôt, ils célébreraient leur vingt-cinquième anniversaire de mariage. Bientôt, grâce à leur fille aînée, ils deviendraient grands-parents pour la première fois.

Peggy se pelotonna à l'intérieur de son manteau, ravie à la perspective de ce bébé à naître. Anne et

Martin vivaient dans un hameau situé au nord de Cliffehaven mais, le lendemain, la jeune femme s'installerait à la pension du Bord de mer pour se trouver plus près de l'hôpital, et passer auprès des siens les deux dernières semaines de sa grossesse. Tout était prêt pour elle. On avait même retapé le vieux landau, qui n'avait plus servi depuis que Peggy y avait promené Bob et Charlie, ses deux cadets.

Elle cligna des yeux pour chasser les larmes qui l'assaillaient lorsqu'elle songeait à ses garçons. Ces derniers, en effet, se trouvaient actuellement dans le Somerset, et bien qu'elle eût réussi à leur rendre visite pour Noël, bien qu'elle les eût trouvés rayonnants et pleins de santé, ravis de leur séjour à la ferme, elle avait souffert mille morts le jour de son départ. Depuis, ils lui manquaient terriblement.

Quelle poisse que cette vilaine guerre !... Non seulement ses enfants s'épanouissaient loin d'elle, mais Anne, malgré la joie qu'elle éprouvait à devenir bientôt mère, se tourmentait chaque jour pour Martin, qui dirigeait une escadrille de Spitfire. Quant à Cissy, elle risquait elle aussi sa vie en travaillant à la base aérienne. Jim et Ron, pour leur part, se livraient avec ardeur au marché noir. Pour couronner le tout, Peggy devait encore veiller sur la vieille Mme Finch, ainsi que sur Rita et deux jeunes infirmières.

La logeuse regarda les mouettes descendre en piqué, plonger, reprendre de l'altitude au-dessus des flots, cependant que le vent emportait leurs cris lugubres. Elle sourit en songeant à ses pensionnaires. Fran et Suzy s'étaient installées à la pension peu après la déclaration de guerre. La première, la plus exubérante, était originaire d'Irlande, mais Suzy, quoiqu'elle se montrât plus réservée, n'hésitait jamais à suivre son amie lors des quelques heures libres qu'il leur était donné de passer en dehors de l'hôpital. Les deux jeunes filles se rendaient dans les bals, dans les fêtes, où elles se liaient d'amitié avec les soldats qui ne cessaient plus d'affluer vers la côte.

Rita, de quelques années leur cadette, ne manquait pas d'énergie non plus : lorsqu'elle ne pilotait pas son camion de pompiers, elle filait sur sa motocyclette, improvisant des courses sur un circuit abandonné situé derrière les nouvelles usines. Ces compétitions avaient acquis une telle notoriété parmi les militaires qu'elle était obligée désormais d'en limiter le nombre de spectateurs – elle reversait ensuite à des œuvres de charité l'argent qu'elle récoltait de cette façon.

Rita, originaire de Cliffehaven, avait perdu sa mère quelques années plus tôt, et son père s'était récemment engagé, en qualité d'ingénieur, sur une base aérienne sise dans le nord de la région. La jeune femme, qui comptait parmi les amies de Cissy, avait beaucoup fréquenté la pension du Bord de mer avant le début du conflit, si bien que, le jour où son logis avait volé en éclats, frappé par une bombe, il avait paru naturel à Peggy de l'accueillir chez elle.

Mme Finch était la plus âgée de ses pensionnaires. Personne ne connaissait son âge exact, mais si elle paraissait plus fragile qu'un moineau, et que, comme lui, elle pépiait du matin au soir, elle s'était montrée, dans les moments difficiles, aussi fiable et robuste que le reste de la maisonnée. Rien ne semblait en mesure de l'abattre – de sa surdité même elle avait fait un atout : durant les attaques aériennes, il lui suffisait de débrancher sa prothèse auditive et, bientôt, dans l'abri où l'on s'était réfugié, elle dormait comme un loir.

Mme Finch, veuve de son état, avait pris ses quartiers à la pension du Bord de mer bien des années plus tôt. Après la Première Guerre mondiale, ses fils avaient émigré au Canada, et manifestement oublié leur mère, mais cette dernière avait fait son nid avec bonheur au sein de la famille Reilly, qui la tenait à présent pour l'un de ses membres à part entière.

Elle adorait Ron et Jim, rougissant comme une adolescente lorsque l'un ou l'autre exerçait sur elle son légendaire charme irlandais. Cependant, elle ne se laissait pas berner par leurs carambouilles et manigances diverses. Au contraire, elle avait parfois un coup d'avance sur eux et, plus d'une fois, sa présence d'esprit leur avait sauvé la mise. Les filles, pour leur part, et sans exception, la considéraient comme leur grand-mère, à laquelle elles racontaient leurs malheurs en l'aidant à débrouiller les mailles de son tricot, lui offrant parfois une visite chez le coiffeur ou une place de cinéma – elles l'emmenaient alors voir la dernière comédie musicale en vogue à Hollywood.

— Eh oui, murmura Peggy. Nous avons tous une chance folle de compter Cordélia parmi nous.

Elle frissonna ; le froid, finalement, avait eu raison d'elle. Il était temps de regagner la pension, où il lui restait beaucoup à faire si elle espérait servir un dîner digne de ce nom à ses pensionnaires. Elle grimpa sur sa bicyclette, suivit le front de mer, malmenée par le vent qui tentait de lui arracher son foulard.

Le panier que Ron avait fixé au guidon du vélo tressaillait, à l'intérieur duquel rebondissaient le sac à main de Peggy et l'étui de son masque à gaz.

La pente était raide pour regagner les hauteurs où se juchait la pension. La logeuse haletait, soufflait dans l'effort telle une vieille locomotive à vapeur. Enfin, elle atteignit Camden Road.

Hors d'haleine, la cycliste s'accorda une pause, posant successivement le regard sur les quelques boutiques où elle faisait régulièrement ses emplettes, sur L'Ancre, le pub favori de Ron, la masse énorme, un peu plus loin, de la fabrique de confection, la caserne des pompiers, ainsi que les murs de pierre grise qui ceignaient l'hôpital. Sur Camden Road se dressait encore, il n'y avait pas si longtemps, une école primaire, où Anne était institutrice, mais au début de la guerre, l'édifice avait été frappé de plein fouet par une bombe. Par bonheur, l'attaque s'étant produite durant la nuit, elle n'avait fait aucune victime. On était cependant passé si près du drame que Jim et Peggy avaient décidé ce jour-là d'expédier au plus tôt leurs deux fils, Bob et Charlie, en sécurité dans le Somerset.

Peggy prit une profonde inspiration et poussa son vélo en direction de la pension du Bord de mer. Une explosion de gaz avait pulvérisé les deux maisons situées à l'extrémité de sa rue – le vide qu'elles avaient laissé continuait à la tourmenter mais, pour le reste, le quartier avait eu jusqu'ici la chance de ne sortir des raids aériens qu'avec quelques plaies et quelques vilaines bosses.

La pension comportait deux étages, ainsi qu'un sous-sol dont la fenêtre se trouvait en partie obstruée par les marches de béton menant à la porte d'entrée flanquée de colonnes, et que le souffle des explosions successives n'avait pas ménagée. De petites lanternes ornaient naguère le pied du perron, tandis que des vitraux se donnaient à voir de part et d'autre de la porte, mais le verre des unes et des autres avait été réduit en miettes par l'une des attaques ennemies. Jim avait changé la porte d'origine, dont ne demeurait aujourd'hui que le heurtoir à tête de lion, que la maîtresse des lieux briquait tous les matins avec ardeur.

La plupart des fenêtres, après qu'on eut remplacé leurs vitres, se trouvaient désormais barrées en tous sens de bandes adhésives, dans l'espoir que celles-ci empêcheraient que les bombes ne soufflent à nouveau les carreaux. Mais çà et là, faute d'avoir déniché un vitrage, on avait troqué ce dernier contre une planche de bois. C'est qu'il fallait veiller à ne jamais dépenser trop d'argent en ces temps difficiles, or l'achat de fenêtres neuves aurait coûté une véritable fortune – sans compter que la Luftwaffe risquait, à chacune de ses apparitions, de tout détruire une fois encore.

Quand elle ouvrit la porte, Peggy fut accueillie par un fumet exquis mais, alors qu'elle pénétrait dans la cuisine, elle la trouva étrangement déserte.

Un coup d'œil par la fenêtre lui suffit à comprendre : Ron et Mme Finch se disputaient dans le potager. Ou du moins Ron vitupérait-il en solo, car la vieille dame, ayant débranché sa prothèse auditive, l'ignorait superbement. Le visage de l'homme, au contraire, virait au rouge brique, dans lequel ses épais sourcils ne connaissaient plus de repos. Harvey, son chien, fourgonnait dans le tas de compost, jusqu'à y dénicher la zone la plus odorante, dans laquelle il se roulait de plaisir.

Peggy poussa un soupir excédé, affectueux cependant. Ron et son chien étaient inséparables. Harvey, croisé Bedlington terrier au poil hirsute, au caractère bien trempé, possédait un talent de chasseur exceptionnel et n'avait pas son pareil pour repérer des victimes ensevelies sous des décombres. Quant à son maître, vieux bougon à la chevelure presque aussi embroussaillée que la toison de son chien, il n'aimait rien tant que braconner sur les terres de Lord Cliffe. L'homme et son fidèle compagnon rentraient de leurs escapades crottés et le sourire aux lèvres, sans comprendre pour quelle raison Peggy n'appréciait pas de les voir maculer joyeusement la pension de leurs souillures.

L'année précédente, le duo s'était taillé une fameuse réputation au sein de la population locale, d'abord en volant au secours d'un jeune pilote blessé, qu'au péril de leur vie ils avaient ramené à la pension pendant une attaque aérienne, puis en aidant les sauveteurs, grâce au flair infaillible d'Harvey, à détecter la présence de survivants sous leurs maisons croulées.

Peggy gloussa en soulevant sa bicyclette pour la descendre au sous-sol, où Ron et son chien partageaient une chambre à côté de l'arrière-cuisine. Harvey s'apprêtait probablement à débouler, sale comme un peigne, dans la cuisine au rez-de-chaussée, empestant le vieux chou et l'épluchure de pomme de terre pourrie. Ron lui emboîterait le pas, les bottes couvertes de boue, son long manteau de braconnier garni de ses prises du jour, et toujours exhalant la puanteur des deux furets qu'il baladait jadis dans ses poches. Ces deux gredins mettaient la patience de Peggy à rude épreuve, mais celle-ci, d'un autre côté, ne pouvait imaginer la pension sans leur double présence.

Jetant un coup d'œil à la chambre de Ron, elle vit le lit défait, les vêtements sales en tas sur le sol, les fusils et les cannes à pêche contre le mur, la rangée de paires de bottes. Elle renonça d'emblée à remettre un semblant d'ordre dans ce capharnaüm.

Après un dernier regard à la chambre que ses deux fils partageaient avant de partir pour le Somerset, et qui, comme à l'accoutumée, lui rendit le cœur chagrin, elle regagna la cuisine, ôta son manteau, ses gants et son foulard, déposa le petit paquet sur la table, avant de saisir son tablier.

Sans doute Ron s'était-il rendu plus tôt au port de pêche, car Mme Finch avait confectionné une tourte au poisson. Des pommes de terre doraient doucement à l'intérieur du four. Peggy ayant posé la bouilloire sur le fourneau, elle s'assit, traînant après elle une mauvaise humeur vague, dont elle ne parvenait pas à se défaire. Peut-être le vent glacé y était-il pour quelque chose. À moins que ce ne fût le casse-croûte qu'elle avait avalé au déjeuner. Ou, plus probablement, se sentant recrue de fatigue, elle se navrait, sans s'en rendre compte tout à fait, des années qui s'accumulaient sur ses épaules.

Elle alluma une cigarette, poussa un soupir de satisfaction, regarda autour d'elle. Elle adorait cette pièce qui, quoiqu'elle accusât son âge, constituait le cœur de la maison. Pour rien au monde elle n'y aurait changé quoi que ce fût. Le linoléum aux tons passés s'était déchiré par places avec le temps, au même titre que la nappe qui couvrait la massive table de bois. Le reste du mobilier trônait là depuis l'enfance de la logeuse. La fenêtre, située au-dessus de l'évier en pierre et de l'égouttoir de bois, donnait sur le jardin puis, au-delà, sur les demeures prenant d'assaut le flanc de la colline.

Sous l'évier, un rideau en vichy, qui avait connu des jours meilleurs, dissimulait le seau, la pelle à poussière, plusieurs paquets de savon en poudre et, plus généralement, tout ce dont on avait besoin pour assurer la propreté d'un logis. Sur des étagères était posée de la vaisselle dépareillée. Les poêles, les marmites et les casseroles pendaient à des crochets fixés au-dessus du fourneau installé à l'intérieur de l'âtre. Sur l'étroit manteau de cette cheminée, on trouvait des carnets de tickets de rationnement, ainsi que la photo, soigneusement découpée dans un magazine, puis encadrée, du roi et de la reine d'Angleterre. Le poste de radio reposait sur la commode où Peggy serrait son plus beau linge, tandis qu'enfin, deux fauteuils faisaient face au fourneau, dans lesquels il faisait bon s'asseoir durant les froides et ténébreuses soirées d'hiver.

La porte de derrière s'ouvrit soudain à toute volée et, avant que la logeuse eût le temps de pousser un cri destiné à faire reculer l'envahisseur, Harvey s'était rué à l'intérieur de la pièce, les oreilles dans le vent. Il agitait la queue avec frénésie et vint poser ses grosses pattes sales sur les cuisses de Peggy – il ne rêvait que de s'installer à présent sur ses genoux.

— Je suis ravie de te voir moi aussi, Harvey, dit-elle en fronçant le nez, et elle tentait en vain de repousser l'animal. Mais tu es vraiment trop sale et trop gros.

— Descends, vieille canaille, gronda Ron, qui pénétra dans la cuisine à son tour sans avoir ôté ses bottes crottées. As-tu perdu la tête? Tu vas nous l'aplatir comme une crêpe, notre pauvre Peggy.

Sourd aux admonestations de son maître, le chien continuait de prendre d'assaut la logeuse impuissante, lui léchant, par surcroît, le visage et les mains.

— Harvey! se fâcha Ron. Vas-tu m'écouter? Descends. Tout de suite.

Les oreilles de l'animal tombèrent, puis il se dirigea à contrecœur, la queue entre les pattes, vers le fourneau, devant lequel il se laissa tomber dans un soupir à fendre l'âme. Posant le museau sur ses pattes antérieures, il coula aux deux humains un regard plus tragique que si l'on venait de lui donner le fouet.

Ni Peggy ni son beau-père n'y prirent garde – le chien se livrait au même manège à chaque réprimande.

— Au lieu de vous occuper d'Harvey, vous feriez mieux de me donner un coup de main. J'ai besoin d'aide pour gravir ces marches.

Ron se retourna vers Mme Finch et l'observa tandis qu'elle atteignait le sommet de l'escalier montant du sous-sol, en oscillant dangereusement – elle paraissait près de tomber à la renverse.

— Pour sûr que vous brimbalez drôlement, dites donc. Vous êtes bien certaine que vous biberonnez pas pendant que je regarde ailleurs?

Mme Finch porta une main à son chapeau, manipula sa prothèse auditive:

— Qu'est-ce qui vous prend? Croyez-vous réellement que je me bidonne, comme vous dites, sous prétexte que vous allez chez le tailleur? Je me demande bien pourquoi, d'ailleurs…

Sur quoi elle lui adressa un regard qui aurait figé un taureau dans sa course.

Cet œil noir, cependant, n'eut pas le moindre effet sur Ron, qui lui décocha un large sourire, le regard pétillant sous les sourcils en bataille.

— Parole, madame Finch, vous faites un drôle de fusil.

— Vous en êtes un autre, répliqua la vieille dame, dont les yeux gris brillaient d'espièglerie – elle retira son manteau. Allons, poussez-vous donc un peu pour que je puisse m'asseoir. Notre querelle a duré si longtemps que je suis éreintée.

Elle s'écroula dans un fauteuil, sourit tendrement à Peggy:

— J'étais en train de faire un peu de jardinage, lui expliqua-t-elle, mais Ron semble penser qu'il sait tout, de sorte qu'il refuse d'écouter le moindre conseil que j'ai l'outrecuidance de lui donner.

Elle considéra le beau-père de la logeuse d'un air taquin.

— Quel vieux fou…, ajouta-t-elle avec affection.

— Je vous ai entendue, figurez-vous. Et je vous interdis de me traiter de «vieux». Je compte une bonne dizaine d'années de moins que vous, et j'en connais davantage sur les oignons que vous en connaîtrez jamais.

Mme Finch ouvrit les mains en haussant les épaules.

— Vous voyez, dit-elle en prenant à témoin la logeuse. Tous les hommes se ressemblent. Non seulement il n'a pas écouté un traître mot de ce que je viens de raconter, mais par-dessus le marché, il change de sujet en m'entretenant maintenant de ses durillons.

Ron maugréa quelques mots entre ses dents en se débarrassant de son lourd manteau et de ses bottes.

— Allons, Ron, s'agaça la pensionnaire en torturant de nouveau sa prothèse auditive, qui émit un sifflement suraigu. Parlez plus fort, saperlipopette.

— Je n'ai pas l'intention de gaspiller ma salive plus longtemps, répliqua-t-il, l'œil toujours facétieux. De toute façon, vous n'entendez pas la moitié de ce que je vous raconte. Et l'autre moitié, vous vous en fichez comme d'une guigne.

Peggy écrasa sa cigarette, puis prépara du thé. Ce duel à fleurets mouchetés pouvait durer plusieurs heures. Comme elle déposait une tasse devant Mme Finch, elle poussa aussi vers elle le modeste paquet qu'elle avait plus tôt abandonné sur la table :

— Je vous ai acheté un petit quelque chose.

Le visage de la vieille dame s'illumina.

— Oh, vous êtes adorable. Je raffole des cadeaux. De quoi s'agit-il ?

Elle déchira le papier brun, révélant une petite boîte.

— C'est un objet pratique, s'empressa de la mettre en garde sa logeuse. Et pas particulièrement joli. Mais je pense qu'il devrait vous convenir à merveille.

Mme Finch fronça les sourcils.

— Me fournir des groseilles ?

Elle contempla la petite boîte d'un œil suspicieux, avant d'en soulever le couvercle. Elle se tut longuement, puis referma l'écrin, qu'elle repoussa sur la table en direction de Peggy.

— Je n'en ai pas besoin, décréta-t-elle avec fermeté.

— Cela vous permettra d'entendre mieux, insista la jeune femme en lui rendant l'objet.

— Mais pendre quoi, bonté divine ?

La vieille dame jetait autour d'elle des regards effarés.

— De quoi parlez-vous, à la fin? Je n'y comprends strictement rien.

La logeuse s'empara de la nouvelle prothèse auditive, qu'elle présenta à Mme Finch dans le creux de sa paume.

— Essayez-la, brailla-t-elle sans cesser de sourire, s'efforçant d'amadouer son amie. Ensuite, si vraiment cela ne vous convient pas, je la rapporterai à la boutique.

Mme Finch fusilla son interlocutrice du regard, mais la curiosité finit par l'emporter, et elle retira son ancienne prothèse, qu'elle plaça sur la table. Elle considéra la nouvelle d'un œil dédaigneux et renâcla :

— Cette affaire-là n'a pas la moindre allure. Encore un de ces engins dernier cri…

Elle soupira, se rendant aux arguments muets de sa logeuse :

— Allons-y. Mais dépêchons-nous. Mon thé est en train de refroidir.

Peggy ajusta prestement l'objet, ainsi que le médecin lui avait appris à le faire, puis régla le son au minimum.

— Je n'entends absolument rien, se plaignit la vieille dame. Ce bidule n'a aucune utilité.

— Et là?…

La jeune femme réglait lentement le volume sonore de l'appareil, sans plus cesser de parler.

— Prévenez-moi lorsque vous comprendrez ce que je raconte. Je m'en voudrais de vous meurtrir les tympans en mettant le volume trop…

— Dieu du Ciel! se fâcha presque la pensionnaire. Il est inutile de hurler comme vous le faites.

Peggy ne criait pas, ce qui signifiait que la prothèse auditive fonctionnait à merveille. Elle abaissa le volume de quelques crans.

— C'est mieux comme ça?

— Évidemment. Je ne suis tout de même pas sourde comme un pot, figurez-vous.

— Plus maintenant que vous possédez un appareil digne de ce nom, murmura sa logeuse avec un sourire charmant.

Mme Finch ayant vidé sa tasse de thé, elle la reposa sans ménagement dans sa soucoupe, considérant l'une et l'autre d'un œil d'abord hagard, après quoi elle balaya la pièce entière du regard.

— Bonté divine..., souffla-t-elle. J'entends le tic-tac de l'horloge. Il y a aussi un rouge-gorge qui chante dehors... J'entends même les ronflements d'Harvey... Et Ron ricane, si je ne m'abuse...

Elle se tourna vers l'intéressé, qui affecta une mine innocente, cependant qu'il sirotait son thé.

— Ne faites pas autant de bruit en buvant, lui dit-elle. Ce sont là des manières extrêmement impolies.

— Tu n'as pas la moindre idée de ce que tu viens de faire, Peggy, se navra son beau-père. À partir d'aujourd'hui, impossible de lui échapper...

— Vous voyez juste, commenta Mme Finch avec un sourire radieux. Et maintenant, si vous en avez terminé avec vos jérémiades, je reprendrais volontiers une tasse de thé.

Les six semaines qui venaient de s'écouler n'avaient guère consisté qu'en une immense angoisse et un chagrin sans fond. N'eussent été les encouragements de l'infirmière en chef Starkey, Julie se serait glissée sous ses couvertures pour se couper du monde. Mais sa supérieure était allée jusqu'à lui dénicher un poste à Cliffehaven, bien qu'elle n'approuvât toujours pas le choix de Julie de garder auprès d'elle l'enfant de sa sœur. En attendant que ce dernier fût assez robuste pour voyager en compagnie de sa tante, l'infirmière en chef s'arrangea pour que la jeune femme ne chômât pas, afin qu'elle disposât du moins de temps possible pour penser ou s'appesantir sur le triple deuil qui venait de la frapper. Julie n'avait pas regimbé, au contraire, plongeant tête baissée dans le travail, reconnaissante à sa supérieure de la sagesse dont elle faisait preuve à son encontre, ravie de mettre les bouchées doubles, comme pour s'excuser de son départ prochain.

La jeune femme avait pris des dispositions de manière que Franny se trouvât inhumée au même endroit que leurs parents. Elle était même parvenue à se libérer pour assister à la cérémonie, puis boire une tasse de thé avec ceux qui venaient de s'y rendre aussi. Elle avait bavardé avec ses nombreux voisins rescapés – quand, néanmoins, elle ne songeait guère qu'aux cercueils qu'un à un l'on avait portés en terre un peu plus tôt. Elle avait repris le travail le soir même, incapable, fût-ce un bref instant, de demeurer inactive.

Depuis la scène affreuse qui s'était déroulée entre eux, elle n'avait pas reçu la moindre nouvelle de Stanley. Il n'avait pas davantage accusé réception de la bague de fiançailles qu'elle lui avait, comme prévu, renvoyée par la poste. Elle se sentait un peu piquée qu'il n'eût pas pris la peine de lui présenter des excuses, quoique, dans le même temps, elle en fût soulagée, car elle craignait qu'il ne vînt faire du tapage devant le foyer, voire à l'intérieur du bâtiment. Tout était bel et bien terminé entre eux.

Ainsi qu'elle l'avait deviné, ses lettres à la famille de Bill demeurèrent sans réponse. Jamais ces gens n'accepteraient l'existence de William, la chose, désormais, était entendue. Quant au silence de Bill, il la tourmentait : la missive était-elle parvenue à son destinataire, ou ce dernier avait-il choisi, comme sa famille, de tourner le dos à son enfant? La seconde hypothèse, Julie se refusait à y croire. Elle continuait à espérer que cette absence de nouvelles ne tenait qu'aux caprices de l'acheminement du courrier en période de guerre – bientôt, il écrirait. Peut-être même, au vu des circonstances, lui accorderait-on une permission à titre exceptionnel.

Les trois frères de la jeune femme, pour leur part, lui avaient répondu, dévastés par la tragédie. Ils lui avaient promis de lui rendre visite dès que l'occasion leur en serait donnée. Chacune des trois lettres contenait en outre un mandat, destiné à régler une partie des funérailles. En revanche, les trois garçons conseillaient à leur sœur de faire placer William dans une famille d'accueil. C'était, lui affirmaient-ils, la voix de la sagesse.

À l'évidence, ils n'avaient pas saisi l'importance prise par le bambin dans le cœur de Julie. Ils n'avaient pas compris davantage qu'il lui était impossible de rompre sa promesse à Franny. William se révélait un adorable bébé qui, de sa mère, possédait le doux sourire, ainsi que les cheveux blonds, et les yeux un peu trop écartés de son père. La jeune femme lui avait rendu visite chaque jour, elle lui avait donné le biberon, elle l'avait changé… Elle l'avait aimé à chaque instant davantage, cependant qu'il prenait du poids, qu'il babillait joyeusement dans ses bras.

Allongée dans son lit, en cette dernière matinée qu'elle passerait à Londres, Julie attendait le réveil de ses compagnes de chambre. La veille au soir, elles avaient organisé pour elle une fête d'adieux. On avait bu un peu de xérès et, à minuit, partagé des sandwichs et des boîtes de fruits au sirop. Julie pressentait que certaines de ses amies, au réveil, auraient mal aux cheveux. Elle demeurait immobile, l'oreille tendue vers les ronflements légers, vers les paroles indistinctes prononcées dans leur sommeil par les unes ou les autres. Leur compagnie lui manquerait, leur amitié aussi, les visites quotidiennes à ses patients, les soirées passées à se pencher sur les cas rencontrés durant la journée…

Comme des doutes à nouveau l'assaillaient, et que la folie de l'aventure dans laquelle elle s'apprêtait à se lancer lui sautait au visage, Julie rejeta ses couvertures. Elle avait déjà fait ses bagages, qui patientaient sous son lit. L'un contenait des vêtements pour le bébé, des couches, de même que des biberons de rechange ; dans l'autre on trouvait ses habits à elle, la couverture tricotée par sa mère, et les quelques objets qu'elle avait récupérés dans la chambre de sa défunte sœur.

Son regard se posa sur la robe bleu marine qu'elle avait disposée avec soin sur la chaise, à côté de son lit. Il s'agissait de la robe de sa mère, qu'elle avait extirpée des ruines et qui, une fois lavée, repassée puis raccommodée, semblait presque en aussi bon état que le jour où Flo l'avait arborée pour la dernière fois. Julie avait résolu de ne pas la ranger dans ses bagages : d'une part, elle représentait le symbole de tout ce qu'elle avait perdu ; de l'autre, elle était partie intégrante de son existence passée. Elle jugeait donc important de la porter aujourd'hui, à l'instant où elle allait s'engager dans une vie nouvelle.

Elle s'en empara sans bruit, avant de rejoindre la salle de bains à pas de loup. Bientôt, la sonnerie retentirait, et la chambre ne serait plus que vacarme et chaos. Or, Julie avait besoin de ces ultimes instants de solitude et de silence pour se préparer émotionnellement aux adieux, ainsi qu'au long périple qui l'attendait.

À la fin du petit-déjeuner, chacune s'apprêta à vaquer à ses occupations du jour. Julie, de son côté, commençait à s'éloigner en pensée de ses camarades, qu'elle entendait bavarder, qu'elle regardait s'affairer, puis lui souhaiter bonne chance avant de filer. Elle se sentit brusquement déchirée, entre l'envie de rester et la certitude que cela lui était impossible.

— Te bile pas, la réconforta Alison. Tu seras bien mieux là-bas, parole, avec les gonzes et les gonzesses du sud. Au pire, si t'as le bourdon, hop, tu rappliques ici ventre à terre.

Et la jeune femme d'étreindre Julie, qui l'étreignit à son tour, les yeux emplis de larmes.

— Je t'écrirai, c'est promis.

— Tu déboules direct si ça va pas, hein?

Un geste de la main pour la saluer et, déjà, Alison avait disparu.

— Vous allez beaucoup me manquer, reprit Julie, la gorge nouée, à l'adresse de celles qui se trouvaient encore là.

— Toi aussi, tu vas nous manquer, répondirent en chœur Doris et Ida.

La première la prit dans ses bras.

— Tiens-nous au courant, ajouta-t-elle. Et si tu en as l'occasion, envoie-nous donc un bâton de sucre d'orge. Je n'ai encore jamais vu la mer.

— Je ne crois pas qu'en temps de guerre ils continuent à fabriquer des sucres d'orge.

Ida se moucha.

— C'est pas grave, fit-elle, la voix tremblante d'émotion. Contente-toi de nous expédier une carte postale de temps en temps, histoire de nous donner des nouvelles.

Les unes après les autres, les jeunes femmes décampaient. Julie, alors, se tourna vers Lily, qui déployait mille efforts pour ne pas fondre en larmes.

— Je reviendrai dès que j'en aurai la possibilité, lui assura son amie.

— Je le sais bien, se força-t-elle à sourire. Mais rien ne sera plus pareil sans toi. J'aimerais bien m'en aller avec toi.

— Tu détesterais quitter Londres, lui répondit Julie avec douceur. Tu le sais aussi bien que moi.

Lily opina. Jamais elle ne s'était éloignée de la Tamise, et elle n'en avait pas la moindre envie.

— L'infirmière en chef descend, s'affola-t-elle, l'oreille aux aguets. Bonne chance, Julie.

Elle la serra une dernière fois contre son cœur, puis déguerpit au triple galop.

L'infirmière en chef Starkey pénétra dans la pièce de son pas de grenadier, son œil acéré suivant la jupe virevoltante de Lily à l'instant où celle-ci s'éclipsait dans la salle de soins.

— Êtes-vous bien certaine, infirmière Harris, que je ne peux pas vous faire changer d'avis?

Comme Julie secouait la tête, sa supérieure poussa un soupir résigné.

— Vous avez accompli ici un travail exemplaire, et je ne doute pas de m'exprimer en notre nom à toutes si je vous affirme que nous vous regretterons beaucoup.

La jeune femme ploya la nuque.

— Voici votre laissez-passer, ainsi qu'une lettre de recommandation que vous remettrez au Dr Sayers.

Julie prit les deux enveloppes.

— Je n'ai fait aucune allusion à l'enfant, enchaîna sa supérieure. C'est à vous qu'il reviendra d'éclaircir votre situation.

— Merci mille fois, infirmière en chef. Je ne vous décevrai pas.

Les traits de Starkey s'adoucirent.

— Je ne me fais aucun souci de ce côté-là. Oh… J'ai failli oublier. Ceci est arrivé pour vous tout à l'heure.

Julie saisit la carte postale aux tons criards, qui figurait la promenade de Cliffehaven avant-guerre, ainsi que la jetée noire de monde. Eileen n'avait rédigé que quelques mots, et il n'était, dans ces mots, aucune trace d'émotion.

Chère Julie,

Je regrette de n'avoir pu assister à l'inhumation, mais le travail important que j'accomplis ici m'empêche de quitter Cliffehaven.

Bien à toi,

Eileen

Julie glissa la carte dans la poche de son manteau. Certes, le ton était protocolaire, mais du moins cette réponse signifiait-elle que sa sœur n'avait pas quitté Cliffehaven. La jeune femme fit ses adieux à l'infirmière en chef, s'empara de ses valises, de l'étui contenant son masque à gaz et de son sac à main, puis quitta le foyer pour la dernière fois.

7

Peggy ayant terminé la vaisselle, elle mit de côté les assiettes du petit-déjeuner, tandis qu'Anne et Mme Finch consultaient les journaux du matin qui, par on ne savait quel miracle, étaient toujours livrés, qu'il plût, qu'il neigeât, ou que les bombes allemandes fussent en train de tomber sur la ville. Il en allait de même avec le lait – le cheval du laitier faisait claquer ses sabots sur le pavé aux premières heures du jour, et c'était là un son réconfortant, qui renvoyait, avec bonheur, au temps béni de l'avant-guerre.

Rita, Fran et Suzy avaient fini leur service, Jim s'offrait une grasse matinée après de longues heures passées à surveiller d'éventuels départs de feu en sa qualité de membre de la *Horse Guard*. Ron, de son côté, avait entraîné Harvey dans les collines pour tâcher d'en rapporter de quoi nourrir la maisonnée. Nul doute que d'ici la tombée de la nuit Lord Cliffe se verrait délesté de quelques volatiles – et Peggy priait pour que son beau-père ne se fît jamais prendre.

Ayant vidé sa tasse de café, elle plongea le regard en direction de la fenêtre de la cuisine. Le jardin affectait la forme d'une longue bande étroite à l'extrémité de laquelle se dressait un mur farci de silex, que les attaques aériennes avaient soumis à rude épreuve. La barrière ouvrait sur une étroite allée courant entre l'arrière des demeures du quartier, pour déboucher sur un sentier fangeux qui, à son tour, sinuait à flanc de colline jusqu'au sommet des falaises, et plus loin encore pour celui que l'envie prenait de se risquer dans ces confins. Aux abords de la pension, la logeuse avait tendu ses fils à linge entre les clôtures de deux de ses voisins, tandis qu'un peu plus loin, dans le potager de Ron, les premières pousses pointaient le bout de leur nez par-delà les rangs de poireaux. Dissimulé à l'extrémité de la parcelle se donnait à voir un abri Anderson[1] dont le toit, en tôle ondulée et recouvert de touffes d'herbe présentait déjà de vilaines traces de rouille.

Une allée, depuis la porte du sous-sol, passait devant la réserve de charbon, l'abri de jardin et les toilettes extérieures, traversant ensuite le potager jusqu'à la barrière. Ron et son fils avaient aménagé un petit poulailler derrière l'appentis, où vivaient quelques poules offertes par des soldats australiens ravis de l'accueil que les Reilly leur avaient réservé. Ces poules, excellentes pondeuses, ne se sentaient jamais stressées par les attaques aériennes. Elles pondaient, c'était tout. Peggy sourit – les volatiles, comme les humains, semblaient capables de s'adapter à tout.

— Pourquoi souris-tu comme ça d'une oreille à l'autre, maman?

La logeuse se retourna, passa un bras autour de la taille opulente de son aînée.

— J'étais en train de me dire que nous avions une chance folle de pouvoir nous offrir des œufs frais tous les matins. Et je me rappelais les facéties de nos camarades australiens.

---

1. Ce type d'abri de fortune doit son nom au ministre de l'Intérieur alors en fonction. Il s'agissait d'une sorte de hutte en tôle ondulée qu'on enfouissait partiellement dans le sol avant de la dissimuler sous des plantations. Deux millions d'exemplaires ont été distribués durant le conflit.

Anne lui sourit en retour, les joues roses, les cheveux étincelants de santé.

— Quelle journée ils nous avaient fait vivre, renchérit-elle. Même si c'est à cause de Joe Buchanan qu'une terrible querelle a éclaté entre Cissy et June. Au fait… En parlant de June… Qu'est-elle devenue? Occupe-t-elle toujours un poste d'infirmière à l'hôpital, comme Fran et Suzy?

Peggy n'avait raconté à personne, hormis son époux, qu'elle avait un soir surpris June dans le lit conjugal en compagnie d'un jeune soldat, suite à quoi sa logeuse l'avait mise à la porte sur-le-champ, avec armes et bagages.

— Elle s'est installée pendant un moment dans le foyer des infirmières, mais Fran m'a informée que, depuis, elle avait déniché une place à Leicester, ce qui lui a permis de se rapprocher de sa famille.

Et bon débarras, mauvaise graine, ajouta-t-elle en silence.

Anne considéra sa mère d'un œil suspicieux.

— J'ai l'impression qu'il y a certaines choses que tu ne me dis pas. Mais puisqu'elle est partie, je suppose que cela n'a plus la moindre importance. Joe continue-t-il à écrire à Cissy?

Peggy vida sa tasse de thé.

— De temps à autre, mais je crois bien qu'ils se sont tous les deux rendu compte que leur histoire n'avait été qu'une passade. Ils se connaissaient depuis moins de vingt-quatre heures quand le pauvre garçon a dû reprendre la mer. C'est beaucoup trop peu pour entamer une grande histoire d'amour.

— Cissy est une incorrigible romantique. Elle a dû s'imaginer dans l'un des films hollywoodiens qu'elle admire tant. Le beau militaire expédié au front, pendant que sa jeune compagne se languit de lui…

— Je ne pense pas qu'elle ait vu les choses de cette façon. Tu connais ta sœur, elle en fait toujours des tonnes. Une actrice-née… Bah… Par bonheur, elle ne se trémousse plus sur je ne sais quelle scène minable. Pour une fois, elle exerce une activité sensée.

— Martin m'a assuré qu'elle travaillait d'arrache-pied et donnait toute satisfaction à sa hiérarchie, commenta Anne en frottant son dos douloureux. Il est le premier surpris.

Peggy rinça sa tasse, qu'elle abandonna sur l'égouttoir.

— Je ne peux que me réjouir de la tournure des événements, enchaîna-t-elle en évoquant à nouveau le soldat australien. Joe était un gentil garçon, mais après la guerre, il retournera à son élevage de bétail à l'autre bout du monde, et je ne vois pas Cissy en train de sillonner le bush sur le dos d'un cheval ni de marquer les bêtes au fer rouge comme on le voit faire dans les westerns. Qu'en penses-tu ?

Anne s'esclaffa :

— Tu as entièrement raison ! Elle risquerait d'abîmer son vernis à ongles. Jamais elle ne le supporterait !

Elle passa les mains sur son ventre proéminent.

— Je vais profiter de ce que la maison est calme pour prendre un bain. Du moins… s'il reste assez d'eau ?

Peggy, plaçant sa main en coupe, sembla, pendant quelques instants, soutenir dans sa paume la joue de son enfant.

— Prends ma part, dit-elle avec tendresse. Reste dans la baignoire aussi longtemps que tu voudras.

Anne la serra brièvement entre ses bras.

— Je suis contente que la pension se soit un peu vidée. Nous nous retrouvons en famille.

— Je me disais exactement la même chose tout à l'heure. Cela dit, j'ai bien l'intention d'installer au plus vite de nouveaux pensionnaires dans les deux chambres libres. Il y a tant de malheureux privés de logement qui se présentent chaque jour à la mairie…

— Comme tu voudras, soupira sa fille. D'ailleurs, si leur sort te préoccupe à ce point, tu n'auras qu'à téléphoner à Katherine. Elle me dénichera bien une chambre plus petite quelque part et…

— Il est hors de question que tu déménages, la coupa Peggy. La chambre qui donne sur la rue est la plus jolie de la maison, et j'ai passé de longues heures à l'aménager rien que pour le bébé et toi.

Elle prit les mains de sa fille.

— J'ai décidé de ne prendre personne à la pension tant que tu n'auras pas récupéré après l'accouchement. J'attendrai que tu te sentes prête à regagner votre adorable maisonnette.

Anne gloussa.

— Si tu le dis… Mais je te connais comme si je t'avais tricotée, tu sais. Un enfant seul, une jeune femme en détresse, un récit à faire pleurer dans les chaumières… et tu fondras instantanément, comme d'habitude.

La logeuse secoua la tête :

— Pas cette fois, Anne, lui affirma-t-elle avec résolution. Je veux profiter tout mon saoul de mon petit-fils ou de ma petite-fille, et je veux prendre soin de toi, puisque l'occasion m'est donnée de le faire. Ces deux chambres resteront vides, tu peux me croire sur parole.

Julie n'imaginait pas qu'en ce samedi matin la gare serait bondée, qu'il serait difficile de s'y frayer un chemin, encombrée qu'elle était de deux valises, d'un sac à main, de l'étui d'un masque à gaz et d'un bébé hurlant à pleins poumons. Elle avait, pendant un moment, songé à faire l'acquisition d'un landau, mais elle avait vu, dans l'East End, tant de mères contraintes d'abandonner le leur le jour où elles s'enfuyaient avec leur enfant vers la sécurité des petites villes de campagne, qu'elle y avait finalement renoncé. Ces engins, en effet, se révélaient si robustes, si encombrants, qu'en dépit de leur aspect pratique, il était impossible de les charger à bord des trains.

Ayant, au moyen d'un tissu, improvisé une écharpe de portage à l'intérieur de laquelle elle cala William, afin de garder les deux mains libres, elle dénicha un porteur serviable, qui l'aida à installer ses valises dans le wagon à bagages, puis à trouver une place côté fenêtre.

Alors que le train quittait la gare, William se mit à gigoter, à se plaindre ; il serra ses petits poings avec colère, donnant de la voix à chaque instant plus fort.

Dans l'étui de son masque à gaz, Julie avait eu l'idée de glisser un thermos de lait maternisé bien chaud, et elle avait aussi emporté un biberon de rechange. Comme le convoi cahotait en cliquetant vers Cliffehaven, la jeune femme versa, avec précaution, un peu de lait dans le biberon, qu'elle approcha des petites lèvres de l'enfant. Aussitôt, le silence se fit, et les autres voyageurs poussèrent, à l'unisson, un soupir de soulagement.

— Il est drôlement vigoureux, commenta une femme plantureuse installée en face de Julie et vêtue d'un vilain tailleur en tweed brun.

— Il est perturbé dans ses habitudes, répondit l'infirmière avec un sourire. Dès qu'il aura fini son biberon, il s'endormira.

Elle passa ses doigts sur le crâne duveteux de William, qui commençait déjà à battre des paupières.

Le regard de la voyageuse se posa sur la main de Julie, s'attarda ostensiblement sur l'annulaire dépourvu d'alliance.

— Vous le ramenez à sa mère? Habite-t-elle Cliffehaven?

La jeune femme distingua dans l'œil de son interlocutrice une lueur mauvaise qui lui déplut.

— Sa mère est morte, laissa-t-elle tomber sur le ton du constat.

La grosse femme s'empourpra.

— Oh, je vois, murmura-t-elle. Quelle tragédie.

Julie ne se donna pas la peine de lui adresser quelques mots pour la tirer d'embarras. Cette vieille concierge ne le méritait pas. Elle baissa les yeux sur William, constata qu'il dormait presque, rangea le biberon vide à l'intérieur de l'étui du masque à gaz. Ayant placé sur son manteau, afin de le préserver, un carré d'étoffe, elle mit l'enfant debout contre son épaule, puis lui frotta doucement le dos.

Le bébé ne tarda pas à émettre un rot tonitruant qui fit naître des sourires sur le visage des quelques femmes qui partageaient le compartiment de Julie. Celle-ci lui piqua un baiser sur la tête. Déjà, il dormait à poings fermés, apaisé par le lait chaud et bercé par les mouvements du train.

La grosse femme se plongea dans un roman d'Agatha Christie. Julie se tourna vers la fenêtre.

Ayant laissé derrière lui la banlieue de Londres depuis un certain temps, le convoi traversait à présent de petites villes rurales, longeait des villages qui paraissaient somnoler sous le ciel d'un bleu idéal. La jeune femme contempla encore de douces collines verdoyantes au loin, du bétail en train d'y paître, des champs labourés de frais, des fermes et des granges. Elle entraperçut de place en place un lapin, ailleurs le plumage chatoyant d'oiseaux qui lui semblèrent exotiques, en train de quitter quelque ténébreux sous-bois pour s'élever à amples coups d'ailes, traînant après eux les longues plumes d'or qui garnissaient leur queue. Se penchant en avant pour mieux voir, Julie observa des jeunes filles qui traversaient une vaste prairie à bord d'une lourde voiture à cheval chargée de trois troncs d'arbre. Elles s'arrêtèrent quelques instants pour faire signe aux occupants du train, avant de retourner à leur pénible ouvrage.

Julie sourit, leur adressa, en retour, un geste de la main. Cette scène lui rappelait son enfance, lorsque toute la famille allait cueillir le houblon. Ils dormaient alors dans des granges, dégustaient de délicieux repas cuits sur des braseros. Ils jouaient jusqu'à la tombée de la nuit. Soumise à cet exquis régime pendant deux semaines, Julie rentrait à Londres brunie comme une petite brioche sortie du four. Elle se rappela aussi le plaisir qu'elle prenait à se blottir avec Franny sous une couverture – leur matelas de paille picotant leur peau tandis qu'elles écoutaient les adultes bavarder et chanter. Leur père adorait chanter.

Elle cligna des yeux pour en chasser les larmes. Ces doux souvenirs, elle les tenait pour de véritables trésors, mais son chagrin demeurait vif et la cueillait parfois au moment où elle s'y attendait le moins.

Le train siffla, et de la fumée passa devant la fenêtre du compartiment. Ils franchirent des rivières et de petits cours d'eau, de vastes zones de marécages déserts, où des oiseaux de mille sortes, surpris par le passage du train, s'élevaient soudain des roseaux ou de l'herbe haute pour tournoyer dans les airs avant de se poser à nouveau.

Julie sortit la carte postale de sa poche, afin de relire le bref message qu'Eileen y avait inscrit. Celle-ci l'avait postée une semaine plus tôt, autrement dit, longtemps après qu'elle avait dû recevoir la lettre de sa sœur cadette. Trop tard pour que cette dernière pût lui annoncer qu'elle se rendait à Cliffehaven en compagnie de William. Quel genre de femme était-elle pour faire preuve d'une telle indifférence face au drame qui venait de se produire? Comment réagirait-elle le jour où sa petite sœur se présenterait sur le seuil de sa porte? À chaque tour de roue, la jeune femme se tourmentait davantage.

Elle rempocha la carte postale, souleva William contre son épaule. Il ne pesait pas bien lourd, mais il ne tarderait pas à forcir. Il ronchonna un peu, s'agita. Pour l'apaiser, sa tante lui caressa la tête.

Ses pensées s'envolèrent une fois de plus vers Eileen. Dans son souvenir, il s'agissait d'une très jolie fille, aux cheveux châtain clair, aux yeux bruns, qui tenait jalousement hors de portée de ses cadettes les quelques articles de maquillage qu'elle était parvenue à se procurer, ainsi que ses plus beaux vêtements et ses plus beaux souliers. Comme elle avait déjà l'âge, alors, de sortir avec des garçons, Julie et Franny l'admiraient beaucoup, tout en la craignant, et elles regardaient de tous leurs yeux chaque fois que leur aînée quittait la maison au bras d'un nouvel amoureux, juchée sur des talons hauts, arborant sa robe la plus ravissante. Les deux gamines rêvaient d'essayer les habits de leur sœur, d'appliquer sur leurs joues un soupçon de sa poudre de riz, de lui emprunter son rouge à lèvres, mais après un incident malheureux impliquant une paire de chaussures, elles n'avaient plus jamais osé renouveler l'expérience.

Julie se remémora ce souvenir en souriant, quoiqu'elle n'eût pas jugé l'aventure amusante à l'époque. Elle pouvait avoir cinq ou six ans et s'était faufilée dans le placard pour s'emparer de la paire de souliers. Il s'agissait de chaussures exquises, munies de talons très hauts et de bouts d'un bleu splendide. Mais, bien entendu, elles étaient beaucoup trop grandes pour la fillette, qui avait claudiqué jusqu'au jardin, où elle n'avait pas tardé à coincer l'un des talons entre les barreaux d'une petite grille d'évacuation.

La malheureuse avait tiré, tiré, jusqu'à ce que le talon cédât, à l'instant précis où Eileen rentrait de l'usine d'outillage, où elle occupait un poste de dactylo. La jeune fille avait assené une calotte à sa cadette, puis s'était plainte haut et fort à leur mère, qui à son tour avait corrigé Julie, avant de l'envoyer se coucher sans manger.

Eileen avait déserté le foyer familial peu après, et sa cadette s'était demandé à l'époque si elle était responsable de ce départ. Flo lui avait assuré que non, mais Julie, aujourd'hui encore, continuait à se poser des questions. Elle renversa la tête contre la têtière de son siège, curieuse de ce qu'elle allait finalement découvrir au terme de son parcours. Eileen était-elle mariée ? Vivait-elle seule ? N'éprouvait-elle réellement aucun regret lorsqu'elle songeait que ses parents et sa petite sœur avaient trouvé la mort sans qu'elle les eût jamais revus ? À quoi ressemblait-elle à présent ? Julie la reconnaîtrait-elle après toutes ces années ?

Ayant réussi à chasser de son esprit ces idées sombres, elle se mit à somnoler, lorsqu'elle sentit confusément que le train ralentissait. Elle ouvrit les yeux pour découvrir qu'il suivait un tronçon de rails flanqué de hautes herbes. Les carcasses de bâtiments en ruine émergeaient de monceaux de gravats, et un mur de briques qui jadis courait le long du quai avait été littéralement coupé en deux. À l'évidence, Cliffehaven n'était pas aussi sûr que la jeune femme l'avait d'abord songé. Avait-elle eu raison de venir jusqu'ici ?...

On s'ébranla dans son compartiment, les autres voyageurs refermaient leur livre ou leur journal, récupéraient leurs valises dans les filets à bagages. Tandis qu'ils enfilaient leurs manteaux et leurs gants, avant de se diriger vers le couloir, Julie demeura immobile. Puisqu'il s'agissait du terminus, à quoi bon se hâter? À quoi bon se presser au milieu de la cohue?... En réalité, ce qui la retenait vraiment était la peur de se voir bientôt confrontée à Eileen.

Le compartiment s'étant rapidement vidé, Julie s'efforça de repousser loin d'elle ses frayeurs et ses doutes. Elle s'empara de son sac à main, ainsi que de l'étui contenant son masque à gaz, puis cala William, toujours endormi, dans son écharpe de portage. Enfin, elle descendit du train. De toute façon, se dit-elle, il était trop tard pour rebrousser chemin. Il fallait à présent qu'elle vécût son aventure jusqu'au bout, et tirât le meilleur parti des expériences qu'elle s'apprêtait à vivre.

Le wagon à bagages se situait en queue de convoi, mais un adorable vieux porteur lui proposa de prendre en charge ses deux lourdes valises. Une fois qu'il les eut installées sur son chariot, il ouvrit la marche en direction de la salle des pas perdus, puis de l'extérieur.

— Il n'y a pas de taxis, lui apprit-il, mais l'arrêt du trolley se trouve juste là.

Il lui désigna de l'index la colline où la grand-rue paraissait courir tout droit vers la mer.

— Je me rends sur Camden Road, lui indiqua Julie. Est-ce que c'est loin?

L'homme, d'une chiquenaude, repoussa vers l'arrière sa casquette – il avait les cheveux très blancs. Il contempla la jeune femme d'un air soucieux.

— Quand vous aurez dépassé la mairie, puis le cinéma, vous verrez un grand cratère fait par une bombe. Eh bien, c'est encore plus loin. Ça risque de vous faire une sacrée trotte, avec vos bagages et le petit bonhomme par-dessus le marché. Vous feriez mieux de laisser vos valises ici jusqu'à ce que vous soyez installée là où vous vous rendez. À la consigne, elles ne risquent rien.

Julie décida de suivre son conseil, qu'elle estima judicieux. Après avoir prélevé tout ce dont elle avait besoin pour William, et qu'elle fourra sans ordre dans son volumineux sac à main, elle regarda le vieil homme entreposer ses deux valises.

— Merci mille fois, lui dit-elle en lui offrant un modeste pourboire.

Le porteur, qui venait de glisser la piécette dans la poche de son pantalon, observa la jeune femme avec une curiosité manifeste :

— Vous arrivez de Londres, n'est-ce pas ?

Elle lui sourit.

— Je suis infirmière sage-femme, et dès lundi, j'entrerai au service du Dr Sayers.

L'homme guigna brièvement William. La tante du nourrisson comprit aussitôt que, si elle n'y mettait pas un terme au plus vite, cette conversation risquait de s'éterniser :

— Encore merci, fit-elle gaiement, et elle tourna le dos au porteur pour descendre vers le bord de mer.

Voici donc Cliffehaven, se dit-elle en lorgnant les interminables files d'attente devant la boucherie ou l'épicerie. Elle contourna prudemment les pavés arrachés aux trottoirs, louvoya entre les sacs de sable protégeant l'entrée de l'hôtel de ville. L'air lui parut d'une pureté à nulle autre pareille ; la brise glacée charriait avec elle une âcre odeur de sel. Des mouettes criaillaient, qui voletaient contre un ciel sans nuages… Julie, apercevant la mer au pied de la colline, brûlait de s'y rendre.

Elle parvint cependant à résister à cette tentation – bientôt, William s'éveillerait, elle devrait le changer et lui donner le biberon. Et puis, malgré le soleil radieux, il faisait beaucoup trop froid pour s'attarder dans ces parages.

La ville avait essuyé d'importants bombardements, dont les stigmates se reconnaissaient dans les énormes tas de gravats entre les boutiques, dans les structures décharnées de certains édifices... Julie passa devant une file d'attente – on patientait pour voir le film qui se jouait en matinée à l'Odéon. Fred Astaire connaissait ici un succès égal à celui qu'il remportait à Londres. La jeune femme éprouva un brusque accès de mélancolie – elle se rappelait le vieux cinéma Galaxy, que Lily et elle fréquentaient quelquefois durant leur temps libre.

Elle pressa le pas jusqu'à atteindre l'immense cratère dont le porteur lui avait parlé, béant au coin de la grand-rue et de ce qu'elle supposa être Camden Road. Cette dernière se déroulait devant elle, si longue, semblait-il, que la voyageuse regretta amèrement les souliers à talons hauts dont elle s'était affublée. Il ne lui restait plus qu'à prier pour que l'appartement d'Eileen ne se trouvât pas à l'autre bout de la voie.

Elle passa devant la caserne de pompiers, à l'intérieur de laquelle des employés lavaient et briquaient leurs rutilants engins rouges au son d'une musique entraînante jaillie d'un poste de radio. Julie atteignit ensuite la fabrique de confection à l'heure où les ouvrières en sortaient pour leur pause déjeuner. Elle dut patienter devant l'hôpital, le temps qu'une ambulance pénétrât dans son enceinte. Cet hôpital lui fit l'effet d'un bâtiment très vaste ; sans doute, songea-t-elle, s'y trouvait-il aussi une maternité, en sorte qu'elle se demanda brièvement pour quelle raison l'infirmière en chef ne l'y avait pas affectée. À L'Ancre, le pub local, des voix s'élevaient, nombreuses et fortes, qui réduisaient presque à néant les efforts déployés par le pianiste, qui pourtant martelait son clavier – avec plus d'allégresse que de talent. Le cœur de la jeune femme s'emplit de tristesse, car si L'Ancre ne ressemblait en rien aux Outilleurs, il lui remémorait une atmosphère et des souvenirs trop frais encore pour ne pas la poignarder dès qu'ils refaisaient surface. Elle prit une profonde inspiration, consulta les numéros inscrits sur les habitations. Elle découvrait à présent, des deux côtés de la rue, une série d'échoppes, dont les portes menaient aux appartements situés au-dessus.

Elle ralentit, se figea devant une entrée sise entre la boulangerie et la quincaillerie. Cette porte avait été récemment repeinte, les cuivres étincelaient, et l'on venait de frotter avec vigueur l'unique marche du seuil. Eileen avait beau s'être éloignée de l'East End, elle ne s'était pas débarrassée de cette fierté des ménagères de là-bas, qui tenaient plus que tout à posséder une maison toujours propre et bien rangée.

Julie avait la bouche sèche, et son cœur battait la chamade. Comme elle approchait la main du heurtoir, elle se dit que sa sœur, peut-être, serait absente – dans le cas contraire, l'accueillerait-elle avec chaleur, ou lui claquerait-elle la porte au nez? Sa carte postale ne possédait rien d'encourageant, et elle devrait en plus lui parler de William. Elle cogna deux fois à la porte – elle venait de trop loin pour baisser les bras maintenant.

Elle recula en entendant des pas dans l'escalier. Par bonheur, William dormait toujours. Blotti dans son écharpe de portage, il était adorable. Julie espérait que sa sœur partagerait son avis.

La porte s'ouvrit sur une petite bonne femme d'une trentaine d'années, mince et très brune, dont le sourire radieux mourut sur ses lèvres lorsqu'elle avisa Julie:

— C'est pour quoi?

La visiteuse retint son souffle. Maquillage impeccable, chevelure parfaite, jupe et chemisier d'une rare élégance, souliers à talons hauts, bas délicats… Cette femme ne pouvait être qu'Eileen, d'autant plus que la ressemblance avec leur mère sautait aux yeux.

— Bonjour, Eileen. C'est moi… Julie.

— Ça alors…, souffla la maîtresse de maison, qui jeta un bref regard en direction du bout de la rue avant de le poser à nouveau, froid et sans tendresse, sur sa cadette. Jamais je ne t'aurais reconnue. Qu'est-ce que tu fabriques ici?

— On m'a attribué un poste de sage-femme infirmière au cabinet médical de la ville. Je commence lundi.

L'œil brun de son aînée se riva cette fois au bébé, et ses traits se durcirent.

— Qui est-ce? s'enquit-elle sur un ton presque accusateur.

— Je te présente William, déclara Julie avec fermeté. Le bébé de Franny. C'est moi qui m'occupe de lui jusqu'au retour de son père.

Elle écarta un pan de couverture pour montrer à Eileen le menu visage de l'enfant.

— Il est beau, n'est-ce pas? murmura-t-elle.

— Très beau.

Piquée par l'indifférence de sa sœur, Julie replaça la couverture sur la tête du nourrisson. Les choses risquaient de se révéler plus difficiles encore qu'elle ne l'avait imaginé, mais elle s'acharna néanmoins, résolue à fendre l'armure glacée d'Eileen.

— Me permets-tu d'entrer? Je viens d'arriver de Londres, et j'ai fait à pied tout le chemin depuis la gare. J'ai les orteils en compote.

Sa sœur s'empressa d'examiner ses souliers.

— Rien n'a changé, à ce que je vois, maugréa-t-elle.

Elle guigna le bébé que Julie serrait dans ses bras, puis s'écarta, comme à contrecœur, pour laisser passer sa cadette.

— Je vais bientôt sortir, la prévint-elle, mais il me reste assez de temps pour te préparer une tasse de thé.

Ayant refermé la porte, elle conduisit sa visiteuse jusqu'à un petit escalier, qu'elles gravirent jusqu'à atteindre un palier carré. Là, elle ouvrit une porte donnant sur un charmant salon, dont elle désigna l'un des fauteuils de l'index.

— Installe-toi là pendant que je vais voir s'il me reste assez de thé.

Julie s'assit sur la pointe des fesses, serrant William contre son cœur. Elle avait commis une terrible erreur. Jamais elle n'aurait dû venir jusqu'ici sans y avoir d'abord longuement réfléchi. Eileen possédait un cœur de pierre, et bien qu'elle ressemblât physiquement à leur mère, elle n'avait pas hérité de la chaleur ni de la compassion qui faisaient la réputation de Flo.

La jeune femme ôta son manteau avec précaution, avant d'observer le salon, que le soin jaloux avec lequel sa propriétaire l'entretenait rendait presque impersonnel. Une table et deux chaises avaient été placées sous la fenêtre, dont la vitre s'ornait, dans l'espoir qu'elle résistât aux souffles des explosions, de ces bandes adhésives que l'on voyait maintenant partout. Le velours beige des rideaux s'assortissait à celui du fauteuil et du canapé installés devant un radiateur à gaz. Il ne se donnait à voir ici aucune photographie, aucun bibelot, aucun objet, à l'exception d'une pendule au cadran serti dans un boîtier d'acajou, qui trônait sur le manteau de la cheminée. Un poste de radio était posé dans un coin de la pièce. On recensait encore un miroir au-dessus de l'âtre. Quant aux niches flanquant le corps de la cheminée, elles étaient pleines de livres. Le seul luxe que paraissait s'être accordé Eileen tenait dans un magnifique tapis indien qui couvrait presque entièrement le parquet.

William se mit à gigoter dans les bras de sa tante, ses petits poings surgirent de sous la couverture, désireux de se porter à sa bouche. Julie pria pour qu'il restât suffisamment de lait dans le thermos, car les boîtes de lait maternisé dormaient pour l'heure dans les bagages qu'elle avait laissés à la consigne de la gare. Elle câlina l'enfant, baisa ses poings minuscules. Pourvu, songeait-elle, qu'il ne se mît pas à hurler. Eileen, à l'évidence, ne possédait pas une once d'instinct maternel ; les cris du bébé risquaient de la contrarier davantage.

La maîtresse de maison reparut avec un plateau.

— J'espère qu'un biscuit te suffira. J'ai déjà déjeuné, et comme je dîne dehors ce soir, il ne me reste rien dans le garde-manger.

Julie mourait de faim.

— Je n'aurais pas dit non à un casse-croûte, mais si c'est trop de tracas pour toi…

— C'est du tracas, en effet, répondit sèchement Eileen.

Elle versa le thé dans une tasse, garnit la soucoupe d'un biscuit, avant de tendre le tout à sa sœur.

— Je suis une femme très occupée, je manque de temps pour faire la queue devant la boulangerie. Pardessus le marché, je n'attendais pas de visiteurs.

Sa cadette ravala son courroux avec son thé et son biscuit.

— Je ne suis tout de même pas n'importe quelle visiteuse, fit-elle observer avec douceur, et du fait que nous sommes sœurs, j'avoue que j'imaginais un accueil un peu plus enthousiaste.

— Tu aurais dû m'écrire pour me prévenir de ton arrivée. Cela t'aurait épargné un voyage inutile.

Eileen croisa ses jambes fuselées, tira sur le bas de sa jupe, en considérant Julie et leur neveu avec froideur.

— Tu ne peux pas rester ici. Je ne dispose que d'une chambre, et il n'est pas question que je supporte les braillements d'un bébé.

Choquée par son incorrection et son insensibilité, Julie la fixa longuement.

— Pour quelle raison te comportes-tu de cette façon, Eileen? Qu'est-ce qui t'a rendue si… si hostile? Il s'agit de l'enfant de notre petite Franny, et maintenant que papa et maman nous ont quittés, je pensais que…

La maîtresse de maison contempla, par la fenêtre, les toits de l'autre côté de la rue.

— J'ai été navrée d'apprendre ce qui était arrivé à nos parents. Et à Franny. Mais cela fait si longtemps… Trop d'eau a coulé sous les ponts.

Elle tourna vers Julie un visage impénétrable.

— Je suppose que maman t'a un jour expliqué pourquoi j'avais dû partir?

— Personne ne m'a jamais rien dit. Quoi qu'il se soit passé entre vous ce jour-là, papa et maman l'ont emporté dans leur tombe.

— C'est aussi bien comme ça.

Eileen vida sa tasse, puis consulta sa montre.

— Tu m'as bien dit que tu commencerais à travailler au cabinet médical lundi? J'en déduis que tu sais déjà où tu vas loger?

— J'espérais que tu m'autoriserais à m'installer chez toi, où nous aurions veillé ensemble sur William. Mais, de toute évidence, j'ai eu tort de croire que tu m'aiderais.

Son hôtesse tapota ses cheveux pour rajuster sa coiffure, le rouge de ses longs ongles jetant des lueurs.

— J'occupe un poste important au sein du conseil municipal, ce qui signifie que je reste souvent très tard au bureau. Par ailleurs, je mène une vie sociale extrêmement riche. Bref, je n'ai pas le temps de jouer les baby-sitters. Je te conseille plutôt de te rendre à la mairie, afin que cet enfant soit confié au plus vite à une famille d'accueil.

— J'ai promis à Franny de ne jamais faire une chose pareille.

— Dans ce cas, tu es une sotte. Tu ne peux décemment pas concilier un métier prenant avec l'éducation d'un bébé.

— Je trouverai quelqu'un pour s'occuper de lui quand je serai au travail. Une personne que je paierai, bien sûr, à condition qu'elle me donne entière satisfaction.

Eileen considéra William, qui gigotait de plus en plus entre les bras de sa tante.

— Franny était-elle mariée avec son père?

Julie secoua la tête.

— Dans ce cas, tu ferais vraiment mieux de le proposer à l'adoption. Tu ne peux pas courir le risque qu'on s'imagine autour de toi qu'il s'agit de ton fils, et j'ai travaillé trop longtemps et trop dur pour voir ma réputation ternie par mes liens familiaux avec toi.

— Ne te tourmente pas, la moucha sa cadette. Je ne révélerai à personne que tu es ma sœur. Le fait de me fermer ta porte constitue un acte odieux. Et j'imagine que tu n'as pas la moindre envie de voir cette information bientôt divulguée, ce qui pourrait écorner ton honneur sans tache.

— Inutile de proférer ce genre de menace, répondit Eileen, le regard soudain étréci.

— Tous les coups sont permis. Pour être honnête, après cette rencontre, au terme de dix longues années, j'ai presque honte de penser que nous appartenons à la même famille. Tu te prends peut-être pour un grand personnage, pour une actrice indispensable de la vie locale, mais nous savons, toi et moi, que tu es originaire de l'East End, où l'hospitalité et les valeurs familiales importent plus que tout. Quitter Stepney ne t'a pas fait de bien.

Eileen soutint sans mot dire son regard furibond, puis poussa un lourd soupir.

— Je t'autorise à passer la nuit chez moi, dit-elle avec réticence, mais cet après-midi, tu me feras le plaisir de t'adresser au service concerné pour qu'on te trouve un logement. Il n'est pas question de voir mon existence bouleversée de cette façon.

Julie n'avait plus aucune envie de s'attarder chez son aînée, mais elle n'avait pas le choix.

— Merci, fit-elle, les lèvres pincées. D'abord, je vais changer William, puis lui donner le biberon, après quoi je débarrasserai le plancher.

Elle posa sur Eileen un regard songeur.

— Je suppose que tu n'as pas la moindre idée de l'endroit où je pourrais me procurer un landau d'occasion?

— Les membres du WRVS, dont le siège se situe à l'hôtel de ville, en mettront certainement un à ta disposition.

Elle saisit une à une les soucoupes et les tasses, qu'elle déposa avec précaution sur le plateau.

— Du moment que tu le changes et que tu le nourris avant de sortir, je le garderai pendant ton absence.

Julie n'en croyait pas ses oreilles.

— Vraiment? souffla-t-elle. J'avoue que tu me rendrais un immense service, parce qu'il faut que je retourne à la gare pour récupérer mes bagages, et…

— Je dois quitter l'appartement à 19 heures. Si tu as ne serait-ce qu'une minute de retard, je m'en irai quand même. Et le bébé se retrouvera livré à lui-même.

— Je serai rentrée à temps, c'est promis. Merci, Eileen.

Celle-ci se retira sans mot dire, avec son plateau. Elle referma la porte derrière elle, et sa cadette aurait été abasourdie de la voir alors s'adosser à cette porte, ses manières glacées la désertant d'un coup, cependant qu'elle luttait contre une vague d'angoisse qui, à tout instant, menaçait de la submerger.

Julie ayant changé William avant de lui donner son biberon, elle l'avait installé sur le canapé d'Eileen, parmi des oreillers qu'elle y avait disposés, et entre lesquels il dormait déjà lorsqu'elle avait quitté l'appartement – bien à contrecœur, car elle craignait que sa sœur ne sût pas comment réagir si l'enfant se mettait à pleurer. Mais, sans lui, la jeune femme pouvait filer à l'office du logement avant l'heure de sa fermeture, puis galoper jusqu'à la gare pour y récupérer ses bagages. Peut-être même lui resterait-il assez de temps pour acheter de quoi dîner.

Elle se souvenait d'être passée devant l'office du logement en se dirigeant vers l'appartement d'Eileen, mais lorsqu'elle en poussa la porte d'entrée, elle découvrit une foule nombreuse – elle allait devoir patienter longtemps. Elle s'assit sur l'une des chaises sans plus pouvoir s'apaiser, l'œil rivé à la grosse horloge murale, dont les aiguilles égrenaient les minutes avec une lenteur exaspérante. Bientôt, les boutiques fermeraient, or elle devait à tout prix se procurer de la nourriture pour le soir. Quant au vieux porteur de la gare, s'il terminait sa journée entre-temps, il fermerait à clé la porte de la consigne.

Son impatience allait croissant. Enfin, près d'une heure plus tard, on l'appela à l'un des trois bureaux.

Une petite barrette en bois posée sur la table de travail indiqua à Julie qu'elle avait affaire à une certaine Katherine Carter. Katherine était une jolie blonde à peine plus âgée qu'elle, et qui ne leva même pas le nez lorsque Julie s'assit.

Elle feuilleta les documents devant elle, tâchant de dompter dans le même temps sa chevelure, résolue, semblait-il, à échapper aux épingles chargées de la domestiquer. Puis elle se mit à bombarder Julie de questions, tandis qu'elle remplissait un formulaire au fur et à mesure : nom, âge, situation de famille, adresse, profession…

— Un logement pour combien de personnes ? Avez-vous la charge d'enfants en bas âge ou d'adultes dépendants ?

L'infirmière répondit à toutes les questions. Alors, seulement, Katherine leva le regard vers elle.

— Vous m'avez pourtant indiqué que vous n'étiez pas mariée ?

— En effet. William est le fils de ma sœur. Elle est décédée il y a six semaines.

— Oh, je suis navrée.

Il y avait de la compassion dans ses yeux bleus, et le sourire qu'elle adressa à son interlocutrice se révélait plein de chaleur.

— Et vous avez fait tout ce trajet depuis Londres pour atterrir ici, où vous n'avez nulle part où aller ?

Elle fronça les sourcils.

— Je suis étonnée que le Dr Sayers n'ait pris aucune disposition vous concernant. Il sait combien il est difficile de trouver un logement quand on est accompagné d'un tout petit enfant, d'autant plus que nombre de nos concitoyens sont actuellement à la rue à cause des bombardements. Notre politique consiste à encourager les mères et leurs bébés à partir pour le Somerset ou le pays de Galles.

— Je suis obligée de rester à Cliffehaven. Je ne peux pas faire faux bond au Dr Sayers.

— Je comprends, murmura Katherine. Dans ce cas, je ne peux guère vous proposer qu'un lit à l'hôtel de ville. Il s'agit d'un hébergement d'urgence, et les lieux sont bondés, mais en vous serrant un peu, vous devriez trouver une petite place pour tous les deux.

Elle émit cette fois un sourire d'excuse, tandis qu'à nouveau elle ferraillait avec ses épingles à cheveux.

— Vous n'avez vraiment ni amis ni parents dans cette ville, qui pourraient vous héberger à titre provisoire ?

Julie songea à Eileen et secoua la tête.

— J'ai déposé William chez quelqu'un pour l'après-midi, mais cette personne ne dispose d'aucune pièce où nous accueillir après cette nuit. N'existe-t-il pas des familles, à Cliffehaven, qui accepteraient de nous loger, le bébé et moi ? Je suis prête à payer, bien sûr, pour qu'on garde William en mon absence, et je me chargerais seule de notre lessive et de nos repas.

Katherine soupira, renonça à dominer sa chevelure, dont elle laissa des mèches encadrer sans ordre son joli minois.

— La seule personne qui serait en mesure de vous accueillir dans ces conditions s'appelle Mme Reilly, la propriétaire de la pension du Bord de mer. Mais je crois me rappeler qu'elle a demandé à être rayée momentanément de nos listes.

Julie se pencha en avant, l'espoir au cœur :

— Pensez-vous qu'il soit possible que Mme Reilly change d'avis ? Existe-t-il un moyen de prendre contact avec elle pour lui demander s'il lui reste une chambre libre ?

Katherine ouvrit la porte d'un volumineux meuble de rangement, à l'intérieur duquel elle se mit à fouiller parmi les innombrables dossiers qu'il contenait, jusqu'à dénicher le bon.

— Elle n'est plus sur nos listes, mais je sais de source sûre que deux de ses chambres sont disponibles. Il se peut donc, en effet, qu'elle revienne sur sa décision lorsque nous la mettrons au courant de votre situation.

— Est-il possible de la joindre dès aujourd'hui?

— Elle a le téléphone, mais je ne peux pas passer l'appel depuis mon poste.

Elle se leva, le sourire encourageant.

— Attendez-moi ici, je vais voir ce que je peux faire.

Julie, sans plus bouger de son siège, s'efforça de paraître calme, mais son esprit bouillonnait. Une chambre dans une pension de famille... Cela lui semblait plus attrayant qu'une place à la mairie. Elle pria pour que la chance lui sourît enfin, et qu'elle n'eût pas à passer la nuit chez sa sœur, dont l'accueil glacial l'avait douchée.

Quelle sotte elle était!... Comment avait-elle pu se convaincre qu'Eileen lui ouvrirait ses bras et son logis sans mot dire?... Quoi qu'il en soit, elle aurait dû prévoir une solution de rechange. Elle allait devoir apprendre à ne pas foncer ainsi tête baissée, à ne plus autoriser son cœur à prendre le pas sur son cerveau sans se soucier des conséquences. Ses années d'études, puis de pratique, durant lesquelles on lui avait enseigné la discipline et la prudence, ne lui avaient été d'aucune utilité dans la conduite de sa vie privée.

Katherine reparut bientôt, se rassit à son bureau.

— Je suis désolée, mademoiselle Harris, mais je n'ai pas réussi à m'adresser directement à Mme Reilly. En revanche, j'ai confié un message pour elle à l'une de ses jeunes pensionnaires. Mais celle-ci m'a assuré que sa logeuse n'avait pas l'intention de reprendre chez elle d'autres évacués jusqu'à ce que sa fille ait accouché.

L'employée semblait abattue.

— Je suis vraiment, vraiment navrée.

— Vous n'y êtes pour rien. Mais… Et si je rendais personnellement visite à Mme Reilly? Croyez-vous que je pourrais réussir à lui faire changer d'avis?

— Ce genre de démarche ne nous est pas coutumier, mais les temps sont difficiles, et vous vous trouvez dans une situation particulièrement incommode.

Elle ouvrit le dossier de Mme Reilly, dont elle recopia l'adresse.

— Vous verrez, Peggy Reilly est une femme en or. Si quelqu'un peut vous venir en aide, c'est elle. Mais surtout, ne répétez à personne que je vous ai donné ses coordonnées. Sinon, je suis morte.

Elle décocha un large sourire à Julie en lui remettant le feuillet.

— Je vous inscris tout de même pour l'hébergement d'urgence à l'hôtel de ville, on ne sait jamais. Pensez à les prévenir si vous vous installez plutôt à la pension du Bord de mer.

La Londonienne glissa le petit papier dans la poche de son manteau.

— Merci mille fois, souffla-t-elle. Vous êtes une perle.

— Je vous conseille de vous rendre là-bas au moment du dîner. Vous aurez plus de chances de la trouver chez elle.

Katherine consulta l'horloge murale, puis se leva :

— Ma journée est terminée, dit-elle sur un ton allègre. Au fait, je me prénomme Katherine. Désirez-vous que je vous montre où se situe la pension du Bord de mer, mademoiselle Harris?

La Londonienne sourit, ivre de reconnaissance.

— Appelez-moi Julie, je vous en prie. Ce serait très gentil à vous, à condition que cela ne vous oblige pas à faire un trop grand détour.

— Non, non, ce n'est pas loin et, très franchement, un peu d'exercice et d'air frais me fera le plus grand bien. Je suis restée vissée sur ma chaise toute la journée.

Katherine gloussa en enfilant son manteau, dont elle serra ensuite la ceinture autour de sa taille.

— Je vous jure que je sens peser sur mes hanches le moindre biscuit et le moindre sandwich au pâté de jambon que j'ingurgite chaque jour.

Ce trait d'humour amusa Julie, qui crut percevoir déjà les prémices d'une amitié fructueuse. Peut-être, finalement, son installation à Cliffehaven lui apporterait-elle plus de bonnes choses que prévu.

8

Julie et Katherine quittèrent l'office du logement pour se hâter vers la gare, où la Londonienne récupéra ses valises. Elle en profita pour troquer ses souliers douloureux contre des chaussures moins élégantes mais plus confortables, et soupira d'aise. Il était près de 16 heures et, comme tous les samedis, les échoppes s'apprêtaient à fermer, mais Julie eut le temps d'acheter une petite boîte de pâté de jambon, ainsi que la moitié d'un pain, avant que les deux jeunes femmes reprissent la direction de Camden Road.

Katherine s'arrêta au coin d'une rue, face à une massive église catholique.

— Au-delà de l'église, expliqua-t-elle à l'infirmière, s'étend Havelock Gardens, le quartier chic de Cliffehaven, avec de grandes maisons et des jardins donnant sur la mer. Si tu traverses le petit parc et prends à droite, tu ne tarderas pas à tomber sur le cabinet médical, qui occupe le rez-de-chaussée de la maison familiale du Dr Sayers. C'est lui qui, avec son fils, a réalisé les aménagements il y a quelques années.

— À propos… Comment est-il, ce fameux Dr Sayers?

— Un peu vieux jeu. Il ressemble au père Noël. Il lui arrive de bougonner, mais c'est un homme adorable. Il est veuf, et il a interrompu sa retraite au moment de la déclaration de guerre pour aider son fils, Michael, à faire tourner le cabinet. Michael est asthmatique, c'est pour ça qu'il n'a pas pu s'engager.

— Le pauvre…, murmura Julie. L'asthme peut être très handicapant.

— Je peux t'assurer que ça ne l'arrête jamais.

Katherine s'étant emparée de l'une des valises de la Londonienne, les deux femmes s'engagèrent sur Camden Road.

— Il vient toujours quand on l'appelle, enchaîna la jeune employée. Même au beau milieu de la nuit. En plus, il assure des consultations gratuites à l'hôtel de ville et à l'hôpital.

Elle soupira.

— Il est mignon comme tout, mais beaucoup trop maigre. Ma mère aime répéter qu'il aurait besoin d'une épouse pour le remplumer un peu.

Julie guigna sa compagne, à la fois curieuse et amusée.

— Est-ce que je me trompe, ou le gentil médecin fluet t'a tapé dans l'œil?

— Il me faisait rêver quand j'étais à l'école primaire, se mit à rire Katherine, mais ça s'est arrêté là. À l'heure qu'il est, mon petit ami navigue sur un dragueur de mines, quelque part au beau milieu de l'Atlantique.

Une ombre passa sur les traits de la jeune femme.

— Est-il originaire de Cliffehaven lui aussi? l'interrogea la Londonienne.

Sa compagne opina.

— Avant de s'engager dans la réserve de la Royal Navy, ses frères et lui travaillaient sur les bateaux de pêche de leur père. Il s'appelle Patrick.

Elle soupira.

— Il me manque.

Elle se tourna vers Julie.

— Et si tu me parlais un peu de toi, maintenant? Est-ce que tu as un fiancé? Et la situation à Londres est-elle aussi terrible que ce qu'en disent les journaux?

L'infirmière lui résuma les conditions d'existence dans la capitale, sans entrer dans les détails de sa vie personnelle, car elle sentait que les larmes n'étaient pas loin.

— Et pour ce qui est des garçons, conclut-elle, j'y ai définitivement renoncé. Ma dernière relation a tourné au désastre.

Elle s'arrêta devant la porte d'Eileen et sourit.

— Mais je te raconterai ça une autre fois. À condition que tu aies envie de me revoir, bien sûr.

— Avec plaisir. J'en profiterai pour te présenter à quelques-unes de mes amies et pour te faire visiter la ville.

— Est-ce que je me trouve encore loin de la pension du Bord de mer?

Katherine leva les yeux vers la fenêtre située au-dessus de la boulangerie.

— C'est ici que tu as laissé William?

Comme Julie hochait la tête, la jeune femme grimaça.

— Je suis surprise qu'Eileen Harris t'ait proposé de s'occuper de lui. On ne peut pas dire que ce soit une tendre, et d'ailleurs, nous avons régulièrement des prises de bec à propos de l'attitude de la municipalité envers les évacués. À la voir, on a l'impression que c'est elle qui dirige la mairie, alors qu'elle n'est qu'une secrétaire.

Elle écarquilla de grands yeux lorsqu'elle crut avoir compris :

— Mince alors…, souffla-t-elle. S'agit-il d'un membre de ta famille? Est-ce que j'ai fait une gaffe?

— Pas du tout, la rassura Julie. Ma sœur et moi n'avons pas grand-chose en commun, c'est bien pour ça que je cherche un logement.

Se rappelant la mise en garde d'Eileen, qui souhaitait que personne n'apprît leur lien de parenté, elle se hâta d'ajouter :

— Surtout, garde ça pour toi.

— Je serai muette comme une carpe.

Katherine consulta sa montre.

— Il faut que j'y aille. Je dois aider ma mère à préparer le dîner. La pension du Bord de mer se situe dans cette direction.

Et de joindre le geste à la parole, l'index tendu.

— Tu verras, c'est la troisième maison sur la gauche.

— Je t'aurais volontiers proposé d'entrer, mais…

— Ne t'en fais pas, sourit la jeune femme, je comprends. Que dirais-tu de nous retrouver autour d'une tasse de thé demain après-midi ? Il y a un charmant petit café juste en face de l'hôpital.

— Très volontiers. Vers 15 heures ?

— Parfait. D'ici là, bonne chance avec Mme Reilly. À demain !

Son amie ayant filé, Julie frappa à la porte d'Eileen. Au bout de plusieurs longues minutes, elle frappa de nouveau. Que se passait-il ? Avait-elle eu le culot de déguerpir en laissant William sans surveillance ? Comme elle allait frapper une troisième fois, elle entendit, immensément soulagée, des pas dans l'escalier.

La maîtresse de maison ouvrit la porte sans un mot avant de gravir à nouveau les marches.

— Mieux vaudrait que tu aies un double des clés, observa-t-elle en atteignant le palier. Je ne vais pas passer mes journées à descendre et monter.

— Je ne fais que passer pour déposer mes valises et voir comment va William avant de rendre visite à quelqu'un qui, peut-être, pourra nous fournir un logement. Comment s'est-il comporté ?

— Il dort. Encore heureux. Ça m'a permis d'avancer dans mon travail. Des documents essentiels à traiter.

Julie ayant traversé le salon, elle baissa le regard sur l'enfant. Résistant à un ardent désir de le prendre dans ses bras pour l'embrasser, elle se tourna vers sa sœur.

— En quoi consiste ton travail, au juste ?

— Je suis l'assistante de direction du maire de Cliffehaven. Il s'agit d'un poste important. Très exigeant, mais cela me permet d'être au cœur des décisions prises par la municipalité, d'être aussi au plus près des lois votées par le Parlement. À part ça, il m'est interdit de t'en dire davantage.

— Eh bien… Tu as accompli un formidable parcours depuis l'époque où tu travaillais comme dactylo à l'usine d'outillage. Toutes mes félicitations.

Eileen, se gardant du moindre commentaire, s'assit à la table située sous la fenêtre, rassembla les feuillets qui s'y trouvaient dispersés.

— As-tu trouvé où te loger ? Tu t'es absentée longtemps.

Sa cadette lui parla de l'hébergement d'urgence à la mairie, ainsi que des espoirs qu'elle nourrissait concernant Peggy Reilly.

— Puisque tu ne dois sortir que dans deux heures, poursuivit-elle, j'ai pensé que je pourrais passer au cabinet médical. Je voudrais me présenter aux médecins et récupérer mon emploi du temps. Avec un plan de Cliffehaven, si possible. Je n'imaginais pas une ville aussi grande, aussi étendue. J'espère qu'ils me fourniront une bicyclette.

Eileen rangea ses documents dans une robuste mallette, qu'elle referma d'un coup sec.

— Je pourrais te prêter un plan très détaillé, à condition que tu me le rendes dès que tu te seras familiarisée avec les lieux.

Elle s'approcha d'une étagère, y prit le plan en question, qu'elle tendit à sa sœur.

— Merci.

Julie le glissa dans la poche de son manteau.

— Alors… Ça ne te dérange pas si je te laisse William un peu plus longtemps que prévu ?

— On va dire que non.

L'infirmière se rappelant le reste de lait maternisé à l'intérieur de l'étui de son masque à gaz, elle le remit à son aînée :

— S'il se réveille, verses-en trois mesures dans un biberon propre.

Elle lui confia aussi le biberon. Après une brève hésitation, elle lui montra une couche.

— Il faudra peut-être que tu le changes…

— Je n'aime peut-être pas les bébés, mais je sais quand même comment on s'y prend avec eux, s'agaça Eileen. Comme j'étais l'aînée, j'ai souvent aidé maman à s'occuper de toi, puis de Franny, figure-toi.

Plongeant son regard dans celui, glacé, de sa sœur, Julie crut y voir vaciller quelque chose, mais ce quelque chose était trop ténu pour qu'elle l'identifiât.

— Merci, Eileen. Je fais au plus vite.

— Tiens, fit sa sœur en lui tendant sa clé. Tu as intérêt à me la rendre demain matin à la première heure.

Julie l'empocha, contempla une dernière fois William avant de dévaler l'escalier. Elle mourait de faim, mais elle devrait patienter jusqu'à ce qu'elle fût certaine de savoir où dormir la nuit suivante.

Peggy quitta la maison de ses vieux amis, où elle avait passé le plus clair de l'après-midi à faire la cuisine et le ménage. Elle prit une profonde inspiration – l'air frais la réjouit. La demeure ayant souffert lors de l'attaque aérienne survenue la veille, Jim et Ron avaient fait de leur mieux pour couvrir le trou béant à présent dans le toit, consolider la cheminée et descendre la plupart des meubles au rez-de-chaussée. Les occupants des lieux, un couple âgé, se sentaient si bouleversés par les événements qu'ils avaient été incapables d'ôter la poussière et les débris jonchant le sol des deux pièces encore habitables. C'est pourquoi Peggy s'était attardée à leurs côtés, longtemps après que Jim les avait salués pour aller prendre son service à l'Odéon, où il exerçait le métier de projectionniste. Elle avait briqué la maison, puis préparé un repas chaud.

Elle passa son manteau et partit dans la nuit qui commençait à tomber. Bert et Mabel formaient un charmant couple d'octogénaires, vivant à Cliffehaven depuis toujours. Ils s'étaient mariés plus de soixante années auparavant et refusaient catégoriquement de partir s'installer chez leur fille, en Écosse, mais Peggy craignait qu'ils ne finissent par se négliger, par se nourrir trop peu, en particulier depuis que l'infirmière de district avait abandonné son poste pour rejoindre le Corps médical de l'armée.

La logeuse referma derrière elle la porte de la pension et s'y adossa quelques instants pour reprendre haleine. Puis elle défit son foulard, accrocha son manteau à la patère de l'entrée et se débarrassa de ses chaussures. Elle se sentait crasseuse de la tête aux pieds – pourvu qu'il restât assez d'eau chaude pour un bain.

Anne et Mme Finch étaient en train de préparer le dîner, composé de viande hachée, d'oignons et de poireaux revenus à la poêle.

— Je leur ai cuisiné un repas chaud avant de partir, leur expliqua Peggy en se laissant tomber dans le fauteuil le plus proche du fourneau. Mais je me tracasse beaucoup pour eux. Franchement, ils font peine à voir.

— Tu m'as l'air complètement vannée, lui fit observer Anne. Tiens, avale donc une tasse de thé et, s'il te plaît, arrête de t'inquiéter pour les autres.

— Merci, chérie, fit sa mère en plaçant ses mains en coupe autour de la tasse qu'elle lui tendait. Après, j'irai prendre un bain.

— Il y a de l'eau à revendre, pépia Mme Finch : les filles ne sont pas encore rentrées.

Anne disposa la viande hachée dans le fond d'un plat, puis la recouvrit de purée.

— Il est un peu tôt pour l'enfourner, observa-t-elle. En attendant, je vais peut-être aller faire un tour. Le bébé a gigoté toute la journée, j'ai besoin de me dégourdir les jambes et de respirer un peu d'air frais.

Peggy la considéra avec inquiétude.

— Il fait déjà noir, dehors. Ne t'éloigne pas trop.

— Voyons, maman, je n'ai pas dit que j'allais faire de la randonnée, la taquina Anne. Je vais me contenter d'une balade jusqu'à la mer pour soulager mes douleurs.

— Tes douleurs ? s'alarma la logeuse.

— Les mêmes que je promène depuis plusieurs semaines, répondit pour l'apaiser la jeune femme. Profite de ton bain. Tu n'auras pas le temps de dire ouf que je serai déjà rentrée.

Comme sa fille quittait la pièce, Peggy surprit le regard de Mme Finch.

— Je suppose que ça ne peut pas lui faire de mal, soupira-t-elle, mais ces douleurs ne me disent rien qui vaille.

— Vous vous faites trop de mauvais sang. Anne est une jeune femme intelligente. Elle sait ce qui est le mieux pour elle.

Peggy soupira plus fort encore, avant de vider sa tasse.

— Où est Ron ?

— Parti avec Harvey et son armée de vieux bonshommes, répondit la pensionnaire avec un sourire espiègle. Il était tout pimpant dans son bel uniforme. Ce qui lui donnera l'occasion d'aller conter fleurette à Rosie Braithwaite quand il aura fini ses manœuvres.

La logeuse sourit aussi. Rosie Braithwaite, la propriétaire de L'Ancre, était une femme exquise et voluptueuse, d'âge indéterminé, que Ron courtisait depuis de nombreuses années, ravi de cet interminable jeu de séduction. Peggy s'extirpa du fauteuil.

— Je suis contente qu'il ait Rosie, murmura-t-elle. C'est grâce à elle qu'il garde le pied si léger malgré son âge, et qu'une étincelle continue à embraser son regard. Ça n'est pas rien, surtout en cette période de ténèbres…

Elle traversa l'entrée pieds nus pour se rendre dans sa chambre, où elle récupéra des vêtements propres, avant de gravir sans hâte l'escalier menant à la salle de bains du premier étage. Elle en referma la porte à clé derrière elle, tira l'épais rideau imposé par le black-out, alluma la lumière, puis le chauffe-eau qui, pour un non-initié, paraissait prêt à exploser.

Peggy s'assit sur le bord de la baignoire, en ouvrit les robinets. Quel luxe, songea-t-il pour la énième fois, d'avoir de quoi faire sa toilette à l'intérieur de la maison !… Si seulement les autorités n'imposaient pas ces restrictions d'eau…

Elle retira ses vêtements sales, qu'elle abandonna en tas sur le linoléum.

La pièce froide ne tarda pas à s'emplir de vapeur, tandis que Peggy, exceptionnellement résolue à ne pas se priver, attendit qu'il se trouvât au fond de la baignoire dix bons centimètres d'eau avant de fermer les robinets. Bah…, se dit-elle. Elle expierait cette folie en allant arroser plus tard, avec ce liquide, le potager de son beau-père.

Elle se laissa glisser dans la baignoire jusqu'à ce que l'eau lui léchât les oreilles. Ensuite, elle ferma les paupières. La paix… Une quiétude parfaite… Enfin.

Julie avait décidé qu'il était inutile, du moins dans un premier temps, d'informer les médecins de l'existence de William. Puisqu'on était samedi après-midi, le Dr Sayers n'assurait aucune consultation. Il avait accueilli la jeune femme à bras ouverts dans son cabinet – en moins de temps qu'il n'en avait fallu pour le dire, tous deux s'entendaient à merveille, et Julie se réjouissait de la fluidité avec laquelle se déroulait leur premier entretien.

Après qu'il l'eut fait asseoir, elle attendit patiemment qu'il eût terminé de lire la lettre de recommandation rédigée par l'infirmière en chef. La description que Katherine avait livrée de l'élégant septuagénaire correspondait trait pour trait à l'homme que Julie avait à présent devant elle. Barbe et cheveux d'un blanc de neige, entretenus avec soin, la moustache impeccablement tire-bouchonnée, cirée de surcroît, le sourcil brossé affectant la forme d'une aile, au-dessus d'un œil gris et bienveillant. Il exhibait un costume de tweed, ainsi qu'un gilet assorti, lui-même équipé d'une montre de gousset, dont la chaîne en or barrait son ventre plat. Quant aux mains qui tenaient la lettre, elles étaient carrées, habiles, leurs ongles propres et courts. Il émanait de l'homme une infinie douceur ; Julie en conclut que ses patients devaient l'adorer.

— Tout me paraît en règle, déclara-t-il, de sa voix de baryton, au terme de sa lecture. Et je dois avouer que votre arrivée tombe à pic, infirmière Harris. En effet, notre infirmière de district nous a quittés voilà près d'un mois, et nous ne sommes pas encore parvenus à lui trouver une remplaçante.

Il sourit à sa visiteuse.

— Vous n'allez pas tarder à vous apercevoir que nous menons ici une vie moins trépidante qu'à Londres, je puis néanmoins vous assurer que vous ne chômerez pas.

— Tant mieux. Y a-t-il d'autres infirmières attachées à ce cabinet, ou serai-je seule?

— Nous avons accueilli deux jeunes bénévoles, et l'infirmière Beecham travaille avec moi au cabinet. C'est elle qui supervise l'ensemble des soins infirmiers, c'est donc elle qui s'occupera de votre emploi du temps, et c'est à elle aussi que vous devrez rendre compte de vos activités. Bien entendu, nous allons vous fournir un uniforme, ainsi qu'une bicyclette.

Il lui décocha cette fois un large sourire.

— Cliffehaven s'étend sur un vaste territoire, extrêmement vallonné. J'espère que vous avez de bons mollets.

La jeune femme eut un petit rire.

— Mon travail m'a amenée à sillonner Londres à vélo en long, en large et en travers. Je pense qu'ici, je devrais m'en tirer sans encombre.

Le médecin se carra dans son fauteuil de cuir, s'empara d'une pipe en bruyère qu'il glissa dans la poche de son veston.

— Bienvenue parmi nous, infirmière Harris. Nous vous attendons donc lundi matin, à la première heure.

Sa poignée de main, ferme et sèche, conclut la conversation, et Julie quitta la demeure, ravie d'avoir eu la chance de tomber sur un médecin d'aussi agréable compagnie. Il lui restait à faire la connaissance de son fils, ainsi que de l'infirmière du cabinet, mais elle ne doutait pas de bien s'entendre avec eux aussi, car il régnait dans cet endroit une atmosphère accueillante et bon enfant.

Comme elle quittait les lieux pour se diriger vers la barrière, elle consulta le cadran lumineux de sa montre. Il était près de 18 heures, et la lune seule éclairait le décor. Mme Reilly, cette fois, aurait probablement regagné sa pension. La jeune femme traversa en hâte le petit parc que les circonstances avaient contraint les habitants de la ville à reconvertir en jardin potager. Lorsqu'une sirène toute proche se mit à gémir, elle sursauta et, aussitôt, ses pensées dansèrent la sarabande à l'intérieur de son crâne. Elle se trouvait trop loin de chez sa sœur pour avoir le temps d'y récupérer William, et elle ignorait où se situait l'abri municipal le plus proche. Par ailleurs, elle se demandait où Eileen allait emmener le bébé. Si elle courait de toutes ses jambes, peut-être réussirait-elle, malgré tout, à les rattraper…

Le cœur battant, elle s'élança dans les ténèbres, quitta le parc. Mais dans le noir, elle hésitait sur la direction à suivre pour regagner l'appartement. Cette voie n'était pas celle qu'elle avait empruntée à l'aller… Où était passée l'église? Et la grand-rue?… Elle piocha dans l'une de ses poches le plan que lui avait confié sa sœur, mais il faisait trop sombre pour qu'elle pût le déchiffrer.

Elle hésitait, l'affolement la glaçant à chaque seconde un peu plus, tandis que les hurlements des sirènes résonnaient à présent dans la ville entière. C'est alors que se mit à brailler un membre de la Protection civile, et Julie se trouva emportée par un flot d'individus qui se dirigeaient vers ce qui ressemblait à un terrain de sport. Elle tenta dans un premier temps de remonter cet impétueux courant, mais le membre de la Protection civile la saisit par le bras pour l'obliger à suivre le mouvement.

Des projecteurs entamèrent leur ballet, zébrant de leurs faisceaux le ciel clair piqué d'étoiles. Eileen, maintenant, devait avoir filé avec William, se navra sa cadette. Il ne lui restait plus qu'à prier pour que l'enfant se trouvât en sécurité.

Le terrain qu'elle avait entraperçu s'étendait au nord du petit parc, et l'on y avait creusé un abri profond, cerné de sacs de sable. Le pouls de l'infirmière, qui galopait, s'accéléra encore lorsque, emportée par la foule, elle dut descendre les marches en béton menant dans les entrailles de l'abri – les premières balles crachées par les mitrailleuses striaient les nues de leurs sillons rougis.

L'abri, chichement éclairé, empestait l'humidité, mais il s'y trouvait des bancs et des chaises, et l'on avait coulé sur le sol une chape de béton. On avait en outre, derrière des rideaux en toile de jute, installé des seaux, afin que les habitants piégés dans ces lieux pendant toute la durée des alertes pussent disposer de toilettes sommaires – en revanche, les produits d'entretien qu'on utilisait pour en assurer la propreté gâtaient l'air ambiant. Julie ayant déniché un emplacement non loin de la porte, elle se mit à balayer les lieux du regard, dans l'espoir fou d'y repérer Eileen et William. Hélas, la pénombre et la cohue l'empêchaient de distinguer clairement quoi que ce fût.

Lorsque le responsable de l'abri claqua la porte, puis actionna la roue assurant la fermeture hermétique de l'endroit, la Londonienne frissonna. Elle haïssait ce bruit et cette multitude serrée qui la rendait claustrophobe. Elle haïssait le fait de se savoir enterrée vivante – une fraction de seconde aurait suffi à les écraser tous sous plusieurs tonnes de décombres. Mais, surtout, elle se tourmentait pour William – le raffut, l'étrangeté de cet environnement qu'il ne connaissait pas devaient l'épouvanter et, à coup sûr, Eileen serait incapable de l'apaiser. Peut-être même perdrait-elle patience, et…

Julie ferma les paupières en priant pour que l'attaque aérienne fût de courte durée, mais elle avait beau prier, elle continuait d'entendre, au-dessus de sa tête, le vacarme de l'aviation ennemie. Au bord de la mer tonnaient les canons Bofors, qu'elle avait aperçus sur l'esplanade et les falaises. On entendait aussi les rafales sèches émises par les mitrailleuses des chasseurs alliés. La ville de Cliffehaven constituait-elle la cible du raid ce soir, ou s'agissait-il de Londres?...

Lorsque Peggy entendit la sirène, elle s'empara de son manteau, ainsi que de la boîte, contenant diverses denrées, qu'elle gardait toujours sous la main, puis elle aida Mme Finch à descendre au plus vite l'escalier menant au sous-sol – de là, les deux femmes se dirigèrent vers le jardin. Rita et les deux autres filles, pour leur part, resteraient à leur poste jusqu'à la fin de l'attaque, Jim se trouvait au cinéma, où il travaillait. Quant à Ron, sans doute s'était-il rendu à L'Ancre.

— Je vais vous installer, brailla la logeuse à Mme Finch pour tenter de couvrir le fracas des canons. Ensuite, j'irai chercher Anne.

Sa pensionnaire lui saisit le poignet avec une fermeté dont elle n'était pas coutumière.

— Vous n'allez tout de même pas vous aventurer là-bas! Anne nous a dit qu'elle comptait se promener au bord de la mer. Vous pouvez être certaine qu'elle aura trouvé refuge à l'intérieur de l'abri situé sous le Grand Hôtel.

— Je n'en suis pas si sûre, lui répondit Peggy qui, dans le même temps, l'aidait à pénétrer dans l'abri Anderson, avant de l'installer confortablement dans sa chaise longue, puis d'accumuler autour d'elle une impressionnante quantité d'oreillers, destinés à empêcher la vieille dame de tomber durant son sommeil. Elle s'est absentée il y a presque une heure et, vu son état, jamais elle ne parviendra à courir assez vite pour se mettre en sécurité. Je dois aller la chercher.

Mme Finch leva la tête vers sa logeuse, ses yeux pâles emplis de larmes.

— Je vous en supplie, Peggy, renoncez à cette folie. C'est trop dangereux.

— Il faut que j'y aille.

Elle alluma la lampe à pétrole, avant d'envelopper sa pensionnaire dans une couverture.

— Restez ici, lui ordonna-t-elle, en lui tendant un paquet de biscuits qu'elle venait de prélever dans sa boîte à provisions. Et si vous avez peur, éteignez votre prothèse auditive. Quelques minutes vous suffiront ensuite à vous endormir. Je reviens dès que possible. C'est promis.

Mme Finch la cramponna par la manche :

— Que Dieu vous accompagne, Peggy, fit-elle, tandis que ses larmes, cette fois, ruisselaient sur ses joues.

La logeuse l'embrassa, avant de quitter l'abri dont elle s'assura que la porte était correctement fermée. Alors, elle courut jusqu'à la barrière située au fond du jardin, l'ouvrit pour s'engager dans l'allée menant à la route principale qui, elle-même, permettait de rejoindre le front de mer. Elle entendit au loin l'un des membres de la Protection civile – si elle se faisait prendre sans l'étui contenant son masque à gaz, elle écoperait d'une lourde amende, mais elle n'en avait cure. Sa fille avait besoin d'elle.

Les sirènes mugissaient toujours, dans l'ensemble de la ville, et les projecteurs balayaient la nuit, tandis que le premier groupe d'avions ennemis progressait au-dessus de la Manche, les appareils de la RAF se portant au-devant d'eux pour tenter de les intercepter. Au sommet des falaises, les canons résonnaient, les balles traçantes griffaient le ciel enténébré…

Peggy n'en finissait plus de dévaler la pente menant à la mer. Après avoir trébuché sur le revêtement inégal d'un trottoir, elle ôta ses pantoufles pour continuer à courir pieds nus – à présent, elle appelait Anne de toute sa voix, dans l'espoir fou que celle-ci l'entendrait en dépit du tapage des combats aériens au-dessus des têtes.

Il n'y avait plus personne sur le front de mer, à l'exception des militaires manœuvrant les batteries ; personne ne répondait aux appels éperdus de Peggy, qui poursuivit sa course jusqu'au Grand Hôtel. Elle le découvrit plongé dans un noir d'encre et, lorsqu'elle tenta d'en ouvrir la porte d'entrée, elle la trouva fermée à clé.

Elle demeura là un moment, épouvantée, hors d'haleine. Mme Finch avait peut-être raison, sa fille pouvait en effet s'être réfugiée dans l'abri situé sous l'établissement de luxe – auquel cas, la logeuse aurait mieux fait de regagner son domicile au plus vite. Mais l'instinct de Peggy lui soufflait qu'il n'en était rien. Anne avait pu changer d'avis durant les premières minutes de sa promenade, peut-être avait-elle, dès lors, emprunté une autre direction. Mais laquelle ? Le principal abri public se situait à l'autre bout de la ville. Elle ne pouvait avoir parcouru une telle distance…

Soudain, la logeuse songea que son aînée avait pu rendre visite à son père, au cinéma. Il lui arrivait souvent d'aller là-bas pour partager avec Jim une tasse de thé dans la salle de projection. Au comble de l'angoisse, Peggy rebroussa chemin de toutes ses jambes, sans prendre garde aux lourdes détonations des canons, ou au rugissement des avions dans le ciel de Cliffehaven. Elle ne s'aperçut pas davantage qu'elle s'était entaillé la plante des pieds dans sa précipitation, ni qu'elle saignait, ni qu'un point de côté lui poignardait le flanc. Elle se hâtait vers l'Odéon, le long de la pente raide qui y menait, et tandis qu'elle haletait, elle n'avait plus qu'une chose en tête : sauver son enfant.

— Anne ! hurla-t-elle à nouveau. Anne ! Où es-tu ?

Un appareil, se déplaçant en rase-mottes, expédia autour d'elle une pluie de balles jaillies de sa mitrailleuse. Peggy se précipita sous un porche, où elle s'accroupit pour se pelotonner, la tête entre les bras – les projectiles ricochaient contre la brique, frappaient, avec un bruit sourd, l'asphalte de la chaussée.

Enfin, l'avion allemand s'éloigna, et la logeuse releva le nez, prête à courir de nouveau. Mais comme elle s'extrayait avec précaution de son abri de fortune, elle vit l'appareil faire brusquement volte-face pour se diriger une fois encore vers elle, volant bas et vite ; il crachait ses munitions.

Elle regagna le porche, refuge ô combien précaire, où il ne lui vint pas même à l'idée de crier son effroi, à mesure que les balles sifflaient à ses oreilles. Soudain, elle fut presque soulevée de terre par le souffle d'une explosion non loin.

Ses oreilles se mirent à tinter, cependant que de la maison près de laquelle elle se tenait, ébranlée par le choc, se détachèrent des débris, dont les plus volumineux dégringolaient sur la route, qu'ils se mettaient à dévaler.

— Anne… Oh, Anne…, gémit Peggy. Je Vous en supplie, mon Dieu, protégez-la.

Le presbytère, qui, depuis de longues années, s'accotait à l'un des murs de l'église catholique, ce soir-là ne résista pas au souffle de l'explosion trop proche : alors que la logeuse se blottissait contre son mur, ses parois commencèrent à crouler. Les gouttières, qui se déformaient à mesure, se mirent à crisser, les tuiles glissèrent de leur toit pour voler en éclats sur le sol.

La vieille demeure grogna puis, morceau par morceau, s'effondra.

Peggy n'eut que le temps de faire un pas de côté, avant qu'un énorme fragment de béton ne s'écrasât sur le seuil où elle se tenait l'instant d'avant. Elle fixa longuement l'objet, pétrifiée, éberluée d'avoir évité le trépas de si peu. Les murs à présent se déformaient, les encadrements des fenêtres ne supporteraient plus longtemps la terrible pression à laquelle ils se trouvaient soumis. Une tuile en ardoise, esseulée, se détacha du toit à son tour, pour fuser dans l'air ; la logeuse ne dut qu'à un bond preste de ne pas la recevoir en plein visage.

Enfin, elle reprit son chemin d'un pas mal assuré, contournant de son mieux les gravats.

— Anne ! Anne ! appela-t-elle encore, la gorge sèche, toussant sous les effets conjugués de la poussière et de la fumée – elle avait les yeux terriblement irrités.

Un incendie ravageait l'arrière de l'église, et de nombreux bâtiments avaient été balayés par le souffle puissant de l'explosion survenue plus tôt. Peggy ne distinguait pratiquement plus rien.

— Anne !

Et la flamme de l'espoir, en elle, de refuser catégoriquement de s'éteindre.

— Maman ?...

Une voix faible, mais qu'elle aurait identifiée entre toutes.

— Maman... Au secours...

La logeuse jeta autour d'elle des regards éperdus.

— Où es-tu ? Je ne te vois nulle part.

— La poste... Sous le bureau de poste.

À quatre pattes au beau milieu des éboulis, la logeuse se dirigea vers l'édifice, le cœur cognant de plus en plus fort contre ses côtes à mesure qu'elle constatait les ravages infligés à cette portion de la ville par l'aviation ennemie.

— Continue à me parler, Anne. Il faut que tu m'aides à te trouver.

— Fais attention, sanglota la jeune femme. Le bâtiment tout entier s'apprête à s'écrouler, et moi je suis prise au piège.

— Essaie de rester calme, ma chérie. Je sais ce que je fais.

Peggy considéra d'un œil effaré l'amas de béton en miettes, de briques, de poutres, de fenêtres et de portes ; les lames des plafonds se trouvaient éparpillées tel le contenu renversé d'une boîte d'allumettes. Des câbles électriques sinuaient parmi les gravats, sifflant comme des serpents chaque fois qu'ils entraient en contact avec l'eau jaillissant des conduites crevées. Comment la logeuse allait-elle bien pouvoir s'y prendre pour rejoindre son enfant ? Elle se promit néanmoins d'y parvenir, par tous les moyens. Et tant pis si elle devait y laisser sa peau.

— Parle-moi encore, fit-elle en gravissant les débris avec une prudence de chat.

— J'ai peur, maman, fit Anne d'une voix tremblante. Je crois que le bébé est en train d'arriver.

— Bonté divine..., souffla sa mère, qui se guidait sur la voix de la jeune femme pour se frayer un passage dans sa direction. Ne pleure pas, ma chérie, prends de profondes inspirations, et tâche de respirer régulièrement. Tu vas voir, tout ira bien. J'y suis presque.

Elle repoussa du plâtre, écarta des briques, traîna un peu plus loin une porte qui entravait sa progression. Elle rejeta encore des tronçons de tuyaux en plomb. Elle avait à présent devant elle une façon de trou, mais il ne s'agissait guère à ses yeux que d'un puits de ténèbres.

— Peux-tu agiter quelque chose, pour que je réussisse à voir où tu te trouves exactement?

Une flaque pâle se mit à palpiter tout au fond.

— Vois-tu mon foulard, maman?

— Oui. Je serai près de toi dans une poignée de secondes.

Mais il ne s'agissait que de vaines paroles, destinées à rassurer Anne, car à mesure qu'elle creusait frénétiquement dans l'intention d'atteindre enfin la jeune femme, Peggy comprenait qu'au moindre faux mouvement sa fille et elle se retrouveraient enterrées vivantes, sans avoir eu le temps de faire un geste. Les gravats entassés formaient un ensemble instable, dont les fragments se dérobaient sous les pieds de la logeuse qui, à chaque instant, frôlait la catastrophe.

— J'ai une autre contraction, gémit Anne. Le bébé arrive…

Hors d'haleine, Peggy essuya du revers de la main son front couvert de sueur.

— Respire profondément. Et reste calme. As-tu déjà perdu les eaux?

— Je n'en sais rien, sanglota sa fille. Mais je crois que je me suis fait pipi dessus.

— Ça n'a aucune importance, ma chérie.

Et la logeuse de déplacer des briques, des tuiles et des encadrements de fenêtre pour tenter de se rapprocher de son enfant.

— J'ai peur, maman.

— Je sais, mais essaie de ne pas perdre courage. J'y suis presque.

Elle s'agenouilla au bord de l'étroite ouverture qu'elle était parvenue à ménager au milieu des décombres, tenta de déterminer si elle était assez large pour qu'elle pût s'y glisser. À peine eut-elle ôté son manteau que l'air glacé de la nuit la mordit.

— Je vais te jeter mon manteau ! cria-t-elle. Mets-le sur toi pendant que je descends.

— Je… Je peux… Je l'ai.

La voix de la jeune femme demeurait chargée de larmes.

— Fais attention à toi, maman.

Sans plus d'hésitation, cette dernière avança le poids de son corps vers le bord de l'orifice… Dans son dos, des débris s'éboulèrent et de la poussière dégringola dans le trou qu'elle venait de creuser. Elle se figea.

— Place mon manteau sur ton visage, ordonna-t-elle à Anne, et protège-toi avec tout ce que tu pourras dénicher près de toi.

— Je suis prête, lui fit savoir la jeune femme quelques secondes plus tard, la voix étouffée par l'étoffe qui lui couvrait la bouche.

La logeuse balaya du regard ses alentours immédiats, en quête d'un objet capable de l'aider à rejoindre sa fille sans risquer d'entraîner avec elle les gravats qu'elle venait patiemment de désencombrer. Ayant avisé un robuste morceau de bois, arraché probablement au chambranle d'une porte, elle le tira vers elle avec précaution, jusqu'à ce qu'il se trouvât en travers de l'ouverture de son puits de fortune. Alors, le saisissant à deux mains, elle s'assit dessus, remerciant Dieu en silence de n'être pas bien lourde, priant néanmoins pour que son installation résistât.

Comme elle engageait ses jambes dans le boyau, elle entendit l'aviation ennemie revenir vers Cliffehaven. Mais il n'était plus temps de s'affoler, ni de songer à autre chose qu'à sa fille ; elle devait la secourir à n'importe quel prix. Cette fois, elle se balançait dans le vide, cramponnée à la pièce de bois, alors que les décombres menaçaient ruine.

— Vois-tu mes jambes? hurla-t-elle pour essayer de couvrir le rugissement des appareils au-dessus de sa tête.

— Oui! Tu es à une cinquantaine de centimètres sur ma droite.

— D'accord, souffla la logeuse, qui se laissa tomber pour heurter bien vite un sol inégal – ses pieds nus glissèrent sur une matière molle, puis elle sentit une douleur aiguë lui transpercer la cheville.

Cependant, elle ne se concentrait plus que sur la forme blême qu'elle apercevait: Anne, enfin... qui, hélas, semblait piégée sous une énorme poutre.

— Est-ce que ça va? s'enquit la jeune femme.

— Oui, haleta sa mère, grimaçant sous l'effet de la douleur qui lui taraudait la cheville; un objet coupant lui avait aussi entaillé la plante des pieds.

Son œil ayant tôt fait de s'accoutumer à la pénombre, elle progressa tant bien que mal au milieu du verre pilé, parmi les brisures de brique... jusqu'à serrer enfin dans la sienne la main de la future maman, qu'elle porta à ses lèvres pour la baiser.

— Tout va bien, ma chérie, fit-elle d'une voix altérée par l'émotion. Je suis là, maintenant.

— Oh, maman..., se remit à sangloter Anne. Comme tu es courageuse...

— Je me suis laissée tomber dans un trou, rien de plus, minimisa la logeuse en évaluant d'un coup d'œil leur situation.

La poutre qui barrait les jambes de sa fille se révélait trop lourde pour qu'elle fût en mesure de la soulever, et eût-elle possédé assez de muscles pour l'ébranler qu'elle aurait dès lors provoqué l'éboulement des gravats au-dessus d'elles. L'espace qu'Anne et Peggy partageaient à présent mesurait moins d'un mètre carré, et la logeuse estima sa profondeur à environ deux mètres. Bien sûr, il se révélait impossible de s'y tenir debout, sauf à se placer sous le puits ménagé par la logeuse. Par bonheur, aucune odeur de gaz ne leur assaillait les narines, et il n'y avait nulle part le moindre indice d'un départ de feu.

— Je vais t'installer plus confortablement, dit-elle pour rassurer la future maman.

Récupérant son manteau, elle le plia pour le disposer, en guise d'oreiller, sous la tête de sa fille, dont elle essuya ensuite le visage au moyen d'un mouchoir.

— Combien de temps se passe-t-il entre chaque contraction, selon toi?

— Je l'ignore, geignit doucement Anne. Dans le noir, j'ai fini par perdre la notion du temps, mais…

— Ne te tourmente pas, lui déclara sa mère, tandis qu'un chasseur hurlait au ciel. Si je ne réussis pas à t'extraire d'ici à temps, je t'aiderai à mettre au monde cet enfant.

— Je me demande comment tu as fait pour me retrouver, mais si tu savais comme je me réjouis que tu sois là. J'étais ensevelie sous les gravats, poursuivit-elle, au bord de la crise de nerfs. Et plongée dans le noir. J'ai bien cru que j'allais mourir.

— N'en parlons plus, veux-tu. Il faut au contraire que tu te ressaisisses, sinon tu risques de stresser ton bébé, qui a déjà eu son compte d'émotions.

— Pardon, maman, murmura Anne.

— Ce n'est rien.

Peggy embrassa, pour l'apaiser, les doigts de la jeune femme, qu'elle ne lâcha plus. Mille pensées tourbillonnaient dans sa cervelle sans repos, où l'effroi le disputait à la fièvre. Elle venait de promettre à sa fille de l'aider si le bébé se présentait avant qu'on les eût secourues, mais ses compétences médicales se limitaient aux pansements qu'on appliquait tendrement sur le genou écorché d'un bambin… Certes, elle avait enfanté à quatre reprises, mais cela ne lui serait cette nuit d'aucune utilité car, chaque fois, elle avait suivi pas à pas les instructions de la sage-femme, hébétée par la douleur, de sorte qu'elle avait à peine discerné les gestes que l'accoucheuse effectuait au bout du lit. S'il arrivait quelque chose à Anne ou à son nourrisson, jamais elle ne se le pardonnerait.

Tandis qu'assaillie par une autre contraction, la jeune femme s'efforçait d'inspirer profondément, Peggy leva les yeux en direction du ciel nocturne, dont elle n'apercevait, lui semblait-il, que l'équivalent d'une piécette, priant pour que, bientôt, l'on entendît retentir les sirènes annonçant la fin de l'alerte. Alors, les secours arriveraient. Hélas, aucun son ne parvenait à ses oreilles, sinon le sourd grondement des gravats autour d'elles, qui n'en finissaient plus de bouger, ainsi que le murmure infime de la poussière en train de tomber.

À peine la sirène annonçant la fin de l'alerte eut-elle retenti que Julie bondit sur ses pieds – elle fut la première à quitter l'abri, dont elle gravit les marches quatre à quatre, avalant à grands traits de copieuses goulées d'air froid.

Lorsqu'à leur tour ses compagnons d'infortune émergèrent un à un des entrailles de la terre, elle les suivit, dans l'espoir de parvenir à retrouver la grand-rue, puis le chemin de Camden Road. À l'évidence, Cliffehaven avait beaucoup souffert – la vieille église non loin était la proie des flammes, le presbytère se réduisant désormais à un amoncellement de gravats.

Les terribles dégâts qu'elle découvrait autour d'elle ne firent qu'accroître les craintes qu'elle nourrissait concernant William et Eileen et, quand elle atteignit ce qui lui parut être l'une des extrémités de la grand-rue, son effroi augmenta encore : de nombreux bâtiments ne demeuraient que des ruines, et un cratère béait à la jonction entre la rue et l'esplanade. La jeune femme se mit à courir.

Hélas, toutes les voies à ses yeux se ressemblaient, Julie ne réussissait pas à identifier Camden Road. Puis elle se rappela un édifice bombardé au coin de cette rue, ainsi qu'à deux pas, une caserne de pompiers. Elle courut encore en dépit de la raideur de la pente, les poumons en feu, l'œil rivé à son but.

Mais ayant atteint le lieu du bombardement, elle s'aperçut qu'elle avait fait erreur : cette bâtisse s'était effondrée récemment, des hommes s'y affairaient pour déblayer le plus gros des décombres – un grand chien au poil broussailleux aboyait au bord d'un trou. La jeune femme s'apprêtait à passer son chemin lorsque le faisceau puissant d'une lampe torche la frappa en plein visage.

— Quelle veine... Vous êtes infirmière, n'est-ce pas ?

Plaçant une main en visière, elle tenta d'identifier l'homme derrière la lumière qui l'aveuglait.

— Oui, mais comment...

Le vieux porteur détourna le pinceau de sa lampe afin qu'elle pût le reconnaître.

— On a fait connaissance tout à l'heure, à la gare – il arborait à présent l'uniforme des membres de la Protection civile. On a besoin de vous pour descendre aider la pauvre femme qui se trouve au fond de ce trou.

Julie se tourna vers le chien, qui ne se taisait plus, ayant plongé la tête dans l'orifice. Elle frissonna.

— Je ne... je ne peux pas, bredouilla-t-elle. Il faut d'abord que je retrouve William.

— Mais si, vous pouvez, répliqua le porteur avec fermeté, en la saisissant par le bras. Vous êtes infirmière, vous possédez le gabarit idéal. Aucun d'entre nous n'est assez menu pour passer, et la jeune femme piégée là-dessous s'apprête à accoucher, Dieu lui vienne en aide.

Julie jeta autour d'elle des regards éperdus. Il n'était pas question qu'elle se glissât à l'intérieur de ce puits. Cela lui était tout bonnement impossible. Et puis, il y avait William, dont elle tenait à savoir au plus vite s'il avait survécu à l'attaque aérienne, ainsi qu'Eileen.

— Je ne peux pas, répéta-t-elle en reculant d'un pas. Avez-vous appelé une ambulance?

— Elle est en chemin mais, pour le moment, c'est vous qui êtes sur place. Alors c'est vous qui allez voir ce qui se passe là-dessous.

Cette fois, l'homme la cramponna par son manteau.

— Retirez-moi ça. Ensuite, on vous descendra.

Alors, seulement, Julie s'avisa qu'il était de son devoir de secourir l'infortunée gisant sous les gravats et, pour ce faire, de repousser loin d'elle ses terreurs enfantines, qui risquaient de nuire à la qualité de son travail.

— J'ai besoin de ma trousse médicale, fit-elle en ôtant son manteau. Je l'ai laissée au 37 A, Camden Road. L'appartement situé au-dessus de la boulangerie.

— Je vais envoyer quelqu'un la chercher.

L'homme se tourna vers l'un de ses collègues qui, bientôt, disparut au triple galop dans les ténèbres.

— Très bien, déclara-t-il à la jeune femme d'une voix plus amène. On va vous descendre en douceur. La mère de la gamine se trouve déjà auprès d'elle, et nos gars ont consolidé de leur mieux les parois de la cheminée en attendant que les terrassiers arrivent.

— Il me faut de l'eau chaude, du savon et des serviettes de toilette. Je ne peux pas mettre un enfant au monde avec les mains sales.

— Vous minez pas, on va vous chercher tout ça.

Le porteur s'adressa d'une voix puissante à l'homme que Julie tenait, selon toute vraisemblance, pour le maître du grand chien:

— Écarte donc Harvey du chemin, Ron.

Ce dernier ayant saisi l'animal par son collier, il le souleva pour le caler tant bien que mal entre ses bras robustes, où il ne cessait de gigoter. Il guigna l'infirmière de sous ses sourcils épais :

— Je sais que vous allez faire tout votre possible, jeune fille. Bonne chance.

Julie prit une profonde inspiration pour se donner du courage, puis commença d'escalader d'un pas hésitant l'amoncellement de gravats. À force de glissades, elle parvint jusqu'à deux costauds allongés sur le ventre de part et d'autre du trou béant. Plongeant le regard dans les ténèbres qu'il recelait, elle frissonna, assaillie malgré elle par la claustrophobie.

— Vous en faites pas, lui indiqua l'un des deux hommes, on vous lâchera pas. C'est ma femme et ma fille qui se trouvent au fond de ce puits. Je compte sur vous pour vous occuper d'elles à ma place.

L'infirmière avala sa salive avec peine.

— Comment souhaitez-vous que je m'y prenne ?

— Vous allez serrer cette lampe entre vos dents, puis nous donner vos mains. Dès que vous vous sentirez à peu près à l'aise, vous n'aurez qu'à vous asseoir au bord du trou. On vous descendra jusqu'au fond.

Julie s'exécuta et, bientôt, tandis que les garçons refermaient, tels des étaux, leurs pognes sur ses avant-bras, elle réprima un sanglot d'effroi, ferma les yeux, mordit plus fort le caoutchouc de la torche… Elle se balançait à présent dans le vide.

D'autres mains ne tardèrent pas à lui saisir les chevilles, glissant ensuite jusqu'à ses genoux – une voix de femme résonna dans le silence incommode :

— C'est bon, je vous tiens. Penchez-vous vers moi.

Là encore, l'infirmière suivit les instructions qu'on lui donnait. Elle cramponna les épaules de l'inconnue. Elle toucha terre, se hâta d'allumer la lampe, afin de chasser la nuit d'encre qui les cernait.

— Merci, souffla-t-elle, stupéfiée par le très petit gabarit de sa compagne d'infortune. Je suis étonnée que vous ayez réussi à amortir mon atterrissage.

L'inconnue haussa les épaules :

— Je suis plus solide que j'en ai l'air.

Elle mena Julie jusqu'à la jeune femme qui reposait à quelques mètres de là.

— Je vous présente Anne, ma fille, dit-elle, écartant du front de son enfant les mèches de cheveux collées par la sueur. Elle a des contractions toutes les deux minutes environ. Elle a perdu les eaux juste avant votre arrivée.

Elle posa les yeux sur son interlocutrice.

— J'ai entendu quelqu'un dire là-haut que vous étiez infirmière. C'est vrai ?

— En effet. Infirmière et sage-femme.

Elle dirigea le faisceau de sa torche vers Anne, remarqua l'énorme poutre sous laquelle se trouvait piégée l'une de ses jambes. Sa mère avait ôté les sous-vêtements de la jeune femme, avant de placer son manteau sous ses fesses, afin de la préparer au mieux pour l'accouchement. Toutefois, songea Julie, la tâche serait difficile, et il n'était pas question qu'elle laissât sa patiente à plat sur le dos.

Oubliant dans un même élan les ténèbres qui les environnaient et le plafond de la cavité, si bas au-dessus de leurs têtes, menaçant de crouler à chaque instant, elle se concentra sur sa mission.

— J'ai besoin de ma trousse, de l'eau chaude et du savon que vous avez promis de m'apporter ! brailla-t-elle à l'adresse des hommes demeurés à l'air libre.

— On vous descend tout ça, répondit l'un d'eux.

L'infirmière éprouva, l'espace d'une seconde, une pointe de soulagement : si l'on avait pu récupérer sa sacoche, cela signifiait qu'Eileen était saine et sauve. Elle regarda se rapprocher d'elle la précieuse sacoche, suivie d'une volumineuse bassine en fer-blanc dans un filet à provisions, contenant du savon, une gourde et plusieurs serviettes de toilette.

— Merci.

Elle déballa prestement le colis, puis se lava les mains et les avant-bras. L'eau était tiède, mais cela valait mieux que rien. Julie ouvrit sa trousse avant de s'agenouiller à côté de la jeune femme, qui gémissait de douleur.

— Bonjour, Anne, fit-elle doucement. Je m'appelle Julie, et je vais vous aider à mettre au monde votre bébé. À part votre jambe, souffrez-vous de blessures?

Anne secoua la tête.

— Il faut que je pousse, haleta-t-elle.

— Dès que cette contraction sera passée, je vous examinerai.

— Tout va bien se passer, n'est-ce pas? s'enquit la mère de la parturiente sur un ton angoissé.

— Pouvez-vous me tenir la lampe torche? lui demanda la sage-femme d'une voix ferme et apaisante. J'ai besoin de mes deux mains.

Elle se contorsionna entre la poutre et un bureau qui gisait là, les pattes en l'air, afin d'accéder au petit espace libre au-dessus d'Anne, qu'elle examina en hâte. La deuxième phase du travail se trouvait déjà bien avancée – il faudrait s'occuper plus tard de cette vilaine blessure à la jambe.

Elle remonta la robe de sa patiente au-dessus de ses genoux, se pencha…

— La tête est presque sortie, et le travail se déroule normalement. Maintenant, je vais vous aider à vous mettre sur le flanc, pendant que vous replierez votre jambe libre contre votre poitrine. Vous en sentez-vous capable, Anne?

Cette dernière acquiesça, tandis qu'une nouvelle contraction lui tirait des plaintes.

— Pour le moment, essayez de ne pas pousser trop fort. Continuez à faire le petit chien, mais laissez votre corps se charger du reste. Dès que cette contraction sera terminée, je vous ferai rouler sur le côté. D'accord?

Sur le visage d'Anne se peignait la concentration que Julie avait coutume de lire sur les traits de toutes les parturientes dont elle s'était jusqu'alors occupée.

— Ça me fait mal à la jambe, gémit la jeune femme lorsque l'infirmière tenta de la faire basculer sur le flanc – le faisceau de la lampe oscillait entre les mains tremblantes de Peggy.

— Je suis navrée, répondit Julie en posant ses doigts sur ceux de la logeuse, afin de l'apaiser. Mais il n'y a pas d'autre position dans laquelle vous puissiez donner le jour à votre enfant.

Elle fit prestement surgir de sa trousse le rectangle de caoutchouc, qu'elle plaça sous la future maman, avant d'examiner à nouveau le bébé en train de naître.

— Cette fois, la tête est sortie. À la prochaine contraction, vous allez pousser aussi fort que possible.

Anne geignit encore, pendant que Julie, avec d'infinies précautions, accueillait la tête du nourrisson entre ses mains en coupe.

— Bravo, dit-elle d'une voix douce pour encourager sa patiente. Il ne vous reste plus qu'à pousser encore une fois, et votre bébé sera parmi nous.

Ayant rassemblé ses dernières forces, Anne poussa très fort, et très longtemps. La sage-femme aida les minuscules épaules à paraître, puis elle attendit. La parturiente, alors, livra son ultime effort, et le nourrisson glissa entre les mains de Julie.

— Ça y est, souffla celle-ci. Toutes mes félicitations. Vous venez de mettre au monde une adorable petite fille.

— Je veux la voir.

— Accordez-moi quelques secondes, il faut que je m'assure qu'elle se porte bien.

— Elle est superbe, murmura Peggy. Rose Margaret est un véritable petit joyau.

— C'est une fille, n'est-ce pas? s'enquit, d'une voix de stentor, l'un des hommes demeurés en surface.

— Oui! lui répondit son épouse.

— Essayez de moins faire bouger votre lampe, intervint Julie, que les gesticulations de la jeune grand-mère gênaient dans son travail. J'ai absolument besoin de voir ce que je suis en train de faire.

Elle nettoya la bouche menue, ainsi que le tout petit nez, puis s'empara de l'enfant par ses pieds, de manière à lui permettre d'expulser les dernières mucosités. Elle l'enveloppa ensuite dans la serviette propre, avant de lui frotter la poitrine. Elle respirait, mais avec difficulté, et cette peau bleutée, autour de sa bouche, laissait supposer à Julie que son petit cœur ne fonctionnait pas bien.

— Que se passe-t-il? demanda Anne. Pour quelle raison ne crie-t-elle pas? J'étais persuadée que tous les nouveau-nés criaient.

— Elle a un peu de mal à respirer, répondit doucement Julie, tout en se concentrant à présent sur le cordon ombilical. Tenez-la quelques instants dans vos bras, mais il faut vraiment qu'on l'emmène à l'hôpital, où on la débarrassera de toute la poussière qui obstrue probablement ses bronches.

— Elle ne va quand même pas mourir?

Les yeux de la jeune femme s'emplirent de larmes, puis, alors qu'elle serrait pour la première fois sa fille contre son sein, ses larmes se mirent à rouler sur ses joues.

— Pas si on lui vient en aide le plus vite possible.

— Mais… comment va-t-on s'y prendre pour la sortir d'ici? s'enquit Peggy d'une voix chevrotante.

— J'ai une idée.

Julie s'empara de la bassine en fer-blanc, jeta l'eau qu'elle contenait encore, avant d'en tapisser l'intérieur au moyen des dernières serviettes propres dont elle disposait. Elle récupéra ensuite le filet à provisions, toujours attaché à la corde grâce à laquelle on l'avait fait descendre jusqu'ici, l'ouvrit, puis y cala la bassine.

Elle prit la torche des mains de Peggy et dirigea le faisceau vers l'homme dangereusement penché au bord du trou.

— Il faut emmener le bébé à l'hôpital, l'informa-t-elle. Je vais l'installer dans cette bassine, puis, dès que je vous le dirai, vous tirerez très doucement sur la corde, jusqu'à ce que la petite soit en sécurité entre vos mains.

— Bon Dieu de nom de Dieu…, souffla Jim.

Il se signa, ferma les paupières et acquiesça.

Julie rendit la lampe à Peggy, avant de se tourner vers Anne, qui sanglotait.

— Vous la verrez plus tard, murmura-t-elle en reprenant la fillette pour l'installer dans son cocon de serviettes.

Elle lui parut soudain si petite, si vulnérable dans cette grande bassine, qu'elle n'osa pas imaginer ce qui se passerait si un nœud se défaisait… Hélas, il n'y avait pas d'autre moyen de la ramener à l'air libre, où les médecins la placeraient sous une tente à oxygène.

— Tirez doucement, lança-t-elle au jeune grand-père éperdu. Et surtout, ne secouez pas la corde.

Julie et Peggy ouvrirent alors les mains sous la précieuse cargaison, qui tanguait un peu, prêtes à la récupérer si elle venait à faire une chute. Lentement, très lentement, on hissa le filet à provisions vers la nuit étoilée. Lorsque Jim saisit la cuvette avant de disparaître, les deux femmes éprouvèrent un immense soulagement.

— Que Dieu bénisse mon Jim, souffla Peggy en se laissant tomber sur le sol inégal. Et merci à vous, Julie, pour tout ce que vous avez fait ce soir. Jamais je n'aurais réussi à mettre cette enfant au monde sans votre aide.

L'infirmière lui sourit en prenant la main tremblante de l'inconnue.

— Je suis sûre que si. Après tout, vous étiez déjà parvenue à descendre jusqu'ici par vos propres moyens.

La petite bonne femme lui adressa un sourire vacillant.

— Au fait, je m'appelle Peggy. Peggy Reilly. Et si je peux faire quelque chose pour vous, il vous suffit de me le demander.

Julie écarquilla les yeux et les riva à son interlocutrice en se demandant si elle pensait sincèrement ce qu'elle venait de dire. Ce n'était pourtant ni l'heure ni le lieu pour lui faire part de ses préoccupations en matière de logement. Le bébé ne résisterait peut-être pas aux épreuves qu'il venait d'endurer, l'état de la jambe d'Anne était préoccupant… La famille Reilly avait d'autres chats à fouetter pour le moment.

9

— Tout va bien, ma chérie, tenta de l'apaiser Peggy. Tu reverras ta petite fille très vite et, en attendant, elle se trouve entre de bonnes mains. Entre de très bonnes mains.

— Mais je devrais être auprès d'elle, sanglota Anne.

Serrant la main de la jeune femme, sa mère lui murmura de petits mots doux, tandis que Julie s'occupait du placenta. Puis Peggy se tut : maintenant, l'infirmière examinait la jambe meurtrie de sa fille, dont la logeuse soupçonnait qu'en s'effondrant, la poutre l'avait fracturée en plusieurs endroits.

— Au moins, elle ne saigne pas, observa-t-elle.

— Sans doute parce que la poutre agit à la façon d'un garrot, répondit Julie. Il faudra que les secouristes fassent très, très attention quand ils la dégageront.

La logeuse frissonna.

— Nous voilà toutes les trois dans un joli pétrin, n'est-ce pas ? fit-elle sur un ton d'allégresse feinte.

— C'est le moins qu'on puisse dire, répondit Julie, que les ténèbres environnantes angoissaient de nouveau. Dans combien de temps pensez-vous que les sauveteurs vont arriver ?

Comprenant dans un éclair que l'infirmière souffrait de claustrophobie, Peggy lui prit la main.

— Ils ne tarderont plus. Nous pouvons compter sur Ron et Jim pour leur secouer les puces.

Elle serra les doigts de Julie entre les siens.

— Essayez de vous concentrer sur la lumière de la lampe, et continuons à bavarder, cela devrait vous aider un peu.

— Je sais, répondit Julie d'une voix mourante. Mais il fait tellement sombre, et nous sommes coincées dans un espace si exigu, et puis…

— Rose Margaret va s'en sortir, n'est-ce pas? l'interrompit son interlocutrice dans l'espoir de détourner son attention.

— Je l'espère. Elle est de bonne taille, et Anne me semble en parfaite santé. Le travail n'a pas duré longtemps, et je pense vraiment que c'est la poussière qui l'empêchait de respirer correctement.

Elle se rapprocha de la jeune mère qui, vaincue par l'épuisement, avait sombré dans un sommeil agité. Après avoir pris son pouls et vérifié sa température, elle la couvrit de son manteau.

— Elle se porte bien, rassura-t-elle Peggy. Dormir, voilà ce qu'elle avait de mieux à faire pour le moment.

La logeuse hocha la tête, déplaça ses jambes, que des crampes menaçaient.

Lorsque le faisceau de la lampe se posa sur les pieds de Peggy, Julie ouvrit tout grand la bouche :

— Mais… où sont vos chaussures? Vous avez les pieds en sang !

— Ils me font un peu mal, avoua la jeune grand-mère en grimaçant, mais je ne m'en aperçois que maintenant.

L'infirmière rouvrit sa trousse, nettoya, à l'aide de coton trempé dans un liquide désinfectant, les plaies les plus profondes et les vilaines écorchures. Elle banda ensuite les pieds de la logeuse.

— J'ai toujours été stupéfiée par ce qu'une mère peut accomplir quand son enfant est en danger, murmura-t-elle. Et depuis que je m'occupe de William, je mesure à mon tour la puissance de cet instinct de protection.

Lorgnant les mains expertes de Julie en train de panser ses blessures, Peggy n'y repéra aucune alliance. Mais cela ne voulait rien dire…

— Et si vous me parliez de ce petit bonhomme? hasarda-t-elle.

Sur un ton d'abord hésitant, l'infirmière évoqua le décès de sa jeune sœur, la mort de leurs parents… Peggy fut profondément émue par son terrible récit, qu'une lumière cependant ne cessait d'éclairer, et cette lumière providentielle n'était autre que William.

— Mais pourquoi l'avoir amené avec vous à Cliffehaven? Vous n'ignoriez tout de même pas que, depuis quelque temps, on a surnommé notre région «le couloir des bombardiers»?

Julie se tordit un moment les mains dans son giron.

— Je suis venue ici dans l'intention de m'installer chez ma sœur Eileen, finit-elle par confier à son interlocutrice. Jusqu'à ce que nos frères rentrent de la guerre, elle est ma seule famille.

Elle se tut, réticente à poursuivre.

— Mais il n'y a pas de place pour William et moi dans son appartement. Et puis elle occupe un poste important à la mairie, ce qui signifie que…

Peggy fronça les sourcils.

— S'agit-il d'Eileen Harris?

— En effet. Vous la connaissez?

Oh oui, Peggy la connaissait, mais elle s'abstint de révéler à Julie l'opinion qu'elle avait d'elle.

— Nous nous sommes croisées à quelques reprises, se contenta-t-elle de répondre. Mais, finalement, avez-vous trouvé un logement?

— Katherine Carter m'a déniché une place provisoire à l'hôtel de ville. Nous y serons bien.

— Il n'est pas question que William et vous vous installiez là-bas, se récria Peggy. Venez plutôt dans notre pension de famille. Vous y serez tous les deux comme des coqs en pâte, je vous le promets. Comment se fait-il que Katherine n'ait pas pensé à moi? Elle sait pourtant bien que je n'ai jamais fermé ma porte à celui ou celle qui avait besoin d'un toit…

Anne s'éveilla, émit un sourire exténué:

— Je savais bien que tu changerais d'avis, maman. Je te l'avais d'ailleurs dit, tu te souviens?

— Taratata. Julie est un cas spécial, voilà tout. Je n'allais quand même pas la laisser vivoter à l'hôtel de ville après tout ce qu'elle a fait pour nous.

— Mais vous avez déjà tellement de soucis, intervint l'infirmière. Êtes-vous bien sûre que…?

— Si je n'en étais pas sûre, la coupa la logeuse, je ne vous aurais pas fait cette proposition. Et ne vous tracassez pas pour William. Nous sommes suffisamment nombreux, à la pension du Bord de mer, pour qu'il se trouve toujours quelqu'un prêt à veiller sur lui quand vous irez travailler.

Julie lui cramponna la main, le regard étincelant dans le faisceau de la torche.

— Merci, fit-elle dans un murmure. Merci mille fois… Vous n'imaginez pas tout ce que votre offre représente pour moi…

Peggy fondait à vue d'œil. Il y avait de la place pour Julie et son neveu dans l'appartement d'Eileen, elle ne l'ignorait pas. Mais Eileen Harris était une femme sans cœur, et après ce qu'elle avait fait à cette pauvre Rosie Braithwaite, il restait peu de monde, parmi ceux qui connaissaient les dessous de l'affaire, pour éprouver encore la moindre sympathie à son égard. On avait étouffé le scandale, mais chacun s'était ensuite attendu à ce qu'Eileen quittât la ville, morte de honte, au lieu de quoi elle était restée, sans vergogne, et dès lors elle avait agi comme si de rien n'était. Depuis, elle avait jeté son dévolu sur ce malheureux George Unwin, le maire de Cliffehaven qui, à son âge, aurait mérité de tomber entre de meilleures mains.

Peggy éprouva de la satisfaction à deviner combien Eileen serait contrariée d'apprendre que sa jeune sœur et son neveu allaient vivre désormais à la pension du Bord de mer.

— Les terrassiers sont arrivés! annonça Jim d'une voix puissante, quelques minutes plus tard. On va vous descendre des couvertures et des casques en fer-blanc. Protégez-vous le mieux possible.

Julie et Peggy s'occupèrent d'Anne, avant de se blottir contre elle, sous la couverture dont elles venaient de l'envelopper. On entendait déjà crier les hommes et rugir les machines.

— Tout va bien, souffla la logeuse à sa fille. Jim et Ron vont nous sortir de là en deux coups de cuiller à pot.

Julie cramponnait sa trousse médicale en fermant les paupières pour tenter de chasser loin d'elle sa terreur. Le bois de construction craquait au-dessus de leur tête, les briques et le béton glissaient avec bruit – l'infirmière avait sur la langue un goût de poussière et de suie, et le froid qui régnait dans cette poche minuscule s'insinuait, peu à peu, dans le moindre de ses os. Elle rejeta soudain la couverture, alluma la torche avec l'espoir de repousser ces ténèbres étouffantes, mais l'air était saturé de poussière : Julie se hâta de jeter à nouveau la couverture sur sa tête, avant de saisir la main de Peggy.

Ainsi les trois femmes prirent-elles leur mal en patience, cependant qu'au-dessus d'elles les terrassiers s'affairaient pour agrandir le trou – dans lequel

Peggy et l'infirmière s'étaient glissées plus tôt pour venir en aide à Anne – et consolider les gravats alentour. Les hommes s'interpellaient, le grand chien aboyait, les machines ne cessaient plus leur tapage... Ron et Jim, tour à tour, tenaient les trois prisonnières au courant des progrès de l'opération. Tout à coup, une lumière enchanteresse éclaira leur geôle. Elles repoussèrent la couverture avec précaution, clignèrent des yeux... On avait installé des projecteurs, et une échelle descendait lentement vers elles.

Julie se releva tant bien que mal, pour s'assurer que le dispositif reposait à présent sur une portion de sol ferme, après quoi le chien, qui s'était élancé, manqua de la renverser pour aller faire fête à Peggy et sa fille.

La logeuse et l'infirmière le saisirent aussitôt par son collier.

— Il faut que quelqu'un récupère Harvey ! cria Peggy. Il risque de provoquer l'effondrement de toute la structure.

La robuste silhouette de Ron se découpa contre les faisceaux aveuglants des projecteurs ; il descendit à son tour.

— Tiens-toi tranquille, tonna-t-il à l'adresse de son chien, qu'il maintenait à présent d'une poigne de fer.

Harvey gémit, puis s'affala, le nez sur les pattes. Il affichait une mine tourmentée, et ses sourcils, ainsi que ses oreilles, s'agitaient sans répit.

Ron s'approcha encore, pour s'accroupir auprès des trois femmes.

— Les gars n'ont pas la tâche facile, grommela-t-il à sa bru. Ils manquent de place. À mon avis, tu devrais remonter avec moi, et la petite Julie aussi.

— Il est hors de question que je laisse Anne ici, répliqua la logeuse en serrant la main de sa fille.

— Ce n'est pas le moment de discuter. Alors pour une fois, Peggy Reilly, tu vas suivre mes instructions. Et toi aussi, gamine, ajouta-t-il à l'intention de la jeune infirmière.

— Anne est ma patiente. Je dois rester auprès d'elle.

— Tu as fait largement ta part, insista le vieil homme. Le Dr Sayers va prendre le relais.

Il tapota la main de sa petite-fille, repoussa la logeuse avec douceur.

— Allons, maugréa-t-il. Grimpe à cette échelle, sapristi. Jim t'attend.

Julie demeura à côté de la jeune mère, tandis que Ron, en dépit des protestations de sa bru, l'obligeait à se hisser vers la surface. Des mains se tendirent vers eux et, déjà, ils avaient disparu. Peggy, son beau-père et son chien…

— À toi, Julie ! commanda Ron quelques instants plus tard.

— Allez-y, murmura Anne. Je me sens parfaitement bien, je vous assure.

L'infirmière secoua la tête. Elle rêvait de retourner à l'air libre, mais l'éclairage artificiel inondant leur antre en miniature avait fait fuir ses démons.

— Nous allons nous en sortir ensemble, souffla-t-elle. On ne tardera plus à nous délivrer.

Un homme grand et mince, vêtu d'un épais manteau de tweed, atteignit alors le pied de l'échelle. Il balaya les lieux du regard, ajusta son casque en fer-blanc, puis, armé d'une volumineuse sacoche noire, il se mit à ramper en direction des prisonnières.

— C'est drôlement mignon chez vous, lança-t-il joyeusement.

Il tendit une main à Julie :

— Michael Sayers, se présenta-t-il avec un large sourire.

Sa poignée de main se révéla chaude et franche, pareille à celle de son père – l'infirmière sentit son courage et sa détermination s'affermir.

— Julie Harris, répondit-elle en lui rendant son sourire. Je suis ravie de faire votre connaissance.

Le médecin examina la jambe d'Anne, tandis que les deux garçons descendus en même temps que lui consolidaient les parois et le plafond de la cavité. Le Dr Sayers demanda à la jeune mère comment elle se sentait, puis écouta avec attention le bref compte rendu de l'accouchement livré par Julie.

— Votre bébé se porte à merveille, rassura-t-il Anne. Pour le moment, elle se trouve dans le service de néonatologie, mais je suis certain qu'elle sera bientôt en parfaite santé. À présent, je vais vous faire une piqûre, pour que ces charmants garçons puissent soulever la poutre qui vous entrave sans vous faire trop mal.

Il emplit une seringue, pratiqua l'injection dans la cuisse de sa patiente. Lorsqu'il estima que l'anesthésique local devait avoir fait son effet, il se tourna vers Julie :

— Il va falloir que vous réagissiez très vite quand les terrassiers auront désincarcéré Anne. Nous allons devoir poser un garrot sur sa jambe blessée, sinon elle risque de se vider de son sang.

Julie opina. Le médecin passa un ruban de caoutchouc autour de la cuisse de la jeune mère, qu'il ne noua pas. La poutre avait brisé le tibia d'Anne, que, dans la lumière crue des projecteurs, l'infirmière voyait briller, mis à nu, parmi les chairs meurtries. Son pouls s'accéléra : la fille de Peggy aurait une chance folle si, au terme de sa mésaventure, elle échappait à l'amputation…

Les terrassiers ayant achevé leur travail de stabilisation, ils se rendirent au chevet d'Anne.

— Comme on n'ose pas scier la poutre, lui expliqua l'un d'eux, il va falloir qu'on la soulève. Tenez-vous prêts à sortir la gamine de là dès qu'on vous en donnera l'ordre, ajouta-t-il pour le médecin et son infirmière.

Ces derniers échangèrent un regard tourmenté :

— Nous avons besoin d'aide, souffla Julie. Je ne peux pas serrer le garrot et vous aider en même temps à tirer Anne vers nous.

— Ron ! appela Michael. Pouvez-vous descendre, s'il vous plaît ?

L'homme s'exécuta pesamment ; son teint grisâtre trahissait l'inquiétude.

— Je me charge de son buste, et vous de ses jambes, indiqua-t-il au médecin, après que celui-ci lui eut exposé la situation.

Julie, Michael et Ron s'immobilisèrent alors, tendus chacun comme la corde d'un arc, tandis que les terrassiers s'emparaient de la poutre. Lorsque cette dernière se mit à bouger, elle émit un terrible craquement, et de menus gravats tombèrent en pluie. On retenait son souffle…

— On n'a pas d'autre solution, décréta le responsable de la mission. À trois, on la soulève.

Julie tendit une main moite vers le garrot.

— Un… deux… trois !

Les terrassiers obtempérèrent dans de formidables ahans.

Aussitôt, du sang se mit à gicler de la blessure. Julie s'empressa de serrer son garrot, avant de laisser place à Ron et Michael, qui dégagèrent la patiente. Les terrassiers reposèrent doucement la poutre, mais le plafond, au-dessus d'eux, craquait et gémissait tant et si bien qu'il paraissait à tout instant sur le point de s'effondrer.

Ce fut ensuite un épouvantable grondement : les parois de la cavité commencèrent à frémir.

Le médecin achevait de panser la jambe d'Anne, lorsque la rumeur se fit plus forte – les murs de la petite geôle se mirent à crouler pour de bon.

Jetant presque sa petite-fille sur son épaule comme un ballot, Ron se précipita vers l'échelle, Julie, Michael et les terrassiers sur les talons.

Des mains se tendirent vers eux, les arrachant à leur prison pour les précipiter dans l'aube naissante. Quelques secondes plus tard, Anne et sa mère se trouvaient à l'intérieur d'une ambulance à destination de l'hôpital.

L'infirmière, pour sa part, laissa Michael la guider, mais elle avait les jambes en coton, au point qu'elle manqua de lui tomber dans les bras. Il la mena, de l'autre côté de la rue, vers un bloc de béton sur lequel elle s'affala, avant d'enfouir dans ses mains son visage bientôt inondé de larmes de soulagement et de terreur rétrospective.

Le grondement dans son dos se fit plus sourd... Soudain, dans un fracas de bois et de verre brisé, de béton broyé, la cavité où ils venaient de se tenir s'affaissa sur elle-même dans un volumineux nuage de poussière.

— C'était moins une, souffla Michael. Est-ce que ça va, Julie?

Elle hocha la tête, se moucha, puis s'essuya les yeux.

— Je vais bien, merci, répondit-elle d'une voix tremblante.

— Je vais vous prescrire une tasse de thé bien chaud et bien sucré, un bain, ainsi que de longues heures de sommeil.

Et l'homme de tendre la main vers sa trousse médicale.

— En tout cas, enchaîna-t-il avec douceur, l'œil bienveillant, je vous félicite pour ce que vous venez d'accomplir. À demain, Julie.

Celle-ci regarda le grand garçon mince, dont le manteau à présent était couvert de poussière, fendre la foule des sauveteurs et des badauds, puis s'éloigner. Michael Sayers était un professionnel sur lequel on pouvait compter, un homme plein de sang-froid, sûr de ses capacités, pourvu par surcroît d'un réel sens du devoir. Julie doutait de s'être montrée aussi courageuse s'il ne s'était tenu auprès d'elle à l'intérieur de la cavité.

— John Baker, du *Cliffehaven News.* Vous êtes bien l'infirmière Harris, n'est-ce pas? Pouvez-vous nous livrer vos premières impressions?

La jeune femme leva les yeux vers le journaliste, fronça les sourcils.

— Je dois rentrer pour voir William, murmura-t-elle en récupérant sa sacoche, avant de se remettre debout.

— William? S'agit-il de votre époux? Vous n'êtes pas de la région, n'est-ce pas?

Elle tenta de lui fausser compagnie, hélas, la foule était compacte, et l'homme déterminé.

— Vous êtes devenue une véritable héroïne, vous savez. Allons, ma jolie, il vous est arrivé une histoire formidable. Lâchez-moi deux ou trois petits trucs pour mon article de demain matin…

— Fiche-lui la paix, se fâcha Ron, passant un bras autour des épaules de Julie. Viens avec moi, je vais te sortir de ce mauvais pas avant que notre pisse-copie se mette à me taper vraiment sur les nerfs.

La jeune femme se laissa faire sans protester, mais, quand ils eurent échappé à la cohue, elle se dégagea de son étreinte en le remerciant d'un sourire.

— Il faut à tout prix que je retrouve William, haleta-t-elle et, sans laisser à Ron le temps de réagir, elle détala en courant.

À la lumière du jour, quelques minutes lui suffirent pour se rendre chez Eileen. L'effroi la saisit de nouveau lorsqu'elle s'aperçut qu'on avait brisé la serrure de l'entrée – ceux qui étaient venus chercher sa trousse médicale avaient donc trouvé porte close. Julie avait la bouche sèche. Elle gravit quatre à quatre l'escalier, en haut duquel elle percevait les hurlements de William. Sa sœur l'avait-elle abandonné à son sort, comme Julie le craignait ?

Elle pénétra dans le logement, où elle découvrit Eileen en train de faire les cent pas, le visage fermé, l'enfant entre les bras.

— Où as-tu passé la nuit ? cracha-t-elle en confiant, sans ménagement, William à sa cadette.

Cette dernière serra le bébé contre son sein, tâcha de l'apaiser… En vain. Le garçonnet gigotait en poussant des cris affreux qui lui transperçaient le crâne.

Elle raconta à sa sœur les récents événements.

— Je suis navrée pour ta porte, Eileen, conclut-elle. Je vais demander à quelqu'un de la réparer.

— Tu as plutôt intérêt. Et c'est toi qui paieras la facture.

— Cela dit, l'attaque aérienne était terminée, à cette heure-là. Où étais-tu ?

— La boulangerie possède un abri Anderson. C'est là que je m'étais installée, et j'y suis ensuite restée un peu pour prendre une tasse de thé avec des tartines grillées.

Elle baissa les yeux avec humeur sur son chemisier souillé d'une tache qu'elle tamponna à l'aide de son mouchoir.

— Il m'a vomi dessus, grommela-t-elle. Je n'ai plus qu'à me changer.

On tambourina à la porte.

— Mademoiselle Harris ? Mademoiselle Harris ? J'aimerais vraiment vous parler. Peut-être même me permettriez-vous de vous prendre en photo pour illustrer mon papier ?

— Qui est-ce? siffla rageusement Eileen.

— Un journaliste du *Cliffehaven News*. Contente-toi de ne pas lui répondre.

Julie installa William sur le canapé, afin d'ôter sa couche trempée.

— Quand l'as-tu changé et quand lui as-tu donné à manger pour la dernière fois? s'enquit l'infirmière.

— Il y a deux heures, répondit l'aînée distraitement, tandis que le reporter continuait à frapper. Tu vas devoir t'en aller d'ici. Je n'ai pas l'intention de me retrouver avec des paparazzi à ma porte.

Elle posa sur sa jeune sœur un regard glacé.

— J'espère que tu ne lui as rien dit.

— Je ne lui ai même pas adressé la parole.

Elle prit à nouveau son neveu dans ses bras pour l'emmener à la cuisine, où elle lui prépara un biberon.

De son côté, Eileen s'empara du combiné téléphonique, cependant que le journaliste braillait toujours devant son appartement.

— J'appelle la police, informa-t-elle Julie. Dès qu'il aura décampé, tu pourras partir aussi.

L'infirmière dormait debout devant le fourneau, attendant que l'eau bouille.

— Je donne d'abord son biberon à William. Ensuite, ne crains rien, je débarrasserai le plancher.

Elle se tourna vers sa sœur, lui adressa un regard sans tendresse.

— Je ne t'importunerai plus, sois-en sûre.

Les policiers arrivèrent, contraignirent le journaliste à quitter les lieux, après quoi un artisan répara la serrure de l'entrée. Debout près de lui, Eileen s'assura qu'il faisait correctement son travail. À peine eut-il terminé qu'elle claqua la porte pour regagner l'étage, où elle alla se changer dans sa chambre.

Pendant ce temps, Julie finissait de donner son biberon à William. Ses paupières se fermaient malgré elle, et son corps douloureux rêvait d'un lit douillet. Une fois l'enfant endormi, elle prépara un casse-croûte au pâté de jambon, qu'elle engloutit avec une tasse de thé en rassemblant les affaires du bébé.

— Je viendrai chercher les deux valises plus tard, dit-elle à sa sœur lorsque celle-ci reparut.

— Je vais demander à quelqu'un de les porter à l'hôtel de ville avant ce soir.

— Ne te donne pas cette peine, laissa tomber sa cadette. Je ne vais pas à l'hôtel de ville.

Eileen fronça les sourcils.

— Où, alors?

— Je m'apprête à m'installer à la pension du Bord de mer.

Son aînée blêmit sous son maquillage épais.

— Tu ne peux pas, grinça-t-elle.

Julie se demanda, l'espace d'un instant, ce qui pouvait bien avoir provoqué une telle réaction. Bah…, songea-t-elle aussitôt. Elle se moquait bien, désormais, de l'avis de sa sœur.

— Je suis libre d'aller où je veux, décréta-t-elle en enveloppant son neveu dans sa couverture. Je sais au moins que Peggy Reilly nous accueillera à bras ouverts. Elle.

Elle jeta l'étui de son masque à gaz, ainsi que son sac à main, sur son épaule, prit sa trousse médicale et serra William contre son sein. Sans un mot de plus, ni un regard en arrière, elle dévala l'escalier pour retrouver la douce brise du matin.

Après qu'Eileen eut entendu la porte claquer, elle sentit le silence se refermer sur elle, qui demeurait figée au milieu de la pièce. Le petit univers qu'elle avait peu à peu bâti avec tant de soin commençait à se déliter, et il n'était rien qu'elle pût faire pour en retarder la dissolution.

Ramenant ses bras autour de sa taille, elle s'efforça de juguler la vague d'émotions qui menaçait de la submerger. Elle devait demeurer forte, continuer à faire preuve de détachement... Elle devait continuer d'agir comme elle agissait depuis de nombreuses années, continuer d'avancer jusqu'à ce que la rumeur finît par se taire. Toutefois, la tâche serait plus difficile cette fois, beaucoup plus difficile, au point qu'elle ignorait s'il lui restait assez d'énergie pour livrer ce combat.

Elle soupira en repoussant ses larmes. Les blessures de jadis venaient de se rouvrir, les vieux chagrins refaisaient surface, et la honte avec eux. Et, de nouveau, il n'y avait personne auprès d'elle pour l'aider à porter ce fardeau.

— Je n'aurais pas dû me montrer si dure, murmura-t-elle dans le silence de son logis. J'aurais dû lui réserver un accueil chaleureux, lui offrir un toit, au lieu de la jeter dans les bras de Peggy Reilly. Mais comment aurais-je pu deviner que c'était chez elle qu'elle allait courir se réfugier?...

Elle se laissa tomber sur le canapé. Des larmes se mirent à rouler sur ses joues, cependant qu'elle tirait, de sous un coussin, les moufles de William, que Julie avait oubliées.

— Oh, mon Dieu..., sanglota-t-elle. J'ai vraiment tout raté.

10

Dès son arrivée à l'hôpital, on avait conduit Anne en salle d'opération et, tandis que Peggy, morte d'inquiétude, attendait des nouvelles de sa fille, elle laissa l'un des médecins examiner ses pieds, puis recoudre les plaies les plus profondes. Elle n'avait pas remarqué, jusqu'alors, combien ces blessures la faisaient souffrir, trop occupée qu'elle était par le bien-être de son enfant et de sa petite-fille. À présent, en dépit d'une injection d'analgésique, elle éprouvait aux pieds une douleur perforante, qui lui rendait la marche difficile.

Jim parut sur ces entrefaites, les traits tirés par la fatigue et l'inquiétude, les vêtements ternis par la poussière et les cendres. Il saisit la main de son épouse, lui baisa le front :

— Tu t'es massacré les pieds, ma pauvre chérie.

— Ils s'en remettront, répondit-elle, en grimaçant pendant que le médecin finissait de les panser. As-tu réussi à joindre Martin ?

— J'ai utilisé le téléphone du cinéma pour appeler la base aérienne. Martin n'est pas disponible pour le moment, mais son officier m'a promis de le mettre au courant des derniers événements dès qu'il rentrera. On lui accordera quelques jours de congés pour l'occasion. Ça devrait faire un bien fou à Anne.

— La bonne nouvelle, le rassura Peggy comme il l'aidait à clopiner jusqu'à la salle d'attente, c'est que

Rose Margaret se porte bien. Le Dr Sayers, qui s'est entretenu avec le pédiatre, pense qu'elle pourra quitter l'hôpital d'ici une dizaine de jours.

Jim ayant passé un bras autour de la taille de la logeuse, il enfouit un instant le nez dans ses cheveux bouclés. Ils s'assirent sur des chaises dures.

— Et Anne? s'enquit-il. Sa jambe m'avait l'air en piteux état.

Peggy lui répondit en chevrotant, la gorge nouée par les larmes qu'elle s'empêchait de verser depuis de nombreuses heures :

— Je n'en sais rien, Jim. Le chirurgien a disparu avec elle avant que j'aie eu le temps de lui parler, et le Dr Sayers refuse de se mouiller. Mais j'ai l'impression que ça ne sent pas bon du tout.

Elle s'appuya contre son époux – l'éreintement, la peine et le tourment pesaient bien lourd sur son cœur.

— Oh, Jim… Que se passera-t-il s'ils sont obligés de l'amputer? Que se passera-t-il si elle… ?

— Allons, allons, ma chérie… Elle va s'en tirer haut la main, je te le promets. Anne est une Reilly, une battante, et je t'interdis de penser à des choses pareilles.

Elle garda ses doutes pour elle, priant plutôt pour qu'il vît juste. Hélas, elle ne pouvait chasser de son esprit cette horrible poutre qui avait broyé la jambe de son enfant, ni la crasse et la poussière ambiantes, charriant des germes en quantité industrielle, tout prêts à s'insinuer dans une plaie béante.

Elle tourna un regard chargé d'espoir vers la porte ouverte de la salle d'attente.

— Oh, Ron…, soupira-t-elle, à la fois déçue et soulagée. Je croyais que c'était le médecin.

Planté sur le seuil de la pièce dans son uniforme de la *Home Guard*, il semblait horriblement vieilli, exténué au-delà de toute mesure. Il demanda des nouvelles de la mère et de l'enfant. Peggy lui ayant répété ce qu'elle venait de dire à Jim, le père de ce dernier hocha la tête, avant de se retirer dans le couloir :

— J'ai attaché Harvey à la grille de l'hôpital. Il faut que je le ramène à la maison. Je reviendrai dès que je pourrai.

— Pourrez-vous rendre une petite visite à Mme Finch ? Je l'ai abandonnée hier soir, si bien qu'elle a passé la nuit toute seule. Elle doit être morte d'inquiétude.

— C'est d'accord, Peggy. Et la gamine... ? Julie. Je vous ai entendues discuter toutes les deux. Veux-tu que je lui prépare une chambre, pour le mioche et elle ?

— La chambre de devant, lui indiqua sa bru. Au besoin, Rita et les autres filles vous donneront un coup de main. Pour le moment, servez-vous de notre petit lit. J'essaierai de m'en procurer un autre à l'hôtel de ville. S'ils n'en ont pas, nous en achèterons un.

Ron ayant laissé claquer la porte dans son dos, Peggy écouta le bruit de ses pas refluer peu à peu, puis le silence reprit ses droits. De nouveau, elle se laissa aller contre le torse de son époux, luttant pour garder l'œil ouvert, mais l'épaule de Jim était accueillante. Et robuste. Rassurante. Elle battit quelques instants des paupières. Puis sombra dans le sommeil.

Ron dénoua la grosse corde qui entravait son chien. Celui-ci se mit à courir devant lui. Le vieil homme se sentait recru de fatigue, mais à la pensée qu'Harvey était parvenu à entendre les cris de détresse émis par Peggy, le guidant ensuite vers la cavité à l'intérieur de laquelle Anne et elle se trouvaient piégées... à la pensée que tout le monde s'en était finalement tiré sain et sauf, alors que cette grotte maudite aurait pu devenir leur tombeau… à la pensée de ce petit miracle, Ron regagnait un peu d'énergie. Il refusait à l'inverse d'imaginer, fût-ce une seule seconde, qu'Anne pourrait ne pas survivre à cette épreuve.

L'homme, que son chien suivait de près, se rendit au sous-sol de la pension. Il était trop âgé, songea-t-il, pour de telles aventures, et après avoir miraculeusement survécu au premier conflit mondial, il ne s'était pas attendu à devoir en affronter un second. Cependant, sa famille comptait sur lui, et voilà qu'une arrière-petite-fille venait de voir le jour, conférant à son rôle de patriarche une importance accrue. Au moins, se dit-il encore, il servait à quelque chose, contrairement à certaines vieilles badernes de la *Home Guard*, dont les sujets de préoccupation ne concernaient plus guère que l'état de leur dentier ou le menu de leur prochain repas.

Revigoré par ces réflexions, Ron gravit d'un bon pas l'escalier menant à la cuisine, où l'accueillirent quatre femmes pétries d'angoisse, qui en savaient à la fois trop et trop peu… Elles l'accablèrent de questions.

À toutes il répondit de son mieux, leur parla également de Julie et de William, avant de s'assurer que sa nuit passée en solitaire n'avait pas trop affecté Mme Finch – il la jugea un peu plus confuse que d'ordinaire, mais il mit son désarroi sur le compte de l'inquiétude dont elle avait été si longtemps le siège.

Ayant alors estimé qu'il venait d'accomplir son devoir, Ron ôta son manteau, puis se laissa tomber dans le fauteuil à côté du fourneau.

— Je prendrai une tasse de thé avec une goutte de rhum dedans, fit-il en bâillant à s'en décrocher la mâchoire. Et la même chose dans une soucoupe pour Harvey. Il l'a bien mérité.

Il posa un regard attendri sur son chien, assis à ses pieds.

Fran se leva en hâte pour préparer le thé, dénicha la bouteille de rhum, tandis que Suzy s'affairait auprès d'Harvey. Rita descendait au sous-sol les bottes et le manteau du vieil homme.

— Ah…, lâcha-t-il avec une satisfaction évidente, entre deux gorgées de thé brûlant. Voilà bien ce que j'appelle un cordial. Pas vrai, Harvey?

L'animal, trop occupé à laper son propre breuvage, ne se donna pas la peine de relever le nez pour aboyer son assentiment, mais il remua frénétiquement la queue.

— Ron…, hasarda Mme Finch. J'ai un aveu à vous faire.

Il tourna vers la vieille dame un œil affectueux et lui décocha un large sourire:

— Quel affreux péché avez-vous l'intention de confesser? Vous n'avez tout de même pas vendu l'argenterie pendant que nous avions le dos tourné?

— C'est terrible, vous savez, reprit la pensionnaire avec agitation. Il faisait tellement froid que je tremblais, mais, pour autant, je n'aime pas faire fonctionner trop longtemps le radiateur à pétrole. Puis la lampe s'est éteinte. J'ai essayé de la rallumer… Ça s'est passé à ce moment-là.

Ron posa sa tasse, prit la main de la malheureuse.

— De quoi s'agit-il, madame Finch? Que s'est-il passé la nuit dernière?

Elle glissa ses doigts tremblants dans la poche de son tablier.

— J'ai retiré ma nouvelle prothèse auditive pour dormir. Je me suis réveillée dans le noir, et j'ai oublié que je l'avais posée sur mes genoux… Je me suis levée pour allumer la lampe et…

Elle fit surgir de sa poche les débris du petit appareil, qu'elle tendit à Ron.

— J'ai dû marcher dessus, fit-elle, bouleversée.

Ron lui sourit à nouveau, soulagé d'apprendre que rien de grave ne s'était produit :

— Ne vous bilez pas, dit-il pour la rassurer en récupérant les morceaux de l'objet. Il se passe des choses bien plus graves par les temps qui courent.

Parvenue devant la pension du Bord de mer, Julie consulta sa montre, hésitant sur la conduite à tenir. Il était encore tôt, et sans doute la famille entière se trouvait-elle à l'hôpital. Peut-être ferait-elle mieux d'attendre un peu avant de les déranger… Cela dit, elle n'avait, pour l'heure, aucun endroit où aller, et si elle ne prenait pas très vite un repas digne de ce nom, avant de s'accorder quelques heures de repos, elle risquait de s'évanouir sur le trottoir.

Ayant calé plus confortablement William dans le creux de son bras, elle actionna le heurtoir à tête de lion.

— J'arrive ! lança Ron en ouvrant tout grand la porte. Entre, entre. Ta chambre est presque prête, et j'ai remonté le lit d'enfant pour que tu puisses y installer le petit William.

Il chatouilla le menton du bébé.

— Mais c'est qu'il est beau comme un astre, ton bout de chou.

L'infirmière sourit, ravie du compliment, avant de suivre le vieil homme dans le vestibule. L'accueil qu'il venait de lui réserver avait fait s'envoler toutes ses craintes. Enfin, elle pouvait s'autoriser à se détendre.

— Merci, monsieur Reilly, fit-elle timidement. J'avais peur de vous déranger. Comment se portent Anne et le bébé ?

— Appelle-moi Ron, allons. Tout le monde m'appelle par mon prénom, ici, dit-il en feignant de s'offusquer, sans s'occuper de mon grand âge ni des souffrances que j'endure à cause d'un éclat d'obus. Autrement dit, personne, dans cette maison, ne me témoigne le moindre respect.

— Oh…

Julie ne savait comment interpréter ce brusque changement d'humeur.

Mais, déjà, Ron haussait les sourcils, les fronçait, les haussait à nouveau, au-dessus d'un œil pétillant d'espièglerie.

— Inutile de te tracasser, jeune fille. J'adore jouer les vieux ronchons.

Son expression s'adoucit.

— Anne est au bloc opératoire, Peggy et Jim sont restés à l'hôpital pour attendre de ses nouvelles. Le bébé va bien.

— Tant mieux, commenta l'infirmière, que des bruits de pas sur le palier du premier étage avaient distraite.

— Ça doit être Rita. Elle va te dénicher de quoi manger, et c'est elle aussi qui te montrera ta chambre. Moi, il faut que je me lave, puis que je me change avant de retourner à l'hôpital. Je suis content que tu t'installes parmi nous, ajouta-t-il par-dessus son épaule, en quittant le vestibule.

Julie sourit à la jeune femme qui dévalait l'escalier. Petite et mince, le visage cerné de boucles brunes, elle portait un pantalon, des bottes, ainsi qu'un vieux blouson d'aviateur – un vrai garçon manqué.

— Bonjour, Rita. Je m'appelle Julie, et voici William.

— Oh… Comme il est mignon…, s'extasia Rita. Bienvenue à la pension du Bord de mer, Julie, où je sais déjà que tu te sentiras à ton aise. Mais dis donc, on m'a raconté ce qui s'était passé cette nuit. Tu dois être épuisée. Et moi qui bavasse au lieu de te laisser aller te coucher.

— Pour tout dire, j'aimerais bien manger un peu avant de dormir. Depuis hier matin, je n'ai avalé, en tout et pour tout, qu'un sandwich au pâté de jambon.

Rita écarquilla de grands yeux bruns.

— Bonté divine, tu dois mourir de faim. Viens avec moi dans la cuisine, je vais te préparer quelque chose.

L'infirmière la suivit, s'assit dans l'un des fauteuils disposés auprès du petit fourneau noir installé dans l'âtre. Elle écarta les pans de la couverture, afin que William n'eût pas trop chaud. À l'évidence, la cuisine constituait le cœur de la maison, et son mobilier vieillot, son linoléum déchiré par endroits, ainsi que les murs dont la peinture peu à peu s'écaillait, évoquèrent si fort à Julie la demeure familiale de Stepney, qu'elle faillit fondre en larmes.

Rita continuait à papoter, tout en confectionnant pour la nouvelle venue un épais casse-croûte garni de chutney maison et d'une tranche de corned-beef.

— Je ne sais pas où sont passées les autres, mais comme la nuit a été longue et angoissante pour tout le monde, je suppose qu'elles sont allées dans leur chambre pour se reposer un peu.

Elle remit son sandwich à Julie avec un grand sourire :

— Veux-tu que je prenne William dans mes bras pendant que tu manges et que tu bois ton thé ?

L'infirmière lui sourit en retour et lui tendit l'enfant, avant de se jeter sur son casse-croûte.

— Combien de personnes vivent à la pension ? demanda-t-elle après avoir assouvi une large part de son appétit – elle avait également vidé à demi sa tasse de thé.

Rita s'installa avec précaution dans l'autre fauteuil, serrant toujours William entre ses bras.

— Il y a Peggy et Jim, bien sûr, et puis Ron, le père de Jim. Mme Finch s'est installée définitivement ici voilà de nombreuses années, et nous la considérons comme notre grand-mère à tous.

La jeune fille eut un petit sourire en coin :

— Elle est sourde comme un pot, mais méfie-toi, car elle est aussi d'une intelligence redoutable, et elle n'a pas la langue dans sa poche.

Elle se tut un moment, captivée par l'enfant qui gigotait et grimaçait dans son sommeil.

— Il y a encore Fran et Suzy, reprit-elle, qui sont infirmières à l'hôpital. Cissy, elle, appartient à la WAAF, et elle occupe un poste de secrétaire. C'est la cadette de Jim et de Peggy, nous étions à l'école ensemble. Ils ont aussi deux garçons, mais on les a envoyés dans le Somerset jusqu'à la fin de la guerre. Et puis, il y a moi.

— Tu appartiens aussi à la famille Reilly ?

— Non, mais je les connais depuis toujours, si bien que, quand une bombe allemande a détruit mon logement, Peggy a insisté pour que j'emménage chez eux. Tante Peggy est une femme en or. Je t'assure que tu ne pouvais pas rêver meilleure maison que celle-ci.

Songeant, l'espace d'un instant, à la petite bicoque de Stepney qui, autrefois, avait représenté le centre de son univers, Julie s'empressa de la chasser loin d'elle avant qu'elle ne la fît pleurer. Le repas qu'elle venait de prendre l'ensommeillait davantage encore ; si elle demeurait assise dans ce fauteuil, elle risquait de piquer du nez sans même s'en rendre compte.

— Merci pour tout, Rita, fit-elle en se levant tant bien que mal – elle déposa sa tasse sur l'égouttoir en bois de l'évier.

— Viens, je vais te montrer ta chambre avant que tu t'écroules sur le lino.

L'infirmière récupéra sa trousse, son masque à gaz, ainsi que son sac à main, avant d'emboîter le pas à son hôtesse.

— Ta chambre se situe à l'avant de la maison, au deuxième étage. À côté de toi logent Suzy et Fran. La chambre de Cissy se trouve au fond du palier. Moi, j'habite au premier étage, dans la chambre du milieu, voisine de celle où s'installeront Anne et Rose Margaret jusqu'à ce qu'Anne se sente assez robuste pour rentrer chez elle.

À peine eut-elle repris son souffle qu'elle enchaîna :

— Mme Finch occupe la pièce à côté de la salle de bains. Au fait, il faudra que tu fasses attention au chauffe-eau. Quand il se met en route, il fait tellement de bruit qu'on a l'impression qu'il va exploser et, au moment de l'allumer, ne t'approche pas trop près, sinon tu risques de te griller les sourcils. Bon. À part ça, Peggy et Jim ont leur chambre au rez-de-chaussée, à l'arrière de la cuisine, tandis que Ron vit au sous-sol avec Harvey.

Les deux jeunes femmes venaient d'atteindre le palier du deuxième étage. Julie avait beau se concentrer pour digérer ce flot d'informations, tous les noms se bousculaient dans sa cervelle exténuée, de sorte qu'elle n'en retint à peu près rien. Elle suivit Rita, pénétra dans une adorable chambre baignée de soleil, où flottait une discrète odeur d'encaustique.

Par la fenêtre de cette chambre située sous les combles, on découvrait les toits voisins, au-delà desquels se laissait apercevoir un petit bout de mer guère plus grand qu'un timbre-poste. Le lit d'une personne était garni de draps propres sous une courtepointe, dont le décor floral s'assortissait à celui des rideaux. Tout à côté trônait le lit d'enfant, avec ses couvertures et ses draps minuscules. On recensait encore un radiateur à gaz, une armoire, une commode et une table de chevet ; dans l'alcôve de fenêtre, on avait placé une table à langer. Le soleil, qui brillait dans un ciel de février sans nuages, pénétrait à flots par la fenêtre, illuminant les meubles et le parquet soigneusement cirés.

— Elle est superbe…, souffla Julie. Merci infiniment, Rita.

— Il n'y a vraiment pas de quoi, tu sais, répondit la jeune femme en rejetant vers l'arrière ses boucles brunes. Au contraire, ça m'a fait plaisir de te rendre service, après tout ce que tu as fait pour Anne et Peggy.

Comme l'infirmière déposait sur le lit sa trousse médicale, son sac à main et l'étui de son masque à gaz, son hôtesse fronça les sourcils :

— Tu n'as pas d'autres bagages ? Pourtant, Ron nous a affirmé que tu arrivais de Londres.

— Ils se trouvent chez ma sœur. Pour le moment, je n'ai apporté avec moi que des biberons propres, des couches et du lait maternisé pour William. J'irai chercher le reste après avoir dormi un peu.

— Très bien, fit Rita en lui rendant le bébé. Allonge-toi, et ne t'occupe plus de rien. Si William se met à pleurer, l'un d'entre nous montera pour veiller sur lui.

Julie déposa l'enfant dans son petit lit, puis, sans le réveiller, le changea, avant de ramener sur lui le drap et la couverture. Enfin, elle ôta son manteau et ses chaussures, s'avisa qu'elle empestait la poussière et l'humidité. Elle aurait eu besoin d'un bain, mais elle était trop fatiguée ; elle se contenterait de se frictionner avec un gant de toilette.

Ayant déniché la salle de bains, elle ne se sentit pas de taille à allumer l'inquiétant chauffe-eau. Elle s'offrit donc une toilette de chat à l'eau froide, après quoi elle regagna sa chambre sans hâte, où le lit douillet lui tendait les bras. Elle retira sa jupe et son pull-over, se glissa en sous-vêtements entre les draps... À peine eut-elle posé la tête sur l'oreiller moelleux qu'elle dormait, sans même avoir eu le temps de tirer à elle la couverture.

Lorsque la porte de la salle d'attente s'ouvrit, Peggy s'éveilla, surprise de découvrir Ron assis en face d'elle, serrant ses vieilles pantoufles sur ses genoux. Elle consulta la pendule murale : près de quatre heures s'étaient écoulées depuis qu'on avait emmené Anne en salle d'opération. Le médecin ayant pénétré dans la pièce, la logeuse repoussa les mèches de cheveux sales qui lui cachaient les yeux, puis considéra l'homme avec appréhension, dans l'espoir de décrypter l'expression de son visage. Son cœur cognait contre ses côtes, mais elle voulut discerner une lueur d'espoir dans le mince sourire que venait de lui adresser le docteur.

— Votre fille a eu énormément de chance, commença-t-il, tirant de sa poche une pipe en bruyère. Elle souffre de plusieurs fractures obliques du tibia et du péroné, mais il s'agissait de fractures nettes, que nous n'avons eu aucun mal à réduire. Tout devrait rentrer dans l'ordre d'ici quelque temps, à condition, bien sûr, que nous parvenions à éviter les infections. Le Dr Sayers et son infirmière ayant agi avec rapidité, elle a perdu peu de sang, et j'ai réussi à réparer l'artère endommagée.

Il s'interrompit un moment pour allumer sa pipe – l'air de la salle d'attente se chargea d'électricité.

— Toutefois, enchaîna-t-il avec gravité, au beau milieu d'un nuage de fumée, elle est très faible. L'accident dont elle a été victime, ainsi que l'accouchement, l'ont littéralement vidée de ses forces, c'est pourquoi j'ai ordonné qu'on lui pose une perfusion qui devrait l'aider à récupérer et à lutter contre les risques d'infection.

— Mais… va-t-elle guérir? demanda Peggy avec angoisse.

— Cela prendra du temps, répondit le médecin avec un sourire. Et elle devra rester à l'hôpital jusqu'à ce que nous ayons acquis la certitude qu'elle n'a pas contracté de septicémie.

— Et si elle en attrape une?

Il considéra la logeuse d'un œil plein de sollicitude.

— Ne voyons pas les choses en noir, madame Reilly. Votre fille est une jeune femme en pleine santé qui, pour le moment, a traversé cette lourde épreuve avec un courage exemplaire. Je suis confiant.

— Pouvons-nous la voir? intervint Jim.

— Pas encore. Nous l'avons placée sous sédatifs, et elle a besoin d'une surveillance constante de la part des infirmières. Je vous conseille de rentrer chez vous, de vous reposer, de manger quelque chose, puis de revenir ce soir.

Il leur adressa un sourire encourageant, avant de faire demi-tour pour quitter la pièce.

— Pensez-vous qu'on nous autoriserait à rendre visite à Rose Margaret? le retint Peggy, qui cramponnait la main de son époux en tâchant de rester optimiste.

— Je vais prévenir les infirmières, mais s'il vous plaît, ne vous attardez pas trop longtemps, le personnel de néonatologie est débordé.

À peine le Dr Sayers père eut-il disparu que la logeuse s'effondra entre les bras de Jim, où elle éclata en sanglots.

— J'étais persuadée que nous allions la perdre. J'en étais vraiment persuadée.

— Je t'avais dit qu'elle était solide, murmura l'homme en lui caressant les cheveux. Comme sa mère.

Allez, ma poulette, sèche un peu tes larmes, enfile les pantoufles de papa, et allons voir notre petite-fille.

Peggy se moucha, glissa ses pieds bandés et douloureux dans les vilains chaussons, avant de se mettre en route, titubante, épuisée, au bord de l'évanouissement. Elle finit néanmoins par mettre un pied devant l'autre, soutenue par son beau-père et son mari, qui la menèrent, le long d'interminables couloirs, jusqu'à la pouponnière.

Rose Margaret dormait et, dans son sommeil, elle remuait ses menues lèvres roses comme durant une tétée ; ses petits cheveux bruns contrastaient avec la blancheur immaculée des draps. Enveloppée dans une couverture, la fillette ressemblait à une minuscule chrysalide de sous la tente à oxygène dont on avait coiffé son lit.

Peggy s'émerveilla de ses longs cils noirs, ombrageant délicatement les joues duveteuses. Lorsque l'enfant pinça la bouche et referma sur ceux de sa grand-mère ses tout petits doigts, la logeuse sentit des larmes lui piquer les yeux.

— Elle est parfaite, souffla-t-elle.

— Pour sûr, murmura Jim, le regard singulièrement brillant. On dirait Anne au même âge.

Son épouse leva les yeux vers lui, avisa dans son regard ces pleurs qu'il ne versait pas, passa une main sur sa joue mangée de barbe :

— Je t'aime de tout mon cœur, Jim Reilly.

Ron s'éclaircit la voix, dansant d'un pied sur l'autre, incapable de garder plus longtemps pour lui la fierté qu'on lisait dans son œil enflammé.

— C'est une Reilly, pour sûr, murmura-t-il. Une vraie de vraie.

Il se tourna vers son fils et sa bru :

— Sur ce, les tourtereaux, si vous avez fini de roucouler, moi, j'ai besoin de boire une tasse de thé.

Souriant d'une oreille à l'autre, Peggy passa un bras sous le bras de son époux, l'autre sous celui de Ron, les deux hommes qu'elle chérissait le plus au monde. Ensemble, ils reprirent le chemin de la pension du Bord de mer.

11

Julie s'éveilla en sursaut d'un cauchemar dans lequel elle se trouvait enterrée vivante au fond d'un cratère de bombe. Lorsqu'elle ouvrit les yeux, d'épaisses ténèbres la cernaient. Perdue, terrorisée, elle s'imagina, l'espace d'un instant, qu'il s'agissait de la réalité, épouvantable et tangible. Mais bientôt, reprenant ses esprits, elle huma l'odeur de l'encaustique, celle des draps frais lavés. Elle se rappela où elle était, alluma d'une main tremblante la lampe de chevet.

Presque aveuglée par la lumière, elle constata que quelqu'un, pendant son sommeil, avait tiré les rideaux, ainsi que l'exigeaient les règles du black-out, et emporté le sac contenant les couches, les biberons et le lait maternisé. Son regard se posa sur le lit d'enfant, à l'intérieur duquel William ne se trouvait plus.

Repoussant le drap et la couverture, elle s'apprêtait à enfiler ses vêtements sales, lorsqu'elle avisa ses deux valises, posées à côté de l'armoire. Avec un soupir de reconnaissance, elle sortit de l'une d'elles sa robe de chambre, qu'elle enfila, avant de quitter la chambre à pas de loup, car ce devait être le milieu de la nuit, puis de descendre les deux étages.

Parvenue au rez-de-chaussée, elle découvrit, dans le vestibule, un superbe landau crème et bleu marine. Il s'agissait d'un magnifique engin, dont les roues et les garde-boue rutilaient. La jeune femme le guigna avec envie, en se demandant combien une telle merveille pouvait coûter, et si elle aurait jamais les moyens d'en offrir un à William.

Bien sûr que non, songea-t-elle avec résignation, avant de se diriger en silence vers l'éclairage vacillant qu'elle voyait briller dans la cuisine, où une voix à peine audible fredonnait une berceuse.

Debout sur le seuil de la pièce, elle sentit l'émotion la submerger. La scène aurait été si belle, si sa mère s'était tenue assise là, serrant contre son sein ce petit-fils qu'elle avait attendu avec tant d'impatience.

Harvey s'était couché, comme pour la protéger, contre les pieds meurtris de la logeuse, qui finissait de donner son biberon à William à la lueur du fourneau, sans plus cesser de chanter tout bas pour l'endormir. Le chien leva brièvement la tête, puis, estimant que Julie ne représentait pas une menace, il retourna à sa veille muette. Peggy paraissait flapie, mais il était, dans l'expression de son visage, une douceur qui fit comprendre à l'infirmière qu'elle se sentait heureuse et apaisée.

La logeuse leva le nez, croisa le regard de Julie, échangea avec elle un sourire complice et affectueux.

— Il est sur le point de s'endormir, souffla Peggy. J'espère que nous ne vous avons pas dérangée.

— Je n'ai rien entendu, répondit la jeune femme en ébouriffant les oreilles du chien. J'ai sombré dès que je me suis allongée.

Elle jeta un coup d'œil en direction de la pendule, ouvrit tout grand la bouche, horrifiée. Il était 2 heures du matin.

— Allez vite vous coucher, Peggy. Vous devez être fourbue.

— Je n'arrivais pas à dormir. Quand j'ai entendu le petit remuer, je suis montée le chercher pour qu'il me tienne compagnie.

Elle sourit à sa nouvelle pensionnaire.

— M'occuper de cet adorable bébé me repose autrement plus que d'écouter Jim ronfler. Et puis, il faut bien que je m'entraîne avant que Rose arrive à la maison. Mes enfants sont déjà grands, je me sens un peu rouillée.

— Vous m'avez l'air très à l'aise, au contraire. William aussi, d'ailleurs. Merci, Peggy. Merci pour tout.

Celle-ci haussa les épaules, manière de minimiser la gratitude exprimée par Julie, en continuant de bercer le garçonnet.

— Katherine Carter est passée tout à l'heure pour déposer le landau que vous avez dû voir dans le hall en passant. Elle m'a dit qu'elle était toujours partante pour partager une tasse de thé avec vous dès que vous serez convenablement installée.

— Katherine a apporté ce landau pour moi? glapit la jeune femme. Je croyais que c'était celui de votre fille.

La logeuse secoua la tête en souriant.

— Notre vieux landau se trouve dans la chambre d'Anne.

— Il faut que je la rembourse, dit Julie, mais il risque de se passer du temps avant que je…

— Ne vous en faites donc pas, l'interrompit Peggy. Elle m'a demandé de vous expliquer qu'une jeune mère en partance pour le pays de Galles l'avait volontairement laissé à l'hôtel de ville. Ce landau ne lui a rien coûté, mais si vous tenez, en échange, à faire un don en faveur des réfugiés, par le biais d'une association, c'est possible aussi. Toujours est-il que Katherine a estimé que vous méritiez amplement qu'on vous fasse un petit cadeau de bienvenue à Cliffehaven. Elle a vu le landau, et décrété qu'il s'agissait là du présent parfait.

Julie était bouleversée par une telle gentillesse, de la part d'une jeune femme qui la connaissait à peine.

— C'est adorable…, parvint-elle à articuler malgré sa gorge nouée.

Peggy émit un petit gloussement.

— Katherine est une gamine formidable. Elle a le cœur sur la main. Un peu trop, quelquefois, mais elle sera pour vous une amie fidèle. Je suis ravie que vous vous soyez rencontrées.

— Moi aussi. Nous avons accroché tout de suite. Seulement… nous devions nous retrouver cet après-midi pour prendre le thé. Mais avec tout ce qui s'est passé, j'ai complètement oublié. Je passerai à son bureau demain, pendant mes visites.

— À ce propos…, se rappela la logeuse. Michael Sayers a téléphoné. Demain, vous n'aurez pas à vous présenter au cabinet avant midi. Il a pensé qu'une grasse matinée vous ferait le plus grand bien.

— C'est très gentil de sa part, mais, de la mienne, ce ne serait pas malin d'arriver en retard pour ma première journée de travail. Rien de tel pour se mettre les gens à dos que de leur permettre de croire que la nouvelle en prend à son aise.

— Vous avez sans doute raison. Eunice Beecham risque de ne pas supporter le moindre geste de favoritisme à votre égard. Cela dit, sous ses airs revêches, elle a bon cœur, se hâta-t-elle d'ajouter.

Julie se rembrunit un instant, puis résolut d'attendre de connaître mieux Eunice pour se faire sa propre opinion.

— C'est l'infirmière du cabinet, n'est-ce pas?

— En effet. Elle travaille avec les Sayers père et fils depuis cinq ans, et elle sait à quel point ils ont besoin d'elle, depuis le départ de l'infirmière de district.

Elle soupira.

— Cette pauvre Eunice est amoureuse de Michael, évidemment, mais je ne pense pas que ce soit réciproque : il s'est écoulé plus d'un an depuis que sa fiancée l'a quitté, et il n'a jamais manifesté le moindre intérêt pour son infirmière, en dehors de leurs rapports professionnels.

— Sa fiancée l'a quitté ? Le pauvre…

Baissant le regard sur l'enfant endormi, la logeuse passa doucement les doigts dans ses cheveux blonds.

— Elle l'a quitté pour un pilote canadien, deux jours avant leur mariage. Michael était effondré. Ils étaient inséparables depuis l'enfance.

— L'existence est drôlement compliquée, soupira Julie.

Peggy lui rendit William.

— Et la guerre la rend plus compliquée encore. En particulier pour les petits bouts de chou.

Elle se tut brusquement, s'affaira, s'emparant de la couche souillée et du biberon vide.

— J'ai mis sous l'évier un seau et une bouteille d'eau de Javel, pour les couches. La chaudière se trouve au sous-sol. Surtout, servez-vous-en dès que vous en aurez besoin. Avec un bébé, on ne finit jamais de faire la lessive.

— Surtout, Peggy, ne vous tourmentez pas. Je m'occuperai de notre linge, et je vous aiderai de mon mieux dans la maison. En revanche, êtes-vous certaine de pouvoir vous occuper de William pendant que j'irai travailler ?

— Bien sûr que oui, voyons, répondit la logeuse, surprise par la question. Je vous l'ai promis.

— Mais quand Rose sera là…

— Quand elle sera là, j'aurai deux petits amours auprès de moi au lieu d'un.

À cette perspective, elle eut un large sourire.

— Ce sera comme dans le temps. Il me tarde d'y être. Sincèrement.

Julie songea qu'il s'agirait là d'un bien pesant fardeau, mais elle garda pour elle ses réticences. Après tout, si Peggy ne parvenait pas à faire face à cette double tâche, la jeune femme opterait pour un temps partiel, afin de la soulager.

— Je vous ai laissé de quoi dîner dans le garde-manger, reprit son hôtesse. Il vous suffit de réchauffer le tout. Vous pouvez aussi vous faire du thé, ou du chocolat. Il reste assez de lait d'ici le passage du laitier, à 5 heures.

— Je prendrai plutôt du thé, ça m'ira très bien.

— Surtout, n'oubliez pas que vous êtes ici chez vous, et ce aussi longtemps que vous le souhaiterez.

Peggy sourit à sa pensionnaire avec tendresse.

— Je sais bien que ma maison ne remplacera jamais celle que tu as perdue, mais si tu as besoin de parler, si tu te sens seule ou déprimée, tu trouveras toujours, avec moi, une oreille attentive.

Julie, au bord des larmes, se hâta de les ravaler, tandis que sa logeuse l'étreignait brièvement.

— Je vois que tu as trouvé tes valises, fit ensuite celle-ci pour changer de sujet, avisant la robe de chambre dont la jeune femme était vêtue. Jim est allé les chercher après que nous sommes revenus de l'hôpital.

— Comment va Anne?

— Elle n'a pas encore tout à fait repris conscience, mais elle a le teint frais, et les infirmières sont aux petits soins avec elle.

Peggy laissa échapper un soupir frémissant.

— Elle a la jambe plâtrée de la hanche aux orteils, la pauvre chérie, et maintenue en l'air par je ne sais combien de poulies. Mais on la gave d'une telle quantité d'antalgiques qu'elle se rend à peine compte de ce qui se passe.

— Ils s'arrangent pour qu'elle souffre le moins possible, la rassura l'infirmière. Et maintenant, Peggy, allez vous coucher. S'il vous plaît. Et tâchez de ne pas vous inquiéter trop.

— C'est plus facile à dire qu'à faire, sourit tristement la logeuse. Mais je ferai de mon mieux. Bonne nuit, ma chérie.

Julie demeura dans la cuisine longtemps après le départ de Peggy, se remémorant les deux jours qui venaient de s'écouler, durant lesquels tant de choses s'étaient passées. Il lui semblait étrange de se sentir si bien dans cette demeure où elle n'avait pénétré pour la première fois que quelques heures plus tôt, mais elle avait, depuis son arrivée à Cliffehaven, rencontré tellement de belles personnes, et on l'avait si chaleureusement accueillie, que c'était presque comme si elle se trouvait de retour dans l'East End.

Julie avait pris un bain, puis s'était vêtue, après avoir chipé deux heures de sommeil supplémentaires jusqu'à ce que William s'éveillât en exigeant son petit-déjeuner. Craignant qu'il ne dérangeât la maisonnée tout entière, elle lui donna son biberon et lui fit sa toilette dans la cuisine. Ensuite, elle le déposa tendrement dans son majestueux landau. Les ressorts rebondirent en silence, en sorte que, bientôt, bercé par les menus va-et-vient imprimés par l'infirmière à l'engin, l'enfant s'endormit dans son cocon de couvertures.

Comme il n'était encore que 6 heures du matin, la jeune femme fit son lit, rangea sa chambre et vida ses valises sans bruit. Ayant ramassé ses vêtements sales abandonnés sur le sol, elle contempla la robe de sa mère avec un sourire mince.

Au sous-sol, nulle trace de Ron ou d'Harvey, qui devaient être des lève-tôt. La jeune femme, une fois qu'elle eut saisi le fonctionnement de la chaudière, se lança dans une lessive qui, peu après, flottait au vent dans le jardin, accrochée au fil à linge. S'il avait beaucoup plu durant la nuit, la journée, elle, promettait d'être radieuse, dont Julie pria pour que la Luftwaffe ne vînt pas la gâcher.

De retour dans la cuisine, elle lava soigneusement ses instruments médicaux, qu'elle replaça ensuite dans sa trousse de cuir. Enfin, elle posa la bouilloire sur le fourneau, avant de traverser le hall pour aller voir à quoi ressemblait la salle à manger.

La pièce, aux fenêtres desquelles on avait cloué des planches, était plongée dans la pénombre, mais l'infirmière distingua des traces de suie sur les moulures et la rosace du plafond, ainsi que des zones plus sombres sur les murs, là où le papier peint avait commencé de se décoller, et où la peinture s'écaillait. On avait empilé les chaises dans un coin, poussé les tables contre les murs et roulé le tapis qui, naguère, devait couvrir le parquet verni. La salle à manger servait peu.

Julie regagna la cuisine, où elle entreprit de dresser la table pour sept. On serait un peu serré, mais c'était la même chose à Stepney, et la jeune femme soupçonnait Peggy d'aimer cette chaleureuse promiscuité.

Elle prépara du thé, enfila un gilet, puis sortit dans le jardin avec sa tasse, afin de profiter de la fraîcheur matinale et des premiers rayons du soleil. Les oiseaux chantaient, et dans l'air flottait la saveur salée venue de la mer. Ayant observé un moment le vaste potager, Julie posa le regard sur l'affreux abri Anderson, à demi dissimulé à l'extrémité de la parcelle. Elle songea au jardin du foyer où elle habitait à Londres…

Lorsqu'elle revint à la cuisine, deux jeunes femmes, penchées déjà sur leur tasse de thé, la saluèrent d'une voix endormie.

— Bonjour, fit la première, affublée d'une tignasse flamboyante, rebelle au point qu'elle paraissait, de sous la coiffe d'infirmière, douée d'une vie indépendante. Je m'appelle Fran, et voici Suzy. Je suppose que toi, tu es Julie.

Cette dernière sourit.

— Bonjour. Je suis ravie de faire enfin votre connaissance. J'espère que William ne vous a pas réveillées cette nuit.

— Pas du tout, répondit Suzy en bâillant.

— William est un adorable petit chéri, et on se relaiera pour s'occuper de lui pendant ton absence. Tu peux compter sur nous, il sera comme un coq en pâte. Ma mère pondait un mioche tous les ans, elle était réglée comme une pendule, c'est dire si j'ai de l'expérience en la matière.

— Vous êtes tous et toutes tellement adorables…

Suzy considéra la sage-femme par-dessus le bord de sa tasse.

— Cela nous fait plaisir de te donner un coup de main, c'est tout. En temps de guerre, la moindre des choses est de faire tout ce qu'on peut pour s'entraider.

Lorsqu'elle entendit cliqueter le couvercle de la boîte aux lettres, Fran se leva d'un bond pour se précipiter dans le hall. Quelques secondes plus tard, elle revenait avec le journal à la main.

— Tiens, souffla-t-elle en le dépliant, tu devrais y jeter un coup d'œil, Julie. Tu fais la une du canard local.

La sage-femme réprima un frisson d'horreur : la photographie la représentait sortant de chez Eileen avec William dans les bras.

— Quelle poisse ! s'écria-t-elle. Cette photo va semer une sacrée pagaille, c'est moi qui vous le dis.

— Je ne vois pas pourquoi, répliqua Suzy. Tu es bien comme tout, sur ce cliché, alors qu'il a été pris sur le vif.

— Ce n'est pas la question. Quand ma sœur va découvrir ça, elle va voir rouge.

Son regard se posa alors sur le gros titre, qui occupait le tiers supérieur de la page :

UNE INFIRMIÈRE HÉROÏQUE AIDE À METTRE
AU MONDE UN BÉBÉ SOUS TERRE

Julie parcourut l'articulet, puis tourna la page, derrière laquelle s'étalaient d'autres photographies, prises, celles-là, sur le lieu du drame. Mais le journaliste avait rôdé autour de l'appartement d'Eileen après avoir été relâché par la police, puis il avait mené sa petite enquête pour découvrir le lien qui unissait les deux femmes. Hélas, il y avait pire : l'auteur émettait plusieurs hypothèses concernant l'identité de William, insinuant finalement, à mots à peine couverts, qu'il s'agissait de l'enfant illégitime de Julie, dont on ajoutait qu'Eileen avait sans doute – et avec raison – refusé de l'accueillir sous son toit.

Elle referma le journal et le fit glisser sur la table.

— J'espère que les médecins ne vont pas tomber là-dessus, observa-t-elle avec humeur. Sinon, je risque de me retrouver au chômage avant même d'avoir commencé à travailler.

— Tout le monde va être au courant, soupira Suzy. C'est le journal local, que veux-tu. Mais pourquoi les Sayers père et fils te mettraient-ils à la porte ? Tu as sauvé Anne et son bébé, tu as fait preuve d'un courage exemplaire.

Elle frissonna.

— Jamais je n'aurais pu en faire autant, même pour tout l'or du monde.

— Je ne leur ai pas parlé de William quand j'ai postulé pour la place. Ni quand le Dr Sayers père m'a reçue pour mon entretien d'embauche.

— Il n'y a aucune honte à élever le gosse de sa petite sœur, déclara Fran avec fermeté. Dis-leur la vérité, et puis basta. Ils ont plus besoin de toi que tu n'as besoin d'eux, tu peux me croire, et jamais une bonne infirmière n'a manqué de boulot.

— Pour une fois, Fran a raison, renchérit Peggy, qui venait de pénétrer dans la cuisine et de lire en diagonale l'article du journal. Suis son conseil, Julie. De mon côté, je vais dire deux mots au rédacteur en chef concernant son bousier de journaliste.

La logeuse bouillait de colère.

— Son « bousier de journaliste » ? répéta Fran dans un petit gloussement. Mazette, voilà un mot drôlement savant pour une heure aussi matinale.

Peggy lui décocha un large sourire.

— N'est-ce pas ? fit-elle avec fierté. Pour tout dire, je ne suis pas très sûre de ce que ça signifie, mais j'ai trouvé que c'était bien envoyé.

Elle passa son tablier à fleurs, qu'elle noua à la taille.

— Bien, dit-elle. Qui veut un œuf à la coque pour le petit-déjeuner ?

Julie s'assura que William était propre, qu'il n'avait pas faim et se sentait convenablement installé. Elle vérifia aussi que Peggy disposait de tout ce dont elle pouvait avoir besoin pendant son absence, au point que la logeuse dut presque la jeter dehors pour qu'elle se décidât enfin à se rendre au cabinet médical.

Ce dernier n'avait pas encore ouvert ses portes aux patients, de sorte que, en s'approchant, Julie y découvrit une femme opulente à genoux, dont le volumineux postérieur tremblotait, pareil à de la gelée de sous son tablier à fleurs, tandis qu'elle briquait le sol avec ardeur.

— Hello, ma jolie, lança-t-elle en s'asseyant sur ses talons, avant de rajuster le foulard qu'elle avait noué sur ses bigoudis. Moi, c'est Maude, enchantée.

Elle décocha à la jeune femme un sourire radieux, qui dévoila une dentition en piteux état.

— Je fais le ménage ici tous les matins, enchaîna-t-elle, mais pour sûr que je m'attendais pas à rencontrer un jour une héroïne pour de vrai, pouffa-t-elle. La journée sera bonne, pour sûr.

— Assez papoté, Maude, la cingla une infirmière grande et solidement charpentée, vêtue d'un uniforme immaculé, dont l'apprêt faisait presque craquer les plis. D'autant plus que vous n'avez pas nettoyé ceci, décréta-t-elle en désignant de l'index une tache pratiquement indiscernable sur le carrelage noir et blanc.

— Bien sûr, mademoiselle Beecham.

Maude se remit lentement debout pour aller passer la serpillière où l'infirmière lui avait commandé de le faire, maugréant que si ceux qui distribuaient les ordres souffraient d'arthrose comme elle en souffrait, ils verraient un peu si elle avait la tâche facile.

Julie réprima un sourire et, puisque Katherine et Peggy lui avaient l'une et l'autre touché quelques mots au sujet de cette Eunice Beecham, qu'elle jugea affreusement collet monté, elle profita de l'occasion pour l'observer à la dérobée. Elle mesurait une bonne dizaine de centimètres de plus que Julie, et l'on pouvait dire qu'elle était séduisante, à condition d'apprécier les femmes robustes et pleines de santé, à la silhouette mince, aux cheveux blonds et au teint frais, qui ne nécessitait pratiquement aucun maquillage. Eunice pouvait avoir un peu plus de trente ans, et la visiteuse était prête à parier, vu ses manières et son accent, qu'elle avait longuement fréquenté les pensionnats de jeunes filles. Enfin, elle tirait, à l'évidence, une immense fierté de la position qu'elle occupait auprès des Sayers père et fils.

Ayant peut-être senti sur elle le regard de Julie, elle posa sur elle ses yeux très bleus et très froids.

Mais si ce regard impérieux avait pour vocation d'impressionner la Londonienne, ce fut un coup d'épée dans l'eau. Car la nouvelle venue avait eu l'occasion, à de nombreuses reprises, de ferrailler avec les plus redoutables infirmières en chef de la capitale – autrement dit, elle savait désormais leur tenir la dragée haute.

— Je suis l'infirmière Harris, se présenta-t-elle en traversant avec précaution le hall au sol encore humide.

— Je sais qui vous êtes, rétorqua Eunice, qui la toisait.

— Et vous devez être Eunice Beecham, enchaîna Julie, en cramponnant sa trousse médicale.

— *Infirmière* Beecham, la corrigea son interlocutrice. Vous êtes en avance, ajouta-t-elle, sur un ton de reproche.

— Je sais. Je n'avais pas besoin de congés supplémentaires, ainsi que l'a aimablement proposé le Dr Michael, et le Dr Sayers père m'avait demandé de me présenter ici à 8 heures, afin qu'on ait le temps de me fournir un uniforme. Il m'a également indiqué que vous me remettriez mon planning, et que le cabinet disposait d'une bicyclette dont je pourrais me servir pour mes visites.

Les narines d'Eunice se pincèrent, comme assaillies soudain par une mauvaise odeur.

— De quel quartier de Londres êtes-vous originaire?

— Stepney, répondit la nouvelle venue en haussant le menton – de ce discret mouvement de tête, elle mettait presque au défi l'infirmière Beecham d'émettre la moindre critique à l'encontre de son lieu de naissance.

Eunice ayant renâclé, elle pivota sur ses talons.

— Puisque vous faites aujourd'hui la une de toute la presse, les médecins souhaitent s'entretenir avec vous avant d'aller plus loin dans votre collaboration. Veuillez patienter ici.

Julie pénétra dans une vaste salle d'attente et prit place sur l'une des chaises incommodes, sa trousse sur les genoux. Eunice Beecham était une harpie de la plus belle eau ; la Londonienne avait eu bien du mal à ne pas se rebiffer. Mais son père lui avait toujours conseillé de garder la tête froide et de tenir sa langue si on la provoquait. Elle se félicitait à présent d'avoir suivi la recommandation paternelle.

Elle considéra les affiches murales, qui exhortaient les femmes à faire vacciner leurs enfants, les informaient que la toux et les éternuements représentaient des vecteurs de transmission de certains germes. D'autres affiches proposaient à ces dames de rejoindre les rangs du VAD ou de l'Armée de terre, d'autres encore insistaient sur le fait qu'en parlant à tort et à travers, on risquait, en temps de guerre, de mettre des vies en péril. Julie contempla longuement cette dernière mise en garde, le cœur lourd, car les bavardages incohérents du journaliste venaient peut-être, déjà, de lui coûter son poste au cabinet.

— Les médecins vont vous recevoir.

Eunice l'escorta jusqu'au bureau du Dr Sayers père, que Julie avait récemment découvert, frappa discrètement à la porte et ouvrit.

Michael et son père se levèrent aussitôt.

— Je suppose que vous avez l'intention de me parler de l'article dans le journal, fit d'emblée la jeune femme, afin de couper court à d'éventuels embarras.

— Ce tissu d'insanités me laisse froid, répondit le plus âgé des deux hommes. En revanche, le fait que vous m'ayez menti concernant votre enfant me tourmente beaucoup. Car si vous êtes capable de me mener ainsi en bateau, comment pourrai-je, désormais, vous faire confiance ?

— Je pense que nous devrions laisser l'infirmière Harris s'expliquer, avant de l'accuser, intervint Michael en adressant à Julie un bref sourire d'encouragement.

Ragaillardie par ce sourire, la jeune femme leur raconta tout par le menu, depuis la mort de sa sœur cadette jusqu'à son arrivée à Cliffehaven.

— Si je ne vous ai pas révélé l'existence de William, c'est parce que j'étais alors persuadée que ma sœur aînée allait m'aider. Maintenant, je sais que Mme Reilly et les résidents de la pension du Bord de mer veilleront sur lui. Je puis donc vous assurer que mon travail ne pâtira en rien de la situation.

— Mais… que se passera-t-il s'il tombe malade ? s'enquit le Dr Sayers père.

— Il y a deux autres infirmières à la pension, et Peggy a élevé quatre enfants. À elles trois, elles sauront quoi faire.

— Il semble que vous ayez pris toutes les dispositions nécessaires, murmura Michael. J'admire votre ténacité.

— Bien… Tout cela est on ne peut plus contraire aux règles en vigueur, enchaîna son père en saisissant sa pipe. De mon temps, soit les jeunes femmes avaient des enfants, soit elles faisaient carrière. Ce mélange des genres nous mènera au chaos, vous pouvez me croire.

Julie le considéra d'un œil apeuré, se tordant les doigts dans son giron, tandis qu'un silence embarrassé tombait sur la pièce. Le moment était donc venu. Les deux médecins allaient lui annoncer son licenciement.

— Je crois pourtant que nous ne devrions rien changer à ce qui était initialement prévu, dit Michael. Après tout, nous avons besoin d'une infirmière de district, ainsi que d'une sage-femme, or Julie… Mlle Harris… a déjà largement prouvé son professionnalisme.

La Londonienne remercia en silence le jeune médecin, pour son soutien inconditionnel.

Le Dr Sayers tira sur sa pipe, le regard étréci sous ses sourcils neigeux ; il était en pleine réflexion.

— Fort bien, je me rends. Mais il s'agit de *ta* décision, Michael, et je n'admettrai pas que la bonne marche de ce cabinet soit entravée chaque fois que cette jeune personne devra courir s'occuper de l'enfant. Et si d'autres scandales se faisaient jour, elle s'en irait. Je refuse de voir souiller notre réputation.

Il considéra son fils, ainsi que l'infirmière, d'un œil acerbe.

— Allons, filez, tous les deux. Le cabinet ouvre dans une demi-heure et je n'ai pas encore pris mon café du matin.

Les jeunes gens quittèrent ensemble la pièce en échangeant un regard. Dans le vestibule, Maude faisait mine de polir les murs lambrissés, et Julie n'eut que le temps d'apercevoir l'uniforme d'Eunice, à l'instant où elle disparaissait dans la salle d'attente. À l'évidence, les deux femmes venaient d'écouter aux portes.

— Mon père aboie plus qu'il ne mord, s'excusa Michael. Il aura tôt fait de se calmer, vous verrez.

— Je suis certaine que tout ira bien quand il aura compris que je n'ai aucune intention de manquer à mes devoirs. En revanche, il me faudrait l'uniforme qu'il m'avait promis, et un endroit où me changer.

— Je vais demander à l'infirmière Beecham d'aller vous chercher votre tenue à la lingerie. Vous n'aurez qu'à vous changer dans le vestiaire situé de ce côté.

Il lui décocha un sourire plein de douceur, qui effaça les ans sur son visage et adoucit ses traits marqués par les tourments.

— Bienvenue au cabinet médical de Cliffehaven, Julie. J'espère que vous vous sentirez heureuse parmi nous.

Elle s'apprêtait à répondre lorsque la voix d'Eunice s'éleva :

— Docteur Michael, puis-je vous parler un instant, s'il vous plaît ?

Après un dernier sourire, le médecin suivit l'infirmière dans la salle d'attente.

— Vous faites pas de mouron, fillette, intervint Maude sur un ton de conspiratrice, en se rapprochant de Julie. Elle est jalouse, c'est tout. Elle, elle a jamais eu sa trombine dans un journal, et puis vous êtes bien plus mignonne que l'ancienne infirmière de district.

— Merci, Maude. Sur ce, il faut que je me dépêche, parce que j'ai l'impression que la journée va être chargée.

Elle pénétra dans la salle d'attente juste à temps pour voir Michael s'éclipser dans son bureau.

— Avez-vous mon planning et mon uniforme, infirmière Beecham ? demanda-t-elle en souriant.

— Vous avez beaucoup de chance d'avoir face à vous des médecins aussi compréhensifs, fit Eunice avec froideur. Mais ici, c'est moi qui m'occupe de tout, en sorte que si vous deviez à nouveau faire les choux gras de la presse locale, je ne pourrais que conseiller au Dr Michael, ainsi qu'à son père, de vous mettre à la porte.

Julie brûlait de se défendre, mais elle devinait qu'en agissant ainsi, elle ne ferait qu'empirer les choses.

— Puis-je avoir mon uniforme, s'il vous plaît ?

— Il se trouve dans la lingerie, là-bas.

L'infirmière Beecham lui remit son planning, ainsi qu'une vieille chemise contenant, dans ses grandes lignes, l'historique médical des patients, et un plan de la ville prêt à tomber en morceaux.

— Les infirmières bénévoles effectuent leurs propres tournées, aujourd'hui, mais je ne doute pas qu'avec votre expérience, vous saurez vous débrouiller sans leur aide.

S'abstenant de mordre à cet hameçon, Julie posa le plan de Cliffehaven sur le bureau d'Eunice.

— J'ai déjà un plan, laissa-t-elle tomber sans chaleur. Où est ma bicyclette?

— Dans l'abri de jardin.

L'infirmière Beecham plongea le nez dans son cahier de rendez-vous. Julie quitta la pièce.

L'uniforme consistait en une robe de coton rayée de rose et de blanc, au col et aux poignets amidonnés, assortie d'un vilain couvre-chef. Comme l'infirmière qui l'avait précédée à ce poste était corpulente, Julie dut batailler un moment pour ajuster les plis du vêtement, dont elle avait serré la ceinture, pour ne pas paraître flotter à l'intérieur. Elle avait apporté ses épais bas noirs, ainsi que ses chaussures confortables. Elle épingla enfin, sur sa coiffe, l'insigne des infirmières de Sa Majesté. Cette fois, elle était fin prête.

Le vélo n'était pas de la première jeunesse, mais on en avait huilé la chaîne avec soin, les pneus avaient été récemment gonflés. Un panier se trouvait fixé au guidon. Julie consulta le plan de la ville, y localisa la rue où habitait son premier patient et, déjà, elle pédalait, la chaude cape bleu marine flottant dans son dos. Quel bonheur, songea-t-elle, de renouer avec l'activité qu'elle chérissait le plus. En dépit d'Eunice et d'Eileen, elle se dit que l'existence à Cliffehaven lui irait sans doute comme un gant.

12

Deux semaines s'étaient écoulées depuis que des ambulanciers avaient conduit Anne et son bébé à l'hôpital. Un ciel radieux et un vent frisquet avaient accueilli le mois de mars. Hélas, ces jours froids et ensoleillés, auxquels succédaient des nuits piquées d'étoiles, avaient attiré l'aviation ennemie – Portsmouth et Londres avaient été consciencieusement pilonnées. À Cliffehaven, les alertes s'étaient multipliées ; on entendait régulièrement rugir les appareils de la RAF en partance pour Cologne, Hambourg et Berlin, qu'ils bombardaient en représailles, cependant que les chasseurs défendaient les côtes britanniques.

Churchill ayant déclaré à Roosevelt : « Donnez-nous les moyens, et nous allons faire le travail », le président américain avait fini par mettre en place le programme « Lend-Lease[1] ». Quant au discours qu'il avait prononcé la veille au soir, il avait galvanisé les soldats états-uniens stationnés à Cliffehaven, frustrés jusqu'alors de ne jouer aucun rôle dans les hostilités. Ils espéraient à présent, et les Anglais avec eux, que, bientôt, les États-Unis entreraient en guerre pour de bon.

Quant au gouvernement britannique, suite à des pertes colossales de cargaisons maritimes, il avait lancé

1. Programme destiné aux pays amis des États-Unis, qui leur fournissaient du matériel de guerre, sans intervenir directement dans le conflit.

un nouvel ordre de mobilisation concernant tous les hommes entre dix-huit et quarante et un ans, ainsi que les femmes sans enfants à charge âgées de vingt à trente ans. Cinquante mille personnes en tout, qui iraient travailler sur les quais. Hitler avait lancé son offensive, et les Britanniques se préparaient avec courage à livrer la plus terrible bataille de leur existence.

Comme tous les citoyens de Cliffehaven, Ron se tenait au courant des nouvelles et continuait à jouer sa modeste part dans les événements, certain que la pierre minuscule qu'il ajoutait à l'édifice contribuerait à la victoire finale. Les missions qu'il effectuait en sa qualité de membre de la *Home Guard*, de même que les longues heures passées auprès des bénévoles de la surveillance incendie, signifiaient qu'il disposait désormais de moins de temps pour aller courir les collines environnantes en compagnie d'Harvey. En revanche, il s'était arrangé pour n'avoir pas à écourter ses visites quotidiennes à Rosie.

Ça, c'est la vie, songea-t-il, installé dans l'un des fauteuils de son amie, les pieds sur un tabouret, une tasse de thé à la main et, sur l'accoudoir, une tranche de cake dans une assiette. Situé au-dessus de son pub, le salon de Rosie se révélait accueillant, bien qu'un peu trop féminin au goût de Ron, mais il s'y sentait presque chez lui, en dépit du chintz et des fanfreluches.

Il s'agissait à présent d'un véritable rituel : chaque après-midi, après avoir changé les fûts de bière, puis remonté de la cave les casiers de bouteilles en prévision de l'affluence du soir, le vieil homme prenait le thé avec Rosie. En cet instant, il la regardait traverser le salon, admirant ses longues jambes fuselées, ses hanches étroites et la courbe de ses seins sous le corsage en dentelle. Personne ne connaissait l'âge de Rosie, mais Ron lui donnait une cinquantaine d'années, autrement dit, à ses yeux, l'âge, pour une femme, du plein épanouissement de sa sensualité.

À plus de soixante ans, Ron s'estimait rangé depuis longtemps des voitures, mais Rosie aurait été capable de réveiller un mort. Il croisa les jambes en se concentrant sur sa tasse de thé.

La propriétaire de L'Ancre lui sourit en ôtant ses souliers, avant de se pelotonner, pareille à une chatte radieuse, dans un coin du canapé, face à son invité.

— Le thé est trop chaud? s'enquit-elle sur un ton innocent, son œil bleu, cependant, étincelant d'une lueur amusée, tandis qu'elle tapotait les boucles et les vagues de ses cheveux platine.

— Non, non, tout va bien, grommela le vieil homme, le breuvage, pourtant, lui brûlant l'intérieur de la bouche. En revanche, un bonhomme a de quoi se laisser distraire.

Elle haussa un sourcil soigneusement épilé, en tirant le bas de sa robe sur ses genoux.

Ron gloussa.

— C'est à ton cake que je faisais allusion, la taquina-t-il en soutenant son regard.

Elle pouffa à son tour, puis alluma une cigarette.

— Je suis ravie qu'il te plaise. Je n'ai pas souvent l'occasion de faire de la pâtisserie, mais je me suis dit que tu méritais bien une petite gâterie, maintenant que le tarif du ticket de beurre a augmenté.

Ron dégusta son gâteau, Harvey s'allongeant sur le tapis, face au feu qui, dans l'âtre, peinait à ne pas mourir. Le vieil homme courtisait Rosie depuis bien longtemps, au point que cette cour avait fini par devenir un jeu – un jeu qui les réjouissait l'un et l'autre, mais que le père de Jim n'avait jamais osé pousser au-delà du flirt; on se contentait, en se séparant, d'un amical baiser sur la joue. L'observant à la dérobée tandis qu'elle mangeait, il s'émerveilla du fait qu'une femme aussi séduisante pût apprécier sa compagnie.

Rosie Braithwaite s'était installée à Cliffehaven pour y faire l'acquisition de L'Ancre. Personne ne savait d'où elle venait, on ignorait tout de son existence passée, et bien qu'il fût peu banal qu'une femme seule se portât à la tête d'un tel établissement, elle avait su se faire respecter de ses clients, qui lui vouaient une tendresse proche de l'admiration. Malgré ses façons enjôleuses, jamais elle ne cédait à leurs avances, et jamais le moindre scandale n'était venu souiller sa réputation.

On n'avait jamais entendu parler d'un M. Braithwaite, quoique Rosie portât une alliance, et personne ne savait où elle avait autrefois vécu. Ron s'était enhardi, au point de lui poser un jour la question, à quoi elle lui avait répondu de s'occuper de ses affaires. Depuis, il n'avait plus abordé le sujet, jusqu'à ce que Tommy Findlay refît surface, un peu avant Noël, auprès de la propriétaire de L'Ancre.

Le vieil homme laissa vagabonder ses pensées. Tommy avait reparu de loin en loin à Cliffehaven au fil des ans, tel un mauvais génie. D'où il arrivait, où il filait ensuite, Ron l'ignorait, et ne s'en souciait guère. Il ne s'agissait que d'un profiteur, d'un filou, qui fondait avec envie sur les femmes les plus vulnérables, les plus naïves, éblouies par ses vêtements tape-à-l'œil et ses dons de bonimenteur. Ron avait été abasourdi d'apprendre, de la bouche même de Rosie, qu'elle connaissait ce lascar depuis de nombreuses années, et qu'elle lui faisait suffisamment confiance pour lui laisser les clés du pub lorsqu'elle devait s'absenter. Quelle relation ces deux-là entretenaient-ils, il n'en avait pas la moindre idée, et son amie avait refusé de répondre à ses interrogations, ce qui l'avait mis mal à l'aise.

Il poussa un lourd soupir, puis termina sa tranche de cake. Au moment de Noël, Findlay avait pour la énième fois joué les filles de l'air.

— Tu as réussi ton coup, répondit-il enfin.

Elle lui sourit en retour.

— Pas à moi, Ronan Reilly. Tu as quelque chose sur le cœur, et ça ne te ressemble pas.

— Les deux semaines qui viennent de s'écouler avaient de quoi déboussoler le plus placide des bonshommes. Et puis, maintenant, je suis arrière-grand-père, figure-toi. C'est mon devoir de froncer les sourcils de temps en temps en faisant la grosse voix. C'est une affaire sérieuse.

— À qui le dis-tu, murmura-t-elle, mais ne te tracasse pas, Ron. Tu es taillé pour le rôle.

L'homme gonfla la poitrine avec fierté, et son amie se mit à rire :

— Au fait, comment se porte Anne ?

Ron lécha les miettes sur ses doigts, à la manière d'un écolier qui termine son goûter, puis reposa son assiette.

— Elle a repris du poil de la bête depuis que Martin peut lui rendre visite tous les jours, mais elle reste coincée dans ce maudit plumard avec la jambe en l'air.

— Pauvre chérie. Elle ne doit pas rigoler. Je vais trier mes magazines et mes livres, et je te donnerai ceux qui me paraissent susceptibles de lui plaire. Tu n'auras qu'à les lui apporter de ma part.

— Je crois surtout qu'elle se tracasse pour la petite. On ne la lui amène que deux fois par jour. Et encore, elle n'a même pas le droit de l'allaiter.

Il s'empourpra, toujours embarrassé d'évoquer ces affaires exclusivement féminines.

— À cause des médicaments qu'on lui fait avaler.

Il bourra sa pipe en silence.

— Et la gamine, elle pourra sortir bientôt ? Elle est à l'hôpital depuis déjà quinze jours.

Ron hocha la tête en tassant le tabac dans le fourneau, avant de fourgonner à l'intérieur de sa poche avec l'espoir d'en extraire des allumettes.

— Peggy ira la chercher demain. Je me demande comment elle va se dépatouiller avec deux lardons.

Il tira sur sa pipe, tandis que le tabac grésillait sous l'effet de la flamme.

— Cela dit, William est un gosse adorable. Il ne pleure pratiquement jamais.

Rosie écrasa sa cigarette au fond d'un cendrier.

— C'est sans doute un peu compliqué pour Peggy, mais, la connaissant, elle va s'en tirer comme un chef, fit-elle avec un sourire. Tout le battage autour de la petite infirmière n'a pas dû arranger les choses. En tout cas, ça m'a l'air d'être retombé.

— Je pense que sa sœur s'est arrangée pour étouffer l'affaire. On m'a raconté qu'elle avait menacé le rédacteur en chef du canard de lui coller un procès au derrière si son journaliste pondait un autre article.

— C'est vrai ? Bah… Ça ne me surprend pas, commenta-t-elle avec froideur. Eileen Harris a toujours veillé avec un soin jaloux sur sa réputation, quitte à salir celle des autres. Mais cette fois, le pisse-copie ne lui a pas donné le beau rôle, bien fait pour sa pomme.

Étonné par l'aigreur qu'il discernait dans le ton de son amie, Ron la considéra avec attention :

— Tu en parles comme si la rumeur s'était déjà intéressée à elle… ?

— Cette fois-là aussi, elle avait réussi à enterrer l'histoire.

Du bout du pied, Rosie récupéra ses souliers.

— Si ça ne tenait qu'à moi, je la ferais pendre haut et court sur la place principale.

Ron n'en croyait pas ses oreilles – jamais il n'avait entendu des paroles aussi amères sortir de la bouche de son amie, et il souffrit lorsqu'il vit des larmes briller dans ses yeux.

— Qu'est-ce qu'elle a bien pu te faire pour te mettre dans un état pareil?

Rosie secoua la tête en enfilant ses chaussures.

— C'est de l'histoire ancienne, Ron, et je n'ai pas la moindre envie d'en parler.

Elle emporta la vaisselle sale sans ajouter un mot.

Le vieil homme tira de nouveau sur sa pipe, perdu dans ses pensées, cependant que Rosie s'affairait en cuisine. Il ne connaissait Eileen Harris ni d'Ève ni d'Adam, mais à l'évidence, elle avait fait du mal à *sa* Rosie – il brûlait d'apprendre ce qui s'était passé entre elles. À présent que l'atmosphère chaleureuse de l'appartement avait viré à l'aigre, il se dit que l'heure était venue pour lui de quitter les lieux. Il vida dans l'âtre le contenu incandescent de sa pipe, qu'il rangea ensuite dans sa poche, avant de se diriger vers la porte de la cuisine.

— Je finis de te remonter tes casiers de bouteilles et je m'en vais.

— Merci, Ron, répondit son amie qui, plantée devant l'évier où elle faisait la vaisselle, ne se retourna pas.

Fronçant les sourcils, le vieil homme tendit une main vers elle.

— Que se passe-t-il?

— Rien du tout, répliqua-t-elle d'une voix rauque.

Il l'obligea à lui faire face: des larmes ruisselaient sur ses joues.

— Rosie... Ma si chère petite Rosie... Dis-moi ce qui se passe. Qu'est-ce que j'ai dit qui t'a bouleversée à ce point?

Elle secoua la tête en évitant son regard.

— Laisse-moi une minute, et tout rentrera dans l'ordre.

Elle se mit en quête d'un mouchoir dans la poche de sa jupe.

— Je suis complètement ridicule. Après toutes ces années…

— Ça a un rapport avec Eileen Harris, n'est-ce pas?

Elle se moucha, fit de son mieux pour se ressaisir.

— Ne fais pas attention, Ron, sourit-elle tristement. Les femmes de mon âge ont la larme un peu trop facile.

Elle mentait, mais Ron n'insista pas. Rosie était née pour rire, et née pour s'amuser – le cœur du vieil homme se brisait face à ces larmes auxquelles il ne s'attendait pas. Il désirait l'aider, mais comment faire? Il se contenta de lui dire la première chose qui lui passa par la tête:

— Une petite goutte de gin, est-ce que ça te dirait?

— Oh, Ron…, soupira-t-elle. Tu me connais comme si tu m'avais tricotée.

Elle saisit dans le creux de sa main en coupe le menton mangé de barbe, puis l'embrassa sur la joue:

— Une rasade de gin, voilà ce qui va me remettre d'aplomb, murmura-t-elle. À condition que tu restes un peu pour boire avec moi.

Il emplit deux verres, tandis que Rosie se retirait dans sa chambre pour se remaquiller et se préparer à accueillir sa clientèle du soir – elle rouvrait les portes de son pub à 18 heures. Lorsqu'elle reparut, ses larmes s'étaient évaporées, mais l'ombre qui continuait à flotter derrière son sourire de façade en disait plus long que tous les pleurs du monde – quel que fût le coup qu'Eileen Harris lui avait un jour porté, la plaie ne demandait qu'à se rouvrir.

Bouleversé, Ron se promit en silence de découvrir le fin mot de l'histoire et, si cela était en son pouvoir, de venger sa bien-aimée.

Julie avait écrit à Bill, ainsi qu'à ses parents, pour leur communiquer sa nouvelle adresse et leur faire part des progrès lents, mais réguliers, du petit William. Elle ne s'étonna pas particulièrement de n'avoir aucune réponse du père et de la mère de Bill, mais le silence de celui-ci la tourmenta. Avait-il résolu d'ignorer l'existence de son fils, ou ses lettres se perdaient-elles une à une dans les méandres d'un acheminement postal erratique? Il ne lui restait plus qu'à espérer que la seconde hypothèse était la bonne.

Samedi. Le soleil brillait, un vent frais soufflait, venu de la mer, et Julie déambulait dans Camden Road en poussant son landau. Elle venait de prendre le thé avec Katherine, dans leur troquet favori, en face de l'hôpital – elles avaient passé le plus clair de l'après-midi à parler de la pièce de théâtre qu'elles étaient allées voir ensemble la veille au soir. *Fini la comédie*, qui ne se jouait que durant quelques soirs à Cliffehaven, possédait un prestigieux casting, les deux jeunes femmes appréciant tout particulièrement Rex Harrison, dont elles estimaient l'une et l'autre qu'il comptait parmi les hommes les plus beaux d'Angleterre. Les rumeurs selon lesquelles il entretenait une liaison avec Lilli Palmer, sa partenaire, avaient permis à la troupe, parce qu'elles pimentaient les représentations, de jouer à guichet fermé.

Katherine et Julie avaient fini par se séparer, la première se précipitant pour aider sa mère à préparer le repas de leur locataire. L'infirmière poursuivit sa promenade – elle savourait ce week-end de congés, loin des tournées interminables et de la froideur glaciale d'Eunice Beecham. Avec l'aide de Peggy, elle avait retouché son uniforme, afin qu'il fût à sa taille; au cours de ces deux premières semaines au service du Dr Michael et de son père, elle n'avait pas chômé, d'autant plus qu'il semblait qu'invariablement les infirmières volontaires avaient elles-mêmes été appelées ailleurs, en sorte que jamais elles ne pouvaient l'épauler. Toutefois, à présent qu'elle connaissait les rues de Cliffehaven presque comme sa poche, elle avait appris à goûter ces longues randonnées à bicyclette en direction des collines ou de la mer.

Elle laissa vagabonder ses pensées. L'existence qu'elle menait ici la comblait – elle remercia sa bonne étoile de lui avoir permis de dénicher, avec la famille Reilly, un foyer accueillant et chaleureux. Ces gens se révélaient la bonté même, Peggy tout spécialement, qui était une perle. Hélas, avec l'arrivée de Rose Margaret, prévue pour le lendemain, la jeune femme craignait que sa logeuse ne parvînt pas à assumer longtemps la charge de deux petits enfants. Bah..., se dit-elle en balayant son appréhension d'un revers de main. Il n'était pas question qu'elle se gâchât cette délicieuse journée de soleil. Il lui suffisait d'attendre, et si vraiment Peggy se sentait submergée, Julie tâcherait de trouver une place en crèche pour William.

Elle fit halte devant la porte d'Eileen, hésita quelques instants, puis se contenta de glisser le plan de Cliffehaven dans la boîte aux lettres de sa sœur. Les deux jeunes femmes n'avaient eu aucun contact depuis le départ de la cadette pour la pension du Bord de mer et, bien que cette dernière rêvât, en dépit de tout, d'une réconciliation, elle devinait qu'Eileen n'apprécierait guère qu'elle s'invitât chez elle sans l'avoir d'abord informée de sa visite.

Mais comme elle s'apprêtait à reprendre sa promenade, la porte s'ouvrit, et son aînée parut sur le seuil.

— J'étais simplement passée pour te rendre ton plan, se hâta d'indiquer Julie. Merci de me l'avoir prêté.

— De rien… Est-ce que tu t'habitues bien à ta nouvelle vie? ajouta-t-elle, un peu hésitante, l'œil méfiant et le sourire ténu.

Ravie par ce changement pour le moins inattendu dans le comportement d'Eileen, sa cadette lui rendit son sourire :

— Ils ont tous été adorables. Peggy et sa famille se sont mis en quatre pour que nous nous sentions presque chez nous.

Elle s'interrompit pendant une fraction de seconde, puis se lança :

— Tu sais… Je suis vraiment désolée de ce qu'ils ont publié dans le journal. Je te promets que je n'y suis pour rien.

Eileen enserra sa taille de ses bras maigres.

— Je sais, admit-elle avec raideur, et je me réjouis de savoir que tu es heureuse à la pension du Bord de mer.

Elle hésita – pour la première fois en présence de Julie, elle semblait avoir perdu une part de sa belle assurance.

— Il est superbe, ce landau. Et comment se porte William?

Sa cadette sourit, rejeta un peu les couvertures afin qu'Eileen pût distinguer l'enfant. Celui-ci, qui ne dormait plus, décocha aux jeunes femmes un sourire édenté.

— Il est encore un peu petit pour son âge, mais il a très bon caractère, et il fait déjà ses nuits.

Eileen dirigea ses regards vers l'intérieur du landau, tandis que William babillait à son intention.

— Il a le sourire de Franny, murmura-t-elle.

Elle se ressaisit :

— Mais je continue à penser que tu as commis une folie en le gardant avec toi.

Julie s'irrita de la remarque, mais ne souffla mot. Après tout, sa sœur déployait des efforts pour se montrer plus aimable, il aurait été dommage de tout gâcher. Comme elle allait cependant répondre quelque chose, une moto pétarada à leur hauteur ; elles sursautèrent en chœur.

Il s'agissait de Rita, affublée, selon son habitude, de son blouson de cuir, d'un vieux casque d'aviateur et de lunettes de moto. Julie lui rendit le salut que la jeune fille lui adressait de la main, puis revint à Eileen, qui observait William en fronçant les sourcils.

— Que se passe-t-il ? s'alarma la cadette, considérant à son tour le garçonnet.

— Rien, répondit sa sœur en secouant la tête.

— Quelque chose te tracasse, insista Julie. De quoi s'agit-il ?

Son aînée haussa les épaules.

— Je ne connais rien aux bébés, et c'est sans doute mon imagination qui me joue des tours…

Elle riva son regard à celui de sa sœur.

— L'as-tu fait examiner par un médecin, depuis que tu es arrivée à Cliffehaven ?

Julie sentit l'angoisse lui étreindre le cœur.

— À Londres, avant notre départ, un docteur a établi pour lui un certificat de bonne santé. Pourquoi ?

— C'est juste que je trouve un peu bizarre qu'il n'ait pas réagi quand la moto est passée.

— Ce n'est que ça ?

Et Julie de contempler un William épanoui.

— Il est habitué aux bruits assourdissants, tu sais. Après tout, il est né pendant une attaque aérienne, et nous avons déjà passé de nombreuses nuits dans l'abri Anderson des Reilly, à écouter les rafales de mitrailleuses et le fracas des bombes.

— Tu as peut-être raison, mais, à ta place, je demanderais à un médecin de vérifier son audition.

— Il va bien, s'entêta Julie. Il est en parfaite santé.

Les traits d'Eileen s'adoucirent.

— J'espère que je me trompe, mais il n'a pas réagi du tout au passage de la moto, alors que toi et moi, nous avons sursauté.

Julie baissa les yeux vers l'enfant qui, à présent, frappait gaiement, de ses petites mains garnies de moufles, l'ours en peluche bleu clair que sa tante avait suspendu au-dessus de lui au moyen d'un ruban. Elle refusait de croire sa sœur, incapable d'admettre que William eût pu, finalement, n'être pas ce bébé parfait dont elle tirait tant de fierté. Mais à y repenser, elle se remémorait soudain de menus incidents qui, à la lumière de l'hypothèse émise par Eileen, prenaient tout leur sens. Elle se tourna vers son aînée.

— Tu n'as rien vu, fit Eileen avec douceur, parce que tu ne voulais rien voir. Tu as commis l'erreur de l'aimer trop fort… alors qu'il n'est même pas à toi… Grande sotte, va…

Julie posa les mains sur la poignée du landau.

— Il faut que je rentre, parvint-elle à articuler. Sotte ou non, je suis maintenant responsable de cet enfant, et oui, en effet, je l'aime, je l'aime de tout mon cœur, et je ferai tout ce qui est en mon pouvoir pour m'assurer qu'il ne lui arrive rien de mal.

Eileen la saisit par le bras.

— Rappelle-toi simplement qu'un jour tu devras peut-être le rendre à son père.

Elle s'exprimait avec bienveillance.

— Essaie de ne pas t'attacher trop fort à lui. Sinon, tu risques de souffrir.

Julie se dégagea avec brusquerie.

— Pour quelqu'un qui n'a jamais eu d'enfant, et qui m'a l'air dépourvu de toute espèce d'instinct maternel, je te trouve assez mal placée pour me donner ce genre de conseil.

Elle s'éloigna à grandes enjambées, aveuglée par des larmes de peur.

Eileen, qui ne la lâchait pas des yeux, savait, au mouvement de ses épaules, qu'elle était en train de pleurer. Elle n'avait pourtant pas eu l'intention de la blesser, mais lorsqu'il lui était apparu que, peut-être, leur neveu souffrait de surdité, elle n'avait pas été capable de se taire. Elle priait intensément pour que ses soupçons fussent infondés, mais si, hélas, elle avait raison, il faudrait que sa cadette parvînt à accepter le handicap de William. Pauvre Julie… Elle avait cru faire le bon choix, mais elle s'était éprise de cet enfant comme s'il se fût agi du sien. Son existence entière allait peut-être voler sous peu en éclats.

Eileen rentra, referma la porte derrière elle, avant de gravir d'un pas pesant l'escalier menant à son appartement. Le conseil qu'elle avait donné à sa sœur venait du fond de son cœur, et en aucun cas elle n'avait désiré meurtrir sa cadette… mais celle-ci ne saurait jamais, à l'inverse, combien les mots qu'elle lui avait jetés au visage avant de prendre congé avaient été, pour Eileen, pareils à des poignards.

Julie se hâtait en direction de la pension, sans plus cesser de pleurer. Comment son aînée osait-elle insinuer que William souffrait d'une infirmité ? Comment avait-elle osé gâcher la perfection de cette journée, alors que personne ne lui demandait rien ? Elle savait à peine ce qu'était un bébé…

Comme elle longeait le potager de Ron, puis pénétrait à l'intérieur du sous-sol, elle continuait à repousser, de toutes ses forces, le doute qui, peu à peu, s'insinuait en elle. William se portait à merveille.

Elle se figea. Au-dessus de sa tête, on papotait gaiement dans la cuisine… C'est alors que la cruelle réalité la rattrapa. Oui, elle s'était déjà, à plusieurs reprises, interrogée sur l'audition de son neveu. En effet, il ne prenait nullement garde aux sirènes annonçant un raid aérien, ni à celles qui en marquaient le terme. Il semblait ne pas remarquer les explosions ni les cris suraigus des chasseurs ennemis. En toute circonstance, William dormait à poings fermés, sans que le raffut des attaques ou les bruits de la maison parussent le gêner. Toutefois, il réagissait à la voix et aux caresses de Julie, lui retournait ses sourires, devenait grognon quand il avait besoin d'être changé, ou quand il avait faim. Peut-être n'était-il qu'une heureuse nature, qui, de surcroît, avait appris à s'accoutumer très vite au vacarme ambiant.

Elle rejeta les couvertures pour s'emparer du garçonnet, qui battit des bras, cramponna dans son petit poing une mèche de cheveux de sa tante, bavant de plaisir. L'infirmière fit claquer ses doigts contre son oreille gauche, puis auprès de la droite. Rien ne se passa. Mais… mais peut-être se concentrait-il trop intensément sur la mèche de cheveux pour seulement prendre garde au reste…

Elle le serra contre son cœur. Ses craintes, elle les avait jusqu'alors repoussées loin d'elle, mais l'heure était venue de les affronter. Elle devrait, au plus vite, demander au Dr Michael d'examiner William.

— Nous nous occuperons de ça lundi, souffla-t-elle à ce dernier. Demain, Rose arrive à la pension. Ce n'est pas le moment de gâcher le plaisir de Peggy.

Elle prit le temps de se ressaisir, puis monta l'escalier avec l'enfant.

Incapable de supporter plus longtemps le désarroi de sa fille, Peggy avait profité de ce que Martin se tînt à son chevet pour quitter sa chambre, afin de trouver refuge dans le couloir pratiquement désert. Elle comprenait qu'un service de chirurgie ne fût pas un endroit pour un nourrisson mais, dans le même temps, elle estimait injuste cette mesure d'éloignement. Pauvre Anne… Pauvre Rose Margaret. Elles avaient besoin l'une de l'autre, de se trouver ensemble durant ces premiers mois de l'existence, ces premiers mois d'une importance capitale… Hélas, la jambe de la jeune mère interdisait tout contact prolongé.

Lorgnant par la vitre ronde qu'on avait percée dans la porte de la chambre, elle vit Martin passer un bras autour des épaules de son épouse, leur minuscule fillette reposant entre eux deux. Cher Martin… Le gendre idéal, vraiment, qui faisait tout son possible pour assurer le bonheur de sa famille. Néanmoins, il ne pouvait que grappiller ici ou là quelques heures sur l'emploi du temps surchargé qu'on lui concoctait à la base – et encore : même ces infimes respirations au cœur du chaos étaient régulièrement interrompues par les attaques ennemies.

La logeuse soupira. Au moins, le jeune homme ne volait plus, ce qui apaisait un peu Anne, mais les bases aériennes, en temps de guerre, offraient peu de sécurité, et, depuis sa promotion au rang d'*Air commodore*, Martin était amené à se rendre sur d'autres bases, si bien qu'il quittait parfois Cliffehaven durant plusieurs jours.

Peggy se détourna de la vitre pour déambuler dans le couloir. Ses pieds la faisaient toujours souffrir, et elle détestait enfiler les chaussons de Ron, mais puisqu'on lui enlèverait ses points de suture le lendemain, elle espérait que l'opération marquerait la fin de ses tourments. Elle avait tant à faire, tant de personnes avaient besoin d'elle ; elle enrageait de se sentir si diminuée.

Elle pénétra dans le vaste vestibule, qu'elle traversa, avant de descendre les marches du perron pour s'abandonner aux rayons du soleil. C'était un bel après-midi ; une brise fraîche soufflait de la mer, cependant que couraient à travers le ciel très bleu de duveteux nuages blancs. Un temps idéal, songea la logeuse, pour accueillir Rose Margaret à la pension – si seulement le va-et-vient des avions britanniques cessait de temps à autre…

Elle considéra le landau qu'elle avait laissé au bas des marches. C'était dans cet engin qu'elle avait promené, les uns après les autres, ses quatre enfants, et bien qu'il eût connu des jours meilleurs, il fonctionnait parfaitement, prêt à se mettre au service de la nouvelle génération. Elle s'assit sur un potelet, au bas des marches, fit surgir de sa poche son paquet de cigarettes, en préleva une, qu'elle alluma. Il risquait de se passer un peu de temps avant que Cissy trouvât chaussure à son pied et décidât d'avoir à son tour des enfants. Pour l'heure, elle adorait son travail à la base aérienne, au point qu'elle ne rentrait plus que rarement à la pension. Bref, la jeune femme menait une existence trépidante.

Peggy fuma sa cigarette, songeant ensuite à Julie, qui, par son malencontreux exemple, prouvait combien il était difficile, sans un époux à ses côtés, d'élever seule un enfant. La pauvre gamine travaillait à s'en rendre malade. Pourtant, elle se montrait aussi une mère attentive et aimante pour William, en compagnie duquel elle oubliait sa fatigue, même lorsqu'il la réveillait au beau milieu de la nuit.

La logeuse se réjouissait que la Londonienne se fût si aisément accoutumée à la vie que l'on menait sous son toit – elle s'entendait bien avec les autres jeunes pensionnaires. Elle s'était également liée d'amitié avec Katherine Carter, qui l'avait introduite dans son propre cercle de connaissances – Peggy n'aimait rien tant que jouer les baby-sitters lorsque les jeunes femmes se retrouvaient pour aller au théâtre ou au cinéma. Cependant, il se lisait encore de la tristesse dans les yeux de Julie, dont la logeuse ne pouvait qu'espérer que la distance et le temps finiraient par en venir à bout. En revanche, elle n'osait songer à la réaction de sa protégée si, d'aventure, le père de l'enfant se présentait un jour pour venir chercher le petit William, car, à l'évidence, Julie chérissait cet enfant comme s'il se fût agi du sien.

— Et voilà !

La voix de Martin la tira de ses songes. Il sourit à sa belle-mère, serrant avec précaution Rose Margaret entre ses bras.

— Je ne me suis jamais senti aussi nerveux, avoua-t-il en tendant la fillette à la logeuse. Tous ces couloirs au sol glissant… J'étais persuadé que j'allais la faire tomber par terre…

— Elle se trouvait pourtant entre les mains les plus expertes que je connaisse, lui affirma-t-elle en déposant l'enfant dans le vieux landau familial. Comment était Anne quand tu l'as quittée ?

Le militaire lissa sa moustache en guidon de vélo, ajusta la casquette de son uniforme :

— En larmes, répondit-il avec tristesse. Ce qui n'a rien d'étonnant. Je lui ai promis qu'elle verrait Rose Margaret tous les jours, même si je suis obligé de rester à la base.

Peggy se mit à pousser le landau en direction de la sortie.

— Ne t'en fais pas, murmura-t-elle. Je veillerai à ce qu'elles passent ensemble le plus de temps possible.

— C'est très gentil de votre part, Peggy. J'aimerais être plus présent, mais…

— Tu as de lourdes responsabilités, et pour ma part, je me réjouis de prendre soin de ce petit trésor. Alors, tout va pour le mieux.

Ils marchèrent un long moment au soleil, dans un silence complice.

— J'ai rendu visite à mes parents le week-end dernier, annonça le garçon comme ils atteignaient une série de boutiques fermées le dimanche.

La logeuse jeta un coup d'œil dans sa direction – elle savait combien il souffrait que sa famille refusât toujours d'accepter Anne en son sein, et il y avait dans la voix du pilote beaucoup d'amertume.

— Ils se sont montrés agréables, enchaîna-t-il, mais les préparatifs du mariage de ma sœur leur ont fourni toutes les excuses possibles et imaginables pour ne pas nous rendre visite.

Il fourra ses mains dans les poches de son blouson bleu marine, le menton rentré dans le col de sa chemise.

— J'aimerais tellement qu'ils essaient au moins d'accepter la situation…

Peggy se remémora son mariage avec Anne, lors duquel la famille collet monté du jeune homme avait soigneusement évité de se mêler aux autres invités, quittant la réception alors qu'elle ne faisait que commencer. La logeuse avait alors brûlé de river son clou à la mère de Martin. Mais bien sûr, elle n'en avait rien fait, car il n'était pas question de gâcher la noce, mais elle n'avait jamais pardonné à ces bêcheurs d'ignorer ainsi sa fille – elle songeait à présent qu'ils étaient bien inspirés, tout compte fait, de se tenir éloignés de Cliffehaven, car peut-être, cette fois, s'ils se montraient, ne pourrait-elle pas s'empêcher de leur asséner leurs quatre vérités.

— Quand Rose aura un peu grandi, tu pourras peut-être la leur amener, suggéra-t-elle. Qui pourrait résister à un pareil petit amour?

Martin hocha la tête.

— Peut-être, murmura-t-il, mais je n'ai pas beaucoup d'espoir. Une fois que mes parents ont pris une décision, je crois que même un tremblement de terre ne parviendrait pas à les faire changer d'avis.

Peggy bouillait de colère en silence, mais elle résolut de ne pas permettre à ces odieux personnages de lui gâter la journée.

13

— Salut, poulette ! lança Maude en continuant de passer la serpillière sur le carrelage noir et blanc. Vous êtes tombée du lit, dites donc.

D'ordinaire, Julie appréciait les salutations de la femme de ménage, mais en ce lundi matin, elle se sentait si tendue qu'elle n'avait pas la tête à échanger des potins.

— Le Dr Michael est-il déjà arrivé ? s'enquit-elle.

Maude s'assit sur ses talons, surprise par la réaction de l'infirmière.

— Vous allez quand même pas le déranger à cette heure-ci, ma chérie. Il a passé la moitié de la nuit auprès de cette pauvre Mme Wells. Autant dire qu'il mérite une petite pause avant d'attaquer sa journée.

Julie hésita l'espace d'un instant, décréta pour elle-même qu'elle ne pouvait patienter plus longtemps. Traversant le hall sur la pointe des pieds pour éviter de glisser sur les dalles humides, elle pénétra dans la salle d'attente. Par bonheur, Eunice ne s'y trouvait pas. La jeune femme s'enhardit jusqu'à frapper à la porte du cabinet.

— Entrez.

Après avoir refermé la porte derrière elle, elle lui décocha un sourire timide, tandis qu'il se mettait debout pour la saluer.

— Oh non, je vous en prie, inutile de vous lever. Vous avez l'air exténué. D'ailleurs, je suis vraiment navrée de vous déranger, mais j'aurais un conseil à vous demander.

Le médecin lui fit signe de s'installer sur la chaise placée face à lui, de l'autre côté de son bureau, tandis qu'il se rasseyait.

— Que se passe-t-il? s'enquit-il en la considérant avec étonnement de son regard très noir.

— Cela concerne William.

À peine lui eut-elle confié les tourments qui l'avaient taraudée durant le week-end que, déjà, elle se sentait un peu mieux. Elle avait eu tellement de mal à tenir sa langue, pendant ces deux interminables journées où la maisonnée entière se réjouissait de faire enfin la connaissance de Rose Margaret…

— Je ne suis pas un spécialiste de l'audition, commenta le Dr Michael après qu'elle eut achevé son exposé, mais j'en connais un, chez qui, selon moi, vous devriez emmener William le plus vite possible.

— Vous estimez donc qu'il y a lieu de s'inquiéter?

Il lui adressa un sourire plein de douceur, se leva pour contourner son bureau, puis s'asseoir sur un coin de la table.

— J'estime surtout que vous avez assez ruminé. L'heure est venue de solliciter l'opinion d'un expert. Quel que soit le diagnostic qu'il posera, votre fardeau se fera moins lourd, croyez-moi.

— Vous avez raison. Je n'ai pratiquement pas dormi de tout le week-end.

— Je comprends ce que vous éprouvez, fit-il en regagnant sa place, où il saisit le combiné téléphonique. Mais essayez de ne pas vous tracasser. Je vais appeler Sam Watson et lui demander s'il peut vous recevoir avec William aujourd'hui même. Allez donc vous préparer une tasse de thé. Je viendrai vous voir dès que j'aurai des nouvelles.

— Merci, murmura l'infirmière. Mais… pouvons-nous garder cette affaire entre nous? Je n'ai pas envie qu'Eunice ou votre père s'en serve comme excuse pour me licencier.

— Bonté divine… Mais voyons… Vous nous êtes beaucoup trop précieuse pour que nous songions un seul instant à nous séparer de vous. Quant à la santé de William, il s'agit de votre vie privée. Je vous promets de ne rien répéter, à personne, de ce que nous venons de nous dire. Sur ce, filez, buvez votre tasse de thé et tâchez de vous détendre.

Julie quitta le cabinet pour se diriger vers la petite pièce située de l'autre côté du hall.

— J'ai l'impression que ça va mieux, observa Maude en se dirigeant avec son seau vers l'évier, dans lequel elle vida l'eau sale. Tout à l'heure, vous aviez la bobine à l'envers.

Elle sourit d'une oreille à l'autre, son dentier se décrochant un peu.

— Il est chou, le Dr Michael, pas vrai? Le cœur sur la main, cet homme-là. Avec ça, il vous a sacrément à la bonne.

Julie, qui n'avait pas la moindre envie de s'engager dans ce genre de discussion, se contenta de rendre son sourire à la femme de ménage.

— Une tasse de thé, Maude?

— Vaut mieux pas, grimaça cette dernière. L'Eunice va se pointer d'une minute à l'autre et j'ai pas fini de briquer la salle d'attente.

Elle rangea son seau sous l'évier, après quoi, armée d'un chiffon et d'un bidon d'encaustique, elle quitta la pièce en se dandinant.

Julie ayant préparé du thé, elle en porta une tasse à Michael, qui la remercia d'un mouvement de tête en continuant de parler au téléphone. La jeune femme s'éclipsa pour regagner la cuisine sur des charbons ardents.

Après la deuxième tasse, elle se sentit un peu revigorée et, plutôt que de se morfondre, désœuvrée, elle entreprit de vérifier le contenu de sa trousse, ainsi qu'elle le faisait toujours le lundi matin. Elle la regarnit de gaze et de coton, nettoya chacun de ses instruments jusqu'à ce qu'ils rutilent, changea la doublure au fond de son sac, puis en cira le cuir. Les vieilles habitudes avaient la vie dure, songea-t-elle, et elle trouva dans ce rituel un réel apaisement.

Elle entendit ensuite arriver Eunice, qui se rendit immédiatement dans la salle d'attente et passa un savon à cette pauvre Maude, au prétexte qu'elle avait laissé des taches sur le bureau de l'infirmière. Julie perçut ensuite la voix de Michael, dont les pas résonnèrent dans le vestibule… Le sang de Julie se glaça.

Le médecin entra dans la cuisine, déposa sa soucoupe et sa tasse sur l'égouttoir.

— N'ayez pas l'air si anxieuse, lui dit-il avec douceur. Je viens de parler à Sam Watson, qui vous attend cet après-midi à 17 h 30, dans son cabinet à l'hôpital.

— Combien la consultation me coûtera-t-elle ?

— Celle-ci ne vous coûtera rien.

Il sourit en avisant la mine éberluée de son interlocutrice.

— Nous avons fait médecine ensemble, et il me doit quelques services.

Son sourire s'épanouit encore.

— Sam était un peu… dissipé à l'époque, et je pourrais vous raconter une ou deux anecdotes assez salées, mais il est devenu un pédiatre de tout premier plan, spécialisé dans l'oto-rhino-laryngologie.

— Merci mille fois, souffla la jeune femme.

— Avez-vous envie que je vous accompagne? Je sais combien ce genre de consultation peut se révéler stressant. Et vous êtes déjà tellement tendue que j'ai bien peur que vous ne compreniez pas la moitié de ce qu'il va vous dire.

— Vous feriez ça pour nous? Vraiment? Cela ne vous dérange pas? Mais… Et vos consultations du soir?

— J'en ai déjà discuté avec mon père, qui est d'accord pour me remplacer.

Sans plus réfléchir à son geste, Julie saisit la main du médecin dans la sienne.

— Merci, Michael. J'apprécie réellement tout ce que…

— Infirmière Harris.

Eunice s'encadra à la porte de la cuisine, le visage de marbre, tandis qu'elle posait un œil glacé sur les deux mains entrelacées qui se séparèrent à la hâte.

— Vous avez devant vous une journée chargée, je ne saurais donc trop vous conseiller de ne pas lambiner de cette façon. Docteur Michael, votre premier patient vous attend.

Elle tourna les talons et s'éloigna d'un pas de grenadier.

Julie s'empourpra lorsque son regard croisa celui du médecin.

— Holà…, laissa-t-il tomber. J'ai l'impression que nous venons de froisser notre estimable infirmière Beecham. Nous ferions mieux d'obtempérer, sinon elle risque de nous passer par les armes.

La jeune femme savait déjà qu'Eunice lui ferait payer la petite scène dont elle venait d'être le témoin.

— Retrouvons-nous devant l'hôpital à 17 h 15, suggéra-t-elle à Michael.

Ce dernier s'éclipsa, tandis que Julie s'accordait quelques secondes pour reprendre contenance avant de s'emparer de sa trousse, puis de suivre le médecin. La salle d'attente était déjà bondée, à l'intérieur de laquelle trônait l'infirmière Beecham, assise à son bureau. La Londonienne récupéra la liste que cette dernière lui tendait, la parcourut rapidement, notant qu'elle se révélait plus longue que d'habitude.

— Il faut que je termine ma tournée à 16 heures au plus tard, déclara-t-elle avec fermeté. Ces six patients devront être pris en charge par les infirmières volontaires, ou alors ils attendront jusqu'à demain.

Eunice la toisa longuement sans mot dire.

— Pour quelle raison devez-vous partir plus tôt?

— J'ai quelque chose d'important à faire.

— Rien n'est plus important que vos patients, infirmière Harris.

— Peut-être, mais en l'occurrence, il est capital pour moi de m'en aller tôt.

— Pourquoi?

— Cela ne vous regarde pas, répondit Julie d'une voix calme.

Cette fois, l'œil d'Eunice se fit d'acier.

— Sachez que je désapprouve votre attitude, assena-t-elle, ravie qu'on pût l'entendre. Et si je vous surprends de nouveau à vous comporter avec le Dr Michael comme vous l'avez fait tout à l'heure, j'exigerai qu'on vous renvoie.

Julie ne cilla pas sous cet assaut.

— Je vous saurai gré de bien vouloir modifier mon emploi du temps, infirmière Beecham. Sinon, je me verrai dans l'obligation de m'en charger moi-même.

Les lèvres d'Eunice n'étaient plus, désormais, qu'une ligne mince. Elle arracha le feuillet des mains de la jeune femme, réorganisa son planning. Enfin, elle lui rendit le document de bien mauvaise grâce. Julie décampa, tandis que le Dr Sayers père sonnait pour qu'on fît entrer dans son cabinet un autre patient.

Les deux bébés hurlaient en chœur, au point qu'Harvey alla chercher refuge au sous-sol, Peggy et Mme Finch se précipitant pour les changer – elles avaient préalablement mis le lait maternisé à réchauffer. Lorsque les enfants se mirent à téter avidement leur biberon, un silence bienfaisant se fit. Les deux femmes poussèrent un soupir de soulagement.

— Il y a des moments, dit Mme Finch, où je me félicite presque d'avoir marché sur mon nouvel appareil auditif. J'avais oublié combien les cris d'un bébé pouvaient être perçants.

Elle caressa d'un doigt doux les blonds cheveux de William et sourit tendrement :

— Cela dit, je suis aux anges. Ces adorables bouts de chou me rappellent l'époque où mes garçons avaient leur âge.

Souriant à son tour, la logeuse opina en étreignant Rose, mais elle vit passer sur les traits de sa pensionnaire beaucoup de chagrin – ses enfants et leur famille manquaient cruellement à la vieille dame, qui avait dû souffrir énormément le jour où ils s'étaient tous embarqués pour le Canada. Et que dire à présent de ces petits-enfants nés là-bas, et qu'elle n'aurait jamais l'occasion de connaître ?...

Entre-temps, Harvey, rasséréné, était remonté du sous-sol pour s'allonger de tout son long aux pieds de Peggy, son œil toujours alerte courant d'une femme à l'autre.

— Tu es gentil, murmura la logeuse. Je te donnerai une friandise quand j'aurai terminé.

Aussitôt, le chien agita les sourcils et remua la queue, qui heurtait allègrement le sol avec un bruit sourd, impatient déjà d'obtenir la récompense promise.

Peggy se tourna de nouveau vers Mme Finch. D'abord, elle avait craint qu'un tel remue-ménage se révélât exténuant pour sa pensionnaire, mais celle-ci, au contraire, avait retroussé ses manches, prenant activement sa part dans la ronde incessante des biberons et des couches. En cet instant où elle donnait le biberon à William, elle paraissait comblée.

— J'ai essayé de faire remettre en état la prothèse auditive, lui indiqua Peggy. Mais elle n'est pas réparable.

— Je suis sincèrement navrée. J'ai commis là une terrible maladresse, d'autant plus qu'elle avait dû vous coûter très cher. Mais dès que j'aurai touché ma pension, la semaine prochaine, je vous rembourserai.

La logeuse n'ignorait pas que cette pension était maigre.

— C'est hors de question, s'empressa-t-elle de répondre. Il s'agissait d'un cadeau. Je refuse catégoriquement que vous me donniez le moindre sou.

Mme Finch la considéra avec âpreté par-dessus le bord de ses lunettes demi-lune, puis un sourire illumina ses traits :

— Dans ce cas, je trouverai un autre moyen de vous indemniser.

Elle baissa le regard vers William, qui s'était endormi, puis récupéra le biberon encore à moitié plein.

— Il ne se nourrit pas assez, déplora-t-elle en le calant contre son épaule, où elle lui tapota le dos. Voilà pourquoi il est tellement petit.

Peggy la regarda frotter le dos de l'enfant, jusqu'à ce qu'il eût émis son rot. Il était petit, en effet, mais il semblait en bonne santé, et satisfait de son sort.

— Julie n'est pas bien grosse non plus, commenta la logeuse, et d'après ce qu'elle m'a raconté, la mère de William était une véritable miniature.

— Vous ne pensez pas… Je veux dire… Il n'est pas l'enfant de Julie, n'est-ce pas?

Peggy secoua la tête en retirant son biberon à Rose, qui somnolait.

— Elle a tenu à me montrer l'acte de naissance.

Mme Finch soupira et enveloppa, avec précaution, William dans sa couverture bleue.

— Ce petit bonhomme est un trésor, mais Julie aura le cœur brisé si son père vient le chercher un jour. Rien n'est plus terrible que de perdre un enfant qu'on a appris à chérir si tendrement.

Peggy fronça les sourcils en calant à son tour sa petite-fille contre son épaule.

— Vous dites cela comme si vous en aviez fait personnellement l'expérience…

— J'ai eu une petite fille, répondit la pensionnaire, l'œil rivé au bébé endormi dans ses bras. Elle est morte peu après sa naissance, mais je ne l'oublierai jamais. Jamais.

Elle cligna des yeux, retira ses lunettes.

— Prenez donc William pour l'installer dans son landau, fit-elle avec une brusquerie qui ne lui ressemblait guère. Je ne peux pas m'extirper de ce fichu fauteuil avec les deux mains prises.

Ayant emmailloté Rose dans sa couverture, sa grand-mère la déposa dans le vieux landau familial, avant de récupérer William, qu'elle plaça à côté de la fillette. Sur les deux enfants, elle tira un drap, puis poussa le landau jusque dans le hall. Ils étaient un régal pour les yeux… Et l'une aussi brune que l'autre était blond…

Harvey se présenta à son tour pour se coucher confortablement près de la voiture d'enfant. Il resterait là jusqu'à ce que Ron vînt le chercher pour leur promenade rituelle dans les collines.

Plongeant une main dans la poche de son tablier, Peggy en fit surgir deux biscuits, qu'elle offrit au chien. Il les mastiqua joyeusement. Elle retournait à la cuisine lorsque son beau-père émergea du sous-sol pour laisser tomber sur le linoléum une brassée de bois à brûler.

— Ron..., protesta sa bru. Je viens de nettoyer.

L'homme se mit à empiler les bûchettes une à une dans le panier posé à côté du fourneau.

— À ce propos, fit-il, un nouveau lino serait le bienvenu. Je vais voir si je peux dénicher quelque chose.

Peggy doutait qu'il restât, à Cliffehaven, le moindre centimètre carré de revêtement de sol disponible, mais Ron et Jim avaient l'art de débusquer l'introuvable.

— Ce serait drôlement bien, en effet, soupira-t-elle. Mais si vous vous le procurez par des moyens malhonnêtes, je n'en veux pas.

Agenouillé près de l'âtre, l'homme leva un œil pétillant de malice vers sa belle-fille :

— Voyons, Peggy. Comme si j'étais du genre à enfreindre la loi.

La jeune femme pouffa, s'assit, puis alluma une cigarette.

— Tu parles, fit-elle. Mais j'ai beau faire et beau dire, je n'arrive pas à vous remettre dans le droit chemin.

— Du boudin? s'immisça Mme Finch. Je croyais que nous aurions de la poitrine de bœuf pour le dîner?

Peggy la rassura, puis la regarda s'emparer de son volumineux sac à tricot. Car la vieille dame adorait tricoter, hélas ses mains mangées d'arthrose lui rendaient la tâche difficile, si bien que, souvent, elle perdait des mailles... Le résultat se révélait catastrophique. Ainsi avait-elle fini par abandonner la confection de la brassière entamée six mois plus tôt, mais elle s'était mis en tête, à présent, de réaliser un chandail aux motifs compliqués, qu'elle avait l'intention d'offrir à Ron pour son anniversaire. Toutefois, à observer l'ouvrage en cours, on pouvait légitimement penser qu'elle ne le terminerait pas non plus.

Après avoir rangé le bois de chauffage, Ron prépara du thé. Il s'assit avec un soupir d'aise, patientant jusqu'à ce que le breuvage eût infusé, puis il en servit trois tasses.

Sa bru, stupéfaite par ce geste qui ne lui ressemblait pas, se demanda aussitôt de quoi il avait besoin pour jouer ainsi les domestiques.

Ron se mit à boire, sortit sa pipe et son tabac.

— Peggy…, finit-il par énoncer. Il y a quelque chose que je voulais te demander…

Elle sourit.

— Je l'aurais parié. De quoi s'agit-il?

— Que sais-tu d'Eileen Harris?

— Pas grand-chose, répondit la logeuse, à la fois surprise et soudain tourmentée. Pourquoi?

— Rosie et elle ont-elles eu un jour maille à partir? Es-tu au courant d'un scandale quelconque, qui les aurait impliquées toutes les deux?

Il laissa refroidir son thé sans plus lâcher des yeux la fumée qui montait de sa pipe. On se retrouvait en terrain miné, songea sa bru, persuadée jusqu'alors que cette affaire était enterrée depuis belle lurette.

— Rosie vous a-t-elle parlé de quelque chose?

— Pas vraiment, mais elle en a dit assez pour éveiller ma curiosité, d'autant plus que je ne l'avais jamais vue se mettre dans un pareil état.

— Oh, Ron… Je suis vraiment désolée, mais ce n'est pas à moi que vous devriez poser des questions. Rosie et Eileen se sont fâchées, en effet, mais c'était il y a longtemps, et réveiller les vieux chagrins ne fait jamais de bien à personne. À votre place, je laisserais toute cette histoire où elle est. De toute façon, vous ne pourriez rien y changer. Plus maintenant.

— Si je comprends bien, tu sais ce qui s'est passé? s'entêta le vieil homme.

Peggy acquiesça.

— Mais j'ai promis à Rosie de ne jamais en parler à personne, et je n'ai pas l'intention de trahir ma promesse. Si elle décide de tout vous raconter, cela ne regarde qu'elle. Mais je doute qu'elle le fasse. Elle est bien trop avisée pour rouvrir les vieilles plaies.

Ron s'apprêtait à réagir lorsqu'on tambourina contre la porte d'entrée. Harvey se mit à aboyer, Rose Margaret à pleurer, et Mme Finch lâcha son tricot.

— Je vais m'occuper de Rose, fit la logeuse en se précipitant dans le hall. Et vous, Ron, allez ouvrir.

Ce dernier s'exécuta avec humeur, prêt à incendier celui ou celle qui s'était permis d'interrompre une conversation aussi importante.

Il lui suffit de dévisager un instant son fils aîné pour comprendre qu'il ne s'agissait pas d'une visite de courtoisie – une sourde terreur le glaça.

— Que se passe-t-il, Frank? demanda-t-il d'une voix rauque.

— C'est... c'est..., balbutia l'homme en versant des larmes, les traits de son beau visage creusés par l'affliction, tandis qu'il pénétrait dans le hall en tendant à son père un télégramme.

La main de Ron tremblait lorsqu'il sortit le feuillet de l'enveloppe en papier kraft qui le contenait. Le message, laconique et cruel, lui transperça le cœur.

AU REGRET DE VOUS ANNONCER DÉCÈS DE VOS FILS SEAMUS ET JOSEPH REILLY AU COMBAT * LETTRE SUIVRA * COMMODORE RNR[1] CASERNE CHATHAM

1. RNR pour Royal National Reserve, réserve de volontaires de la Royal Navy.

— Mes gamins..., sanglota Frank, planté dans le hall à la façon d'un monolithe tout près de s'écrouler, ouvrant et refermant tour à tour ses grandes mains calleuses. Mes gamins... Mes gosses que j'aimais tellement sont partis, p'pa. Et Brendon est toujours dans l'Atlantique et...

Ron, aveuglé par ses propres larmes et le cœur comme pris entre les mâchoires d'un impitoyable étau, guida doucement son fils vers la cuisine, où il l'obligea à s'asseoir dans l'un des fauteuils. Frank avait toujours fait preuve d'une robustesse à toute épreuve, tant mentale que physique, mais aujourd'hui il n'était plus que l'ombre de lui-même, brusquement vieilli, brusquement amoindri par cette insoutenable perte qui le submergeait.

Il ne releva même pas la tête lorsque Peggy plaça dans sa main un verre de cognac. Il demeura là, tombé, semblait-il, tout au fond du puits de son chagrin, cependant que son père, qui s'était juché sur l'un des accoudoirs, le serrait contre lui.

— Pauline ne va pas tarder à rentrer de chez sa mère, qui vit dans le Dorset, parvint-il enfin à articuler, vaguement ragaillardi par une première gorgée de cognac. Je ne sais pas comment je vais lui annoncer la nouvelle.

Sa voix se brisa.

— Elle aimait ses gosses plus que la vie même. Elle ne s'en remettra jamais...

— Quand doit-elle rentrer, Frank? s'enquit doucement Peggy. Préfères-tu que ce soit moi qui lui parle?

L'homme secoua sa grosse tête, ses cheveux sombres tombant devant ses yeux rougis.

— Merci, Peggy, mais... mais je m'en chargerai.

Ron se sentait, lui aussi, accablé par la douleur, se remémorant les deux garçons avec une acuité qui finissait de lui briser le cœur. Toutefois, il ne trouvait pas les mots susceptibles, peut-être, de consoler son fils. Qu'aurait-il pu dire qui eût pour de bon soulagé l'intolérable souffrance de Frank? Quels clichés auraient eu le pouvoir d'alléger leur insondable peine?... Il serra plus fort son fils, son garçon viril et puissant, qui se blottit alors contre lui et se mit à pleurer comme un petit enfant.

Julie était parvenue à boucler l'ensemble de ses visites à temps. Pour ce faire, elle avait évité de bavarder avec ses patients comme elle en avait l'habitude, et refusé les tasses de thé toujours offertes par les plus âgés ou les plus esseulés d'entre eux. Sans cesse, elle songeait à William, ainsi qu'à son rendez-vous à l'hôpital. Et sans répit, l'espoir en elle et la peur se livraient un combat acharné, tandis qu'elle s'efforçait de se concentrer sur sa tâche.

Mais à peine eut-elle posé un pied à la pension du Bord de mer qu'elle comprit que quelque chose d'épouvantable venait de se produire; on sanglotait à la cuisine.

Peggy, les yeux rougis par les larmes, lui apprit d'une voix tremblante le sort funeste réservé par le destin à deux des fils de Frank. Julie ne savait que trop bien ce que l'on éprouvait à perdre ainsi des êtres chers. Elle savait aussi qu'hélas il n'était pas le moindre mot pour réconforter celui ou celle que le malheur avait frappé. Le chagrin était affaire d'intimité, il coupait du monde extérieur l'infortuné qu'il avait saisi entre ses griffes, et il fallait beaucoup de temps pour que le processus de guérison commençât enfin.

Tandis que Peggy s'épanchait auprès d'elle, l'infirmière songea à ses trois frères qui, en cet instant même, livraient bataille en Afrique – son sang se glaça. Il n'était pas envisageable pour elle de perdre un autre membre de sa famille; elle ne le supporterait pas. Hélas… Plus la guerre s'éternisait, plus augmentait, pour elle, la probabilité de recevoir un jour l'un de ces affreux télégrammes. Elle frissonna, luttant pour empêcher l'effroi de l'engloutir tout à fait.

— Ils sont partis à la gare, où le train de Pauline ne devrait plus tarder à arriver, enchaîna la logeuse à travers ses larmes. Pauvre Pauline… Dès qu'elle les verra tous là-bas à l'attendre, elle comprendra qu'il s'agit d'une très mauvaise nouvelle. Vois-tu… Frank et Jim se sont brouillés il y a de nombreuses années et, depuis, ils se sont à peine adressé la parole.

Elle renifla, désireuse de sécher enfin ses larmes.

— Pourvu qu'on accorde à Brendon un congé exceptionnel, soupira-t-elle en prenant dans ses bras Rose Margaret, qui hurlait. Mais ce qui serait encore mieux, ce serait qu'ils le rapatrient pour lui proposer ici un emploi de bureau. Ou, mieux encore, qu'on lui permette de naviguer à nouveau sur les bateaux de pêche de son père. Je n'ose pas imaginer ce qui se passerait si Pauline et Frank devaient finalement perdre leurs trois fils.

Gardant pour elle ses propres craintes, l'infirmière consola Peggy de son mieux. Mais le temps passait décidément trop vite, elle risquait d'être en retard au rendez-vous. Elle changea William, lui donna son biberon puis, après s'être assurée que la logeuse était occupée avec Rose, elle fila au deuxième étage pour se débarrasser de son uniforme.

Lorsqu'elle regagna la cuisine, Peggy paraissait s'être un tant soit peu apaisée, mais elle s'en voulait de devoir la quitter déjà.

— Je suis désolée, mais il faut que je sorte avec William, fit-elle sur un ton hésitant. Est-ce que ça va aller?

La logeuse fronça les sourcils, surprise, mais ne posa pas de questions.

— Mme Finch est montée se reposer, mais Cissy devrait arriver bientôt, et les autres filles aussi.

Elle sourit à Julie.

— Ça va aller, promis.

L'infirmière l'étreignit avant de quitter la maison en hâte – elle faillit se mettre à courir sur Camden Road en poussant son landau. L'atmosphère de gaieté qui régnait d'habitude à la pension du Bord de mer venait de voler en éclats, et la jeune femme se promit de faire tout son possible pour soutenir Peggy. Cela dit, songea-t-elle encore avec tristesse, elle avait autour d'elle une famille, ce qui ne comptait pas pour peu lorsque l'existence assenait ses coups. Car rien n'était pire que de devoir supporter seul un tel fardeau.

Elle se ressaisit, décida de ne rien dire au Dr Michael de ce qui venait de bouleverser la pension. En tout cas, pas maintenant. Elle ne doutait pas que, déjà, la nouvelle fût en train de se répandre dans Cliffehaven par l'entremise des commères du cru, mais pour l'heure, il lui fallait se préoccuper exclusivement de William et de sa consultation chez le pédiatre.

Elle atteignit l'hôpital avec cinq minutes d'avance, mais le Dr Michael l'attendait déjà.

— J'ai bien cru que je n'arriverais jamais à temps, haleta-t-elle, tandis qu'il l'aidait à faire franchir à son landau les marches du perron.

— Ayant consulté le planning de vos visites, j'avoue que je n'y croyais pas non plus.

Il sourit à William, qui battait des mains contre sa couverture.

— Voilà un petit bonhomme plein de vie, observa-t-il avant de s'engager à grands pas dans le couloir.

Ils se dirigeaient vers l'arrière de l'hôpital, et Julie dut presque se mettre à courir pour suivre le médecin

– lorsqu'ils eurent atteint la luxueuse annexe, elle était hors d'haleine.

— Attendez une minute, souffla-t-elle. Que je reprenne un peu ma respiration.

— Désolé, dit Michael. J'oublie parfois que tout le monde n'a pas d'aussi longues jambes que moi.

Julie ajusta son foulard et son béret, ôta ses gants, s'efforça de se calmer.

— Bien, décréta-t-elle en prenant William entre ses bras, le cœur toujours battant. Je suis aussi prête que possible.

Sam Watson était un bel homme à la mise élégante, moins angoissé que son ami Michael, mais trop jeune, jugea l'infirmière, pour prétendre au titre de spécialiste, en quelque domaine que ce fût. Cependant, la plaque sur sa porte et les diplômes accrochés au mur de son cabinet attestaient son talent ; Julie se sentit un peu plus rassurée.

Il donna une tape dans le dos de Michael, serra la main de la jeune femme avec un sourire engageant, puis, tout en échangeant quelques plaisanteries avec son confrère, l'invita, avec sa protégée, à s'installer dans les fauteuils confortables disposés autour d'une table basse.

— J'ai tenté de donner à ce décor un petit air décontracté. Les mères qui viennent me consulter sont déjà assez nerveuses comme cela. Inutile de les affoler davantage en jouant les spécialistes guindés.

Julie jeta un coup d'œil à la pièce, avant de s'asseoir, William sur les genoux. Les murs jaune pâle s'assortissaient aux rideaux de la fenêtre, ainsi qu'au linoléum. Une caisse de jouets trônait dans un coin de la pièce, auprès d'un cheval à bascule, les fauteuils étaient tendus de chintz, et sur la table basse s'empilaient des bandes dessinées, ainsi que des livres en tissu. Les lieux étaient agréables, mais la jeune femme, pour autant, ne s'apaisait pas.

— Si j'ai bien compris, infirmière Harris, vous vous posez des questions concernant l'ouïe du petit William, c'est bien cela ?

Il posa les coudes sur les accoudoirs de son fauteuil.

— Puisqu'il n'existe aucun compte rendu médical qui lui soit consacré, peut-être pourriez-vous commencer par me parler de la santé de sa défunte mère, puis de la manière dont s'est déroulé l'accouchement.

Lorsque la jeune femme entreprit de lui parler de la fièvre rhumatismale dont Franny avait souffert durant son enfance, le Dr Watson s'empara d'un bloc-notes, puis dévissa le bouchon d'un stylo à plume. Il se mit à prendre de nombreuses notes, cependant que Julie poursuivait son récit, évoquant, d'une voix brisée par l'émotion, les derniers instants de sa cadette.

Le médecin cessa d'écrire, considéra l'infirmière avec compassion.

— Existe-t-il des cas de surdité dans la famille ? lui demanda-t-il avec douceur.

Julie secoua la tête.

— Pas dans la mienne, en tout cas. Pour ce qui est de celle de son père, je n'en ai pas la moindre idée.

— Et maintenant, parlez-moi un peu de William. Je suppose qu'on lui a délivré un certificat de bonne santé à l'hôpital avant votre départ pour Cliffehaven.

— En effet. Les médecins ont préféré le garder quelques semaines auprès d'eux, parce qu'il était légèrement prématuré, et un peu trop petit. D'ailleurs, son poids reste inférieur à la moyenne des enfants de son âge, mais il se nourrit convenablement et semble bien dans sa peau.

— A-t-il récemment souffert de rhumes ou d'affections pulmonaires ?

L'infirmière ayant fait signe que non, le Dr Watson se leva, avant de tendre les bras vers William :

— Me permettez-vous… ?

Julie lui remit l'enfant, qui agita les jambes avec enthousiasme – le médecin lui souriait.

— Bonjour, mon bonhomme, murmura-t-il, évaluant de la main la puissance des coups de pied assenés par son petit patient, pliant et dépliant les bras que ce dernier remuait aussi. On s'amuse bien, n'est-ce pas ? enchaîna-t-il en lui palpant adroitement la nuque, puis le crâne.

L'infirmière le regarda, à chaque instant plus angoissée, emmener William à l'autre bout de la pièce, où il l'installa sur un petit divan d'examen. Il le déshabilla habilement, sans cesser de lui parler tandis qu'il poursuivait ses tests discrets. Ensuite, il posa un stéthoscope sur la minuscule poitrine, écouta longuement, puis se concentra sur ses oreilles, dont il examina l'intérieur au moyen d'un otoscope.

Julie, désormais assise sur la pointe des fesses, ne lâchait plus du regard le pédiatre, guettant, sur ses traits, le plus infime changement d'expression. Mais le séduisant visage de l'homme ne laissait rien paraître. Elle jeta un coup d'œil en direction de Michael, qui observait aussi le praticien et son jeune patient, mais lui non plus ne manifestait aucune réaction.

Sam Watson enveloppa le bébé d'une couverture, avant de se tourner vers l'infirmière en souriant :

— Cela suffit pour cette fois. Vous pouvez le rhabiller pendant que je prends quelques notes.

Julie s'exécuta promptement, se rassit sur son fauteuil en compagnie de William. Un pesant silence s'installa, pendant que le médecin demeurait penché sur son bloc-notes. La jeune femme n'y tenait plus.

Enfin, il reposa son stylo.

— Je pense pouvoir affirmer, sans risque de me tromper, que sa surdité est causée par une otite moyenne, annonça-t-il avec un sourire encourageant. Il s'agit d'une affection répandue chez les très jeunes enfants. Rien, en tout cas, dont il faille s'inquiéter.

Julie éprouva un immense soulagement.

— William n'est donc pas sourd ?

— Pour le moment, son audition est altérée, mais j'ai toutes les raisons de penser que tout va très vite rentrer dans l'ordre. Par bonheur, il ne semble pas y avoir d'infection de l'oreille moyenne, mais on constate une inflammation et, partant, la présence d'un liquide visqueux.

Il sourit encore.

— Je suppose qu'il n'est pas nécessaire, infirmière Harris, de vous expliquer que les trois os minuscules de l'oreille moyenne assurent la transmission des vibrations sonores du tympan vers l'oreille interne. Lorsque ce liquide visqueux est sécrété, les vibrations passent mal. Ce qui signifie que William ne perçoit que des sons atténués, voire pas de son du tout.

— J'aurais dû m'en rendre compte moi-même…

— Absolument pas. L'absence d'infection implique l'absence de fièvre et l'absence de quelque douleur que ce soit. William lui-même ne s'aperçoit de rien.

— Pensez-vous pouvoir le guérir ?

— Dans l'immense majorité des cas, cette perte d'audition est provisoire. Ses tympans sont légèrement rétractés et, de l'autre côté de la membrane, on distingue des bulles et du liquide. Autant de signes typiques de l'otite moyenne. Quant au traitement… je suis partisan d'attendre, tout simplement.

— Il n'a pas besoin d'antibiotiques ? Ou de quelque chose pour fluidifier ce liquide visqueux dont vous avez parlé ?

— Ce type d'otite se résorbe la plupart du temps en un mois ou deux. Et puisqu'il n'a pas d'infection, les antibiotiques sont inutiles, de même que la pose, sous anesthésie, de drains transtympaniques. À mesure que William va grandir, ses trompes d'Eustache vont s'élargir, et former un angle plus aigu, ce qui lui permettra de drainer plus facilement d'éventuelles sécrétions.

— Mais comment saurai-je que l'inflammation a diminué ? Et comment se débarrasse-t-on du liquide visqueux ?

— Les études ont montré que ce liquide s'écoulait de lui-même si on relève la tête du berceau, qu'on place un oreiller sous le matelas du landau, et qu'on tient l'enfant plus droit quand on lui donne le biberon. En revanche, je déconseille le recours à la tétine, la succion accroissant la pression au niveau de l'oreille interne. Contentez-vous d'assurer une bonne hygiène de l'oreille externe. Tâchez également d'éviter de côtoyer des personnes qui toussent ou qui sont enrhumées. Il serait regrettable que William contracte une affection pulmonaire, car cela risquerait d'aggraver la situation.

— Merci infiniment, souffla la jeune femme. Vous n'imaginez pas le soulagement que j'éprouve.

— Michael pourra aussi garder un œil sur lui, et l'examiner environ une fois par mois.

Le Dr Watson se leva, serra la main de Julie.

— Ne vous tourmentez pas, infirmière Harris. William est un petit garçon en pleine forme, qui a beaucoup de chance de vous avoir auprès de lui.

— Merci, c'est très gentil.

— Pas du tout. À présent, si vous n'y voyez pas d'inconvénient, j'aimerais m'entretenir en tête-à-tête avec Michael.

Il dut remarquer l'expression de frayeur qui venait de se peindre sur le visage de son interlocutrice, car il s'empressa de la rassurer :

— N'ayez crainte, cela ne vous concerne pas. Michael et moi organisons un match de rugby pour une œuvre de charité, et nous devons dresser la liste des joueurs, ainsi que des généreux donateurs.

Julie les considéra l'un et l'autre, vaguement méfiante. Elle connaissait les médecins, elle savait que, souvent, le patient était le dernier auquel on se décidait à révéler quelque chose.

— Cela n'a rien à voir avec William, vous me le promettez ?

— Rien du tout, répondit le Dr Watson avec un sourire jovial, tandis qu'il ouvrait la porte de son cabinet. Nous n'en avons pas pour longtemps.

Julie se retrouva dans le couloir, la porte se refermant avec un léger cliquetis dans son dos. Elle fut tentée, l'espace d'un instant, de coller son oreille à cette porte, au lieu de quoi elle plaça une petite couverture pliée sous le matelas du landau, afin que William ne s'y trouvât plus couché à plat. Puis elle fit aller l'engin d'avant en arrière, jusqu'à ce que l'enfant s'endormît. Aucun son ne lui parvenait à travers la porte épaisse, et il y avait trop de monde alentour pour qu'elle pût se laisser aller à jouer les espionnes, comme elle mourait d'envie de le faire.

Michael reparut quelques minutes plus tard.

— Voilà. Vous n'avez pas eu trop peur, n'est-ce pas ?

— Avez-vous réussi à constituer une équipe au grand complet ?

— Oui. Nous avons même convaincu le vieux Dr Whittaker de tenir le rôle d'arbitre. Cela dit, je serais étonné qu'il tienne le coup plus de dix minutes. Rendez-vous compte qu'il a soixante-dix ans passés.

— Alors, c'est bien vrai, vous n'avez pas parlé de William tous les deux?

— William va bien, déclara le médecin avec fermeté. Vous avez entendu ce que Sam vous a dit. Nous ne vous dissimulons rien, je vous le promets.

— Je vous demande pardon, souffla Julie en s'élançant à nouveau derrière lui dans le couloir. Mais je ne peux pas m'empêcher d'être inquiète quand deux médecins se réunissent en tête-à-tête.

— Vous êtes cynique, la taquina Michael.

Elle lui décocha un large sourire.

— Voilà ce qui arrive quand on côtoie les gens de votre espèce nuit et jour. Vous ne pouvez décemment pas me le reprocher.

Comme à leur arrivée, ils firent franchir ensemble les marches du perron au landau.

— Et si je vous offrais un billet pour le match de rugby? Cela achèverait-il de vous convaincre de notre bonne foi?

— Peut-être bien, gloussa Julie. Mais je préfère le football. Je ne comprends pas les règles du rugby.

— Ma chère, il s'agit là d'une terrible lacune dans votre éducation. Il est de mon devoir de la combler avant de vous autoriser à poser le pied sur la ligne de touche.

L'infirmière s'esclaffa.

— Toute sa vie, mon père a soutenu le club de West Ham, et si le football lui suffisait, il me suffit aussi. Le rugby, c'est pour les rupins.

— J'aurais dû me douter que vous nourrissiez ce genre de préjugé.

Il poussa un soupir comiquement théâtral. Ils traversèrent la cour, se retrouvèrent sur le trottoir.

— Et si vous accordiez une toute petite chance à ce sport, Julie? Il se pourrait fort que vous trouviez ce match infiniment plus exaltant que toutes les rencontres de football qu'il vous a été donné de voir jusqu'à présent.

Elle sourit.

— Vous avez fait preuve d'une telle gentillesse envers William et moi que je ne peux pas refuser votre proposition, n'est-ce pas?

Il secoua la tête en riant, elle lui prit la main.

— Merci pour tout, Michael. Merci infiniment pour ce que vous avez fait aujourd'hui.

Il serra les doigts de Julie dans les siens.

— Je me réjouis d'avoir pu vous rendre service. Et si je puis me rendre utile pour autre chose, vous n'aurez qu'à demander.

Ils se tenaient toujours main dans la main devant l'hôpital.

— Oh… Je crois que m'enseigner les règles du rugby me suffira pour le moment, murmura l'infirmière, galvanisée par cette amitié toute neuve, par la facilité avec laquelle ils conversaient.

— Le rugby possède des lois, non des règles, rectifia Michael, la mine espiègle.

Ni Julie ni le médecin ne vit Eunice Beecham sortir de chez un marchand de journaux situé à un jet de pierre de l'hôpital. Figée au beau milieu du trottoir, affichant une expression malveillante, elle étrécit les yeux en découvrant la main de l'une dans la main de l'autre, en discernant les regards complices qu'ils échangeaient.

Elle les épia jusqu'à ne plus pouvoir le supporter, alors elle fit demi-tour, regagnant au pas de course son appartement, au bas de la grand-rue. Sa déception et son chagrin ne comptaient pas, par comparaison avec le désir de vengeance qui montait en elle. Elle chérissait Michael depuis cinq ans. Après qu'il eut été trahi par son amour d'enfance, elle s'était mise à attendre son heure, dans l'espoir qu'il finirait par la remarquer, puis par s'apercevoir qu'ils étaient faits l'un pour l'autre.

Michael lui appartenait, et il n'appartenait qu'à elle. D'une manière ou d'une autre, elle se débarrasserait de Julie Harris.

14

Ron se demandait comment Frank était parvenu à rouler jusqu'à la pension du Bord de mer au volant de sa camionnette de livraison sans se tuer sur la route. Toujours est-il qu'il n'était pas en état de conduire à nouveau pour se rendre cette fois à la gare, où il devait récupérer Pauline, avant de regagner avec elle leur maison de pêcheur, dans la baie des Tamaris. Il n'offrit d'ailleurs aucune résistance lorsque son frère Jim insista pour lui servir de chauffeur.

Ils étaient quatre maintenant à s'entasser malaisément à l'intérieur du véhicule, les trois hommes submergés par les sanglots à fendre l'âme de Pauline, étouffés par le voile de détresse et d'affliction qui à présent recouvrait tout. La piste abrupte et sinueuse menant de Cliffehaven à la baie des Tamaris avait été endommagée par les allers et retours continuels des camions militaires entre les batteries et les postes d'observation. Or Jim, à l'évidence, peinait à se concentrer, car il ne parvenait à éviter ni les bosses ni les nids-de-poule.

Ron fixait, par la vitre, la mer étincelante par-delà les rouleaux de fil de fer barbelé installés tout le long de la baie, ses pensées sans répit retournant à ses deux petits-fils, dont le décès lui faisait l'effet d'un terrible poids dont on eût lesté son cœur. C'étaient de gentils garçons, de haute taille et carrés d'épaules comme leur papa, qui leur avait patiemment enseigné le métier de pêcheur. Ainsi la mer était-elle devenue leur vie même, et voilà que la mer avait exigé qu'ils lui fussent offerts corps et âme, la mer les avait ravis pour toujours à ceux qui les chérissaient, elle les avait ravis à ces côtes au large desquelles ils ne vogueraient plus. Il ne restait à Ron qu'à prier désormais pour que Brendon, lui, parvînt à rentrer sain et sauf – il passa avec Dieu un accord silencieux : s'Il épargnait le troisième fils de Frank, le vieil homme assisterait de nouveau à la messe, il se repentirait de tous ses péchés, il s'efforcerait jusqu'à son trépas de se comporter en bon catholique.

La camionnette atteignit une rangée d'adorables maisonnettes dominant la petite baie. On se gara, et Frank fit entrer son épouse à l'intérieur de leur logis, pour la mener directement dans leur chambre. Ron et Jim préparèrent du thé en silence, puis s'assirent, l'œil dans le vague, rivé, sans les voir, aux bateaux de pêche sur les galets, tandis que la porte de la chambre demeurait obstinément fermée, et que le seul bruit à troubler encore le silence n'était autre que les sanglots ininterrompus de Pauline. Il se passa ainsi de longues minutes, au terme desquelles les deux hommes, qui se sentaient à la fois inutiles et indiscrets au cœur de cette intime tragédie, prirent le parti de laisser le couple à sa peine ; ils reviendraient demain. Pour l'heure, ils allaient faire à pied le long trajet qui les ramènerait à la pension du Bord de mer.

Ron, que le poids des ans accablait soudain, devait déployer de considérables efforts pour mettre un pied devant l'autre. Il lui semblait que le vent glacé le pénétrait jusqu'à la moelle, et une immense lassitude rendait ses muscles douloureux. Mais un formidable désir de vengeance, au plus profond de son être, le poussa à continuer. Il fusilla du regard le ciel vespéral, désespérément dégagé, ainsi que le croissant de lune dont le reflet flottait sur les vagues. Autrement dit, le temps idéal pour le retour des bombardiers ennemis, qui, bientôt, de leur grondement meurtrier, réduiraient en miettes la quiétude qui régnait actuellement dans les collines. Mais à partir de ce soir, Ron les attendrait. Il exigerait qu'on lui permît de manœuvrer un canon de l'une des batteries. Il abattrait les bombardiers un à un, afin qu'ils paient pour tous ces garçons fauchés dans la fleur de l'âge.

La voix de Jim le tira soudain de ses sombres projets :

— Excuse-moi. Qu'est-ce que tu viens de dire ?

— J'ai dit que je n'arrivais même pas à imaginer l'état dans lequel devait se trouver Frank.

Jim haletait dans la montée qui les conduisait au sommet de la dernière colline. Il s'arrêta pour reprendre haleine.

— Il est complètement dévasté, enchaîna-t-il.

— Perdre deux fils d'un coup, voilà qui a de quoi briser l'homme le plus robuste. On ne peut guère que le soutenir, soutenir Pauline et prier pour que les autorités renvoient Brendon dans ses foyers. Frank a besoin, plus que jamais, d'avoir sa famille auprès de lui.

— Pour sûr, murmura Jim, qui contemplait le reflet d'argent de la lune sur les eaux.

Ron considéra son cadet d'un œil soucieux :

— Il est temps de faire une croix sur ce qui vous a tenus éloignés l'un de l'autre, Jim. Il est temps que tu redeviennes son frère.

Jim hocha la tête avec un soupir.

— Ce sera pas facile, p'pa. On s'est envoyé de sacrées vacheries à la figure, et je peux t'assurer que ces vacheries-là étaient tranchantes comme des couteaux. Les plaies sont profondes, d'un côté comme de l'autre. Peut-être trop profondes pour l'oubli, trop profondes pour le pardon.

— Le monde tel que nous le connaissions a sombré dans le chaos le plus total, maugréa Ron, tandis qu'ils se remettaient en route. Crois-tu vraiment qu'on ait besoin, par-dessus le marché, de deux frères engagés dans un combat à mort ? Vu ce qui vient de lui arriver, je suis prêt à parier que Frank, lui, ne demande qu'à enterrer la hache de guerre.

— Je n'en sais rien. Il n'existe plus aucune confiance entre nous depuis longtemps. Et une fois la confiance envolée…

Ron sortit sa pipe de la poche de son manteau, prit le temps d'en bourrer soigneusement le fourneau, alluma enfin le tabac.

— Pourquoi vous vous êtes brouillés ?

Jim rentra le menton dans le col de son manteau, enfonça les mains dans ses poches. Le silence se prolongeait entre les deux hommes.

— Il s'est passé quelque chose en France, à la fin de la dernière guerre, finit-il par laisser tomber. Et chaque fois que je vois Frank, le souvenir se ravive.

Ron fronça les sourcils, mais n'émit aucun commentaire. C'était la première fois que l'un de ses deux fils consentait à jeter une lueur, fût-elle chiche, sur l'incident qui les tenait éloignés l'un de l'autre depuis plus de vingt ans, et il semblait que Jim, ce soir, était en mal de confidences. Peut-être éprouvait-il le soudain besoin de parler pour soulager sa conscience, ou pour participer à la rédemption de Frank, dont la famille venait d'être mise en pièces par un événement auquel personne ne pouvait rien changer.

Ayant atteint un bosquet qui, jadis, faisait partie d'un verger situé en lisière de la propriété de Lord Cliffe, Jim s'immobilisa, se laissa lentement glisser sur l'herbe où, une fois assis, il se cala le dos contre l'écorce rêche d'un pommier noueux. Il alluma une cigarette, ramena ses genoux contre sa poitrine et les enserra, le regard perdu vers l'horizon, sur le visage une expression indéchiffrable.

Ron ayant pris place à côté de lui, il fuma la pipe, décidé à patienter le temps qu'il faudrait pour que Jim se livrât enfin.

— Nous étions au beau milieu de nulle part, et nous nous dirigions vers le nord. La guerre touchait à sa fin, même si nous avions du mal à y croire. Des rumeurs circulaient depuis le début, tu le sais aussi bien que moi.

Le vieil homme grimaça. On leur avait en effet annoncé que cette maudite guerre serait terminée dès Noël 1914. Résultat, elle avait duré quatre terribles années. Et voilà qu'un autre conflit s'était déclaré depuis peu…

— Nous formions un petit groupe. On nous avait envoyés en éclaireurs pour éliminer les dernières poches de résistance et retirer les mines et les chausse-trapes que l'ennemi avait abandonnées derrière lui. Nous sommes arrivés dans un village…

Sa voix s'altéra, et il s'interrompit quelques instants pour se ressaisir.

— Les Boches avaient rassemblé les femmes, les enfants et les vieux, qu'ils étaient en train d'aligner contre un des murs de l'église. Nous les avons vus tirer. Ils les ont tous tués. Jusqu'au dernier. Y compris les bébés dans les bras de leur mère.

Ron tourna un regard affligé vers son fils, qui s'était tu. Dans l'œil de Jim passaient les ombres sinistres de ces odieux souvenirs. Son père le comprenait ô combien, lui qui avait été témoin des horreurs que les hommes étaient capables de commettre lorsque ne régnaient plus en maîtres que la violence et le goût du sang.

— Ces salauds n'ont pas eu le temps de nous voir sortir des bois. Ils s'étaient détournés de leurs victimes pour aller piller le café tout proche. Ils riaient aux éclats, ils buvaient, ils se moquaient de ces pauvres gens sans défense qui gisaient à l'ombre de leur petite église.

Jim fit silence une fois encore, passa des doigts nerveux dans sa chevelure en bataille.

— J'ai appris ce jour-là le vrai sens de l'expression «voir rouge». J'ai regardé ces brutes, j'ai regardé les cadavres des villageois… et c'est comme si mes yeux et mon crâne s'étaient tout à coup remplis de sang. Jamais je n'ai éprouvé une rage aussi absolue.

Il prit une profonde inspiration.

— On m'a raconté après que les autres avaient ressenti la même chose que moi. Même Frank. Nous avons marché comme un seul homme jusqu'à la place du village, et on les a tous descendus. On était dans un tel état qu'on a continué à tirer même une fois nos munitions épuisées.

Ron se représentait le tableau sans peine, lui-même ayant parfois éprouvé cette colère aveugle, bien que, lors de son entraînement au sein des forces spéciales, on lui eût enseigné à réprimer ces instincts meurtriers, à ne les laisser s'exprimer qu'en cas d'extrême nécessité. Ce jour-là, songea-t-il, ses fils avaient tout bonnement agi comme aurait agi n'importe quel homme dans les mêmes circonstances.

— Vous avez fait ce que vous aviez à faire, murmura-t-il. Tu n'as pas à avoir honte de ton comportement.

Jim se frotta le visage de ses deux mains, rentra de nouveau son menton dans le col de son manteau.

— Je n'ai pas honte, répondit-il. Ils étaient nos ennemis, et ils venaient de commettre un acte odieux en tuant de sang-froid des femmes et des enfants. Par contre, ce qui s'est passé après…

Ron se sentit tout à coup mal à l'aise. Il désirait depuis de nombreuses années que l'un ou l'autre de ses fils lui révélât ce qui les avait à ce point éloignés, mais à présent qu'il touchait au but, il n'était plus certain de vouloir entendre l'histoire jusqu'au bout. Déjà, il lâchait involontairement la bride à son imagination, se figurait le pire, voyait devant lui défiler d'abominables images qu'il se hâta de chasser loin de lui.

— Tu n'es pas obligé de tout me raconter si tu n'en as pas envie.

L'œil sombre de Jim, qui ne cillait pas, se planta dans celui de son père.

— Au contraire. Le moment est venu de tout dire. Frank et moi avons gardé ça pour nous trop longtemps.

Ron mordilla le tuyau de sa pipe, le cœur battant la chamade.

— Cette brume rouge, c'était comme de l'opium, et notre organisme devait charrier des flots d'adrénaline. On a bien essayé de trouver des survivants parmi les villageois, mais il n'y en avait pas un seul. Alors, on est allés chercher des pelles et des pioches pour creuser une fosse commune derrière l'église, qu'on a ensuite signalée au moyen d'une croix rudimentaire, en bois. Le petit Jones se baladait toujours avec une bible, alors il a prononcé quelques mots au bord de la fosse. Après, on a bu tout le vin et le cognac qui restaient dans le troquet. On s'est saoulés.

— C'était le mieux que vous aviez à faire, souffla Ron.

— Je crevais de soif, papa, et je voulais à tout prix chasser toutes ces horreurs en buvant jusqu'à m'écrouler ivre mort. Mais j'avais beau picoler, l'alcool ne me faisait strictement aucun effet. Au bout d'un moment, Frank et la plupart des membres de notre groupe sont tombés dans les pommes. Moi, j'étais assis au milieu d'eux, et j'observais les impacts de balles sur le mur de l'église, quand j'ai aperçu Phil Todd qui sortait en catimini des ruines d'une maison toute proche.

Il grimaça.

— Todd avait une vraie tête de fouine, et c'était un fieffé voleur, qui fuyait l'eau et le savon comme la peste. Les maisons abandonnées et les poches gonflées des Fridolins qu'on venait de buter l'avaient fait craquer. Il n'avait pas pu résister.

Ron frissonna. Jim avait toujours apprécié les petites combines un peu louches – lui-même ne dédaignait pas de faire de temps à autre une entorse à la loi. Mais… son fils était-il allé jusqu'à détrousser des morts? Impensable. Hélas, l'impensable se produisait souvent, en temps de guerre…

— Je suis allé lui dire de remettre à sa place tout ce qu'il venait de barboter. Le pillage était interdit, je lui ai rappelé, et s'il se faisait prendre, on le fusillerait sûrement. Pour tout dire, je me fichais complètement de savoir s'il serait un jour fusillé, mais l'honneur de notre groupe était en jeu.

Jim fit une moue dédaigneuse.

— Il s'est contenté de me sourire en me montrant son butin, prélevé dans les maisons et dans les affaires des Boches. Il m'a même proposé de partager si je tenais ma langue. Je lui ai expliqué où il pouvait se carrer ses trésors, et puis je lui ai collé mon poing dans la figure.

Il grimaça.

— Ça m'a fait plaisir de sentir son nez craquer sous mes doigts, puis de le voir pisser le sang.

Ron se sentit immensément soulagé. Mais Jim n'avait pas terminé son récit.

— Je l'ai laissé étalé par terre, et j'ai regagné ma place à côté de Frank. J'ai entamé une nouvelle bouteille de cognac. Il fallait que je me débarrasse du goût de la mort que j'avais sur la langue.

Ron demeura silencieux. Comment était-il possible que cette histoire eût fini par déboucher sur cette brouille terrible entre les deux frères?

Jim fuma un moment sans mot dire, le regard perdu au loin, plus loin que l'horizon qui fermait le décor devant lui.

— Le cognac a fini par faire son effet, et je me suis endormi. C'est le raffut des chars britanniques à l'approche qui m'a réveillé. Comme Todd était vautré à côté de moi, j'ai vérifié qu'il ne m'avait pas délesté de mon portefeuille pendant mon sommeil.

Jim écrasa son mégot sous son talon, comme s'il s'était agi de la tête de Phil Todd, qu'il se serait amusé à broyer.

— Mon portefeuille était toujours à sa place, mais dans ma poche, il y avait aussi deux alliances, et un rouleau de billets de banque allemands. Je me suis dépêché de fourrer tout ça dans la poche de Todd, puis de m'assurer qu'il ne m'avait pas offert d'autres petits cadeaux compromettants. Ensuite, je me suis tourné vers Frank, qui était en train de revenir à lui. De son côté, le major Brown arrivait dans le village avec le reste des hommes. Il nous a regardés un bon moment, il a vu dans quel état on était, et puis il nous a ordonné de nous mettre au garde-à-vous.

Jim laissa échapper un éclat de rire rauque et sans joie.

— Comme on avait tous la gueule de bois, certains d'entre nous n'ont même pas réussi à se relever. Quant à se mettre en rang, il n'en était pas question. Pour ma part, le fait d'avoir déniché les affaires de Todd dans mes poches m'avait suffisamment dessaoulé pour que j'aie de nouveau les yeux en face des trous. J'ai attrapé Frank, toujours abruti par l'alcool, et je l'ai remis debout, en continuant ensuite à le tenir pour éviter qu'il s'affale face contre terre. Notre sergent a raconté à notre supérieur ce qui s'était passé, après quoi le major nous a passé le pire savon de toute notre vie. Il a examiné les impacts de balles sur le mur de l'église, puis il s'est approché de la fosse commune. Ensuite, il a inspecté longuement les cadavres des Boches. Quand il est revenu, il écumait de rage. Il a ordonné qu'on fouille tous les membres du groupe des éclaireurs.

Jim passa de nouveau une main en croc dans ses cheveux.

— Todd était un peu plus loin, mais il s'est arrangé pour m'adresser un sourire goguenard. Pendant qu'on me fouillait, ses yeux étincelaient d'une lueur mauvaise. J'ai failli éclater de rire en voyant sa bobine à l'instant où il a pigé que je n'étais pas tombé dans son piège. Il a plongé les mains dans ses poches, mais c'était trop tard. Le sergent se tenait déjà devant lui. Quelques secondes plus tard, il mettait la main sur les billets de banque et les deux alliances, qui sont tombés sur le sol.

« Todd s'est alors mis à brailler qu'il était innocent, qu'il s'était fait avoir, tout ça en nous montrant du doigt, moi et plusieurs autres gars, pendant que le sergent se livrait à une fouille plus approfondie. Il a découvert des bijoux, deux briquets en or et plusieurs paquets de cigarettes allemandes. Le major a ordonné qu'on procède à l'arrestation de Todd. Les types l'ont littéralement traîné, et lui, il donnait des coups de pied dans tous les sens, et il gueulait tant et plus. On l'a mis en joue jusqu'à ce que le major ait décidé ce qu'il allait faire de lui.

« Parmi nous, tout le monde était soulagé. Ce salaud avait enfin obtenu ce qu'il méritait. Et bon débarras. Personne ne pouvait l'encadrer, parce qu'il s'était toujours arrangé pour que les fautes qu'il commettait retombent sur un autre que lui. Le major nous a dit de tout nettoyer et de reprendre nos esprits. On partirait d'ici deux heures au plus tard, il a ajouté, et on marcherait toute la nuit.

— Je ne comprends toujours pas le rapport avec cette maudite querelle entre ton frère et toi…

Jim sourit pour la première fois depuis de nombreuses heures, mais il s'agissait presque d'un mouvement mécanique des lèvres – ses yeux, eux, ne souriaient pas.

— Frank commençait à émerger, mais il tenait à peine debout. Si on était partis à ce moment-là, il ne serait pas allé bien loin. Alors, je l'ai emmené un peu à l'écart, et je lui ai plongé la tête dans un abreuvoir. J'ai recommencé plusieurs fois, jusqu'à ce que j'estime qu'il en avait eu assez.

Jim poussa un lourd soupir frémissant, qui trahissait son intime tourment.

— Il se tenait là devant moi, trempé comme une soupe, tanguant comme une chandelle géante malmenée par le vent. Il paraissait tellement furieux que j'ai d'abord cru qu'il allait me casser la figure à cause de ce que je venais de faire. Je me suis préparé à parer ses coups… mais ce sont ses paroles qui m'ont mis KO.

Ron regarda passer sur les traits de son fils des émotions diverses. Il eut mal pour lui – l'épreuve, à l'évidence, se révélait terrible.

— Il m'a déclaré qu'il m'avait vu détrousser des cadavres avec Todd. Ensuite, affirmait-il, j'avais fourré ma part du butin dans les poches de Todd pour qu'il se fasse prendre, et pas moi. Todd, il ne l'avait jamais porté dans son cœur, mais ce jour-là, c'est moi qui lui inspirais du dégoût. Je n'étais plus son frère, m'a-t-il dit.

— Dieu du Ciel, souffla Ron.

— Comme tu dis.

Jim ferma les paupières, levant son visage vers le ciel étoilé, faisant jouer les muscles de sa mâchoire dans l'espoir de parvenir à retenir ses larmes.

— Je l'adorais, tu sais. C'était mon grand frère, mon héros… Mais fallait-il qu'il me considère comme un moins que rien pour s'imaginer que j'avais pu faire une chose pareille…

— Mais… quand tu lui as expliqué…

Le fils de Ron secoua la tête.

— Quand je lui ai affirmé que l'alcool l'avait déboussolé, que c'était pour cette raison qu'il avait mal interprété ce qu'il avait vu, il a refusé de m'écouter. Il s'est fâché. Et moi aussi. Je refuse qu'un homme, quel qu'il soit, même mon propre frère, ose me traiter de menteur et s'en tire à bon compte. Je l'ai frappé, il m'a frappé à son tour. On s'est battus comme des chiffonniers, on roulait dans la poussière jusqu'à ce qu'on nous sépare.

Le menton dans son col, il parla d'une voix que son écharpe étouffait un peu.

— Au moins, il a refusé d'avouer ce qui avait provoqué notre bagarre, mais il m'a dit après qu'il l'avait bouclée uniquement parce que sinon, l'ignominie de mon geste aurait rejailli sur tout le monde, et il ne voulait pas que notre mère apprenne quel type abject j'étais en réalité.

Sa voix se brisa.

— Aujourd'hui encore, Frank continue de me prendre pour un menteur et un voleur, et tout ce que je pourrai lui dire n'y changera plus rien.

Ron perçut une poignante amertume dans le ton de son fils.

— Quel gâchis…, murmura le vieil homme.

— Pour sûr.

Jim alluma une autre cigarette, cependant qu'une escadrille de bombardiers britanniques rugissait au-dessus de leurs têtes, qui se dirigeait vers la Manche.

— Mais ça a assez duré. Quoi que Frank pense de moi… et je sais que je ne suis pas un saint… nous sommes frères, lui et moi. L'heure est venue de mettre de côté nos vieilles rancunes.

Ron ralluma sa pipe. Au loin, de l'autre côté de l'eau, des bombes explosaient, qui embrasaient l'horizon ténébreux. Le vieil homme éprouvait du chagrin pour ses deux fils, mais il ne pouvait rien faire, sinon espérer que les choses finiraient par prendre un tour favorable.

— Tu as raison, Jim. Il est temps de faire la paix avec Frank. Et avec toi-même. C'est un bien terrible fardeau, mon garçon, que tu trimballes depuis toutes ces années, mais je parie que ton frère est fatigué, lui aussi, de promener le sien partout.

Une autre escadrille de bombardiers passa en grondant au-dessus d'eux, bientôt suivie de Hurricane et de Spitfire. Les sirènes mugirent dans l'ensemble de la ville, et, de leurs puissants faisceaux, les projecteurs installés dans les collines se mirent à balayer le firmament.

Ron se remit debout, tendit la main à son fils.

— Viens, mon garçon. Fichons le camp d'ici avant le début du feu d'artifice.

Jim ayant saisi la main de son père, il se releva à son tour.

— Tu me crois, papa? s'enquit-il, son beau visage tout à coup assombri par un terrible doute.

Le vieil homme le prit entre ses bras et l'y tint longtemps, cependant que les sirènes continuaient de hurler.

— Je t'ai toujours cru, lui murmura-t-il à l'oreille. Tu es un type bien, pour sûr. Et Frank aussi.

Il s'écarta, sans chercher à dissimuler les larmes qui brillaient à présent dans ses yeux.

— Je vous aime tous les deux, et ça me fend le cœur de vous voir fâchés à ce point-là.

— Je ferai tout mon possible pour que ça s'arrange, mais…

— Je sais que tu le feras, l'interrompit Ron en posant une main sur son épaule. Allez, on rentre. La petite famille est en train de nous attendre, et on ferait mieux de se dépêcher de les rejoindre. Personne ne sait ce qui peut se passer cette nuit, alors autant se tenir chaud les uns les autres.

15

Julie et les autres jeunes femmes, dès lors, prirent en main l'intendance à la pension du Bord de mer, veillant à la bonne marche de la maisonnée sans pour autant négliger William et Rose. La tâche n'était pas facile, car les horaires de travail des unes et des autres changeaient chaque jour, et l'on était souvent dérangé par les attaques aériennes ou le vacarme des avions décollant de la base de Cliffehaven. Mais la famille Reilly était en deuil, et les pensionnaires estimaient de leur devoir de soulager Peggy d'une partie de son fardeau quotidien, afin qu'elle pût passer du temps auprès de Pauline et de Frank, et rendre visite à Anne, toujours hospitalisée.

Trois semaines s'étaient écoulées depuis que Frank avait reçu l'abominable télégramme, et l'on savait à présent qu'il n'y aurait pas d'inhumation ni de tombe dans le cimetière local pour attester du passage ici-bas des deux frères, car les obsèques de Seamus et Joseph s'étaient déroulées en mer, le même jour que celles des membres d'équipage des deux dragueurs de mines qui avaient péri avec eux. On avait néanmoins prévu un service religieux à l'église le lendemain, service auquel tous espéraient que Brendon assisterait, à condition de regagner Cliffehaven à temps.

On était au début du mois d'avril et, comme la plupart des autres habitants de la ville, Katherine et

Julie profitaient des soirées désormais plus douces pour se promener un peu le long du front de mer, en compagnie des deux bébés, qu'elles vêtaient chaudement avant de les placer l'un et l'autre dans le landau – ils ne tardaient pas à s'endormir, tête contre tête sur le matelas rehaussé pour la bonne santé de William. Les jeunes femmes faisaient halte auprès d'un banc de pierre, sur lequel elles s'asseyaient, après quoi Julie vérifiait que les moufles et les chaussons du garçonnet n'avaient pas glissé, car il avait presque continuellement les mains et les pieds froids.

— As-tu toujours prévu d'assister au service religieux demain ? s'enquit-elle.

Katherine opina, ses cheveux blonds, qu'aucune épingle ne disciplinait, flottant dans la brise printanière et lui fouettant quelquefois le visage.

— Les familles de pêcheurs forment une communauté très soudée, et maintenant que mon père se trouve à Portsmouth, et que Patrick est toujours en mer, ma mère et moi tenons à apporter notre soutien aux Reilly.

Elle soupira.

— Mais ce ne sera pas facile. Je connais Frank et ses fils depuis toujours, et Joseph était le meilleur ami de mon Patrick.

Julie prit la main gantée de son amie dans la sienne et la serra. Pour l'ensemble des présents, il allait s'agir là d'un moment pénible – le visage livide de Peggy, tandis que, ce matin, elle brossait les plus beaux vestons de son époux et de son beau-père, avant de repasser leurs pantalons, continuait à hanter la Londonienne. Cette dernière ne savait que dire à Katherine, car chacun, à Cliffehaven, redoutait l'arrivée de ce maudit télégramme et, les attaques aériennes se multipliant, de jour comme de nuit, la population entière avait la sensation de vivre en permanence sur le fil du rasoir.

Les jeunes femmes contemplaient la jetée en ruine, les épais rouleaux de fil de fer barbelé fermant une plage à présent minée. La vue n'était certes pas enchanteresse, mais l'infirmière aimait se trouver à proximité de la mer. L'air pur et salé lui redonnait des forces, après le brouillard pollué de la capitale et, même si son quartier, parfois, lui manquait cruellement, elle raffolait du bruit des vagues lorsqu'elles se fracassaient sur les galets, raffolait des sinistres criailleries des mouettes qui se laissaient porter par les vents.

— Et toi, finit par lui demander Katherine. Tu vas y aller aussi?

Julie secoua la tête:

— Mme Finch et moi allons garder les bébés, parce que Fran et Suzy sont de service à partir de midi, et que Rita prend son poste à 14 heures à la caserne de pompiers.

Elle s'interrompit l'espace d'un instant.

— Je me fais du souci pour Mme Finch. La nouvelle du décès des deux garçons l'a bouleversée, même si elle reconnaît elle-même qu'elle les connaissait à peine. Mais elle adore Frank.

La jeune femme poussa un soupir à fendre l'âme.

— Ce matin encore, je l'ai trouvée dans la cuisine avec son tricot sur les genoux, les yeux dans le vague. Elle pleurait à chaudes larmes.

— Oh non… Quelle tristesse. D'habitude, elle est tellement gaie.

— C'est ce qui nous inquiète tous. On dirait qu'elle a perdu son énergie en même temps que sa bonne humeur, et quand nous essayons de la consoler, elle se contente de secouer la tête en répétant que la vie est injuste, et que c'est elle qui devrait être morte, au lieu de tous ces jeunes gens.

— En effet, commenta son amie, ça a l'air grave.

— J'en ai parlé à Michael, qui lui a prescrit un fortifiant, mais je ne pense pas que ça servira à grand-chose. Elle a besoin de savoir que nous l'aimons et que nous comptons sur elle, que sans elle, nous ne nous en sortirions pas. Du coup, je me sers éhontément de Rose et de William pour tenter de la requinquer, parce que dès qu'elle commence à s'occuper d'eux, elle semble reprendre du poil de la bête.

— Cette sale guerre nous déprime tous.

Katherine prit une profonde inspiration.

— Allons, viens, nous allons marcher un peu. Je ne sais pas toi, mais moi, je suis gelée, à force de rester assise ici.

Elles poussèrent à pas lents jusqu'à l'une des extrémités de la baie, avec l'espoir d'y trouver ouvert le petit troquet de la plage, afin qu'elles pussent y prendre une tasse de thé. La brise à présent avait fraîchi ; Julie resserra son écharpe autour de son cou. Cette promenade lui faisait un bien fou. Elle aimait contempler les collines verdoyantes, dont les flancs descendaient doucement vers la mer, au bout de l'esplanade, et elle admirait, à l'autre extrémité, les blanches et hautes falaises dominant les petits bateaux de pêche à leur pied. Cliffehaven, elle le savait maintenant, représentait pour elle l'endroit idéal où entamer une nouvelle existence, même s'il s'était déjà passé tant de choses depuis son arrivée.

Les trois semaines qui venaient de s'écouler s'étaient révélées particulièrement tendues, et l'unique bonne nouvelle concernait l'audition de William, redevenue normale. L'enfant percevait à nouveau les sons les plus ténus et, comme Harvey, gémissait en entendant hurler les sirènes – en revanche, et contre toute attente, il finissait par s'endormir paisiblement, pour ne se réveiller qu'au terme de l'alerte.

— As-tu revu ta sœur? demanda Katherine, comme les deux jeunes femmes longeaient les superbes villas qui donnaient sur la plage, à Havelock Gardens, le quartier chic.

— Je suis passée chez elle pour lui annoncer que William n'était pas sourd. Ç'a eu l'air de lui faire plaisir. Elle m'a même offert une tasse de thé. Mais dans le fond, je crois que personne ne l'intéresse, à part elle et son maire, là… j'ai oublié son nom…

— Unwin.

Et Katherine de décocher à son amie un large sourire:

— Elle s'attaque à forte partie. Car si tu veux mon avis, Unwin n'est qu'un gros imbécile imbu de lui-même, et qui ne sait pas quoi faire de son argent.

Le café étant fermé, les jeunes femmes firent demi-tour, pour se diriger vers les terrains de jeux qu'on avait creusés pour y installer en sous-sol le plus vaste abri municipal de Cliffehaven. Katherine et sa mère habitaient l'une des maisonnettes donnant à l'avant sur ces terrains et, à l'arrière, s'adossant à la pente raide qui, jadis, permettait d'accéder à l'ancien hôpital psychiatrique. Les ruines de ce dernier se distinguaient encore entre les arbres, et Julie avait appris, de la bouche de Rita, tout ce qui s'était passé la nuit où une bombe avait frappé l'édifice de plein fouet.

La mère de Katherine travaillait de nuit chez Solomon et Goldman, l'usine de confection, où l'on fabriquait à présent des parachutes, ainsi que des uniformes.

— Je ne reste pas longtemps, prévint l'infirmière en garant le landau dans l'entrée, avant de s'assurer que les bébés se portaient bien, puis de suivre son amie à la cuisine. Je veux être rentrée quand

Mme Finch ira se coucher. Elle n'est vraiment pas solide sur ses jambes, en ce moment, et une chute serait bien la dernière chose dont nous aurions besoin.

Katherine prépara du thé, pilla la boîte de biscuits et tisonna les braises dans le fourneau, jusqu'à ce qu'elles se missent à rougeoyer.

— Et comment va cette chère Eunice?

Son œil bleu pétillait de facétie.

— Toujours aussi vacharde, répondit Julie en pouffant. Elle me chronomètre pendant que je rédige mes comptes rendus en buvant une tasse de thé. Elle m'oblige à compter tous les jours les paquets de pansements que j'emporte avec moi pendant mes visites, de même que le coton. À la fin de la journée, elle note avec précision ce que j'ai utilisé. L'autre matin, j'ai laissé tomber une seringue… Mon Dieu… Tu aurais dû l'entendre. On avait l'impression que je venais de casser tous les joyaux de la Couronne.

Son amie s'esclaffa.

— Elle est persuadée que tu cours après son chéri.

La Londonienne était parvenue à la même conclusion, et cela la tourmentait, car l'atmosphère de gaieté qui régnait au cabinet lorsqu'on l'avait embauchée s'était peu à peu dégradée.

— Je m'entends bien avec Michael, qui est un homme charmant. Mais nous ne sommes que des amis.

— En es-tu bien sûre?

— Absolument sûre.

— Dans ce cas…, murmura Katherine. Si tu le dis…

Peggy savait gré à Alf, le boucher, de bien vouloir l'emmener tous les deux jours dans la baie des Tamaris, à bord de sa camionnette de livraison. Il la conduisait chez son beau-frère à l'heure du déjeuner, puis revenait la chercher après avoir fermé sa boutique. Il la déposait alors à l'hôpital, afin qu'elle pût y rendre visite à Anne. Avant la guerre, on pouvait, à marée basse, se rendre dans la baie des Tamaris par la plage, mais le fil de fer barbelé et les mines rendaient désormais la chose impossible, et la logeuse ne se sentait ni la force ni l'énergie d'aller là-bas à vélo, à travers les collines.

Elle ôta le foulard qu'elle avait sur la tête, repoussa vers l'arrière ses cheveux, qui collaient à son front humide de sueur, puis enfin dénoua son tablier. À cause du fourneau allumé, il régnait dans la petite cuisine une chaleur étouffante, mais, dès que le soleil commençait à décliner, Pauline préférait qu'on fermât toutes les fenêtres.

La maisonnette en bois, la dernière d'une rangée de cinq, se blottissait au pied de la colline, au milieu des branches couvertes de chatons rose pâle des tamaris, qui prospéraient parmi les touffes d'herbe battues par les vents, les ajoncs et les arbres maigres. La cuisine donnait sur un salon équipé de portes-fenêtres menant à une véranda d'où l'on distinguait dans son entier la baie minuscule. À l'étage, on recensait trois chambres et, dans un appentis qui flanquait la demeure, Frank avait installé une chaudière en cuivre, ainsi qu'une volumineuse baignoire émaillée. Des casiers à homards, des filets, des cannes à pêche, de vieilles ancres et des pièces détachées de moteur jonchaient le sol derrière la véranda, Pauline ayant depuis longtemps renoncé à exiger que Frank débarrassât les lieux de ces rebuts.

Peggy examina le ragoût de poisson dans sa marmite, qu'elle retira de la plaque chauffante. Il n'était pas question pour elle de le manquer, bien qu'elle doutât que Pauline ou Frank eût envie, ce soir, d'avaler plus de quelques bouchées. La cuisine était bien rangée. Le matin, Jim avait coupé des bûchettes, qu'il avait soigneusement empilées à côté du fourneau, et quant aux chaussures que Ron avait cirées, elles s'alignaient à présent sur du papier journal, non loin de la porte. Satisfaite que tout fût en ordre, Peggy gagna le salon miteux.

Assise dans le vieux canapé face aux portes-fenêtres, Pauline fumait cigarette sur cigarette en regardant son époux bricoler son bateau de pêche dans le soir qui tombait. Il était resté dehors pendant la plus grande partie de la journée, le visage fermé, ne parlant à personne, réticent à regagner cette maison où l'atmosphère était rendue pesante par le terrible deuil et le souvenir de ses garçons.

Sa femme et sa belle-sœur comprenaient son besoin de solitude, surtout ce soir, car le lendemain il leur faudrait traverser l'épreuve du service religieux. Et comme si leur double malheur ne suffisait pas, on était, pour le moment, sans nouvelles de Brendon, alors même que les autorités militaires avaient informé ses parents qu'elles lui avaient accordé un congé exceptionnel et que, par conséquent, il se trouvait en chemin pour Cliffehaven.

Peggy posa une main sur l'épaule de Pauline.

— Alf ne va plus tarder, fit-elle doucement. Y a-t-il autre chose que je puisse faire pour toi avant de partir ?

Pauline était une petite blonde à peine plus âgée que Peggy, mais la tragédie l'avait privée d'un coup de son charme et de sa vivacité. Trop mince à présent semblait-il, le teint blême, elle demeurait assise sur le canapé, regardant par la porte-fenêtre d'un œil fixe, qui probablement ne voyait pas Frank, ni rien d'autre ou presque, perdue qu'elle était dans son chagrin, prisonnière de la stupeur suscitée par le drame.

— Tu en as déjà fait tellement, répondit-elle enfin d'une voix brisée. Je ne sais pas comment je me serais débrouillée sans toi.

Peggy n'ignorait pas que sa belle-sœur eût aimé avoir sa mère auprès d'elle en de pareils instants, hélas la vieille dame était trop fragile pour pouvoir entreprendre un aussi long voyage, et sans doute, finalement, n'aurait-elle pas été en mesure d'aider beaucoup sa fille. Peggy s'assit à côté d'elle et lui prit la main.

— Nous sommes une famille, Pauline. Nous tenons à faire tout notre possible pour vous aider.

Elle caressa la petite main glacée.

— J'ai repassé ta robe noire et la chemise de Frank. J'ai aussi brossé son plus beau veston. Je les ai suspendus à des cintres dans votre chambre.

Les épaules étroites frissonnèrent, mais Pauline ne versait toujours pas de larmes.

— Brendon ne viendra pas, n'est-ce pas? parvint-elle à articuler.

— Il a encore le temps d'arriver, murmura Peggy, mais tu sais bien que tout est sens dessus dessous. Et puis il vient de très loin. Je suis certaine qu'il est en train de se mettre en quatre pour vous rejoindre.

Pauline opina, le regard toujours rivé au panorama qui s'offrait à elle par la porte-fenêtre.

— Il sait combien nous avons besoin de lui, lâcha-t-elle d'une voix à peine audible. Frank ne s'apaisera pas tant qu'il n'aura pas l'assurance qu'il est réellement en sécurité.

Peggy entendit le bruit d'un moteur.

— C'est Alf. Je ne tiens pas à le faire attendre.

Sa belle-sœur esquissa, tant bien que mal, le geste de se lever.

— Reste assise, voyons, lui dit Peggy. À demain.

Pauline se contenta d'un hochement de tête, tandis qu'elle écrasait, dans le cendrier, sa cigarette à demi fumée, avant d'en allumer une autre, puis de reprendre sa contemplation muette.

Peggy retourna à la cuisine où, ayant enfilé son manteau, elle s'empara de son filet à provisions et de l'étui de son masque à gaz. La camionnette du boucher approchait. Quel chic type, songea-t-elle en ouvrant la porte pour quitter la maison. Il faudrait à tout prix que Jim et elle trouvent un moyen de le récompenser pour le mal qu'il se donnait.

Il se gara devant la barrière et elle lui fit un signe de la main, mais, comme elle s'apprêtait à refermer la porte derrière elle, la portière côté passager s'ouvrit, et un beau jeune homme aux cheveux bruns, vêtu de l'uniforme de la Royal Naval Reserve, descendit du véhicule.

— Brendon..., souffla Peggy tandis qu'il se dirigeait vers elle à grandes enjambées, avant de l'étreindre sans un mot. Oh, Brendon..., soupira-t-elle contre son torse large. C'est tellement bon de te voir. Nous étions persuadés que tu ne réussirais pas à arriver à temps.

— Comment vont papa et maman? s'enquit-il en relâchant son étreinte, son regard bleu foncé encore assombri par le tourment.

Peggy cligna des yeux pour en chasser les larmes.

— Ils vont se sentir mieux, maintenant que tu es là, répondit-elle en lui tapotant la joue avant d'y déposer un baiser. Ta mère est à l'intérieur, et ton père sur la plage. Je vous laisse tous les trois.

Elle demeura sur le seuil assez longtemps pour entendre le cri de joie poussé par Pauline, puis, cette fois pour de bon, elle referma la porte. Ce soir, ils n'avaient plus besoin d'elle.

On avait pris le petit-déjeuner en silence, avec gravité. On s'était contenté de grignoter. Ron et Jim avaient quitté la pension peu après, en compagnie d'Harvey, pour aller arpenter les collines. Le reste de la maisonnée s'affaira aux tâches ménagères, s'occupa des bébés – on se réjouissait d'avoir quelque chose à faire avant de pouvoir échapper à cette atmosphère lugubre.

Il était prévu que Julie seconderait Michael lors des consultations gratuites que, tous les samedis matin, il donnait à l'hôtel de ville pour les enfants en bas âge et leurs mères. Puisqu'il était également convenu qu'aujourd'hui il examinerait Rose et William dans le cadre d'un contrôle régulier de leur santé, la Londonienne, après avoir revêtu son uniforme, avait quitté la demeure avec eux.

Elle se sentait coupable d'éprouver un tel soulagement en s'éloignant de ce logis où tout n'était plus qu'affliction. Poussant le landau, elle atteignit la grand-rue, sa robe amidonnée craquant un peu sous l'épaisse cape. C'était un jour morne, bien qu'ici et là de petits morceaux de bleu parussent entre les nuages qui galopaient – l'après-midi promettait d'être plus agréable. Le vent salé la ravigota.

Lorsqu'elle se trouva devant la mairie, des mains charitables l'aidèrent à hisser le landau au sommet du perron. Elle souriait aux uns et aux autres, échangeait quelques mots avec eux – elle était devenue un visage familier à Cliffehaven, on la tenait pour un membre à part entière de la société locale. Cela fit chaud au cœur à la jeune femme, qui souriait encore en garant son landau dans un coin de la grande pièce, avant de retirer son manteau.

— Bonjour, Julie.

Fay et Jess, deux jeunes volontaires, s'approchèrent pour lorgner à l'intérieur du landau.

— Oh..., s'extasia la première, ils sont adorables.

— A-do-ra-bles, confirma la seconde en découvrant un peu les deux enfants. Tu as de la chance, Julie.

Celle-ci eut un petit rire.

— Vous devriez les entendre à 5 heures du matin !… Blague à part, vous avez raison, ce sont de petites merveilles.

— À quoi pensiez-vous en amenant ces deux bébés ici ?

Les trois jeunes femmes se retournèrent d'un bond pour découvrir Eunice, qui les fusillait du regard.

— Le Dr Michael m'a donné sa permission. William et Rose doivent subir leur contrôle mensuel, et en raison du service religieux à la mémoire des deux fils de Frank Reilly, personne ne pouvait les garder.

Eunice ne décolérait pas, et ses yeux lançaient des éclairs.

— Veillez à ce qu'ils ne perturbent pas les consultations, assena-t-elle d'un ton sec avant de tourner les talons et de s'éloigner d'un pas de grenadier.

— Il est grand temps que quelqu'un lui enseigne les bonnes manières, à celle-là, gronda Fay. Et pourquoi c'est toujours après toi qu'elle en a, Julie ? À la voir, on a l'impression que tu es sa pire ennemie.

— Ça se voit comme le nez au milieu de la figure, se mit à rire Jess. Elle attend depuis des lustres que Michael s'intéresse à elle, et voilà qu'apparaît Julie, bien plus belle qu'elle, bien plus gentille aussi. Résultat, Michael l'a remarquée immédiatement.

— Si Jess a vu juste, Julie, enchaîna Fay, je te conseille de surveiller tes arrières. Il ne fait pas bon contrarier Eunice Beecham, c'est moi qui te le dis.

— Merci pour le conseil, murmura l'infirmière en disposant le matériel dont le médecin pourrait avoir besoin pendant ses consultations – balances, couvertures, divans d'examen. Mais ne te tracasse pas pour moi. Je suis capable de tenir tête à Eunice.

Toutefois, pendant que les trois jeunes femmes continuaient à aménager le théâtre des opérations, Julie se demanda si elle ne s'était pas un peu trop avancée. Dès le premier jour, Eunice lui avait manifesté de l'animosité, et si elle s'imaginait maintenant que la Londonienne entretenait une relation avec Michael, cette antipathie irait en empirant.

Lorsque les portes s'ouvrirent, et que le médecin pénétra dans la salle, la jeune femme nota que son regard se portait droit sur elle – hélas, Eunice l'avait vu aussi, au point qu'à présent Julie avait l'impression d'éprouver physiquement l'hostilité de l'infirmière Beecham. Cette fois, sa décision était prise : elle parlerait à Eunice, clarifierait la situation, non sans ouvrir aussi les yeux de Michael. Fallait-il donc qu'il fût aveugle pour n'avoir pas perçu l'adoration que lui vouait l'infirmière Beecham… N'avait-il pas repéré non plus qu'elle confectionnait, tout exprès pour lui, des biscuits qu'elle lui servait avec son café du matin ? Qu'elle briquait son cabinet ? Recousait les boutons de ses vestons ?… Julie poussa un lourd soupir. Les hommes, quelquefois, se montraient tellement benêts…

Comme tous les samedis matin, le cabinet ne désemplissait pas, et il y régnait un chaos que s'efforçaient d'ordonner Jess et Fay en amusant les bambins avec les jouets entassés dans une caisse pendant que leurs mères bavardaient et que les bébés hurlaient. Eunice, Michael et Julie ne chômèrent pas, pesant les enfants, s'assurant qu'ils se portaient bien, traçant des courbes de croissance, rédigeant des comptes rendus… Ils répondaient en outre aux mille et une questions que se posaient les jeunes mamans. N'étaient les regards noirs que lui lançait Eunice, c'eût été pour Julie, qui se sentait comme un poisson dans l'eau, une matinée de rêve.

— Bien, dit Michael lorsque sa dernière patiente se fut éloignée. C'est tout pour ce matin. Si vous désirez que j'examine Rose et William, Julie, amenez-les-moi.

— L'infirmière Harris doit encore voir Mme Owen, déclara Eunice avec vigueur. Après quoi elle devra ranger l'ensemble du matériel. C'est moi qui vais aller chercher les deux enfants.

Le médecin fronça les sourcils.

— Inutile, infirmière Beecham, je préfère que vous vous chargiez de Mme Owen. Je tiens à ce que Julie soit auprès de moi pendant que j'examine les bébés.

Eunice pinça les lèvres, considéra sa consœur d'un œil venimeux, avant d'ordonner à Mme Owen de lui amener au pas de course son nourrisson, qui hurlait sans répit.

— Quelle mouche a piqué l'infirmière Beecham? demanda Michael à Julie quand celle-ci lui présenta Rose. Jamais elle ne brusque ses patients.

— Je suppose qu'elle est un peu à cran depuis les attaques aériennes de la nuit dernière, répondit-elle en déshabillant la fillette, qu'elle plaça sur la balance.

Le médecin secoua pensivement la tête, puis se concentra sur Rose, qui agitait jambes et bras.

— Elle prend du poids, c'est bien, murmura-t-il en la prenant dans ses bras pour la déposer ensuite sur le divan d'examen, où il s'occupa de ses oreilles, de sa bouche et de sa gorge, écouta son cœur, passa les doigts sur son crâne avant de les faire glisser le long de sa colonne vertébrale – enfin, il fit jouer ses articulations et testa ses réflexes. Tout est parfait, conclut-il avec un sourire radieux. Je ne peux que vous féliciter, Julie, ainsi que Peggy.

L'infirmière rhabilla l'enfant et la remit dans son landau.

— Vous pouvez complimenter l'ensemble des femmes de la pension du Bord de mer. Il s'agit d'un travail d'équipe. D'ailleurs, avec toutes ces « mamans » à leur disposition, je me demande si nos deux petits anges ne vont pas devenir de vilains diablotins.

Cette fois, elle s'empara de William, fourrant tendrement le nez dans son cou ; comme à l'accoutumée, le garçonnet gazouilla de plaisir.

— Je crois avoir compris qu'Anne quitterait l'hôpital dans deux semaines tout au plus. Cela devrait vous décharger un peu de vos responsabilités.

La jeune femme n'en était pas si sûre car, si Peggy n'aurait plus à se rendre chaque jour au chevet de sa fille, cette dernière garderait encore longtemps la jambe dans le plâtre ; elle ne pourrait pratiquement rien faire.

— Disons surtout que cela permettra à Anne de profiter enfin de sa fillette à temps complet, murmura-t-elle en posant William sur la balance.

Elle poussa un lourd soupir :

— Il n'a pour ainsi dire pas pris un gramme, se navra-t-elle.

Michael le saisit à son tour pour l'examiner.

— En tout cas, ses oreilles sont en excellent état.

Il prit son stéthoscope.

— Le fait est qu'il demeure en sous-poids par rapport aux autres enfants de son âge. Je suppose que vous lui donnez à présent davantage d'aliments solides, en plus du lait ?

Julie opina, considérant, d'un œil chargé d'angoisse, le médecin en train d'ausculter son neveu. Indubitablement, ce dernier restait beaucoup trop petit et beaucoup trop maigre, au point de paraître mal nourri quand on le comparait à Rose, au contraire si potelée. Souffrait-il d'un problème de santé, ou avait-il seulement hérité de la complexion délicate de sa mère ?

Michael toucha les pieds et les mains de l'enfant.

— Il a presque toujours les extrémités froides, intervint la Londonienne. Même avec deux paires de chaussons, des moufles et une bouillote la nuit, rien à faire.

Le médecin hocha la tête, la mine grave.

— Vous pouvez le rhabiller.

Il récupéra le dossier gris posé sur la table, à côté de lui.

Sur ce dossier, que Julie n'avait encore jamais vu, elle découvrit le prénom de l'enfant – ses mains, aussitôt, se mirent à trembler. Elle n'aimait pas ces sourcils froncés, tandis que Michael parcourait ce qu'elle supposa être ses notes concernant William.

— Que se passe-t-il? hasarda-t-elle d'une voix craintive.

Il referma le dossier.

— Ces documents sont arrivés au cabinet il y a deux semaines. En provenance de Londres, accompagnés d'une lettre du Pr Philips, qui a procédé à l'accouchement.

De l'embarras se peignit sur ses traits.

— On les aura probablement mal rangés, car je ne les ai découverts que ce matin. Je ne m'explique pas comment ils ont pu se retrouver au fond du tiroir de mon bureau. Bah… Je suppose que mon emploi du temps chargé me rend un peu distrait quelquefois.

C'était Eunice qui s'occupait chaque matin du courrier, mais Julie, quoique le doute se fût soudain insinué en elle, refusait d'admettre qu'elle eût pu pousser sa vengeance jusqu'à enterrer ces papiers importants.

— Ces documents contiennent-ils des choses que je devrais savoir?

Michael contempla un instant le garçonnet, qui gigotait dans les bras de sa tante, avant de hocher la tête à contrecœur.

— De quoi s'agit-il? s'affola la Londonienne, dont le pouls s'était accéléré.

— Peut-être devrions-nous attendre d'avoir regagné mon cabinet pour en parler…

— Non, répondit la jeune femme avec fermeté. Je veux savoir ce qui se passe. Maintenant.

Michael soupira :

— Le Pr Philips a détecté un léger souffle au cœur, dit-il doucement, mais il a mis cela sur le compte des conditions difficiles dans lesquelles William a vu le jour, d'autant plus qu'il était prématuré.

— Un souffle au cœur? répéta Julie, serrant plus fort l'enfant contre son sein.

— Un *léger* souffle au cœur, se hâta de rectifier le médecin. Et j'ai bon espoir qu'avec le temps tout rentrera dans l'ordre.

— Mais pour le moment, ce n'est pas le cas, n'est-ce pas? répliqua l'infirmière, dont la peur aiguisait le ton. Vous l'entendez toujours…

— En effet… Je suis navré, Julie, mais Sam Watson l'a entendu, lui aussi. C'est pour cette raison que j'ai demandé au Pr Philips de m'envoyer ses notes.

— Si je comprends bien, vous n'avez pas parlé rugby, après mon rendez-vous chez le pédiatre, s'emporta-t-elle, le regard accusateur.

Le garçon baissa la tête, un peu honteux.

— J'aurais dû m'en douter, le cingla-t-elle. Et pourquoi le Pr Philips a-t-il délivré un certificat de bonne santé à William sans mentionner son souffle au cœur?

Elle élevait la voix, à mesure qu'une terreur mêlée d'effroi la saisissait.

— Aucun d'entre vous n'a-t-il donc songé que j'étais en droit de savoir? Et quand aviez-vous prévu de m'informer? Quand il serait tombé malade?… Quand il…?

Elle cramponna l'enfant en ravalant ses larmes.

— Oh mon Dieu…, murmura-t-elle. Il n'est tout de même pas atteint d'une grave maladie de cœur, n'est-ce pas? Il ne va pas souffrir toute sa vie comme notre pauvre Franny?

— Bien sûr que non.

Michael se leva d'un bond pour rejoindre Julie; il passa un bras autour de ses épaules, sans se soucier de la mine furibonde d'Eunice, de l'œil de Mme Owen, agrandi par la curiosité, ni des regards entendus que s'échangeaient Jess et Fay.

— Ce souffle signifie simplement qu'il a sans doute un minuscule trou dans le cœur, qui disparaîtra avec le temps.

— Un trou dans le cœur? fit la Londonienne, horrifiée.

— C'est beaucoup moins grave que ça n'en a l'air. Vous savez comme moi qu'à son âge il possède un tout petit cœur, le trou dont je parle est donc infime. Et je puis vous affirmer qu'il y a de grandes chances pour qu'il se résorbe de lui-même. Pour le moment, cela provoque quelques troubles chez William. C'est à cause de ce léger souffle au cœur qu'il peine à se développer correctement, par exemple, ou qu'il a toujours les extrémités froides. Mais son état ne s'aggrave nullement.

Julie frissonna.

— Que se passera-t-il si ce trou ne disparaît pas tout seul?

— Après avoir lu ce matin le dossier envoyé par le Pr Philips, je me suis entretenu avec Sam Watson. Il se pourrait, dans le pire des cas, que William doive subir une intervention chirurgicale, mais…, se hâta-t-il d'ajouter. Mais aucun chirurgien ne s'aviserait d'opérer alors qu'il est encore si petit. Il ne s'agit en rien d'une urgence vitale, Julie, je veux que vous me croyiez. Les bébés possèdent une résistance exceptionnelle, et même si William est un peu maigrichon, je sais qu'il se révèle beaucoup plus fort que vous ne le pensez. Et sa vie n'est pas en danger.

Elle le fixait, incapable de mettre des mots sur la terreur pure qui venait de refermer ses vilaines serres sur son cœur.

Michael la saisit par les deux épaules, plongea son regard dans le sien.

— Je sais que vous avez peur, Julie, mais je vous promets que Sam Watson et moi allons veiller sur lui de notre mieux. De votre côté, j'exige que vous me promettiez de venir me voir, à toute heure du jour ou de la nuit, si la moindre petite chose vous tourmente.

À travers ses larmes, elle contempla un instant l'œil si doux de Michael. Dès lors, elle acquit la conviction qu'elle devait lui faire confiance.

— Y a-t-il d'ores et déjà quelque chose à faire pour l'aider à se porter mieux?

Le médecin s'empara de son bloc d'ordonnances.

— Sam m'a conseillé de lui prescrire un diurétique, afin que les fluides s'écoulent mieux, et de lui donner un médicament susceptible de fortifier son cœur et de lui permettre de fonctionner avec plus d'efficacité. Cela améliorera d'autant sa circulation sanguine. Il se sentira mieux, ce qui, je pense, lui ouvrira l'appétit.

— C'est tout?

— Je le recevrai en consultation une fois par mois, mais s'il attrape un rhume, une affection pulmonaire ou quelque chose du même genre, passez me voir sur-le-champ. C'est très important, Julie, car alors, il faudra que Sam l'examine à nouveau.

Et déjà, la jeune femme s'imaginait en train d'accourir au cabinet dès que l'enfant éternuerait, dès qu'il froncerait les sourcils… Elle doutait de se montrer à la hauteur de la situation. Et comment, désormais, pourrait-elle avoir l'assurance que Peggy, sa famille et ses pensionnaires feraient preuve d'une vigilance égale à la sienne?

— Je ferais peut-être mieux d'opter pour un temps partiel, murmura-t-elle. Je ne peux pas me permettre de faire peser une pareille responsabilité sur les épaules de Peggy.

Michael lui tendit l'ordonnance avec un sourire bienveillant.

— Je sais que vous allez forcément vous affoler à la moindre alerte, mais c'est on ne peut plus naturel.

Il lui serra l'avant-bras en manière d'encouragement.

— Quant à réduire votre temps de travail, il n'en est pas question. Ce qui importe le plus, pour William comme pour vous, c'est de continuer à mener une existence normale. Vous ne gagnerez rien à être constamment sur son dos, et s'il s'enrhume, je le soignerai, voilà tout. Laissez-le côtoyer d'autres enfants sans vous poser trop de questions, profitez de lui tout votre saoul et, surtout, ne vous sentez pas obligée de le traiter comme s'il était en sucre. Il a besoin de rester un résident à part entière de la pension du Bord de mer, de même que vous devez continuer d'exercer la profession que vous aimez. Plus vous vous sentirez bien dans votre peau tous les deux, plus William augmentera ses chances de se développer comme les autres enfants.

Julie hocha la tête, requinquée par ces judicieux conseils. Toutefois, elle demeurait convaincue que, s'il devait arriver malheur à William pendant ses heures de travail, elle ne se le pardonnerait jamais. D'un autre côté, si elle renonçait à son emploi, elle n'aurait bientôt plus d'argent pour payer les médicaments du petit garçon…

— Je verrai bien la tournure que prendront les événements, laissa-t-elle tomber avec réticence.

— Vous n'êtes pas seule, Julie. Nous veillerons ensemble sur William.

Levant le regard vers lui, elle éprouva soudain l'ardent désir qu'il la prît dans ses bras, qu'il la berçât, qu'il lui transmît l'énergie nécessaire à traverser cette nouvelle épreuve. Elle se pencha vers lui, tandis qu'ils ne se lâchaient plus des yeux.

— Docteur Michael, je désire m'entretenir avec vous de l'un de mes patients.

La voix d'Eunice les tira sans ménagement de leur rêve éveillé. Julie tâcha de dissimuler son trouble en s'éloignant pour replacer William dans le landau ; elle en profita pour reprendre contenance. À partir d'aujourd'hui, songea-t-elle, elle devrait faire preuve de prudence, car en dépit de ses dénégations, elle se sentait aussi attirée par le jeune médecin qu'il l'était manifestement par elle.

Eunice avait observé avec aigreur la scène qui venait de se dérouler entre Michael et Julie, elle avait également repéré les regards sournois échangés par Jess et Fay. Elle n'était donc pas la seule à avoir remarqué l'attraction croissante qui, de jour en jour, jetait ces deux-là l'un vers l'autre. Il était grand temps d'y mettre un terme.

Elle garda cependant pour elle ses résolutions. Le médecin ayant quitté les lieux en saluant ses collaboratrices d'un geste de la main, Eunice acheva sa consultation avec Mme Owen, rangea le petit coin qu'elle s'était arrogé pour la matinée, puis disparut dans le hall de la mairie sans un mot pour personne. Le trajet séparant l'hôtel de ville du cabinet médical était court, aussi l'effectua-t-elle avec lenteur, car elle avait besoin de remettre de l'ordre dans ses pensées.

Elle avait lu, dans les yeux de Julie, beaucoup de suspicion à l'évocation du dossier égaré, et dès lors elle s'était sentie honteuse que son comportement envers la jeune Londonienne eût pu lui laisser croire qu'elle était capable de mettre sciemment la vie d'un patient en danger. Il ne lui serait même pas venu à l'idée de commettre un tel acte. En revanche, les problèmes cardiaques du petit William jouaient désormais en sa faveur – grâce à eux, si elle manœuvrait habilement, peut-être parviendrait-elle à se débarrasser de Julie une bonne fois pour toutes.

Le cabinet était fermé au public, Michael se trouvait à son club de rugby, où il passait le plus clair de ses samedis après-midi ; son père était dans son jardin, où il s'occupait de ses roses. Parfait.

L'infirmière dénicha le Dr Sayers sur un banc au soleil, un manuel de jardinage entre les mains, tandis qu'il observait les taches noires sur les feuilles de son rosier grimpant favori.

— Docteur Sayers, fit-elle avec chaleur. Je suis navrée de vous déranger, mais je me demandais si vous accepteriez de me donner votre avis sur une chose qui me préoccupe…

L'homme lui sourit en retour puis, avisant sa mine troublée, il prit sa main dans la sienne :

— Bien sûr que oui, ma chère.

Il tapota le banc à côté de lui.

— Asseyez-vous, Eunice, et faites-moi part de vos tourments.

16

Julie avait regagné la pension du Bord de mer dans un brouillard mental où la confusion le disputait à l'angoisse. Il n'était pas question, résolut-elle, qu'il y eût, avec Michael, d'autres moments d'égarement après celui qu'ils avaient vécu à l'hôtel de ville. Elle ne l'aimait pas, voyons... Elle était simplement tombée dans le piège auquel s'étaient déjà prises bien des patientes et bien des infirmières avant elle – elle avait soudain vu en lui un sauveur – un garçon serviable, attentionné, se muant soudain en chevalier blanc, en ange gardien ayant réponse à tout.

Elle passa par le jardin, pénétra au sous-sol avec son landau. Les deux bébés, qui avaient ouvert l'œil, commençaient à se plaindre de la faim. Ayant pris Rose entre ses bras, elle gravit les marches avec elle pour se rendre à la cuisine, où elle découvrit Mme Finch, la mine affligée, le regard perdu par la fenêtre située au-dessus de l'évier.

— Ils sont tous partis pour le service religieux, soupira-t-elle. J'espère de tout mon cœur qu'ils n'en sortiront pas trop éprouvés.

Elle parut devoir consentir un gros effort pour chasser sa tristesse, puis aller chercher des tasses et des soucoupes sur l'égouttoir en bois, avant de poser la théière sur la plaque chauffante.

— L'eau est prête à bouillir. J'avais pensé qu'une tasse de thé vous ferait du bien.

— Cela ne vous dérange pas de vous charger de Rose pendant que je descends récupérer William?

Le petit visage de la vieille dame s'illumina. Elle prit place dans l'un des deux fauteuils, tendit les bras.

— Cela ne me dérange jamais, répondit-elle avec douceur. Ils sont tellement mignons.

Elle caressa d'un doigt la joue de la fillette et se mit à lui faire des mignardises.

Julie ayant ramené William au rez-de-chaussée, elle changea sa couche, après quoi elle fit subir le même traitement à Rose, qu'elle avait échangée contre son neveu dans les bras de Mme Finch. Elle leur prépara ensuite de quoi manger – un biberon de lait maternisé pour la fillette, pour le garçonnet une petite assiettée de purée de légumes.

Elle donna son biberon à Rose, pendant que Mme Finch tentait de convaincre William de manger un peu de purée, dont il préférait se barbouiller la figure; son bavoir en était maculé. Les tentatives renouvelées de la vieille dame lui prirent un temps considérable, au point que, lorsqu'elle renonça, Rose somnolait déjà – la Londonienne la déposa avec précaution dans son parc, posant ensuite sur elle une couverture, avant de préparer un biberon pour William, auquel elle ajouta les médicaments qu'elle avait rapportés de la pharmacie. Elle agita le biberon, en vérifia la température avant de le remettre à Mme Finch.

Celle-ci posa un œil suspicieux sur l'objet.

— Que venez-vous de verser là-dedans?

— William a besoin d'un traitement pour fortifier son cœur.

— Oh… Pauvre petit biquet, se mit à chevroter la vieille dame en serrant plus fort l'enfant, auquel elle tendit le biberon. Son cœur, dites-vous? De quoi souffre-t-il au juste?

Julie lui fournit quelques explications simples, avant de lui assurer que William ne se trouvait pas en danger, du moins pas dans l'immédiat.

— Mais je vous en prie, ne dites rien à Peggy ni aux autres membres de sa famille pour le moment. Ils ont déjà bien assez de soucis.

— Comptez sur moi, ma chère. Je suis la discrétion incarnée.

La Londonienne doutait pourtant qu'elle fût capable de garder un secret plus de cinq minutes, mais elle s'abstint de tout commentaire.

— En revanche, j'aurais besoin de vous pour veiller sur lui, madame Finch. Il va avoir besoin de nombreux câlins et de beaucoup d'amour, mais il ne faut surtout pas qu'il s'enrhume ou qu'il tombe malade. Nous devons donc lui accorder une attention toute particulière. Il va aussi falloir que je m'en remette à vous seule quand je serai au travail.

Mme Finch posa sur la jeune femme un regard qui ne cillait pas :

— Bien sûr que je vais l'aimer, que je vais prendre grand soin de lui, comme je le fais avec la petite Rose. Mais je ne suis pas une sotte, Julie. Je sais pour quelle raison c'est à moi que vous avez demandé un tel service.

Le visage de l'infirmière demeura sans expression.

— Je me suis adressée à vous parce que vous êtes une femme avisée, à laquelle je sais pouvoir faire confiance. Et puis, vous adorez Rose et William.

— Vous êtes une jeune fille charmante, mais vous feriez une piètre joueuse de poker.

Elle soupira en caressant la joue duveteuse du garçonnet.

— Je n'ignore pas que j'ai manqué d'entrain ces derniers temps, mais j'ai fini par comprendre qu'il s'agissait là d'une attitude à la fois égoïste et grotesque. Nous n'avons qu'une vie, nous devrions donc la vivre intensément au lieu de souhaiter qu'elle s'arrête. Et rien ne vaut de prendre soin des autres pour se remettre sur les rails.

Elle posa sur son interlocutrice un œil scintillant.

— Tout va bien, Julie, murmura-t-elle. Je n'ai pas encore l'intention de jeter l'éponge.

La jeune femme lui sourit. Sa stratégie avait porté ses fruits, et Mme Finch avait enfin renoué avec sa bonne humeur.

La matinée du lundi laissait augurer l'une de ces journées d'une exquise fraîcheur, où le monde paraissait tout neuf, où des fleurs blanches et roses, détachées des arbres où elles s'épanouissaient, voletaient dans la brise, où de jeunes pousses pointaient le bout de leur nez entre les jacinthes et les crocus. Julie n'avait toujours pas évoqué la santé de William devant le reste de la maisonnée, mais sachant pouvoir compter sur Mme Finch en cas de problème, elle allait travailler sans se tourmenter trop.

Rompue et un peu anxieuse après avoir passé la moitié de la nuit à aider une femme à accoucher dans une maisonnette isolée, située au nord de Cliffehaven, elle se présenta au cabinet pour constater qu'il ne s'y trouvait ni Michael ni Eunice. Le vieux Dr Sayers, en revanche, se tenait assis dans la salle d'attente, où il consultait les dossiers de ses patients, tandis que Maude heurtait sans ménagement les pieds de chaise avec l'aspirateur. L'expression qui se peignait sur les traits du médecin ne présageait rien de bon – ce jour, à coup sûr, appartenait à ses désormais légendaires mauvais jours, qui le trouvaient grognon du matin jusqu'au soir.

Il releva le nez, fusilla du regard la femme de ménage.

— Débranchez-moi cette saleté, aboya-t-il, et dénichez-vous donc une occupation moins bruyante.

Contrariée, Maude ne tarda pas à quitter la pièce avec l'aspirateur. Quelques minutes plus tard, elle entrechoquait des seaux dans la cuisine.

— Cette maudite bonne femme est incapable de faire quoi que ce soit en silence, gronda le médecin qui, enfin, se tourna vers Julie : Infirmière Harris, dit-il avec emphase. Vous et moi avons à parler.

Elle le suivit jusqu'à son cabinet, dont elle referma la porte derrière elle – un frisson lui parcourut l'échine. Elle s'assit sur la pointe des fesses, lissa son tablier.

Le Dr Sayers prit place à son bureau, les mains croisées sur le ventre. Il semblait particulièrement sombre ce matin-là et, lorsqu'elle vit le dossier de William sur sa table de travail, elle eut un haut-le-corps.

— J'ai été réellement navré d'apprendre que votre neveu avait des problèmes de santé. Ce doit être difficile pour vous.

— Michael et le Dr Watson m'ont promis de le suivre de très près, répondit Julie avec nervosité. Bien sûr, je m'inquiète beaucoup, mais les membres de la famille Reilly sont des gens extrêmement compréhensifs. Je sais que je peux m'en remettre à eux les yeux fermés pendant que je suis au travail.

— Avez-vous déjà songé que votre place est auprès de William, et non au sein de ce cabinet ? Si vous désiriez nous remettre votre démission, je le comprendrais tout à fait.

La jeune femme retint un instant sa respiration.

— J'ai besoin de travailler pour payer les médicaments de mon neveu et faire face aux dépenses quotidiennes, se hâta-t-elle de répondre. Tant que William n'est pas handicapé par sa maladie de cœur, j'ai bien l'intention de poursuivre ma tâche à vos côtés.

— Je vois. Tout cela est bien gentil, infirmière Harris, mais si l'état de l'enfant devait brusquement empirer, il me serait impossible de vous trouver une remplaçante au pied levé. Or, je vous ai prévenue dès le premier jour : je ne tolérerai pas le moindre grain de sable dans notre mécanique bien huilée.

Le cœur de Julie battait à rompre, et sa bouche se révélait si sèche qu'elle peinait à articuler :

— Êtes-vous en train de me demander de vous remettre ma démission ?

— Je vous demande de m'assurer de votre sérieux, fit-il d'une voix bourrue.

— Il m'est impossible de vous l'assurer à cent pour cent, docteur Sayers. D'autant plus que c'est d'un enfant malade que nous parlons.

— Dans ce cas, je crois que vous devriez sérieusement reconsidérer votre position parmi nous, laissa-t-il tomber sans émotion. Il est primordial d'offrir à nos patients un service exemplaire, que rien ne vienne interrompre. Si vous n'êtes pas en mesure de me promettre un dévouement sans faille à notre cabinet, je vais devoir commencer à m'enquérir d'une autre sage-femme.

Julie ferma les paupières, désireuse de garder son calme, mais ses pensées, comme ses émotions, se livraient en elle à une sarabande effrénée.

— Vous ne pouvez pas me licencier, déclara-t-elle avec courage. Je travaille dur et j'ai maintes fois prouvé mes compétences. Je n'arrive jamais en retard, et bien que mes tournées semblent s'allonger au fil des jours, aucun de mes patients n'a eu à en souffrir. Demandez à Michael. Il vous le confirmera.

— Tiens donc. Mon fils.

Ses lèvres s'étrécirent entre sa barbe et sa moustache cirée.

— Il semblerait qu'à plusieurs reprises Michael et vous ayez eu l'un envers l'autre un comportement des plus déplacés. Sachez que cela me déplaît beaucoup, infirmière Harris.

À cette dernière, qui allait protester, il intima l'ordre de se taire d'un geste de la main.

— Je comprends que vous ayez placé en lui votre confiance concernant la santé de votre neveu. Je veux bien encore que vous éprouviez de l'admiration pour ses compétences professionnelles et la bienveillance dont il fait preuve à l'égard de ses patients. En revanche, je n'admettrai pas que d'autres sentiments que ceux-là vous attachent à lui. Avez-vous bien saisi le sens de mes paroles?

Elle ne saisissait que trop bien : la maladie de William ne constituait nullement le sujet principal de cette conversation. Le Dr Sayers l'avait fait venir dans son bureau pour évoquer la prétendue relation entre son fils et elle. Dès lors, elle acquit la certitude qu'Eunice avait tiré toutes les ficelles ; une colère blanche et glacée s'empara d'elle.

— Je saisis parfaitement, docteur Sayers, répondit-elle avec froideur. Mais les rapports que votre fils et moi entretenons sont d'ordre strictement professionnel.

— Je suis ravi de l'entendre. Dans ce cas, veillez à ce que rien ne change sur ce point.

Julie profita de ce que le médecin s'emparait lentement de sa pipe et de son tabac pour s'apaiser un peu. Eunice Beecham était une ignoble créature qui, dans l'unique but de nuire à sa consœur, s'était répandue en confidences acides auprès du vieil homme. Mais du diable si elle devait jamais parvenir à détruire tout ce pour quoi la jeune Londonienne avait œuvré si dur. Il n'était pas question qu'elle se contentât de remettre sa démission au Dr Sayers, puis de quitter les lieux sans mot dire.

— Eh bien, infirmière Harris, reprit celui-ci lorsqu'il eut allumé sa pipe. À quelle conclusion êtes-vous arrivée pour ce qui est de votre place parmi nous?

— Je continuerai à travailler comme je l'ai fait depuis mon embauche, répondit-elle avec détermination. Et si vous tenez à engager une autre sage-femme, je me permettrai de vous suggérer de répartir la tâche entre nous, et de nous employer chacune à mi-temps. De cette façon, rien ni personne ne risquera de gripper les rouages de votre organisation et, pour ma part, je continuerai à gagner suffisamment d'argent pour payer le traitement de William.

Dans le long silence qui suivit cet ardent plaidoyer, le médecin considéra sa collaboratrice d'un air songeur à travers la fumée, avant de hocher la tête :

— Cela me paraît très judicieux au vu des circonstances, commenta-t-il sur un ton bourru. Je vais faire paraître dès la semaine prochaine une annonce dans les magazines médicaux.

Lorsqu'elle se leva pour prendre congé, elle était le siège de sentiments contradictoires. Car si elle avait certes tenu la dragée haute à son employeur, elle venait aussi de s'exprimer sans plus réfléchir, or un salaire réduit de moitié lui permettrait à peine de survivre – comment allait-elle pouvoir se débrouiller?...

Le Dr Sayers se mit debout à son tour pour la raccompagner à la porte.

— Vous êtes une excellente infirmière, infirmière Harris, ainsi qu'une remarquable sage-femme. Et bien que je réprouve votre toquade manifeste pour mon fils, je ne puis m'autoriser à vous perdre.

Elle posa sur lui un regard froid et détaché, que contredisait son intime émoi.

— Je suis une professionnelle, et j'ai de lourdes responsabilités. Par ailleurs, j'ai passé l'âge des toquades. Avec moi, votre fils ne craint rien, docteur Sayers.

Pour la première fois depuis le début de la matinée, ce dernier lui adressa un large sourire en ouvrant la porte de son cabinet.

— Je suis heureux de l'entendre, infirmière Harris. Sur ce, filez, et demandez à Maude de m'apporter mon café, voulez-vous ?

Julie demeura dans le hall d'entrée un moment sans bouger, le temps pour elle de reprendre son souffle, puis elle se dirigea d'un pas résolu vers la salle d'attente, où Eunice supervisait le travail de Maude. À peine la Londonienne lui eut-elle transmis la demande du Dr Sayers que la femme de ménage décampa. Julie demeura seule avec Eunice.

— C'est très gentil à vous de vous être inquiétée à ce point pour William, mais le Dr Sayers est un homme tellement compréhensif, n'est-ce pas ?

De son regard elle semblait forer son ennemie jusqu'à l'âme, et sur ses lèvres s'était posée une parodie de sourire.

— J'ignore de quoi vous parlez, murmura Eunice, l'œil rivé à la liste des patients du jour.

— Oh… Je crois plutôt que vous m'avez très bien comprise, Eunice. Mais vous ne vous débarrasserez pas de moi aussi facilement.

Eunice s'éclaircit la voix, feuilleta les papiers sur son bureau.

— Je n'ai pas la moindre idée de ce à quoi vous faites allusion, s'obstina-t-elle avec raideur.

— Dans ce cas, permettez-moi d'éclairer votre lanterne.

Et Julie de se pencher vers elle, s'exprimant tout bas, avec, sur le visage, un masque dédaigneux :

— Malgré les efforts que vous avez récemment déployés pour qu'on me mette à la porte, je vais continuer à travailler ici, avec la bénédiction du Dr Sayers, jusqu'à ce que le moment soit venu pour moi de m'en aller. Si je vous reprends à médire sur mon dos, je m'arrangerai pour que le Dr Michael apprenne quel genre de vipère vous êtes en réalité.

Eunice blêmit, et quand elle posa sur le bureau les documents dont sa consœur aurait besoin pour sa tournée du jour, ses mains tremblaient.

— La liste est plutôt longue ce matin, fit-elle sur un ton hésitant. Vous ferez donc équipe avec Fay.

Julie s'empara du dossier. Au même instant, Fay et Jess faisaient leur apparition, hors d'haleine, les joues rougies par le vent frais. Tournant le dos à Eunice, Julie rendit aux deux jeunes filles leur sourire joyeux.

— Ne retire pas ton manteau, Fay, dit-elle avec une allégresse feinte. Une longue journée nous attend, nous ferions mieux d'y aller.

Depuis sa conversation avec Ron, Jim attendait son heure, mais une semaine s'était écoulée depuis le service religieux en hommage aux deux disparus, et Frank n'avait toujours pas fait le moindre effort pour réagir favorablement à l'aide que son frère lui apportait ni à ses tentatives de rapprochement. Jim estimait à présent qu'il avait assez patienté. Il s'élança d'un pas énergique au cœur du paysage vallonné, les mains dans les poches, ses pensées pour toute compagnie.

Il avait quitté la maison aux premières heures du jour, informant Peggy qu'il devait se rendre quelque part… Il ignorait quand il rentrerait. La logeuse le connaissait trop bien pour lui poser la moindre question, car, en règle générale, il allait et venait à sa guise, et elle ne désirait pas savoir à quoi au juste il occupait ses journées, sauf lorsqu'elle soupçonnait que ses activités pouvaient nuire à l'harmonie de son foyer. Elle s'était contentée de l'embrasser, lui demandant simplement de revenir à temps pour rendre visite à Anne.

Jim se sentait coupable, car Peggy, fidèle entre toutes, lui faisait une confiance aveugle – il ne la méritait pas. Il avait été tenté parfois de sortir du droit chemin, lorsque, de loin en loin, son orgueil et sa vanité se trouvaient à ce point flattés qu'il en oubliait pendant un moment qu'il était un père de famille, un homme responsable de bientôt quarante-quatre ans. Mais jamais, finalement, son amour pour Peggy n'avait flanché, jamais il n'avait succombé à la tentation.

Il était un séducteur, incapable, en outre, de résister à une combine alléchante – il s'adonnait au marché noir. Son père, il est vrai, lui avait montré le chemin : il se rappelait leurs expéditions à bord du bateau de pêche familial, qui les menaient en France, dont ils revenaient la cale chargée de tabac, de cognac, et d'autres marchandises chapardées par leurs amis douaniers. En revanche, Jim n'avait jamais rien fait qui eût risqué de nuire à quelqu'un, jamais il n'avait songé à cambrioler une banque. Jamais il ne s'était attiré d'ennuis sérieux. Mais, rien à faire : les longues heures qu'il passait assis dans la cabine de projection, à l'Odéon où il travaillait, se révélaient assommantes, aussi avait-il besoin de quelques affaires louches et d'un brin de flirt ici ou là pour pimenter son existence.

Peu habitué à autant d'exercice physique, Jim était hors d'haleine lorsqu'il atteignit le sommet de la piste qui, ensuite, redescendait vers la baie des Tamaris. Il distinguait, par-delà les toits des maisonnettes, les embarcations que leurs propriétaires avaient tirées sur la grève, au-dessus du niveau des plus hautes eaux. Il s'immobilisa un moment pour observer Frank. Son frère était seul, assis dans son bateau, où il fumait une cigarette en contemplant la mer. Nulle part ne se donnait à voir le side-car que Brendon s'était offert peu après son retour. Jim espéra qu'il avait emmené Pauline en promenade, car c'était une matinée venteuse, mais radieuse à la fois.

Il remonta le col de son manteau, puis descendit la piste en direction du logis de son frère. Sans s'annoncer, il passa devant la porte d'entrée pour emprunter le sentier, longeant le flanc de la maison, qui menait à la plage. Il se dirigea droit vers Frank – les galets crissaient sous ses lourdes bottes.

— Qu'est-ce que tu veux? lui demanda son frère sans lâcher les eaux des yeux.

— Te parler. Et tu n'as pas intérêt à refuser.

Il se hissa à bord de l'embarcation, s'assit à côté de Frank.

— Voyez-vous ça, ironisa ce dernier. Et qu'est-ce que tu as donc à me dire que je pourrais avoir envie d'écouter?

Il s'agissait de l'épreuve la plus pénible de son existence, mais il tenait à la traverser jusqu'au bout. L'heure était venue pour lui de se montrer sincère et direct, de dire ce qu'il avait sur le cœur.

— Je t'aime, Frank. Je t'admire et je te respecte, et tu me manques.

L'expression de son frère demeura inchangée, tandis qu'il continuait à fixer les flots en fumant sa cigarette.

Jim passa une langue nerveuse sur ses lèvres.

— Tu estimes que je suis un voleur et un menteur, je le sais, et je reconnais volontiers qu'en matière de respect de la loi, je suis souvent sur le fil du rasoir. Il m'est aussi arrivé de raconter quelques craques à Peggy pour me sortir d'un mauvais pas. Mais je ne suis pas un détrousseur de cadavres, et je n'ai pas, par-dessus le marché, tendu de piège à Todd pour me tirer des flûtes. C'est lui qui a barboté tous ces trucs-là et me les a ensuite collés dans les pattes. Je n'ai fait que lui rendre ce qui lui appartenait.

Frank jeta par-dessus bord sa cigarette, qui acheva de se consumer au milieu des galets. Après l'avoir observée un moment, l'homme tourna sa grosse tête vers son cadet, l'œil plus froid et plus bleu que les glaces de l'Arctique.

— Barre-toi, laissa-t-il tomber avec un calme menaçant. Laisse-moi pleurer mes fils, au lieu de déterrer ces histoires dont tout le monde se fout à présent.

— Moi, je ne m'en fous pas, s'offusqua Jim. Ces plaies sont restées à vif, même au bout de tant d'années, et j'estime qu'il est temps pour moi de régler cette affaire une bonne fois pour toutes.

Frank se leva à l'intérieur de la cabine. Il dominait son cadet et le bateau se mit brièvement à tanguer.

— Qu'est-ce que tu veux? gronda-t-il, ses traits burinés dévorés de rage, tandis qu'il serrait les poings.

Jim se sentait terriblement vulnérable, mais il n'ignorait pas que l'on en arriverait forcément là, aussi s'était-il préparé. Ravalant sa frayeur, il se dressa devant son frère.

— Je veux que tu admettes que tu as eu tort. Je veux que tu prennes un peu le temps de réfléchir, que tu te rappelles ce que tu as cru voir pour essayer de comprendre enfin ce qui s'est réellement passé.

Frank darda sur son cadet un regard courroucé, serrant et desserrant les doigts alternativement. Il passa devant Jim, descendit du bateau pour se mettre à arpenter rageusement les galets.

Jim le suivit, le saisit par le bras, ce qui le fit vaciller.

— Ne me tourne pas le dos! hurla-t-il. Ça fait vingt-trois ans que tu me tournes le dos, j'en ai ma claque!

Son aîné poussa un rugissement formidable, lança vers l'avant son poing phénoménal.

Jim se baissa.

Frank, déséquilibré, frappa de nouveau.

Jim, une fois encore, esquiva le coup, puis portant le poids de son corps vers l'arrière, assena à son frère un puissant coup de tête en plein ventre.

Frank tituba pendant quelques instants, avant de s'effondrer à genoux, le souffle coupé.

— Tu ferais mieux de foutre le camp…, haleta-t-il. Parce que si je t'attrape… tu es un homme mort.

Jim néanmoins ne bougea pas, sa peur à présent noyée sous l'irrépressible besoin de faire entendre à son frère qu'il ne se débarrasserait pas de lui d'un simple haussement d'épaules, qu'il ne pourrait plus, désormais, le menacer ni l'ignorer encore.

— Je m'en irai quand tu auras pigé que je suis innocent.

Frank se releva avec peine. Alors que son cadet s'attendait à un coup de poing, il plaqua ses mains avec violence contre sa poitrine – Jim fut projeté en arrière, puis retomba sur le dos.

— Barre-toi d'ici! lui cria son frère. Rentre chez toi, avant que je te démolisse vraiment.

— Pourquoi tu me détestes à ce point-là? Si tu me casses en deux, tu te sentiras mieux?

Il s'était remis debout entre-temps et frappa son aîné à la poitrine lui aussi.

— Vas-y, déglingue-moi, et tu verras bien si ça te rend moins triste.

Il cogna encore.

— Allez, Frank, l'excita-t-il. On n'a qu'à finir ce qu'on a commencé dans ce maudit village. Allez… Qu'est-ce que t'attends?

Les traits de Frank semblaient changés en pierre. Son poing, comme surgi de nulle part, vint frapper Jim à la mâchoire.

Ce dernier vit rouge pour la deuxième fois de sa vie. Avec un cri de fauve, il assena en retour un crochet qui manqua de faire décoller son adversaire du sol. Quelques secondes plus tard, ils se battaient comme des chiffonniers – c'était à qui serait le plus fort, et ils glissaient sur les galets.

Jim savait qu'il n'était pas de taille à rivaliser avec son frère, mais il ne s'en souciait guère. Il cogna de nouveau, Frank s'écroula et son cadet se cramponna à lui, ils roulaient tous deux sur les galets, au risque de se prendre l'un et l'autre dans les rouleaux de fil de fer barbelé.

Soudain, Jim sentit sous lui le corps de son aîné brusquement s'amollir… Il baissa le regard vers lui, effaré, convaincu tout à coup de l'avoir gravement atteint.

Les traits de Frank parurent se métamorphoser peu à peu, ils s'adoucirent, et lorsqu'il leva les yeux pour les plonger dans ceux de son cadet, ce dernier y lut une terrible douleur. Il frissonna des pieds à la tête, tandis que l'œil meurtri qu'il venait de poser sur Jim s'emplissait de larmes ; il le serra dans ses grands bras.

— J'ai plus envie de me battre avec toi, fit-il d'une voix rauque. C'est avec le monde que je veux me bagarrer… avec les bâtards qui ont tué mes gamins.

Jim serra contre lui son aîné. Son cœur cognait à l'intérieur de sa cage thoracique, ivre d'amour et d'espoir, cependant que Frank, qui ne le lâchait plus, versait à présent des larmes amères et déchirantes. Jim se mit à pleurer à son tour, et certes il pleurait la mort de ses neveux, mais aussi ces interminables années que Frank et lui avaient perdues.

Toutefois, il s'agissait aujourd'hui d'un nouveau départ, il le savait. La réconciliation prendrait du temps, il leur faudrait parler longuement pour redevenir pleinement les frères qu'ils étaient jadis. Mais c'était un début, un bon début – Jim exultait dans la moindre de ses fibres.

Peggy était furieuse contre son époux: il s'était absenté toute la journée, n'avait pas rendu visite à Anne, et voilà qu'il était presque minuit. Elle avait prévu, pour la peine, de lui passer un terrible savon, mais, lorsqu'il finit par pénétrer dans la cuisine, qu'elle découvrit son œil au beurre noir, sa lèvre fendue et son menton tuméfié, son courroux se changea en effroi.

— Que s'est-il passé? glapit-elle.

Un sourire idiot se peignit sur son visage meurtri, puis il saisit sa femme entre ses bras, la soulevant de terre pour la faire tourner.

— J'ai fait la paix avec Frank, lui annonça-t-il avec allégresse, avant de reposer la logeuse sur ses pieds. On s'est battus, on s'est mis une tannée monstrueuse, mais ça nous a fait du bien. Après ça, on a passé des heures à parler.

Des larmes brillaient dans son regard.

— J'ai retrouvé mon frangin, Peggy, fit-il d'une voix rauque.

Son épouse le serra contre son cœur. Elle lui lava le visage, insistant là où le sang avait caillé, avant de lui poser une compresse froide sur les yeux, tandis qu'il racontait, avec animation, le face-à-face dans ses moindres détails.

— Et ce n'est pas tout, ajouta-t-il. L'officier supérieur de Brendon lui a trouvé un poste ici, sur notre bonne vieille île.

— Il va pouvoir retourner pêcher sur le bateau de son père. Frank doit être aux anges. Je sais qu'avec Tom et le vieux Pat seuls à bord avec lui, il ne s'amusait pas tous les jours.

— Non, ma chérie, Brendon ne va pas revenir habiter chez ses parents.

Il attira Peggy sur ses genoux.

— Il va piloter un remorqueur dans l'estuaire de la Tamise. Je reconnais que ce n'est pas l'endroit le plus sûr au monde, mais ça vaut cent fois mieux que de draguer des mines dans l'Atlantique.

— Tu as sans doute raison, commenta la logeuse, dubitative.

— Il s'est acheté une bécane, tu sais. Il a promis de rentrer à la maison dès qu'il en aurait l'occasion. Tu n'imagines pas à quel point Pauline et Frank se sentent soulagés.

Il enfouit son visage dans le cou de son épouse.

— Je t'aime, Peggy Reilly, et maintenant que mon frangin et moi avons enterré la hache de guerre, je suis l'homme le plus heureux d'Angleterre.

Peggy se blottit entre ses bras, comblée.

Une semaine s'était écoulée et, ce matin-là, sa patience avait atteint ses limites.

— Je t'ai déjà demandé de me trier tout ça, se fâcha-t-elle en ouvrant la porte de l'armoire, du côté réservé à son époux, révélant une collection de vieux vestons, de blousons sans âge, suspendus au-dessus d'un amas de chaussures, de pull-overs et de sous-vêtements douteux enfournés là sans soin. Tu n'en portes pas la moitié, alors que les bénévoles du WRVS, elles, sauraient quoi en faire.

Jim, assis au bout du lit, ferraillait avec un vieux moulinet de pêche déniché derrière la commode.

— Je m'en occupe dans une seconde, répondit-il entre ses dents.

C'en était trop pour la logeuse, qui lui arracha le moulinet des mains, avant de le lancer à travers la pièce, dont la porte était ouverte. L'objet atterrit dans le vestibule avec des cliquetis, puis s'immobilisa après avoir roulé sur le sol pendant quelques mètres.

L'homme écarquilla les yeux sous l'effet de la surprise.

— Pourquoi t'as fait ça?

La logeuse, les mains sur les hanches, le fusilla du regard.

— Parce que j'ai besoin de me concentrer, Jim Reilly. Anne sera là demain, il faut donc que je range cette chambre. Voudrais-tu, *s'il te plaît*, trier ton fatras et emporter ce que tu comptes garder dans la chambre de devant, histoire que je puisse continuer à mettre de l'ordre dans celle-ci?

— Dans ce cas, fit Jim en se levant, je vais tout prendre.

— Oh non…, gronda son épouse.

Elle plongea dans l'armoire, dont elle extirpa, pour les faire voler un à un dans son dos, des pulls, des gilets, des chemises froissées, de vieilles chaussures, des pantoufles et des vestes. Jim ramassait ses effets au fur et à mesure.

Cela fait, elle se tourna vers le tas d'affaires que son mari venait d'empiler sur le lit.

— Je t'interdis de garder ces saletés, décréta-t-elle en s'emparant d'un paquet de chemises. On en a retourné le col et les poignets un nombre incalculable de fois, elles tombent littéralement en lambeaux.

Malgré les protestations de leur propriétaire, la logeuse les posa sans ménagement sur la pile à mettre au rebut, de même qu'une paire de pantoufles, qui n'avaient plus de pantoufles que le nom, et une chaussure orpheline.

— Ce pantalon ne te va plus, enchaîna-t-elle sans pitié. Et avec ce blouson, tu as l'air d'un bookmaker, je n'ai jamais pu le voir en peinture. Ne parlons pas des vestes, dont on ne peut plus faire que des chiffons, et il y a plus de trous à ce pull-over qu'à ma passoire.

— Pas mon pull, s'insurgea Jim en le ravissant à son épouse. C'est mon préféré.

Elle lui lança un regard furibond.

— Je refuse de te voir encore une fois enfiler cette cochonnerie ! s'emporta-t-elle.

Il cacha le vêtement dans son dos pour se diriger en crabe vers la porte.

— Je crois que papa vient de m'appeler.

Il s'esquiva.

— N'oublie pas que tu as promis d'apporter le fauteuil et le lit de bébé dans cette chambre ! brailla-t-elle. Je ne te le répéterai pas.

Pas de réponse. Peggy se laissa tomber sur le lit en poussant un soupir excédé. Pourquoi diable les hommes se révélaient-ils à ce point inutiles ? Et pourquoi se cramponnaient-ils tous à leurs vieilles nippes ? Pour couronner le tout, il leur fallait des siècles pour se décider à faire ce qu'elle leur avait demandé de faire, et si elle osait en réclamer plus que d'habitude, on l'accusait de les harceler…

Ragaillardie par ce silencieux coup de gueule, elle prit une profonde inspiration et termina son tri. Demain, Anne sortirait de l'hôpital. Peggy et Jim, laissant la leur à la jeune femme, s'installeraient dans la grande chambre du premier étage – la logeuse s'en réjouissait comme d'un déménagement. Elle fredonnait en s'affairant au ménage.

Hélas, lorsqu'elle monta récupérer les dernières affaires de sa fille, elle s'aperçut que le lit d'enfant s'y trouvait toujours, ainsi que le rocking-chair qu'elle avait débusqué dans une brocante. Elle dévala l'escalier pour pénétrer en trombe dans la cuisine.

Jim et Ron y avaient abandonné des poêles et des casseroles dans l'évier ; la vaisselle sale demeurait sur la table. Harvey léchait consciencieusement les assiettes, tandis que les deux hommes fourgonnaient dans le garde-manger, en quête de nourriture, à n'en pas douter. Peggy explosa pour la deuxième fois de la journée.

— J'exige que tu aies descendu le fauteuil et le lit d'ici cinq minutes. Ensuite, vous me nettoierez cette porcherie, vous irez couper du bois pour le fourneau, et arracher des légumes pour le dîner.

— Voyons, ma chérie, inutile de…

— Pas de « ma chérie » qui tienne, Jim Reilly, tempêta-t-elle. Obéis-moi, pour une fois. Vous me rendez complètement chèvre, tous les deux.

Le père et le fils la fixaient avec stupeur, en sorte que la jeune femme se serait calmée si elle n'avait vu, à cet instant, un petit sourire en coin fleurir l'espace d'un instant aux lèvres de son beau-père.

— Je ne trouve pas ça drôle, Ron, et si vous vous avisez de me rire au nez, je ne réponds plus de rien.

Sans lui laisser le temps de réagir, elle tourna les talons pour retourner dans sa chambre, ébranlée par son éclat, mais satisfaite, au fond, de s'y être livrée. Bientôt, elle entendit les deux hommes gravir l'escalier.

Une demi-heure encore, et la pièce était fin prête à accueillir la convalescente. Il ne restait plus à Peggy qu'à monter à l'étage pour faire un peu de ménage dans les chambres de ses pensionnaires.

Mais comme elle pénétrait dans la première, elle y découvrit Julie en train de faire son lit.

— Ce n'est pas à toi de t'en occuper, fit la logeuse en traversant la pièce au pas de course.

— Je tiens à faire ma part, répondit la Londonienne en lissant le drap du dessous. Vous vous échinez toute la journée, et vu votre ramdam de tout à l'heure, j'en déduis que vous vous sentez fatiguée.

Peggy s'empourpra.

— Oh… ça… C'est trois fois rien. Jim et Ron ont besoin qu'on leur remonte les bretelles de temps à autre.

Dès lors, les deux femmes s'affairèrent en chœur dans un silence complice – un pigeon roucoulait sur l'appui de fenêtre, deux mouettes se chamaillaient sur un lampadaire non loin.

— William m'a l'air en excellente forme, hasarda Peggy en suspendant à des cintres plusieurs vêtements dans l'armoire, avant de ranger pull-overs et dessous à l'intérieur des tiroirs de la commode. Qu'en pense le Dr Sayers?

Julie sourit en rabattant la courtepointe sur les draps.

— Il est très satisfait. Son cœur bat maintenant plus fort, et j'ai remarqué qu'il avait meilleur appétit.

— Il a aussi les pieds et les mains moins froids. Pour un peu, on le croirait définitivement guéri.

Julie, qui tapotait les oreillers, secoua la tête.

— Michael m'a prévenue que, quand il se mettrait à quatre pattes, il s'essoufflerait peut-être plus vite que les autres enfants. Mais j'essaierai de ne pas être toujours sur son dos, parce que j'ai remarqué qu'il s'arrêtait lui-même de jouer s'il se sentait fatigué.

— C'est plus facile à dire qu'à faire. J'avoue que je jette un coup d'œil vers lui toutes les cinq minutes, pour m'assurer qu'il va bien. Et pour toi, ce doit être encore pire.

— Je reconnais que j'éprouve toujours un pincement au cœur quand je vais travailler, mais je sais qu'auprès de Mme Finch et vous, il est en sécurité.

Peggy vit alors passer dans le regard de la jeune femme une étrange lueur qu'elle y avait déjà discernée à plusieurs reprises.

— Est-ce que tout se passe bien au cabinet? s'enquit-elle sur un ton détaché.

— Je passe le plus clair de mon temps à rendre visite à mes patients. À peu de chose près, la vie du cabinet se déroule sans moi.

— Pourtant, quelque chose te tourmente, insista la logeuse qui, s'étant rapprochée de sa pensionnaire, venait de poser une main sur son avant-bras. De quoi s'agit-il?

— Trois fois rien..., répondit la Londonienne, hésitante. Rien de bien important.

Mais bientôt, les mots franchirent malgré elle la barrière de ses lèvres:

— On va peut-être réduire ma durée de travail hebdomadaire, et j'ai peur de ne plus gagner assez d'argent pour faire soigner William s'il en a besoin.

Peggy s'assit sur le lit, d'un geste invitant sa protégée à prendre place auprès d'elle.

— Et si tu me racontais tout? suggéra-t-elle, la mine empreinte de gravité.

Julie ne se fit pas prier: elle évoqua Eunice, l'ultimatum du vieux Dr Sayers, la proposition qu'elle avait faite à ce dernier concernant son emploi du temps...

— Est-ce que tu t'entends bien avec Michael?

— Il ne s'est jamais rien passé entre nous, si c'est ce que vous voulez savoir. Quoi qu'en pensent son père et l'infirmière Beecham. Mais... Depuis deux semaines, il est devenu distant, nous n'entretenons plus que des rapports strictement professionnels. Il ne vient plus prendre le thé avec moi le matin, il a renoncé à m'enseigner les règles du rugby. Pour tout dire, je crois qu'il m'évite.

— Eh bien..., soupira Peggy. Pour résumer, tu ne t'épanouis plus dans ton travail...

— Cela vaut toujours mieux que pas de travail du tout. Je pourrais décrocher un poste à l'hôpital, mais j'adore le métier d'infirmière de district, et je n'ai pas la moindre envie de faire faux bond à mes patients. Sans compter qu'il faut que je pense à William. Michael est son médecin, il le surveille comme le lait sur le feu. Je ne tiens pas à le contrarier en démissionnant sous prétexte que j'aurai pris la mouche.

— J'ai l'impression que Michael et toi devriez avoir une conversation en tête à tête. S'il a changé à ce point, c'est forcément parce que quelqu'un lui a glissé je ne sais quoi dans le tuyau de l'oreille.

Julie secoua la tête.

— S'il est à ce point influençable, alors son amitié ne vaut pas tripette. Je n'ai pas à me justifier de quoi que ce soit, et du moment qu'il s'occupe bien de William, autant que la situation reste en l'état.

La logeuse, cependant, n'était pas tombée de la dernière pluie : sous ses dehors bravaches, la Londonienne se sentait meurtrie par la froideur soudaine du jeune médecin.

— Bah... Souvent, ces choses-là finissent par se régler d'elles-mêmes, murmura-t-elle.

— Je sais, commenta Julie en se levant. Comme disait mon père, ce n'est guère plus qu'une tempête dans un verre d'eau.

Elle sourit à sa logeuse, qui lui sourit en retour, mais Peggy ne cessait plus de réfléchir. Cette pauvre Julie avait déjà bien assez à faire, pour ne pas endurer, de plus, cette ambiance délétère qui régnait maintenant au cabinet. Et si Michael était faible à ce point, alors Peggy s'était trompée sur son compte. Cela dit, Eunice se révélait à la fois manipulatrice et futée – à coup sûr, elle ferait tout ce qui serait en son pouvoir pour évincer Julie – et quoi de mieux que l'oreille conciliante du Dr Sayers père pour déverser ses fables malveillantes ?... Pour finir, et quoi qu'elle eût pensé jusqu'alors, Eunice et Michael étaient taillés l'un pour l'autre, et elle enrageait à la pensée que Julie jouât à présent le rôle de bouc émissaire et comptât peut-être bientôt au nombre des dommages collatéraux de cette guerre d'usure.

17

Durant tout le mois d'avril, l'aviation ennemie avait pilonné les îles Britanniques, se concentrant plus particulièrement sur Londres, l'estuaire de la Mersey, Belfast et Portsmouth. Au début du mois de mai, un bombardier allemand était entré en collision avec un chasseur anglais au-dessus de Cliffehaven ; les deux appareils s'étaient écrasés parmi les ruines de l'ancien asile psychiatrique.

Bientôt, les arbres alentour s'embrasaient, l'incendie gagnait du terrain, menaçant de réduire en cendres les demeures alignées au pied de la colline, parmi lesquelles se situait celle de Katherine et de sa mère. Les deux femmes avaient passé la nuit à se ronger les sangs, chacune installée sur un lit de camp dans la salle de séjour de Peggy, songeant que, peut-être, au matin elles n'auraient plus où loger.

Par bonheur, Rita et ses collègues étaient venus à bout du sinistre avant qu'il ne se fût attaqué aux maisons, mais il restait d'autres feux à éteindre dans la zone industrielle, dans le nord de la ville, et une explosion de gaz avait pulvérisé plusieurs habitations à deux rues seulement de la pension du Bord de mer.

Ron, ce jour-là, n'en était pas moins un homme heureux, tandis qu'il arpentait à larges enjambées ses chères collines, Harvey galopant devant lui. Ainsi qu'il le faisait deux fois l'an, Lord Cliffe s'était absenté pour assister à une séance à la Chambre des Lords, et nul doute qu'il dormirait à Londres, au terme d'un dîner hors de prix qu'il se serait offert à son club. Ron en avait profité pour passer presque toute la nuit dehors : dans les poches volumineuses de son grand manteau se trouvaient à présent trois canards bien gras, un couple de cailles, ainsi qu'un faisan.

Pour parfaire sa satisfaction, ses deux fils œuvraient à leur réconciliation ; Brendon, en poste à Londres, regagnait Cliffehaven aussi souvent que possible ; Pauline et Frank reprenaient un peu de poil de la bête ; Anne avait retrouvé la pension, et la petite Rose. Quant à Martin, il s'était accordé quelques jours auprès des siens, avant de gagner une autre base aérienne, dans l'ouest du pays, qu'on lui avait demandé de restructurer.

Il n'y avait qu'un nuage pour ternir le bonheur du braconnier : les autorités en place avaient refusé de lui accorder un poste à l'une des batteries situées le long du rivage ou sur les falaises. On le jugeait trop vieux, et bien qu'il eût d'abord rêvé de faire payer à l'ennemi les dégâts subis par Cliffehaven et, plus que tout, la mort de ses petit-fils, le bon sens et le temps avaient fini par atténuer cette soif de vengeance.

Surtout, le bât blessait du côté de Rosie, qui continuait à le tenir à bonne distance, refusant catégoriquement d'évoquer le différend qui l'avait jadis opposée à Eileen Harris. Ron brûlait de connaître la vérité, mais il devrait faire preuve de patience – un jour ou l'autre, il le savait, son amie lui confierait son lourd secret.

Le vent soufflait de la mer, et Harvey, qui avait flairé une piste, avançait la truffe au ras du sol, fouettant de sa queue l'air avec frénésie.

Le soleil commençait à peine de poindre à l'horizon, jetant de premières lueurs au ciel, colorant les brumailles encore accrochées aux branches des arbres, ainsi que celles qui voilaient au loin d'autres collines. Cette journée de mai promettait d'être belle, et Ron inspira à pleins poumons l'air salé où flottait une puissante odeur de terre, d'herbe fraîche et de printemps. Maintenant que les fruitiers se couvraient de fleurs, et qu'entre eux se déployait au sol un tapis de crocus et de jacinthes, le verger abandonné renaissait à la vie, offrant un spectacle superbe à Ron, qui savait par ailleurs pouvoir, un peu plus tard dans l'année, en cueillir les petites pommes à cidre, ainsi que les baies de sureau dont on faisait du vin.

Le vieil homme reprit le chemin de la pension, régénéré par la paix et la beauté propres à ces collines, ému de leur appartenir, soulagé qu'elles fussent capables d'atténuer, momentanément du moins, les tourments de ce monde troublé... Ici, Ron redevenait pleinement lui-même.

Julie, épistolière fervente, attendait avec impatience les réponses de Lily et des autres filles du foyer des infirmières, à Londres, quoique leurs missives eussent aussi le pouvoir de réveiller sa nostalgie, la jeune femme, dès lors, resongeant à tout ce qu'elle avait laissé derrière elle. Elle aimait cependant que Lily lui décrivît son nouveau petit ami, qu'elle lui parlât de l'insoumission permanente d'Alison, dont les prises de bec avec l'infirmière en chef se multipliaient. À en croire ces épîtres, les infirmières s'accommodaient de la succession des attaques aériennes, même si la plupart des vitres du foyer se trouvaient aujourd'hui remplacées par des planches – un cratère béait désormais à l'endroit exact où se situait naguère la demeure voisine.

Elle replia la lettre de son frère aîné pour la ranger dans la boîte qu'elle serrait à l'intérieur de son armoire. Ses trois frères lui écrivaient régulièrement, bien que leurs missives missent un temps considérable à lui parvenir. Du côté de Bill, en revanche, c'était toujours le silence complet.

Tandis qu'elle regardait gigoter William sur un tapis, dans un effort désespéré pour coordonner l'action de ses bras et de ses jambes, avec l'intention de réussir enfin à se mettre à quatre pattes, puis à se déplacer, elle songea que, si, les premiers temps, ce silence assourdissant l'avait troublée, à présent il l'arrangeait : William était peu ou prou devenu son enfant, et elle l'aimait de tout son être. Il possédait moins d'énergie que Rose, et il dormait beaucoup, mais il commençait enfin à prendre des centimètres et des kilos, et s'il faudrait un jour ou l'autre se résoudre à le faire opérer, pour l'heure il allait bien – Julie ne pouvait plus imaginer l'existence sans lui.

— Maman doit aller travailler, murmura-t-elle.

Elle l'embrassa, le descendit au rez-de-chaussée ; elle risquait d'arriver en retard au cabinet.

Anne se tenait dans la cuisine, sa jambe plâtrée posée sur un tabouret, ses béquilles sur le sol auprès de son fauteuil. Elle donnait le biberon à Rose. Relevant la tête, elle sourit à Julie.

— Dire que demain, on va enfin me débarrasser de ce maudit plâtre. Je n'en peux plus d'être coincée à la maison. Sans compter que ça me démange affreusement.

La Londonienne déposa William dans son parc, avant de lui donner sa peluche favorite.

— Pour cette raison, enchaîna Anne, je bénis les aiguilles à tricoter de Mme Finch.

Julie se versa en hâte une tasse de thé, puis s'assit à la table.

— Où sont-ils tous passés ?

— Mme Finch est montée s'habiller, papi a passé toute la nuit dehors avec Harvey, il n'est pas encore rentré, et papa est parti pêcher avec Frank. Les filles commençaient très tôt ce matin, elles ont filé depuis longtemps.

La jeune maman baissa les yeux sur sa fille, qui avait presque terminé son biberon.

— Maman s'est levée aux aurores, suivant sa chère habitude, mais comme elle me paraît éreintée, je lui ai ordonné de retourner se coucher.

Elle décocha un large sourire à Julie :

— Je ne me fais aucune illusion : elle ne tardera pas à se montrer, d'autant plus qu'à l'heure qu'il est, au lieu de se reposer, elle doit déjà passer en revue tout ce qu'elle aura à faire aujourd'hui.

— J'espère quand même qu'elle ne couve pas quelque chose, murmura Julie en regardant son neveu jouer avec son lapin bleu et blanc.

— Ne t'en fais pas. Après tout ce qui s'est passé ces derniers temps, ses batteries sont un peu à plat, mais du moment que nous mettons tous la main à la pâte, elle ne tardera pas à reprendre du poil de la bête.

Anne tendit sa fille à l'infirmière, afin qu'elle la déposât à son tour dans le parc. Les deux enfants se mirent à gazouiller, battant tous deux des jambes et des bras.

— J'ai l'impression qu'ils s'entendent drôlement bien, observa Anne avec tendresse. Quel dommage de devoir les séparer le jour où je rentrerai chez moi.

— Ce n'est pas pour tout de suite, n'est-ce pas?

La fille de la logeuse baissa le menton et piqua un fard.

— Je n'ai encore rien dit à maman, mais Martin et moi avons décidé que dès que je serai capable de me débrouiller, je partirai dans le Somerset avec Rose, jusqu'à ce que la situation s'apaise un peu ici. Je m'en irai sans doute le mois prochain.

— Oh… Je comprends ta démarche, mais Peggy va être effondrée.

Anne prit une profonde inspiration.

— Je sais, mais c'est d'abord à Rose qu'il faut que je pense, maintenant. Ici, tout le monde risque sa vie chaque jour. Au bord de la Manche, il peut se passer n'importe quoi.

Elle se tourna vers Julie, les traits de son joli visage gâtés par la tristesse.

— Je vais m'installer dans la ferme où vivent déjà mes deux frères cadets. Au moins, je resterai en famille. Tu me promets de veiller sur maman en mon absence, n'est-ce pas?

— Bien sûr que oui. Mais tu ne devrais pas tarder à lui apprendre la nouvelle. Elle va avoir besoin de temps pour se faire à l'idée.

— Je sais… Je redoute d'ailleurs beaucoup ce moment.

Peggy regagna sa chambre sur la pointe de ses pieds nus, referma la porte derrière elle. Elle n'avait pas eu l'intention d'écouter à celle de la cuisine, mais maintenant qu'elle connaissait les projets de sa fille, du moins pouvait-elle commencer à accepter la situation – il n'était pas question pour elle de rendre plus difficile le départ d'Anne en pleurant à chaudes larmes au jour dit.

Elle se laissa tomber sur le lit défait, le cerveau en ébullition. Une fois de plus, elle allait devoir se séparer d'un membre de sa famille. Bob et Charlie seraient ravis de retrouver leur grande sœur et de découvrir leur nièce et, à n'en pas douter, Violette vouerait à Anne et Rose le même amour qu'elle manifestait déjà aux deux garçons… Mais à Peggy, il semblait injustement que Violette tirât le meilleur parti de la guerre, puisque l'occasion lui avait été servie sur un plateau de se trouver une famille à chérir. La logeuse, à l'inverse, se sentait dépossédée.

Sa gorge se noua, et elle ne désirait plus que de pleurer, mais elle refusait de laisser ses émotions la submerger. On avait assez barboté dans le chagrin au cours des semaines passées, et Peggy tenait à rester forte. Exaspérée de se découvrir, ces jours-ci, incapable d'entreprendre quoi que ce fût sans sortir de ses gonds ou éclater en sanglots, elle quitta son lit, qu'elle refit avec fureur. Cette abominable guerre était en train de la changer en une créature qu'elle ne reconnaissait plus. Quel était cet égoïsme dont elle se rendait soudain coupable, alors que la vie même de sa fille et de sa petite-fille se trouvait en danger?... Hélas, Rose Margaret lui manquerait plus que tout, car la fillette avait ravi son cœur.

— Reprends-toi, pauvre idiote, maugréa-t-elle en bourrant les oreillers de coups de poing; elle chassa ses larmes naissantes en clignant des yeux. Si tu continues dans cette voie, tu ne serviras plus à rien ni à personne...

Julie se mit en route dans la douceur matinale de ce jour de mai. Les pneus de sa bicyclette chuintaient doucement sur l'asphalte de la chaussée; elle se dirigeait vers le cabinet médical. Elle aimait ces quelques minutes de solitude avant le tohu-bohu de sa journée de travail, et lorsque le temps était au beau fixe, et qu'un soleil radieux éclaboussait les flots d'or, elle se sentait comme en vacances.

À peine eut-elle pénétré dans le bâtiment qu'elle découvrit Michael à la cuisine.

— Bonjour, lança-t-elle avec une allégresse exagérée.

— Bonjour, infirmière Harris, lui répondit-il, son regard sombre glissant sur elle avec indifférence et, déjà, il reportait son attention sur la théière. Il y a du thé, si vous en voulez.

Mais Julie ne voulait pas boire de thé. Elle voulait bavarder avec le jeune médecin comme elle avait coutume de le faire très récemment encore.

— Docteur Sayers… À propos du match de rugby, commença-t-elle. Il ne me sera pas possible d'y assister. Vous devriez offrir mon billet à quelqu'un d'autre.

— Je vois, murmura-t-il, toujours sans la regarder. Cela vaut sans doute mieux, au vu des circonstances.

— En effet. Je suis très occupée ces temps-ci, et deux de mes patientes devraient justement accoucher le jour de la rencontre.

Elle quitta la pièce, avant de se rendre dans les vestiaires pour se ressaisir un peu. Elle se sentait à la fois en colère et meurtrie, mais il n'était pas question qu'Eunice pût s'apercevoir que ses mains tremblaient. Lorsqu'elle se fut reprise, elle se rendit dans la salle d'attente pour y récupérer ses dossiers, ainsi que son emploi du temps.

L'infirmière Beecham, à l'évidence fière d'elle, arborait un maquillage sans défaut, et elle avait arrangé ses cheveux, récemment lavés, de manière à obtenir ce que les magazines de mode avaient baptisé « rouleaux de la victoire ».

— Vous effectuerez votre tournée du matin en compagnie de Jessica, annonça-t-elle. Il faut qu'on lui apprenne à retirer des agrafes, et à panser des ulcères. Je tiens à ce que ce soit vous qui la preniez sous votre aile.

— Je constate qu'il y a un nouveau patient sur ma liste. Avez-vous son dossier?

Eunice le lui remit aussitôt.

— M. Hopkins est diabétique, et il souffre d'ulcères aux jambes. Il nous a téléphoné pour qu'on vienne changer ses pansements.

Dans l'œil bleu d'Eunice se lisait quelque chose comme du défi. Et peut-être bien une lueur victorieuse.

— Il me faudrait un compte rendu complet sur le travail fourni aujourd'hui par Jessica, dit-elle avec froideur. Pour demain matin.

Jess parut dans le hall d'entrée, ses boucles blondes dansant de sous sa coiffe, le visage animé d'une ferveur juvénile ; elle salua Julie.

— L'infirmière Beecham t'a-t-elle informée que je m'étais portée candidate pour suivre le cursus qui me permettrait de devenir infirmière diplômée ?

— Je l'ai deviné quand elle m'a demandé de rédiger un rapport circonstancié dès ce soir. Toutes mes félicitations. Je suis sûre que tu vas réussir haut la main.

Elle appréciait beaucoup Jess, elle aimait son ardeur, son intelligence... Et, de fait, elle s'était révélée jusqu'alors d'une aide précieuse.

— Allez, on y va, nous avons une longue liste de patients. Nous allons commencer par M. Hopkins, qui habite à Havelock Gardens. J'ai hâte de découvrir l'intérieur de sa maison.

— Dans ce quartier-là, elles sont toujours chicos, n'est-ce pas ?

Elles roulaient dans une rue bordée d'arbres, où les demeures se tenaient en retrait, derrière de hauts murs de briques.

Les jeunes femmes franchirent la grille, suivirent une allée gravelée jusqu'à la porte d'entrée, où une véranda croulait sous les branches d'une lourde glycine.

— Si je comprends bien, fit Julie entre ses dents, M. Hopkins n'est pas le jardinier.

Elle appuya son vélo contre l'un des poteaux soutenant la véranda. Des mauvaises herbes poussaient dans le gravier, ainsi que parmi les parterres de fleurs.

— Malheureusement, à cinquante et quelques années, le diabète le freine déjà beaucoup dans ses activités.

— Il laisse tout partir à vau-l'eau, renchérit Jess, déçue par ces peintures écaillées, par ces cadres de fenêtre mangés de pourriture. Je comprends mieux pourquoi il ferme tous les rideaux. J'ai peur de ce qu'on va découvrir à l'intérieur.

Julie ayant actionné le heurtoir, une voix d'homme s'éleva, venue des profondeurs de la bâtisse :

— Qui est là ?

— Je suis l'infirmière du district, monsieur Hopkins.

Julie et Jess échangèrent un regard amusé en entendant le patient tourner la clé dans la serrure, puis actionner deux verrous.

La porte s'ouvrit juste assez pour qu'elles pussent apercevoir un homme vêtu d'un pantalon trop large, d'un gilet de laine râpé et de pantoufles à motif écossais, qui se tenait dans la pénombre de l'entrée. Il n'était pas rasé, pas coiffé et, de ses yeux noisette, il considérait les deux femmes avec méfiance.

— Bonjour, monsieur Hopkins, dit Julie avec un sourire. Je suis l'infirmière Harris, et voici Jess Miller, mon assistante. Pouvons-nous entrer ?

Il s'effaça pour les laisser passer, refermant immédiatement la porte dans leur dos.

— Il y a des fouille-mouise dans le coin, se justifia-t-il en maugréant, tandis qu'il escortait ses visiteuses à la lumière chiche de l'entrée. Je parie qu'ils vous ont déjà repérées, et nul doute qu'ils vont s'empresser d'en faire leurs choux gras.

Julie et Jess n'émirent aucun commentaire. Le papier peint se décollait sous l'effet de l'humidité ; la console et le miroir de l'entrée disparaissaient presque sous une épaisse couche de poussière.

Le tapis était élimé et, à l'évidence, le sol n'avait été ni balayé ni ciré depuis des lustres.

L'homme, ensuite, ouvrit une porte, et la lumière du soleil se déversa dans le hall d'entrée. On pénétra dès lors dans une pièce aux murs couverts de livres… et Julie retint sa respiration : d'immenses baies vitrées donnaient directement sur la mer. La jeune femme avait l'impression de se tenir sur le pont d'un navire.

— Vous jouissez d'une vue magnifique, s'extasia-t-elle dans un souffle. Vous avez beaucoup de chance, monsieur Hopkins.

— Bah…, grommela ce dernier, on finit par s'y habituer. Je ne la remarque même plus.

Il paraissait mal à l'aise. Sans doute redoutait-il de souffrir lorsque les deux soignantes ôteraient ses pansements.

— Ne vous tourmentez pas, dit-elle afin de le rasséréner. C'est un mauvais moment à passer, mais je vous promets que Mlle Miller possède des doigts de fée.

Son regard courut de l'une à l'autre de ses visiteuses.

— Je n'ai pas besoin qu'on change mes pansements, avoua-t-il en agitant les doigts au fond des poches de son vieux gilet. Je vous ai fait venir pour une autre raison.

— Que voulez-vous dire ? s'étonna-t-elle en fronçant les sourcils.

Lorsqu'il se tourna vers elle, des rides profondes accusaient ses traits.

— C'est ma fille qui a besoin de vous.

— Dans ce cas, c'est elle qui aurait dû prendre rendez-vous. Il s'agit là d'une démarche contraire au règlement.

— Mélanie n'est rentrée à la maison qu'hier, de sorte qu'elle n'est pas encore inscrite parmi les patients du cabinet. Mais il faut absolument que vous l'examiniez, infirmière. De toute urgence. Elle ne se sent pas bien, mais elle refuse de se rendre à l'hôpital, et je suis vraiment très, très inquiet.

Julie le dévisagea, à chaque instant plus angoissée.

— Quel âge a votre fille, monsieur Hopkins?

— Seize ans. Elle vit avec sa mère à Guildford. Voyez-vous, infirmière… (Le tourment qui le saisissait le poussait à élever la voix de plus en plus.) Voyez-vous, je sais qu'il n'est pas dans vos habitudes de travailler ainsi, mais je vous serais infiniment reconnaissant si vous acceptiez de l'examiner.

Julie sortit de son sac le dossier du patient.

— J'ai besoin de ses coordonnées exactes, monsieur Hopkins, afin de l'inscrire sur la liste officielle de nos patients. Par ailleurs, je vais bien sûr devoir prévenir les deux médecins du cabinet, et vous réclamer le montant intégral de la consultation.

L'homme plongea un regard intense dans celui de son interlocutrice; il se balançait avec impatience d'un pied sur l'autre.

— Je préférerais que vous ne parliez à personne de notre petit arrangement, dit-il, nerveux. Toutes ces formalités sont-elles réellement nécessaires? Payer, ce n'est pas un problème, mais…

Julie ne goûtait pas l'étrange tournure des événements.

— Ce qui se passe ici ne sera rapporté qu'au Dr Sayers, qui, vous ne l'ignorez pas, est tenu au secret professionnel. À moins qu'il ne s'agisse de quelque chose d'illégal. Où est votre fille?

— À l'étage. La chambre à l'avant de la maison.

Il ouvrit la porte donnant sur le hall.

— Une fois sur le palier, tournez à gauche. C'est la deuxième porte.

Il se passa une main dans les cheveux en se dirigeant vers le pied de l'escalier.

— Je… je vous laisse…

Les infirmières s'exécutèrent, embarrassées l'une et l'autre.

— Fais ce que je te dirai de faire, conseilla Julie à Jess lorsqu'elles eurent atteint la porte de la chambre. Je me demande si on ne cherche pas à nous piéger.

La pièce était plongée dans la pénombre.

— Ouvre les rideaux, Jess, s'il te plaît, commanda-t-elle avec douceur.

— Qui est là ?

Une voix jeune, que la peur expédiait dans les aigus.

Lorsque la lumière pénétra enfin dans la chambre, Julie devina une forme sous un amas de couvertures.

— Je suis l'infirmière Harris, l'infirmière du district.

Elle s'approcha du lit.

— Votre père m'a indiqué que vous ne vous sentiez pas très bien, Mélanie. Que se passe-t-il au juste, selon vous ?

L'adolescente exhala un gémissement, se mut sous les couvertures.

— Il faut que vous m'aidiez, se plaignit-elle.

Elle geignit de nouveau, puis laissa échapper un cri de douleur.

— Je veux que ça s'arrête, s'il vous plaît… Je veux que ça s'arrête…

Julie rejeta immédiatement les couvertures : les draps étaient trempés de sang, sous quoi gisaient les cuisses de la jeune fille. Elle comprit dans l'instant.

Elle jeta un regard à Jess qui, les yeux exorbités, se tenait auprès d'elle.

— Il y a un téléphone dans l'entrée, lui dit-elle sans précipitation. Appelle une ambulance, puis préviens le cabinet. Nous sommes obligées de suivre une procédure spéciale pour ce genre de cas. Nous devrons appeler la police.

Jess s'éclipsa en hâte, cependant que Julie, ayant saisi une pile de livres sur les étagères, la glissa sous les pieds du lit, avec l'espoir vain que, peut-être, cela atténuerait le saignement. Ensuite, elle ôta sa cape, ouvrit sa trousse médicale, enfila de minces gants de caoutchouc.

— Mélanie, fit-elle à voix basse. Surtout, essayez de rester calme pendant que je vous examine.

— J'ai peur…

L'infirmière procéda à un rapide examen interne, qui lui indiqua que l'adolescente avait raison d'éprouver tant d'effroi. Celui ou celle qui s'était livré à cette affreuse boucherie avait veillé à ce que Mélanie perdît son bébé, mais aussi à ce que, selon toute vraisemblance, elle ne pût plus jamais enfanter.

Julie travailla de son mieux dans de telles circonstances, puis elle piocha, dans sa trousse, une seringue hypodermique, ainsi qu'un flacon d'analgésique.

— Vous allez sentir comme une toute petite éraflure à la jambe et, quelques minutes plus tard, la douleur commencera à s'atténuer.

Jess reparut avec des serviettes et un broc d'eau chaude.

— Le Dr Michael arrive, et l'ambulance aussi. Que veux-tu que je fasse, maintenant?

— Aide-moi à défaire le lit, puis à lui faire sa toilette. On ne peut pas faire grand-chose, à part s'arranger pour qu'elle ait bien chaud et l'installer le plus confortablement possible en attendant le médecin.

Au terme d'une longue journée riche en émotions, Julie et Jess regagnèrent le cabinet à la fin de leur tournée; le Dr Michael les attendait à la cuisine.

— Je ne puis que louer l'efficacité, le calme et la dignité dont vous avez fait preuve toutes les deux ce matin, déclara-t-il avec solennité.

— Mélanie s'en est-elle sortie? demanda Julie.

L'homme secoua la tête.

— Ce fut une bien triste journée et, malheureusement, nous ne sommes pas au bout de nos peines. La police va ouvrir une enquête, et l'on va vous demander, à l'une comme à l'autre, de fournir un exposé précis et concis des événements de la matinée.

Il prit une profonde inspiration, relâcha l'air dans un soupir.

— Mais, puisque Mélanie est décédée, et que son père nie avoir eu connaissance de l'avortement, par bonheur il n'y aura pas de procès. Je me suis brièvement entretenu avec le médecin légiste, qui m'a promis de mener son autopsie à huis clos. La dernière chose dont notre cabinet a besoin est bien de se voir mêlé à cette affaire.

Julie sentit la moutarde lui monter au nez. Tant que la réputation de son cher cabinet était préservée, Michael se moquait bien du sort de cette gamine désespérée qui s'en était remise à quelque vieille chouette qui l'avait charcutée dans son arrière-boutique. Si l'on se mettait à parler, à parler haut et fort de ces pratiques odieuses, elles se feraient plus rares, forcément, jusqu'à peut-être disparaître un jour pour de bon. Mais que dire?… Elle était éreintée, bouleversée par ce jour tragique. Elle ne désirait plus que de rédiger le compte rendu qu'elle devrait remettre le lendemain matin à Eunice Beecham, après quoi elle rentrerait à la pension, retrouverait William et le réconfort de la cuisine de Peggy…

Julie entra, se dirigea vers le landau dans lequel dormaient les deux enfants. Elle brûlait de prendre son neveu dans ses bras, de sentir contre elle la chaleur du petit corps chéri, qui la consolerait de tous les malheurs du jour. Mais si elle cédait à la tentation, elle le réveillerait, réveillerait aussi Rose… Elle résista, puis se rendit dans la cuisine.

Un havre de paix… Un havre où Mme Finch, installée à côté du fourneau, tentait vainement de tricoter quelque chose qui ressemblât à un vêtement, où Harvey ronflait sur le tapis, où Anne lisait un livre. Les médecins l'avaient enfin débarrassée de son plâtre.

— Alors? s'enquit Julie en prenant une manique pour ouvrir la porte du fourneau, afin d'y récupérer l'assiettée qu'on avait tenue au chaud pour elle. Quel effet ça fait d'avoir à nouveau deux jambes?

— Ça fait un peu bizarre, pour être tout à fait honnête. Et je suis morte de peur à l'idée de m'appuyer dessus.

— C'est normal. Tu verras, bientôt tu courras comme un lapin.

Julie se mit à manger.

— As-tu réussi à parler à ta mère?

— Oui. Et figure-toi qu'elle a très bien pris la chose. Vraiment. Même si nous avons fini en larmes toutes les deux, évidemment.

Elle poussa un soupir las.

— Je déteste tout ce que cette fichue guerre impose à ma famille…

— Bonté divine, murmura Mme Finch. Je n'arrive pas à me dépêtrer de cette manche. Jamais mon pull ne sera terminé pour l'anniversaire de Ron.

Anne s'empara du tricot de la vieille pensionnaire, qu'elle guigna, dubitative.

— De toute façon, madame Finch, je crois bien qu'il est beaucoup trop grand.

— Voilà. Je me suis trompée quelque part, répliqua la vieille dame avec agacement. C'est bien ce que je dis. Et c'est pour cette raison que j'ai besoin de ton aide.

Anne lui sourit, entreprit de découdre la manche démesurément longue.

— Au fait, souffla-t-elle à Julie, une lettre est arrivée pour toi. Elle est posée sur le manteau de la cheminée.

Julie, qui terminait son repas, se sentait vidée de toute énergie. Elle ne souhaitait plus que d'aller se coucher, mais il n'était pas question de faire attendre une missive en provenance de Londres. Après avoir fait sa vaisselle, elle s'essuya les mains pour se saisir de la lettre. Mais le cachet de la poste lui indiqua qu'elle n'arrivait pas de la capitale, mais du Yorkshire.

— Je vais la lire dans ma chambre, indiqua-t-elle à Anne en dissimulant son émoi.

Elle quitta la cuisine, récupéra William au passage et gravit l'escalier. Lorsqu'elle eut installé le garçonnet dans le berceau déniché à l'hôtel de ville, elle se laissa tomber sur son lit, tourna, puis retourna la lettre, redoutant de l'ouvrir. Sachant fort bien qu'il le fallait.

L'enveloppe ne contenait qu'un feuillet manuscrit, signé Edith Wigglesworth, la mère de Bill. Avec un mauvais pressentiment, la jeune femme entama sa lecture.

Chère mademoiselle Harris,

Tout d'abord, veuillez m'excuser de ne pas avoir répondu à vos lettres. Vous avez fait preuve d'une immense gentillesse en nous informant régulièrement de l'état de santé de William, et nous vous sommes extrêmement reconnaissants de prendre soin de lui. J'aurais souhaité vous écrire plus tôt, mais on m'a conseillé d'attendre, pour le faire, que Bill rentre chez nous en permission, nous avons donc tâché d'agir au mieux.

C'est avec un immense chagrin que je dois vous informer que notre fils a été classé parmi les soldats «disparus au combat, et présumés morts». Le télégramme nous est parvenu il y a un mois, mais jusqu'à aujourd'hui, je n'ai pas eu le cœur de vous écrire. Bill était notre fils unique, et c'est comme si une lumière s'était à jamais éteinte dans notre existence. Cependant, une part de notre cher fils survit à présent dans le petit William, aussi estimons-nous de notre devoir, à présent, de le reconnaître et de l'élever comme s'il s'agissait du nôtre. Je devine aisément qu'il ne vous sera pas facile de nous l'abandonner, mais vous êtes jeune, vous êtes libre: un jour, vous aurez vos propres enfants. Pour nous, il est trop tard, c'est pourquoi je vous supplie de bien vouloir nous remettre l'enfant de notre fils, ce si précieux cadeau. Nous vous promettons de le chérir comme nous avons chéri Bill.

Mon époux et moi ne sommes pas en mesure de quitter notre ferme pour effectuer le long voyage vers le sud, c'est pourquoi ma sœur, Charity Farnsworth, se présentera à Cliffehaven dans moins d'un mois pour nous ramener William.

Dans l'attente de vous lire très bientôt,
Edith Wigglesworth

Les larmes de Julie délayaient l'encre. Elle repoussa la lettre, le cœur écrasé par la douleur de perdre bientôt ce bébé qu'elle aimait comme le sien. Elle avait peu à peu fini par espérer que ce jour funeste n'arriverait plus et, partant, elle avait ignoré toutes les mises en garde, convaincue que, désormais, William était à elle. Hélas…

Elle prit l'enfant dans son berceau pour le serrer contre son cœur, pour humer sa chaleur, sa douceur, tandis que des larmes ruisselaient sur ses joues. Elle se sentait unie à cet enfant comme seule une mère pouvait l'être, et voilà qu'on s'apprêtait à l'emporter loin d'elle. Le destin, décidément, lui réservait de bien vilains tours… Et ces deux bras inutiles qui, bientôt, se refermeraient sur le vide…

— Oh, William…, murmura-t-elle. Mon tout petit, mon tout petit trésor…

18

Près de trois semaines s'étaient écoulées depuis que Julie avait reçu cette lettre ; Charity Farnsworth arriverait aujourd'hui par le train, en fin d'après-midi. La jeune femme, qui poussait le landau sur un trottoir de la grand-rue, pour s'engager bientôt sur Camden Road sous le chaud soleil de juin, ne cessait plus de cogiter. Elle passait là ses dernières heures en compagnie de William, incapable d'envisager que la douleur déchirante qu'elle éprouvait à l'idée de le perdre à jamais pût encore s'intensifier…

Elle s'arrêta, se pencha sur le garçonnet, qui, assis sur le petit matelas, frappait doucement le hochet que Julie avait suspendu à la capote du landau. Elle caressa sa joue, et l'enfant lui sourit en retour – quatre dents minuscules avaient poussé. Âgé de six mois, il demeurait un peu trop fluet, mais il avait pris du poids, et son visage rayonnait de bonheur sous le bonnet de coton qui le protégeait du soleil. Comment pourrait-elle jamais s'en séparer ? Où trouverait-elle la force et le courage de le laisser partir, quand il était devenu une part intrinsèque de sa vie ?

Elle inspira profondément, mais, comme elle s'apprêtait à reprendre sa promenade, une voix retentit dans son dos. Elle se retourna pour découvrir Eileen qui se hâtait vers elle.

— J'allais rentrer pour faire manger William, annonça sa cadette sans chaleur.

Eileen était splendide, vêtue d'un impeccable pantalon de tailleur et d'une chemise blanche, sa chevelure parfaite rutilait, et à son maquillage il n'était rien qu'on pût reprocher, comme d'habitude. Elle considéra Julie d'un air pensif :

— Peux-tu m'accorder quand même une minute, s'il te plaît ? Nous sommes sœurs, après tout.

— Tu ne t'es pourtant pas gênée, le jour de mon arrivée à Cliffehaven, pour m'expliquer que tu ne souhaitais entretenir aucune relation avec moi ni William.

Eileen, mal à l'aise, se concentra sur l'enfant.

— Il m'a l'air en pleine forme, compte tenu de son problème cardiaque.

Elle s'adoucit, lui chatouilla le menton jusqu'à ce qu'il se mît à babiller.

— Les médecins sont très satisfaits, en effet, commenta sa cadette, incapable de maîtriser le tremblement dans sa voix.

— Que se passe-t-il, Julie ?

— Rien dont tu doives t'inquiéter – elle ravalait ses larmes tant bien que mal et ferraillait pour regagner contenance.

— N'essaie pas de me faire gober que tu es du genre à pleurer sans raison. Déjà, enfant, tu faisais toujours la bravache.

Elle posa une main froide sur l'avant-bras de sa sœur.

— As-tu envie de venir chez moi pour prendre une tasse de thé ?

Certes, Julie, qui s'était épanchée auprès de Peggy, en avait conçu un peu de soulagement. Mais, rien à faire, en dépit de sa gentillesse et de ses conseils avisés, la logeuse n'était pas un membre de sa famille. Peut-être l'heure avait-elle sonné d'enterrer la hache de guerre avec Eileen.

— Ça me ferait plaisir, oui, merci, murmura-t-elle. Mais je ne pourrai pas rester longtemps. Il faut que je rentre… que je rentre à l'heure…

— Allez, viens, je ne peux tout de même pas te laisser pleurer au beau milieu de la rue…

Et Eileen d'entraîner sa cadette, d'entre les mains de laquelle elle ôta le landau, qu'elle poussa à son tour pour l'immobiliser à côté de sa porte.

— Prends donc William pendant que je vais mettre de l'eau à bouillir.

Elle gravit l'escalier quatre à quatre.

Julie s'exécuta, pour pénétrer bientôt dans le salon inondé de soleil. Elle s'assit, installa le garçonnet sur ses genoux – il lui était impossible de s'en séparer, fût-ce l'espace d'un instant. Pendant ce temps, Eileen s'affairait à la cuisine. Sa cadette se demandait ce qu'elle allait bien pouvoir lui dire. Elles entretenaient une relation pour le moins distante, de sorte qu'Eileen ne comprendrait peut-être rien à l'atroce souffrance éprouvée par sa sœur. Quant à lui prodiguer des conseils pour se sentir un peu moins mal…

Eileen revint avec un plateau, qu'elle posa sur la table placée sous la fenêtre. Elle versa le thé dans les tasses, offrit un biscuit à William, qu'il se mit à mâchonner avec entrain, bavant à qui mieux mieux.

— Tu devrais prendre la couverture de son landau pour l'étaler sur le sol, suggéra l'aînée des sœurs Harris. Il pourrait jouer par terre, pendant que tu boirais tranquillement ton thé.

— Il se sent très bien là où il est, parvint à articuler Julie en dépit de sa gorge nouée.

— Que se passe-t-il?

La voix d'Eileen s'était adoucie, et elle considérait sa visiteuse avec inquiétude.

— Elle va venir chercher William, hoqueta l'infirmière dans un sanglot. Je ne sais pas si je pourrai le supporter.

Son aînée se leva pour se jucher sur l'accoudoir auprès d'elle, avant de saisir sa main dans la sienne.

— Qui va venir, Julie?

Cette dernière lui raconta tout.

— Elle doit arriver à Cliffehaven cet après-midi. Elle y passera la nuit, puis, demain, elle emmènera William dans le Yorkshire. Je ne peux pas le laisser partir, Eileen. C'est au-dessus de mes forces.

Eileen prit l'enfant des mains de sa cadette, pour le poser sur le sol avec son biscuit, puis elle serra Julie entre ses bras, jusqu'à ce que le flot de ses larmes eût un peu tari. Alors, elle lui tendit un mouchoir.

— Comment pourrais-je l'abandonner à cette femme? Je l'aime tellement…

— Je le sais, mais il faut parfois accepter de renoncer à ses désirs pour agir au mieux des intérêts de celui ou celle qu'on chérit. Jamais il n'a été question que tu gardes William auprès de toi pour toujours. Et tout au fond de toi, tu l'as toujours su. Il a une famille. La famille de son père. Aujourd'hui, l'heure est venue pour toi de le laisser s'en aller.

— Mais comment? Je l'ai aimé à l'instant même où je l'ai vu pour la première fois. Et puis, il représente une part de Franny. Une part de *notre* famille.

— Je comprends parfaitement, murmura Eileen. Je sais combien c'est difficile pour toi, mais William a besoin de grandir au sein d'une véritable famille. Il y recevra l'amour et les conseils d'un père et d'une mère, qui lui consacreront tout leur temps. Ils lui donneront leur nom, une respectabilité, ainsi que la possibilité de comprendre qui il est, et où se trouve sa place dans notre société. Je suis certaine qu'ils feront tout pour qu'il ne t'oublie pas. Ni toi ni sa chère petite maman.

— Tu parles d'or, Eileen, j'en conviens, mais sincèrement, tu ne peux pas comprendre ce que j'éprouve. Comment le pourrais-tu, toi qui n'as pas eu d'enfant?

Eileen prit une profonde inspiration, lâcha les mains de sa cadette, avant de se lever pour se diriger vers la fenêtre ouverte. Ayant récupéré son paquet de cigarettes, elle s'assit sur le rebord. Seul le cliquetis de son briquet vint troubler le silence.

— La douleur que tu ressens te fait l'effet d'un coup de poignard en plein cœur, dit-elle doucement à travers la fumée de sa cigarette. C'est une douleur qui te submerge à la façon d'une vague gigantesque. Elle t'engloutit et te coupe le souffle. Elle peuple tes rêves, elle ne te lâche pas davantage de toute la journée, au point que tu finis par te dire que tu ne pourras bientôt plus la supporter.

Le cœur de Julie battait contre ses côtes.

— C'est vrai, mais comment… ?

Eileen enchaîna, comme si elle n'avait pas entendu sa cadette, l'œil fixé sur l'horizon lointain :

— Un beau jour, cela commence à refluer, comme le chagrin après un deuil. Mais cette souffrance reste tapie en toi, et il lui arrive de surgir au moment où tu t'y attends le moins, pour te jeter tout à coup au visage ce que tu as perdu.

— Oh, Eileen… Je ne savais pas…

Cette dernière écrasa sa cigarette dans un cendrier de verre.

— Personne n'a su.

Elle referma les bras sur sa taille fine, le regard posé sur William.

— C'est pour cette raison que j'ai éprouvé un tel choc quand tu es venue frapper à ma porte avec ce petit bout de chou dans les bras. Tout m'est revenu en bloc, et je n'ai pas su comment y faire face.

Julie invita tendrement sa sœur à se rasseoir à côté d'elle :

— Je suis navrée, murmura-t-elle. Mais je n'avais personne d'autre vers qui me tourner. Est-ce pour cette raison que tu as quitté notre maison de Stepney du jour au lendemain ?

Eileen secoua la tête.

— À ce moment-là, j'ignorais que j'étais enceinte. Je voulais simplement vivre avec l'homme que j'aimais.

Elle fit une moue dédaigneuse.

— J'étais jeune et bête. Son charme m'a éblouie, et je mourais tellement d'envie que tout se déroule comme dans mes rêves que j'ai gobé tous ses mensonges. Papa m'avait pourtant prévenue, mais j'ai refusé de l'écouter. Je le regrette à présent, parce que mon existence aurait sans doute pris une tout autre direction.

— Que s'est-il passé ?

Eileen haussa le menton.

— J'ai fait mes bagages, puis j'ai pris le premier train pour Cliffehaven. Si tu avais vu la tête qu'il a faite en me découvrant à sa porte. Il avait une femme, et des enfants, mais comme ils vivaient un peu plus loin sur la côte, il a trouvé tout naturel de m'installer dans cet appartement pour que nous puissions passer du temps ensemble quand ses obligations familiales le lui permettaient.

Elle soupira.

— J'avais brûlé tous mes vaisseaux avec papa et maman. Je n'ai pas eu le courage de rentrer chez nous en leur avouant qu'ils avaient eu raison. Et puis, ce type continuait à m'hypnotiser, alors j'ai poursuivi cette drôle de vie, même si je savais parfaitement que ça n'avait aucun sens.

Julie demeurait sans voix, mais elle plaignait son aînée de tout son cœur.

— Il m'a promis d'obtenir le divorce, enchaîna-t-elle sur le ton du constat. Et comme une imbécile, je l'ai cru. C'est seulement quand j'ai appris que j'étais enceinte qu'il m'a montré son vrai visage.

Elle cligna des yeux, renifla pour éviter de fondre en larmes.

— Il m'a accusée de l'avoir trahi, il était soi-disant persuadé que le futur bébé n'était pas de lui. Quand il s'est rendu compte qu'il ne pourrait pas s'en tirer à si bon compte, il m'a décrété qu'il paierait pour que je m'en débarrasse.

Elle secoua la tête en frissonnant.

— Je ne pouvais pas faire une chose pareille. C'était hors de question.

— Pourquoi n'es-tu pas rentrée à Stepney, à ce moment-là ? Papa et maman t'auraient tout pardonné, et ils t'auraient entourée, comme ils l'ont fait avec Franny.

— Impossible. Je leur avais déjà fait assez honte en m'enfuyant. Qui plus est, j'étais trop orgueilleuse, à l'époque, pour admettre que je m'étais fourvoyée sur toute la ligne.

Elle se remit debout, alluma une autre cigarette.

— En revanche, tu es restée ici, observa sa cadette. Tu n'as pas dû avoir la vie facile tous les jours, car j'imagine qu'il était toujours dans les parages.

— Il a trouvé du boulot au noir, si bien que je ne l'ai pas vu pendant dix-huit mois.

Elle grimaça.

— Le jour où il a réapparu, j'avais peu à peu réussi à supporter les ragots, mon bébé avait été adopté, et j'avais déniché un emploi à la mairie de Cliffehaven. De son côté, il était persuadé que tout recommencerait comme avant, mais pour moi, il n'en était pas question. Je l'ai chassé après lui avoir dit ses quatre vérités.

— Les gens ont-ils été très médisants?

— Très. Mais je m'en suis accommodée. Mais le pire, ajouta-t-elle d'une voix rauque, c'est le jour où il m'a fallu renoncer à mon bébé. À la maternité, on l'a laissée deux semaines auprès de moi avant que des employées de l'agence d'adoption viennent la chercher. Quinze jours... Tu penses bien qu'en quinze jours j'avais eu largement le temps d'apprendre à l'aimer. D'ailleurs, la douleur de m'en être séparée reste enfouie au plus profond de moi, et elle revient me hanter à l'improviste.

Elle écrasa sa cigarette, les traits déformés par le chagrin.

— Je l'ai prénommée Flora, murmura-t-elle.

— Oh, Eileen...

Julie se précipita vers elle, et les deux sœurs s'étreignirent, mêlant leurs larmes, échangeant leur force et leur courage pour les drames du passé... et pour celui qui s'apprêtait à survenir...

Peggy redressa l'échine et haussa le menton avant de pénétrer dans la pension du Bord de mer, où il était convenu que Charity Farnsworth se présenterait à l'heure du dîner. La logeuse devait s'assurer que sa chambre était prête, et que l'une ou l'autre de ses pensionnaires avait entamé la confection du repas. Elle regrettait que, sans le savoir, la grand-tante de William eût choisi l'anniversaire de Ron pour se montrer, car sa présence, indiscutablement, jetterait un voile morose sur toute la journée. Peggy espérait qu'au moins elle serait sympathique. Pauvre petite Julie, que cette séparation allait dévaster – comme elle-même se sentirait déchirée le jour où, à la fin de la semaine suivante, Anne partirait pour le Somerset avec Rose Margaret.

Jim, Anne et Rita riaient à la cuisine : sur le visage de Ron, qui avait enfilé le pull-over offert par Mme Finch, se peignait un irrésistible mélange d'impuissance et d'embarras. Les couleurs formaient un ensemble disparate et criard, le vêtement descendait jusqu'aux genoux de son propriétaire, une manche lui avalait la main, tandis que l'autre lui arrivait au coude. On aurait dit une sucette à rayures.

— Pour sûr qu'il est bath, ce pull, madame Finch, bredouilla-t-il en retroussant la manche trop longue avant de tirer en vain sur l'autre.

Il sourit à la vieille dame en agitant les sourcils.

— On devrait te coller dans le potager, murmura Jim, l'œil malicieux. Tu ferais un nain de jardin épatant.

— Je t'en ficherais, moi, du nain de jardin, gronda son père pour rire.

Peggy réprima un gloussement en nouant son tablier.

— Ne vous en faites pas, Ron. Je rattraperai les maladresses de Mme Finch dès que je disposerai d'un peu de temps.

— Les maladresses, c'est rien de le dire, maugréa son beau-père en regardant baller sa manche trop longue d'un air défait. Elle me prend pour Quasimodo, ou quoi ?

La logeuse souriait encore lorsqu'elle se pencha vers Rose, endormie dans son parc en dépit des conversations autour d'elle.

— Elle est vraiment adorable… Tu as de la chance, Anne.

Elle ravala ses larmes.

— Bien, fit-elle pour se ressaisir. Il est temps de se bouger si nous tenons à ce que tout soit fin prêt pour accueillir Mme Farnsworth. Quelqu'un s'est-il déjà chargé du dîner?

— Nous nous sommes démenés tous ensemble, lui répondit sa fille avec un large sourire. Un ragoût de lapin est en train de cuire dans le four, et les pommes de terre sont épluchées. Il ne reste plus qu'à faire bouillir de l'eau. Papa a réussi à dénicher un supplément de farine, de sucre et de beurre, et Mme Finch a préparé un gâteau aux pommes pour l'anniversaire de papi.

Elle sourit de plus belle à sa mère :

— Et toi, as-tu rapporté quelque chose? Tu t'es absentée pendant une éternité.

Peggy, qui avait oublié qu'elle avait déserté la pension sous prétexte d'écumer les boutiques, répondit ce qui lui passa par la tête :

— Je n'ai rien vu de potable.

Elle détourna le regard aussitôt, afin qu'Anne ne risquât pas de discerner son trouble.

Tandis qu'Anne et Rita entamaient une conversation sur le bal de charité qui se tiendrait le lendemain soir à la caserne des pompiers, Ron descendit au sous-sol, marmonnant qu'il devait se préparer pour sa soirée en compagnie de Rosie, et Mme Finch commença de dresser le couvert. Rita ne possédait qu'une ou deux robes, mais Anne se réjouissait par avance de lui prêter l'une des siennes et, déjà, les deux jeunes femmes s'engageaient dans une discussion passionnée sur les souliers les mieux à même de s'assortir au vêtement. Fran et Suzy se joignirent bientôt à elles, à leur retour de l'hôpital.

Peggy écoutait leurs voix joyeuses en récupérant un chiffon sous l'évier, mais elle sentait dans son dos la présence oppressante de Jim qui, contrairement à son habitude, gardait le silence.

— Je vais m'assurer que la chambre de Mme Farnsworth est prête, fit-elle à mi-voix, sans oser lever les yeux vers son époux.

— Fais donc ça, oui. Et quand tu auras une minute à me consacrer, tu n'auras qu'à me dire à quoi tu as *réellement* occupé ton après-midi.

La logeuse décampa, gravit l'escalier quatre à quatre. Elle aurait dû se douter qu'elle ne parviendrait pas à berner Jim. Il la connaissait trop bien. Mais la vérité serait difficile à avouer – elle redoutait le moment où il lui faudrait parler.

Julie avait passé le reste de la journée chez Eileen, avec laquelle elle avait évoqué leurs souvenirs communs. De ce partage inattendu, une amitié était née, dont elles savaient déjà qu'elle les soutiendrait jusqu'à la fin de leurs jours.

Eileen lui ayant proposé de la raccompagner à la pension du Bord de mer, sa cadette l'en avait doucement dissuadée, désireuse qu'elle ne revécût pas le traumatisme de voir un enfant passer d'une adulte à une autre. Toutefois, alors qu'elle effectuait le long trajet solitaire qui la ramènerait à la pension avec William, elle n'était plus certaine de pouvoir affronter, sans le soutien de sa sœur, les quelques heures à venir.

La Londonienne avait profité de ce que toute la maisonnée se trouvât occupée pour monter en catimini dans sa chambre. Elle s'allongea sur son lit, William à côté d'elle, dont elle chatouillait le ventre pour le plaisir de le voir agiter ses bras et ses jambes ; elle enfouit son nez dans son cou. Dans une heure, Charity Farnsworth serait là. La jeune femme devait à tout prix jouir sans mélange de ces ultimes instants auprès de son neveu.

— Oh, William…, soupira-t-elle. Quel gâchis.

Elle se pelotonna contre lui, caressant les boucles blondes, qui peu à peu fonçaient ; ses larmes lui piquaient les yeux.

— Il faut que je sois courageuse... Mais je te promets de rester en contact avec tes grands-parents, pour que nous ne nous oubliions jamais tous les deux, et si un jour tu as besoin de moi...

Elle ferma les paupières et l'étreignit doucement. Elle se torturait, cela ne servait à rien. Les parents de Bill chériraient cet enfant, qu'elle n'avait pas le droit de priver d'un tel amour, mais pour la possibilité qui lui était désormais offerte de mener à nouveau sa vie et sa carrière en toute liberté, il lui fallait payer un lourd tribut... Y parviendrait-elle jamais?...

Elle quitta son lit, prépara des vêtements propres pour William. Elle avait déjà rangé ses affaires dans une petite valise qu'elle avait déposée à côté de la porte – et ce bagage de lui rappeler en permanence de quoi le lendemain matin serait fait...

Elle le changea lentement, lui passa une tenue propre avant de descendre à la cuisine, bien à contrecœur, pour le faire manger. Il régnait là une atmosphère joyeuse, Fran et Suzy traçant, avec du thé froid, une ligne verticale sur les mollets de Rita, afin qu'on s'imaginât qu'elle portait des bas en nylon.

— Vas-tu te tenir tranquille? se mit à rire Fran.

— Ça chatouille.

— Il faut souffrir pour être belle, murmura Suzy.

— Je donnerais cher pour avoir votre âge, soupira Mme Finch avec un sourire.

Mais Julie se sentait si accablée qu'elle demeura imperméable à la légèreté ambiante. Elle offrit à William de la purée et des légumes, ainsi que quelques bouchées de ragoût de lapin. Comme elle lui préparait un biberon, qui compléterait son dîner, on frappa à la porte d'entrée.

— Peux-tu me remplacer, Anne? demanda-t-elle. Ce doit être Mme Farnsworth.

— Bonne chance, murmura Anne en récupérant la cuiller.

Malgré la douceur de cette soirée d'été, la visiteuse, dont le gabarit, au demeurant, se révélait impressionnant, portait une gabardine épaisse dont elle avait fermement noué la ceinture sous une poitrine opulente. De lourds brodequins enfermaient ses grands pieds, tandis que des bas en fil d'Écosse gainaient ses jambes aux allures de poteaux; la main refermée sur la poignée de sa petite valise ressemblait à celle d'un homme et paraissait en posséder la puissance. Un chapeau de feutre complétait sa mise, enfoncé sur des cheveux gris fer ramassés en un chignon serré, le bord du couvre-chef ombrageant un regard gris dénué d'humour, de même qu'une bouche aux commissures affaissées.

Le sang de Julie se glaça.

— Madame Farnsworth? parvint-elle à articuler d'une voix que l'émoi rendait ténue.

— *Mademoiselle* Farnsworth, en effet. Et je vous préviens qu'il n'est pas question que je demeure une minute de plus sur ce seuil.

Elle pénétra dans le vestibule sans attendre qu'on l'y invitât, balaya le décor d'un regard vaguement réprobateur, avant de poser sa valise.

— Je suppose que c'est vous qui prenez soin de William, déclara-t-elle en toisant Julie.

— Je suis Julie Harris, oui.

La malheureuse avait la bouche sèche. Charity renâcla.

— Mon train avait du retard, fit-elle en ôtant son chapeau. Autant dire que je ne serai capable de rien tant que je n'aurai pas avalé une bonne tasse de thé du Yorkshire.

Elle darda de nouveau son œil pénétrant sur Julie.

— Je suppose que, dans cette maison, on sait préparer le thé?

— Il est peut-être moins fort que celui dont vous avez l'habitude, répondit Julie avec difficulté, car la visiteuse l'hypnotisait presque. Mais il sera bien chaud.

— Ce sera mieux que rien, grommela Charity.

Elle défit la ceinture de son imperméable bleu marine, découvrant une jupe en tweed marron, ainsi qu'un pull-over, tricoté à la main, tendu au niveau des seins volumineux et des hanches trop larges. Elle suspendit son manteau à la patère.

— Passez devant, ordonna-t-elle. Je n'ai pas parcouru tout ce chemin pour rester plantée au beau milieu de l'entrée de cette maison.

— Mme Reilly, ma logeuse, a préparé la salle à manger pour que nous puissions y discuter en tête à tête.

— Les gens du Sud ont vraiment de drôles d'idées. Rien de ce que nous pourrons nous dire n'a besoin de l'être en privé.

Sur quoi elle se dirigea d'un pas de grenadier vers la cuisine.

Julie se mit à trotter sur ses talons, son cœur, emballé, serré à chaque instant plus fort dans l'étau de son effroi – il était hors de question qu'elle remît William à cette virago. C'était au-dessus de ses forces.

— Bonjour tout le monde! lança Charity à la cantonade, avant de se laisser tomber dans le fauteuil qui faisait face à celui de Mme Finch – elle ne prit nullement garde au silence stupéfait qui avait accueilli son apparition. Lequel est donc notre petit William?

Son regard sévère se posa d'abord sur Rose, dans son parc, puis sur William, dont le visage était souillé de purée et de sauce à la viande.

Aussitôt, les enfants se mirent à hurler. Anne et Julie se précipitèrent pour tenter de les apaiser.

— Dieu du Ciel, souffla Mme Finch, qui couvrit ses oreilles de ses mains en fusillant la visiteuse du regard. Les Anglais vivant au nord de la Tamise braillent-ils tous comme s'ils se trouvaient au beau milieu d'un champ?

— En ce qui me concerne, je n'apprécie guère les bêcheurs du Sud qui traitent les gens du Nord comme s'ils étaient leurs larbins.

— Pour ma part, je ne supporte pas les malotrus qui se comportent chez moi comme s'ils étaient chez eux.

Julie s'interposa entre les deux femmes.

— Je vous présente William, dit-elle, en essayant de le débarbouiller et d'essuyer ses larmes.

Hélas, l'enfant se cramponnait à son cou, comme si Charity le terrorisait. Ce que sa tante comprenait ô combien… Cette femme aurait épouvanté n'importe qui.

Les yeux gris considérèrent le petit garçon sans aménité :

— Attendez plutôt qu'il ait fini son raffut pour faire les présentations, assena-t-elle sombrement. Et où est donc ce thé que vous m'avez promis?

Julie ayant échangé un regard inquiet avec Anne, elle se dépêcha de remplir une tasse. Quelle horrible bonne femme…

Cette dernière lorgna le breuvage clairet avec dégoût :

— Vous appelez ça du thé? Moi, j'appelle ça de l'eau de vaisselle.

— Nous n'avons rien de mieux, répondit Peggy, qui venait de pénétrer en trombe dans la cuisine, avant de se présenter. C'est la guerre, voyez-vous.

— Évidemment, admit la visiteuse, vaguement ébranlée par l'aplomb de la propriétaire des lieux.

Elle avala une gorgée.

— Bien, reprit la logeuse. Il est l'heure, à présent, de donner leur biberon à nos deux bambins, puis de les mettre au lit. Nous pourrons ensuite boire tranquillement notre thé.

Elle se tourna vers Julie.

— Cet après-midi, je suis passée à la pharmacie comme tu me l'avais demandé, pour récupérer le médicament de William. J'ai rangé le flacon dans le garde-manger.

— De quoi souffre cet enfant? exigea de savoir Charity.

Julie lui exposa ses problèmes de cœur par le menu, insista sur l'importance de poursuivre son traitement.

— Cela dit, conclut-elle, les médecins se réjouissent de ses progrès. Avec un peu de chance, le petit trou se résorbera de lui-même.

— Vous n'avez jamais fait allusion à cette maladie dans vos lettres, s'insurgea sa grand-tante. Les médicaments coûtent cher. Ma sœur n'a pas les moyens de prendre en charge un bébé malade.

Elle coula, de sous ses sourcils grisonnants, un regard terrible à Julie.

— Il n'y a jamais eu de problèmes cardiaques dans notre famille. Au contraire. Nous sommes forts comme des Turcs.

— Dans ce cas, hasarda la jeune femme, dans un ultime sursaut d'espoir, peut-être serait-il plus sage que vous laissiez William ici…

— Possible.

Charity avala une autre gorgée de thé, grimaça.

— Je les avais prévenus. Je savais dès le début que c'était une mauvaise idée.

Et de porter sa tasse à ses lèvres pour la troisième fois, indifférente au silence tendu brusquement tombé sur la petite assistance.

— Je vais réfléchir à la question, lâcha-t-elle, comme pour elle-même. À mon avis, ce serait la meilleure solution.

Le cœur de Julie battait la chamade, et elle serrait très fort contre son sein le petit garçon.

— De toute façon, intervint-elle avec froideur, si vous avez besoin de réfléchir, c'est que vous ne méritez pas cet enfant. J'aime William, et je ne désire pour lui que le meilleur. Je me moque bien de savoir si les médicaments coûtent cher. Ils lui rendent la santé, afin qu'il puisse grandir au même rythme que les autres enfants.

— Vous feriez mieux de vous calmer, fillette, gronda Charity. Ce gamin n'est pas le vôtre. Pas plus que celui de Bill, si vous voulez mon avis.

— Comment osez-vous… ? souffla la Londonienne.

— Ça suffit, s'immisça Peggy avec une brusquerie dont elle n'était pas coutumière. Madame Farnsworth, permettez-moi de vous montrer votre chambre, afin que vous puissiez vous rafraîchir avant le dîner. Julie, occupe-toi de William. Les autres… vous n'avez qu'à vous rendre utiles aussi.

— C'est *mademoiselle* Farnsworth, la cingla Charity, qui s'extirpa de son fauteuil avec peine. Jamais je n'ai eu besoin d'un bonhomme. La plupart d'entre eux ne valent pas tout le mal qu'on se donne.

Sans un regard pour Julie ou William, elle suivit son hôtesse d'un pas pesant.

L'infirmière, craignant que ses jambes ne se dérobent sous elle, s'assit.

— Je ne le lui donnerai pas, souffla-t-elle dans les cheveux du garçonnet. Si les parents de Bill sont du même tonneau, William risque de…

— N'ayez crainte, Julie, la coupa Mme Finch pour tenter de la rasséréner. Au bout de quelques minutes en tête à tête avec Peggy Reilly, cette femme repartira dans le Yorkshire les mains vides.

Julie ne répondit rien. Elle ne savait qu'une chose : la nuit qui l'attendait serait, à n'en pas douter, la plus longue de son existence. D'un point de vue légal, Charity Farnsworth et sa famille avaient parfaitement le droit de prendre William auprès d'eux, puis de l'élever comme ils l'auraient fait d'un fils. Son acte de naissance en attestait.

Ron haïssait les éclats, mais il détestait plus encore les poissardes vociférantes – deux minutes après l'entrée en scène de Charity Farnsworth, la coupe à son goût était pleine. Il profita de l'algarade entre la visiteuse et Mme Finch pour quitter la cuisine en tapinois. Il fila au sous-sol, passa son grand manteau de braconnier et coiffa son chapeau. L'arrivée de cette virago lui avait coupé l'appétit, ni le ragoût de lapin ni le gâteau aux pommes ne lui mettaient plus l'eau à la bouche. C'était d'un double whisky qu'il avait besoin à présent, et il se réjouissait par avance de le déguster en compagnie de Rosie Braithwaite.

Ayant ordonné à Harvey, qui pourtant gémissait à fendre l'âme, de rester à l'intérieur, il quitta la pension pour s'engager dans le crépuscule à peine embué du début de l'été, humant l'âcre odeur salée venue de la mer, ainsi que le doux parfum des quelques roses qui avaient survécu aux récentes attaques aériennes dans un jardin tout proche. Peu à peu, le vieil homme s'apaisait.

Il s'immobilisa près du mur, au bout de la rue, s'assura prestement que personne ne l'observait, puis cueillit une rose dans le buisson qui prenait d'assaut les pierres. Son parfum était entêtant. Il tenait là le cadeau idéal pour Rosie. Après avoir piqué la fleur à sa boutonnière, il enfonça les mains dans les poches de son pantalon en fredonnant *La Rose de Tralee.*

Lorsqu'il atteignit L'Ancre, le pub était déjà bondé, sa propriétaire surveillait les faits et gestes de deux femmes d'une cinquantaine d'années en train d'officier derrière le comptoir. Certes pas de la première jeunesse, songea Ron, mais les tendrons, en temps de guerre, se faisaient rares, et ces deux-là, du moins, se révélaient autrement plus souriantes que l'hommasse qui s'apprêtait à passer la nuit à la pension du Bord de mer.

Rosie roula délicieusement des hanches dans sa direction.

— Eh bien, eh bien…, fit-elle avec admiration. Tu es drôlement élégant, dis-moi.

— Je fais de mon mieux.

Elle lui décocha un sourire radieux, en posant devant lui, sur le zinc, un copieux verre de whisky.

— Joyeux anniversaire, Ron, murmura la tenancière avec un clin d'œil.

Le cœur de celui-ci se gonfla de fierté. Ce soir, sans le moindre doute, tous les hommes de l'assistance le jalousaient.

— As-tu envie que je te fasse danser?

— Donne-moi cinq minutes, gloussa-t-elle, et je serai tout à toi. Tu t'es pointé un peu plus tôt que prévu, tu me cueilles en plein pendant le coup de feu.

— Je saurai patienter, répondit-il avec espièglerie. Je sais que le jeu en vaut la chandelle. Tiens, en attendant… je crois que cette fleur ira très bien avec ta robe.

Elle saisit la rose entre deux doigts, plongea dans ses pétales veloutés son nez délicat.

— Elle est divinc, souffla-t-elle – et ses yeux étincelaient de plaisir.

Comme elle quittait le bar pour se diriger vers la porte menant à la cave, Ron la suivit du regard. Il était parvenu à acheter deux billets pour un bal de charité organisé ce soir au Grand Hôtel, établissement de luxe situé sur le front de mer, et il se voyait déjà tournoyer sur la piste avec Rosie… Oh oui… Il pouvait bien patienter, car il se verrait récompensé au centuple. Il desserra sa cravate, ouvrit un peu le col de sa chemise… Il était rasé de frais, s'était aspergé de quelques gouttes d'eau de toilette, et l'on avait repassé pour lui son costume. Surprenant son reflet dans les miroirs, il se trouva très élégant.

Il venait de terminer son whisky et s'apprêtait à en commander un autre, lorsqu'il vit Rosie jeter un coup d'œil en direction de l'escalier menant à son studio. Elle lui adressa un signe discret, de son bras gainé d'un long gant noir. Il s'empressa de la rejoindre.

La propriétaire des lieux se hâta de refermer la porte derrière lui.

— Je n'avais pas envie que mes clients nous gâchent la soirée, murmura-t-elle. Viens…

Ron lui prit la main, la contraignit à se figer alors qu'elle s'apprêtait à se détourner de lui. D'un œil admiratif, il suivit les courbes de sa silhouette moulée dans une robe de soie noire, pareille à une seconde peau. Il s'attarda sur les perles qui reluisaient à ses oreilles et sur son cou. La rose, qu'elle avait piquée près de son décolleté, de ses pétales caressait presque la peau de pêche de ses seins…

— Rosie…, parvint-il à articuler. Tu es superbe.

Du bout des doigts, elle effleura son étole en renard blanc, puis se pencha vers lui – elle caressa, de ses lèvres douces, la joue de son ami.

— Tu n'es pas mal non plus, Ronan Reilly.

Elle laissa échapper un délicieux gloussement, le poussant dans l'allée qui courait entre le pub et la boutique mitoyenne.

Ron la suivit dans une brume exquise, ses sens grisés par la fragrance de sa peau, par la promesse qu'il venait de lire dans ses yeux, par le moelleux de sa bouche…

Passant une main sous le bras de l'homme, Rosie rejeta son étole sur l'une de ses épaules.

— J'ai l'impression que nous nous apprêtons à vivre une nuit très spéciale…, murmura-t-elle, tandis que, bras dessus, bras dessous, ils se dirigeaient vers l'esplanade.

— Pour moi, elle l'est déjà.

Il régnait à la cuisine une atmosphère tendue, si bien que le dîner se révéla l'un des plus pénibles jamais organisés à la pension du Bord de mer. L'unique soulagement provint, contre toute attente, du silence obstiné de Charity, occupée à se goinfrer avec méthode, au point de ne pas même daigner prendre part à la conversation douloureusement polie qu'on avait entamée.

Julie, pour sa part, manquait d'appétit. Peggy semblait elle aussi distraite – elle n'avait à peu près rien avalé. Ron avait mystérieusement disparu, sans doute pour aller voir Rosie à L'Ancre ; sans lui, le repas perdait tout son sel.

Au terme du dîner, on poussa un soupir de soulagement, et personne ne s'attarda autour de la table une fois le thé servi, comme on avait en général l'habitude de le faire, au lieu de quoi chacun, faisant surgir une bonne excuse de son chapeau, déguerpit sans demander son reste. Mme Finch, pour sa part, s'affala dans son fauteuil, éteignit sa prothèse auditive, puis s'empara d'un livre. Jim murmura quelques mots à l'oreille de Peggy, qui, en réaction, fronça les sourcils, après quoi il décampa pour rejoindre les bénévoles de la surveillance incendie. Anne, prétextant une migraine, se retira dans sa chambre, où Rose Margaret dormait déjà. Dans la petite pièce ne demeurèrent que Julie, Peggy et Charity.

— Je vais aller voir si William se sent bien, souffla la Londonienne en se levant de table avec l'espoir de s'enfuir à son tour.

— Bah…, intervint Charity. S'il a besoin de quelque chose, il saura bien se faire entendre.

Et de fixer intensément l'infirmière, jusqu'à ce qu'elle eût consenti à se rasseoir.

— Parlez-moi donc un peu de vous, lui commanda-t-elle alors.

Julie jeta un coup d'œil en direction de Peggy, qui lavait les assiettes sans paraître vouloir se mêler de la conversation – quand son regard croisa celui de sa pensionnaire, elle lui adressa toutefois un signe d'encouragement. Après avoir passé sa langue sur ses lèvres, l'infirmière entreprit d'évoquer Franny.

Charity écouta, sans que son expression permît de deviner ce qu'elle pensait. De loin en loin, elle avalait bruyamment une gorgée de thé. Lorsque Julie eut achevé son récit, la visiteuse croisa les bras sur sa poitrine généreuse.

— Vous m'avez l'air d'être de drôles de petites natures. Par ailleurs, je l'ai bien observé, votre William. Rien qui ressemble de près ou de loin à notre lignée…

Julie, qui s'était préparée à cette contre-attaque, sortit de sa poche le précieux acte de naissance de l'enfant.

— J'ai réussi à le faire établir grâce aux lettres que Bill a envoyées à Franny. En effet, il y affirme à de nombreuses reprises qu'il est bien le père du futur bébé. D'ailleurs, il avait pris des dispositions, durant la grossesse de ma sœur, pour qu'elle soit confortablement logée, et ils avaient prévu de se marier le jour où il obtiendrait une permission.

— Tout cela est bien joli, fillette, mais plus d'un homme s'est déjà fait berner par de jolis yeux bleus.

— Si vous êtes réellement convaincue que William n'est pas le fils de Bill, s'agaça la jeune femme, pourquoi avez-vous pris la peine de me rendre visite?

— Parce que je tenais à me faire une idée. Ma sœur est bonne comme le bon pain, elle est incapable de voir le mal, où qu'il se niche, alors elle m'a autorisée à prendre la décision pour elle.

Elle prit une profonde inspiration, posa ses grandes paluches à plat sur la table.

— Elle a toujours compté sur moi pour lui donner de judicieux conseils. Quant à son mari, il ne vaut pas un clou en la matière. Incapable de prendre la moindre initiative.

— Dans ce cas..., s'insinua Peggy. Quelle décision avez-vous prise finalement, mademoiselle Farnsworth?

— Ce pauvre gosse a une santé défaillante. Rien à voir avec notre William, s'il s'agissait bien du rejeton de mon neveu. Je vous le laisse.

Des larmes de soulagement et de joie jaillirent instantanément des yeux de Julie, qui, pour un peu, se serait pendue au cou de la vieille gorgone pour déposer un baiser sur son menton poilu, dont elle devinait d'ici les piqûres qu'il infligeait à qui se risquait à l'approcher. Elle se retint à temps, se leva lentement... pour aller gravir l'escalier quatre à quatre.

William, qui suçait son pouce, dormait dans son berceau. Julie s'agenouilla près de lui, pour le seul plaisir de le contempler. Elle éprouvait une joie trop pure pour que des mots eussent pu lui suffire à l'exprimer, alors elle demeura là, en silence, à boire des yeux ce petit être qui, désormais, était le sien.

19

Après avoir refermé doucement la porte sur Mme Finch, qui s'était endormie au bout de quelques minutes, Peggy écouta les ronflements sonores en provenance de la chambre voisine. Cette sale bonne femme aurait réveillé un mort, et du fait de sa seule présence, l'atmosphère de la pension se trouvait viciée. Lorsqu'elle décamperait, la logeuse applaudirait des deux mains.

Elle descendit à la cuisine, dans laquelle elle remit un peu d'ordre, avant de s'offrir une dernière cigarette ; ensuite, elle irait se coucher. Elle aimait disposer parfois de cette pièce pour elle seule – elle s'assit avec un bienheureux soupir, caressa la tête soyeuse d'Harvey.

Ron et les filles n'étaient pas encore rentrés, Jim guettait d'éventuels départs de feu, Anne et Julie avaient rejoint leur chambre, leurs bébés auprès d'elles, dans leurs petits berceaux. Tout aurait pu être pour le mieux dans le meilleur des mondes, mais Peggy n'avait pas trouvé une minute pour s'entretenir avec son époux, qui était parti fâché.

Ses pensées revinrent un instant à Charity, que les quelques mots qu'elle lui avait glissés, en lui montrant sa chambre, au sujet de la surdité de William, dont elle avait omis, bien sûr, de préciser qu'elle était provisoire, avaient probablement suffi à dissuader de prendre l'enfant en charge ; ainsi Julie garderait-elle à ses côtés son cher trésor.

Elle jeta son mégot dans le fourneau, couvert pour la nuit, éteignit la lumière et quitta la cuisine.

La sonnerie du téléphone la fit bondir, et elle se précipita pour décrocher, le cœur déjà dans la bouche à la perspective de la terrible nouvelle qu'on allait sans doute lui annoncer.

— Allô?

— Je suis navré de vous déranger à cette heure, madame Reilly. Ici le docteur Michael. Je suis porteur d'un message urgent pour l'infirmière Harris.

— Elle dort. Je vais prendre le message.

La logeuse nota le nom, ainsi que l'adresse où l'on attendait l'infirmière dans les plus brefs délais.

— Je vais la prévenir immédiatement, assura-t-elle au médecin.

Elle raccrocha. Mais, à l'instant où elle allait s'engager dans l'escalier, ce fut cette fois le sinistre hululement des sirènes qui se manifesta. Elle frappa à la porte de sa fille, qu'elle trouva déjà hors de son lit, puis grimpa à l'étage, criant à Julie et Mlle Farnsworth de se lever.

Elle s'apprêtait à frapper à la porte de cette dernière lorsque Julie, vêtue de pied en cap, dévala les marches en serrant William contre sa hanche, de sa main demeurée libre agrippant sa trousse médicale, ainsi que l'étui contenant son masque à gaz.

— Demande à Anne de récupérer la boîte de secours pendant que je réveille les autres, dit-elle à la jeune femme en tambourinant contre la porte de sa visiteuse.

Les ronflements colossaux ne s'interrompirent pas. À bout de patience, la logeuse pénétra dans la chambre, alluma la lumière, avant de secouer sans ménagement l'épaule de la dormeuse.

— Une attaque aérienne est en cours! brailla-t-elle pour tenter de se faire entendre. Descendez immédiatement pour aller vous réfugier dans l'abri Anderson.

— Que se passe-t-il?

Charity s'assit très droit sur sa couche, les cheveux en bataille; elle cligna des yeux.

— Une attaque aérienne, s'agaça Peggy. Levez-vous.

Le raffut des Hurricane et des Spitfire au-dessus de leurs têtes apprit à Peggy que les hostilités allaient débuter d'une seconde à l'autre. Elle se rua vers la chambre de Mme Finch. Cette dernière dormait à poings fermés, ignorante des malheurs de ce monde. Après avoir allumé la lumière, sa logeuse rejeta doucement la couverture pour ne pas l'effrayer.

— Oh quel dommage…, soupira la vieille dame, qui lui permit de l'aider à enfiler ses pantoufles, puis sa robe de chambre. J'étais en train de faire un si joli rêve…

— Ce n'est pas bien grave, lui répondit Peggy en fourrant dans sa poche la prothèse auditive. Vous retrouverez bientôt votre lit et vous pourrez reprendre votre rêve là où vous l'avez laissé.

Elle guida sa pensionnaire dans l'escalier, que celle-ci descendit lentement, en s'aidant de sa canne, puis ensemble elles traversèrent la cuisine enténébrée, où la logeuse s'empara de l'étui de son masque à gaz, de son manteau et de son sac à main. On s'engagea dans l'escalier de pierre menant au sous-sol, puis ce fut le jardin.

Des projecteurs balayaient de leurs faisceaux le ciel estival et nocturne, les sirènes refusaient de se taire, et une nouvelle escadrille de Hurricane gronda là-haut. La terre trembla sous les pieds des deux femmes, la plus jeune aidant la plus âgée à suivre l'allée; le vacarme était tel que l'air même paraissait frissonner sous ses assauts.

Harvey les dépassa au triple galop pour se fourrer sous l'un des bancs que Ron avait creusés dans les parois de l'abri Anderson. Le chien en effet, s'il supportait à peu près les explosions et les bruits de moteur, abhorrait les stridences des sirènes ; il se dissimulait à présent derrière les jambes d'Anne, les sourcils affaissés, malheureux comme les pierres.

Anne et Julie avaient déjà allumé le réchaud, afin d'y faire bouillir de l'eau pour le thé, cependant que l'on avait installé les enfants, malgré leurs récriminations véhémentes, à l'intérieur d'un petit lit spécial, censé les protéger en cas d'attaque chimique. La précieuse boîte, dont Peggy renouvelait le contenu après chaque raid, se trouvait sous l'autre banc, auprès d'une pile de couvertures, au cas où le froid se ferait trop vif.

On se livra aux immuables rituels, Mme Finch s'installant dans sa chaise longue, cernée d'oreillers… En revanche, Charity ne paraissait toujours pas…

Peggy s'apprêtait à regagner la maison pour aller la chercher, lorsqu'elle découvrit une silhouette dans l'allée du jardin – la grand-tante de William avait passé tous ses vêtements de ville, allant jusqu'à coiffer son chapeau, et elle promenait avec elle sa valise.

— Vous allez voir, la prévint la logeuse, c'est un peu petit, mais j'espère que l'attaque ne durera pas longtemps.

— Bon sang de bonsoir, tonna Charity, on peut dire que vous en bavez sacrément, dans le sud.

Elle se laissa tomber sur un banc, qui gémit sous son poids. À peine eut-elle avisé le décor alentour qu'elle grimaça :

— Ce réduit empeste, se plaignit-elle, et il n'est pas question que je passe toute la nuit en compagnie d'un chien.

— Harvey fait partie de notre famille, répliqua Peggy. Il restera avec nous jusqu'à la fin de l'alerte.

Elle se tourna vers Julie :

— Désolée, ma chérie, mais le Dr Michael vient d'appeler. On a besoin de toi au 27, avenue des Noisetiers. Mme Morris a commencé le travail et, à en croire son mari, les choses vont très vite.

— Quelle poisse... Mais il s'agit de leur premier enfant, et ce pauvre M. Morris s'affole pour la moindre bricole.

Elle lorgna Charity, qui trônait, tel un Bouddha malveillant, sur le banc face à elle, en serrant son bagage contre sa poitrine.

— Ne perdez pas William des yeux, souffla Julie à l'oreille de sa logeuse.

Celle-ci adressa à la jeune femme un sourire entendu.

— Fais attention à toi, murmura-t-elle en lui ouvrant la porte de l'abri.

— Je ferai de mon mieux !

Peggy ferma un instant les paupières, priant pour que tout se passât bien.

Il n'était pas question que des attaques aériennes vinssent gâcher une nuit de fête, aussi, aux premiers hurlements des sirènes, les danseurs allèrent-ils poursuivre leurs évolutions au sous-sol du Grand Hôtel.

On y disposait d'une superficie presque égale à celle du rez-de-chaussée, des lustres pendaient au plafond, et une vraie piste de danse avait été aménagée sur le sol en béton. À l'une des extrémités de la salle trônait un bar et, à l'autre, un gramophone – en dépit de ses moyens et de sa réputation, le Grand Hôtel n'était pas parvenu à installer en sous-sol un orchestre de quinze musiciens. On recensait encore des tables basses, de confortables divans, ainsi que des fauteuils où reprendre son souffle entre deux danses ; un puissant système de filtrage de l'air évitait que l'atmosphère se fît trop chaude, ou trop enfumée.

Les robes des femmes et les uniformes des soldats alliés coloraient aimablement la scène, cependant que l'on évoluait avec grâce sur la piste. Ron n'en croyait pas ses yeux. Jamais de sa vie il n'avait assisté à un tel spectacle.

— Ma pauvre cave peut toujours essayer de s'aligner, plaisanta Rosie en savourant un gin tonic.

Elle aussi admirait les lieux.

— Chez moi, pas moyen de danser le foxtrot, ajouta-t-elle.

Ayant vidé son verre, elle prit la main de son cavalier.

— Viens, ils sont en train de jouer *Begin the Beguine*. C'est mon morceau préféré.

Ron reposa son whisky sur la table basse, mena Rosie sur la piste.

— Arrête donc de gamberger, Ronan Reilly, lui murmura sa cavalière, profite plutôt de la musique.

Il la serrait de près, humant son parfum, tandis que son corps menu se mouvait en parfaite harmonie avec le sien. Rosie se révélait, sans conteste, la reine du bal ; Ron avait une chance folle.

À mesure que se succédaient les airs, le couple s'oublia tout entier dans la danse, sans plus se soucier du bourdonnement lointain des avions ni des explosions qui, soudain, leur paraissaient appartenir à un autre univers – un univers dont ils ne risquaient plus, protégés qu'ils étaient à l'intérieur de leur bulle, de subir les violences…

Julie, pour sa part, n'était pas à la fête, mais cette pauvre Mme Morris ne s'amusait pas non plus, ramassée dans un coin de l'abri Anderson, pendant que son époux faisait les cent pas sur le sol bétonné en se tordant les mains, quand il ne passait pas des doigts impatients dans sa chevelure en désordre. Mme Morris, au goût de son mari, prenait trop de temps pour accoucher, il lui semblait que l'épreuve allait durer des heures.

— Tu ne risques pas d'accélérer le mouvement en soufflant comme un phoque, Alf, finit par s'échauffer la parturiente après une énième contraction. Tu ferais mieux de retourner à tes activités de surveillance incendie, et de nous laisser nous débrouiller entre femmes.

Alf, qui travaillait à l'Office régional de l'électricité, n'était pas accoutumé aux situations délicates – à l'évidence, il perdait pied. Son regard de myope courut de Julie à son épouse ; il se balançait d'un pied sur l'autre et rajusta ses lunettes sur son nez.

— Je ne sais pas quoi faire…

— Votre femme a raison, lui dit Julie. Il peut se passer beaucoup de temps d'ici la délivrance, et vous avez des choses importantes à faire. Allez remplir votre devoir, puis revenez nous voir une fois l'attaque terminée.

L'homme pressa l'épaule de son épouse avec pudeur, s'empara de son casque en fer-blanc, puis de son sac en toile, et quitta l'abri Anderson.

— À tout à l'heure, murmura-t-il, alors que sa femme se remettait à gémir.

— Tout va bien, la rassura Julie, tandis que les bombardiers rugissaient au-dessus de leurs têtes.

La contraction se fit plus douloureuse.

— Vous pouvez crier aussi fort que vous le souhaitez, maintenant. Personne ne risque de vous entendre.

La lampe-tempête se balançait au plafond, jetant des ombres sur les parois de l'abri. Au-dehors, les combats aériens faisaient rage, mais les deux femmes ne se préoccupaient plus que de cet enfant réticent, aurait-on dit, à voir enfin le jour.

— Je ne peux décemment pas lui en vouloir, sourit la future maman. À sa place, je resterais où je suis jusqu'à la fin de la guerre.

Son sourire mourut soudain sur ses lèvres et elle écarquilla les yeux.

— Oh mon Dieu..., glapit-elle. Cette fois, je crois que ça y est.

Mme Morris avait raison et, après une très longue attente, quelques secondes suffirent au nourrisson pour pousser bientôt son premier cri.

— C'est une fille, lui annonça gaiement la sage-femme en s'occupant du cordon ombilical.

Elle emmaillota ensuite l'enfant dans l'une des serviettes que Mme Morris lui avait remises plus tôt, puis la lui confia.

— Dieu du Ciel, souffla la jeune maman, les traits adoucis tout à coup par l'amour et la fierté – un seul regard sur la fillette, et la douleur, aussi bien que les tourments, s'étaient évanouis...

Elle leva cependant un œil brusquement affolé vers Julie :

— Alf désirait un garçon. Vous croyez qu'il va être déçu ?

— Elle est superbe, répondit l'infirmière avec un sourire. Je pense surtout que votre mari se sentira tellement soulagé qu'il ne verra aucun inconvénient à devenir le papa d'une petite fille.

Mme Morris serra la main de Julie dans la sienne.

— Merci d'avoir bien voulu vous déplacer malgré les circonstances, infirmière. Et je suis vraiment navrée que cela ait duré tellement longtemps.

— Allons, allons... Contentez-vous de vous reposer et de profiter de votre bébé pendant que je fais un peu de ménage, puis que je vous installe plus confortablement. Nous devrons peut-être rester ici encore un bon moment. Désirez-vous une tasse de thé ?

— Volontiers, soupira la jeune maman. Je meurs de soif.

Ainsi fut donc fait et, pendant que Mme Morris buvait son thé, Julie se chargea de l'enfant, dont elle fit la toilette, avant de lui passer l'adorable petite tenue que sa mère avait tricotée et brodée pour elle. Enfin, elle la rendit à cette dernière.

À présent, la fatigue de cette nuit sans repos, précédée par une journée éprouvante pour les nerfs, se faisait cruellement sentir ; Julie brûlait de retrouver son lit et de s'assurer que William était en sécurité. Mais elle ne pouvait laisser seule Mme Morris – elle se devait de lui tenir compagnie pendant toute la durée de l'alerte et jusqu'au retour de son mari. Elle jeta une couverture sur ses épaules, puis se concentra sur le chahut extérieur pour éviter de piquer du nez.

À 5 heures du matin, une sirène annonça officiellement la fin de l'attaque aérienne, et bien que la fête continuât de battre son plein, Rosie et Ron, pour leur part, avaient eu leur compte de réjouissances.

— On ne rajeunit pas, murmura la tenancière comme ils se dirigeaient vers L'Ancre dans la lumière nacrée de l'aube.

— Taratata, la réprimanda doucement Ron en lui tapotant le dessus de la main. Par rapport à d'autres, on n'est rien que des perdreaux de l'année. Et puis… avec toi, j'oublie mon âge.

Lorsqu'ils eurent atteint la porte latérale du pub, Rosie s'immobilisa, leva les yeux vers son ami, sur le visage une expression impénétrable.

— On ne peut pas continuer comme ça, Ron, dit-elle avec douceur. Tu le sais, n'est-ce pas?

Il avala sa salive, et son cœur se serra.

— Mais…, balbutia-t-il. Mais… on a passé une nuit merveilleuse. Je me disais que…

Elle posa un index sur les lèvres de l'homme.

— Chut… Ne dis plus rien avant que j'aie terminé.

Elle le dévisagea longuement, intensément… Puis elle ferma les paupières et l'embrassa. Sur la bouche.

Ron songea que jamais il n'avait rien goûté de meilleur. Jamais il n'avait cru jusqu'alors qu'un simple baiser pût se révéler aussi puissant, jamais il n'avait seulement osé rêver de ce moment. Après un instant d'hésitation, il l'attira à lui. Ils échangèrent un autre baiser.

Lorsqu'ils s'écartèrent enfin l'un de l'autre, Rosie piqua un fard et baissa le menton.

— Pardon, Ron. Je n'aurais pas dû… Mais j'en mourais d'envie depuis une éternité.

Il saisit son beau visage entre ses mains et plongea son regard dans celui de son amie.

— Pour quelle raison ne t'es-tu pas lancée plus tôt, alors?

L'ombre d'un sourire passa sur les lèvres de Rosie.

— Ce n'est pas à la fille de faire le premier pas, Ron, tu le sais tout de même bien.

— Dans ce cas, pourquoi cette nuit?

— Je ne sais pas au juste. Je me suis laissé emporter par la magie du moment.

Elle le considéra à travers ses cils.

— Tu me trouves trop délurée?

— Au contraire, chuchota-t-il et, déjà, il lui volait un troisième baiser en l'étreignant plus fort. Ma Rosie… Je t'aime de toute mon âme.

La tête sur son épaule, elle poussa un lourd soupir chargé de tristesse.

— Je le sais, dit-elle à mi-voix, et je t'aime aussi, mais j'ai eu tort de te donner de faux espoirs.

Elle recula d'un pas, les yeux remplis de larmes.

— Nous n'avons pas d'avenir commun, Ron.

— Mais voyons, se récria celui-ci, que l'angoisse poignait. Puisque nous nous aimons, je ne vois pas…

Elle le fit taire d'un geste sans violence.

— Je ne suis pas libre, Ron. Jamais nous ne pourrons être ensemble. Pas au sens où nous le désirons tous les deux.

Le malheureux n'y comprenait plus rien. Des rumeurs avaient couru, selon lesquelles Rosie était veuve, ou peut-être divorcée, à moins qu'elle n'eût passé une alliance à son doigt pour tenir les prédateurs éventuels à distance. Sa gorge se noua.

— Tu es toujours mariée… ? fit-il d'une voix rauque.

Elle hocha la tête.

Quelques secondes avaient suffi pour dissoudre la joie qu'il venait d'éprouver.

— Pourtant, tu vis ici depuis de nombreuses années, et personne n'a jamais remarqué d'homme dans les parages. Ce n'est pas ce que j'appelle un mariage, Rosie.

— Tu as raison, répondit-elle en cherchant, dans son réticule, ses cigarettes et son briquet.

Elle en alluma une, dont elle souffla la fumée dans les lueurs de l'aube, le regard distant.

— Mais il n'est pas question que je divorce.

Ron prit la cigarette des mains tremblantes de son amie, pour la jeter dans le caniveau. Alors, il la saisit par les deux bras, pour la contraindre avec douceur à lui faire face.

— Pour quelle raison?

— Jack est très malade, et depuis très longtemps. On l'a placé dans une zone de haute sécurité, à l'intérieur d'un sanatorium. Jamais il n'en sortira, mais la loi m'interdit de divorcer, même si on le juge irresponsable. Il me faudra donc supporter ce fardeau jusqu'à sa mort.

— Oh, Rosie… Pourquoi ne pas m'en avoir parlé plus tôt ?

— Parce que je devais d'abord savoir si tu partageais mes sentiments. Je suis vraiment navrée, Ron. Nous venons de passer une merveilleuse soirée, et voilà que je gâche tout.

L'homme embrassa avec délicatesse la larme unique qui coulait sur l'une des joues de sa bien-aimée.

— Tu n'as rien gâché du tout, murmura-t-il. J'attends depuis des années de pouvoir t'embrasser, et maintenant que tu m'as avoué que tu m'aimais aussi, je me sens comblé.

— Oh Ron…, souffla-t-elle, le visage illuminé soudain par l'espoir et l'amour.

Il lui prit les mains, plongea son regard dans le sien.

— Je t'aimerai jusqu'à ma mort. Pour autant, je ne ferai preuve d'aucune impatience, je t'en donne ma parole. Je prendrai les choses comme elles viennent. Ce que nous possédons en commun est précieux, Rosie, et j'attendrai le temps qu'il faudra pour qu'un jour, tu deviennes mienne.

— Serais-tu en train de me demander en mariage, Ronan Reilly ?

Ce dernier lui embrassa le bout du nez.

— Disons que je te demande d'accepter qu'un jour je te demande en mariage.

Il lui assena une fessée légère.

— Et maintenant, rentre donc chez toi et va te coucher, avant que je fasse des bêtises.

Elle gloussa, tourna la clé dans la serrure et pénétra à l'intérieur de sa maison.

— Je t'adore, Ron. Dors bien, vieux brigand. Nous nous verrons demain soir.

— Brigand peut-être, mais pas vieux, saperlipopette.

Mais il s'adressait à une porte close.

Il enfonça les mains dans les poches de son pantalon, un sourire bêta sur les lèvres. Bah… Quelle importance… Rosie l'aimait; c'était comme s'il marchait sur un nuage. Son cœur chantait, les oiseaux poussaient de joyeuses trilles. La journée à peine entamée promettait d'être belle.

Au terme de ces longues heures passées dans l'abri Anderson, Peggy se sentait à bout de nerfs. Charity n'avait cessé de se plaindre de tout, les bébés demeuraient inconsolables, et Harvey avait laissé échapper un pet monstrueux, dont l'odeur nauséabonde avait flotté longtemps dans le réduit.

Enfin, on avait retrouvé l'air libre du jardin, puis constaté, avec soulagement, que ni l'eau ni l'électricité n'avaient été coupées et qu'à l'évidence la pension n'avait pas souffert des bombardements, ni les maisons voisines. Lorsqu'on eut changé Rose et William, qu'on les eut nourris puis couchés dans leur landau, Peggy et Anne préparèrent le petit-déjeuner. Charity Farnsworth, loin de leur proposer son aide, patienta en lisant le journal, assise à la table de la cuisine; Mme Finch s'efforçait de dresser le couvert en la circonvenant.

Lorsque Jim pénétra dans la pièce, Peggy sut qu'en dépit de la longue nuit qui venait de s'écouler, ses ennuis ne faisaient que commencer. Il posa sur elle un regard interrogateur – mais à ces questions, elle ne pouvait répondre. Pas ici, du moins, pas maintenant, et assurément pas en présence de tiers.

— La nuit a-t-elle été difficile de votre côté? s'enquit-elle.

Il ôta son casque en fer-blanc, la veste de son uniforme, avant d'abandonner l'étui de son masque à gaz sur une chaise non loin.

— Plus de peur que de mal, répondit-il avec humeur.

Il défit ses bretelles pour les laisser pendre sur ses cuisses.

— Deux bombes incendiaires ont manqué de peu le manoir de Lord Cliffe, et un bombardier ennemi s'est abîmé en mer. Rita est toujours sur le pont, les pompiers continuent de lutter contre le brasier qui menace le château. Mais d'après ce qu'on nous a dit, c'est trois fois rien, par comparaison avec ce qui s'est passé à Portsmouth, qui était la véritable cible des Boches.

— Tant mieux pour nous, conclut Peggy en lui tournant le dos pour se concentrer sur les œufs et le lait en poudre qu'elle mélangeait dans une poêle.

Les poules, manifestement perturbées par les événements de la nuit, n'avaient pas pondu.

À peine son époux se fut-il assis que Charity le bombarda de questions, désireuse de savoir à tout prix pour quelle raison il n'était pas soldat.

— J'ai quarante-quatre balais, maugréa-t-il. Et j'estime avoir fait mon devoir pendant la Première Guerre. À part ça, ajouta-t-il, bougon, c'est pas vos affaires.

Cette impolitesse tourmenta Peggy. Elle risquait de passer, d'ici quelque temps, un bien mauvais quart d'heure…

On prit le petit-déjeuner dans un silence presque complet, l'atmosphère se révélant à peu près aussi tendue que la veille au soir. Anne et Mme Finch n'avaient pas manqué les regards furibonds que Jim adressait à son épouse… Quand, une demi-heure plus tard, Ron se présenta, un large sourire godiche aux lèvres, on se réjouit muettement de cette diversion bienvenue, au point que la logeuse ne fut pas loin de se mettre à courir pour lui concocter son petit-déjeuner.

Ensuite parurent Suzy et Fran, et l'ambiance générale s'allégea d'autant – enfin, Peggy s'autorisa à se détendre un peu.

— Vous m'avez l'air drôlement content de vous, Ron, murmura-t-elle à son beau-père. Si je comprends bien, la nuit a été bonne?

— On peut le dire, en effet, répondit-il, rayonnant. Mais un gentleman ne fournit jamais le moindre détail sur ce genre de choses…

Sa bru se réjouit que Ron et Rosie se fussent enfin trouvés – qui sait s'il n'y aurait pas, dans quelque temps, un mariage à célébrer dans la famille. Elle vida sa tasse, se leva pour faire la vaisselle, soulagée de tourner le dos à Jim, dont la mine demeurait sombre, bien qu'il feignît de s'abîmer dans la lecture du journal. Hélas… Bientôt viendrait le face-à-face…

La porte d'entrée s'ouvrit, des pas résonnèrent dans le vestibule. Julie fit son apparition, éreintée.

— Je m'en vais, annonça Charity en reposant avec bruit sa tasse dans sa soucoupe. Mon train part dans une heure, et je n'ai pas l'intention de le rater. Au revoir, mademoiselle Harris.

Elle se fendit d'un bref mouvement de tête en direction de la Londonienne, avant de quitter la pièce.

Peggy la suivit, ouvrant déjà la porte d'entrée, tandis que la voyageuse récupérait sa valise et l'étui de son masque à gaz.

— Je me garderai bien de dire que c'était un plaisir, assena Charity.

— En effet, commenta la logeuse avec froideur. Je vous souhaite cependant bon voyage, mademoiselle Farnsworth.

Elle regarda cette dernière se diriger d'un pas pesant vers Camden Road.

— Et bon débarras, siffla-t-elle en claquant la porte.

— Sur ce, Peggy Reilly, il est temps d'avoir tous les deux une petite conversation.

— Montons dans notre chambre.

Lorsqu'il en eut refermé la porte derrière eux, Jim s'y adossa. Pas de sourire espiègle aujourd'hui, nulle étincelle au fond des yeux.

— Je t'écoute.

— Je t'assure qu'il n'y a vraiment pas de quoi te mettre la rate au court-bouillon, commença son épouse, dont les nerfs commençaient déjà à lâcher. J'avoue que j'ai menti, mais mon petit mensonge ne dissimule rien de grave.

— Tu ne mens jamais, d'habitude.

— J'ai prétendu que j'irais faire les boutiques… parce qu'en réalité j'avais un rendez-vous important.

Elle se tordait les mains dans le creux de son tablier, tandis que Jim croisait les bras, le regard étréci.

— Avec qui? Et pourquoi t'es-tu sentie obligée de mentir?

— Depuis quelque temps, je me sens anormalement fatiguée. Et puis à fleur de peau. Alors j'ai consulté le Dr George, à la clinique des Noisetiers, pour lui demander un fortifiant. Je pensais qu'après tout ce que nous avions vécu récemment, c'était normal d'accuser le coup.

La colère et les soupçons de son époux s'évanouirent sur l'heure. Il se précipita vers elle, les traits accusés par l'angoisse.

— Tu n'es tout de même pas malade, Peggy? s'affola-t-il d'une voix rauque.

Elle secoua la tête, sans oser le regarder.

— Je suis enceinte de trois mois, lâcha-t-elle d'un trait.

— Quoi ?!?

Tout le monde, dans la cuisine, leva les yeux en entendant rugir le propriétaire des lieux, Anne conseillant à chacun de se faire tout petit – une tempête menaçait.

— Je descends me changer, décréta Ron, puis j'irai me promener avec Harvey dans les collines.

— Suzy et moi allons nous coucher, intervint Fran. Mais si tu appelles ça une empoignade, Anne, tu devrais voir mes parents se jeter des noms d'oiseau à la figure. Pour sûr qu'on les entend depuis Dublin jusqu'à la baie de Bantry.

Julie finit son petit-déjeuner, déposa sa vaisselle sale dans l'évier, au son des imprécations étouffées de Jim. Elle se souvint de ses parents, qui n'étaient pas les derniers quand il s'agissait de livrer combat l'un contre l'autre. Les réconciliations sur l'oreiller, qui concluaient la plupart du temps ces querelles, se révélaient, et de loin, la part la plus embarrassante de l'affaire…

— Il est encore un peu tôt, mais je vais emmener William chez sa tante, puis chez Katherine, pour leur annoncer la bonne nouvelle. Et toi, Anne ?

— Je vais faire un tour sur l'esplanade, avant de m'offrir une tasse de thé au kiosque. L'air frais fera le plus grand bien à Rose Margaret, et la mer me manquera lorsque je serai dans le Somerset.

Le bonheur de Julie transparaissait sur son visage, et elle sourit de toutes ses dents en entendant soudain Jim partir d'un rire tonitruant.

— Visiblement, les choses se sont arrangées, dit-elle. Mais autant les laisser seuls malgré tout.

20

Entre un Ron pareil à un collégien amoureux et un Jim dont le visage s'éclairait en permanence d'un sourire béat, Peggy n'avait pas eu la tâche facile. En réalité, son beau-père ne lui posait aucun problème, sa relation avec Rosie avait déjà fait le tour de la ville. En revanche, elle éprouvait toutes les peines du monde à empêcher Jim de claironner par-dessus les toits qu'il allait être papa pour la cinquième fois – elle-même ayant encore du mal à digérer la nouvelle, il n'était pas question, dans l'immédiat, que quiconque, à part son époux, qu'elle avait fini par menacer pour qu'il se taise, fût au courant de son état.

— Je ne vois pas pourquoi on ne pourrait pas l'annoncer à Anne et au reste de la famille, se plaignit Jim le jour du départ de leur fille aînée pour le Somerset. Après tout, c'est une merveilleuse nouvelle.

Peggy finissait de se coiffer dans l'intimité de leur chambre.

— Si nous en parlons à Anne, elle refusera de s'en aller, or tu sais que Cliffehaven n'est plus un endroit sûr, ni pour elle ni pour Rose.

— Il faudra bien la mettre au courant un jour ou l'autre. Ce n'est pas le genre de chose que tu pourras cacher bien longtemps.

— Je lui écrirai une fois qu'elle sera installée là-bas. Et quand je me sentirai prête.

Il passa les bras autour de sa taille, posa doucement son menton sur son épaule.

— Ça ne te fait pas plaisir d'attendre cet enfant? C'est pour ça que tu ne souhaites prévenir personne?

— Sincèrement, je n'ai pas la moindre idée de ce que j'éprouve. Je suis en état de choc. Résultat, pendant une minute je suis aux anges, et la minute d'après je meurs de trouille.

Elle leva les yeux vers lui.

— Je suis grand-mère. À mon âge, je ne devrais plus avoir de bébé.

— Allons, allons, tu possèdes l'énergie d'une jeune fille, ma poulette. Et puis, grands-parents ou pas, moi, je suis fier comme Artaban.

Et le garçon de bomber le torse en décochant à son épouse un sourire radieux.

— Je suis peut-être ta poulette, mais ne t'avise pas de jouer les coqs avec moi, Jim Reilly. Ce n'est pas toi qui vas accoucher, pas toi non plus qui te lèveras la nuit pour lui donner le biberon. Tu ne laveras pas davantage ses couches et...

D'un baiser, il la réduisit au silence.

Elle finit par le repousser pour faire le lit. C'était avec ce genre de baiser qu'il lui faisait tourner la tête – jamais elle n'était capable d'y résister, et il l'aurait ainsi menée au bout du monde.

— J'espère que Cissy et Anne ne le prendront pas trop mal, enchaîna-t-elle en tapotant les oreillers. Quant à Doris, je parie qu'elle ne voudra plus jamais m'adresser la parole.

— On ne pourra que s'en féliciter, commenta Jim, qui, comme le reste de la maisonnée, ne supportait pas sa belle-sœur.

Il prit la main de son épouse.

— Ce qui nous arrive tient du miracle, Peggy, et j'ai très envie que tu t'en réjouisses autant que moi.

— Laisse-moi un tout petit peu de temps, veux-tu. C'est en train de faire son chemin. Et je t'assure que même si ça risque d'être compliqué avec les attaques aériennes, le rationnement et des pensionnaires sur lesquels veiller, je suis ravie.

— Tu en es sûre ?

— Sûre et certaine, murmura-t-elle en souriant. Mais, pour le moment, je suis sens dessus dessous, tu comprends ? Anne s'en va aujourd'hui, et je vais avoir beaucoup de mal à m'y habituer. Alors, oui, j'ai autant envie que toi de révéler à tout le monde que je suis enceinte, mais pas maintenant, Jim.

— Je te promets de tenir ma langue. En échange, ajouta-t-il après lui avoir baisé le front, promets-moi de prendre soin de toi et de faire ce que le médecin te dira de faire.

— Tout ira bien, s'agaça-t-elle. Voyons, Jim. J'ai déjà eu quatre enfants, je ne vois pas pourquoi les choses se passeraient autrement avec le cinquième.

— Tu étais plus jeune, et notre pays n'était pas en guerre. Si tu veux vraiment ce bébé, tu auras intérêt à te reposer et à t'alimenter correctement. Et ne t'avise pas de prendre des risques inconsidérés.

— Promis…

— Tu es une sacrée casse-pieds, Peggy Reilly, mais je t'aime.

Il l'embrassa sur la joue.

— Sur ce, on se dépêche. Tout le monde doit nous attendre pour le petit-déjeuner. Et je meurs de faim.

— Il faudra pourtant te contenter d'œufs en poudre sur une tartine sans beurre.

Le petit-déjeuner se déroula, comme à l'accoutumée, dans le désordre le plus total – les enfants réclamaient à grands cris qu'on leur donnât à manger, les infirmières couraient de droite et de gauche avant de filer prendre leur service à l'hôpital, Rita révisait pour son examen de mécanique, et Harvey tentait de chiper tout type de nourriture que les bébés laissaient tomber sur le sol.

Julie s'efforçait de nourrir son neveu qui, installé dans une chaise haute, en frappait le plateau de sa cuiller ; Rose Margaret s'enduisait les cheveux de confiture, tandis que Mme Finch se démenait pour se rendre malgré tout utile, la mère de l'enfant essayant, quant à elle, de faire disparaître de sa plus jolie jupe les taches de confiture dont sa fillette l'avait maculée. Ron était le seul à ne pas broncher : installé en bout de table, il évoluait dans son univers mental en sirotant son thé avec une satisfaction évidente.

Peggy, sans mot dire, contemplait en s'affairant sa fille aînée, dont le départ la chagrinait – mais c'était surtout la perspective de ne plus voir Rose Margaret qui l'accablait, car elle n'imaginait plus la maison sans la présence du petit bout de chou.

Un moteur d'automobile gronda, des freins crissèrent devant la pension. Un coup de klaxon.

— C'est Martin, fit Anne, qui déjà se levait en prenant sa fille dans ses bras, en dépit de ses protestations. Il est très en avance, souffla-t-elle, il faut absolument que je donne d'abord le bain à Rose.

Mais déjà, la porte de la cuisine s'ouvrait à toute volée : Cissy entra, traînant dans son sillage un jeune aviateur perplexe, mais manifestement fou d'elle.

— Je ne pouvais décemment pas te laisser filer sans te dire au revoir, dit-elle à son aînée. Je vous présente James, qui a gentiment accepté de me conduire en voiture depuis la base aérienne.

Peggy sourit au garçon, qui rougit jusqu'à la racine des cheveux, avant d'étreindre la logeuse – elle espéra, dans le secret de son âme, qu'il n'était pas le prochain nom sur la longue liste des cœurs brisés par sa cadette, car elle le jugeait charmant.

— Je suis ravie de te voir, Cissy, souffla-t-elle.

— C'est que je tenais à faire un gros poutou à notre petite merveille, répondit-elle en s'emparant de Rose. Beurk…, grimaça-t-elle. Elle a de la confiture partout.

— Tu étais pareille à son âge, s'esclaffa Jim. Les bébés ne sont pas réputés pour leurs bonnes manières à table, et…

— Tu finiras par t'en rendre compte toi-même un jour, l'interrompit son épouse en lui coulant un regard menaçant.

Il soupira, entreprit de bavarder un peu avec James, cependant que ses deux filles s'occupaient avec entrain de Rose Margaret.

— Maman?… Maman! Qu'est-ce qui t'arrive?

— Comment ça? s'étonna Peggy, que ce spectacle familial et harmonieux venait d'emmener très loin de sa cuisine.

— J'étais en train de te parler, se mit à bouder sa cadette, mais tu n'as pas écouté un traître mot de ce que je t'ai raconté. Tu as l'air ailleurs.

— Pardon, ma chérie, je rêvassais.

— Martin vient d'arriver, et il voudrait savoir s'il peut emporter le vieux lit de bébé. Parce que Violette n'en a pas, alors que lui, il pourrait sans problème l'attacher sur le toit de la voiture.

— J'aimerais autant qu'il nous le laisse, intervint Jim.

— Mais pourquoi? s'étonna Cissy en fronçant les sourcils. William a le sien…

Comme son père ouvrait la bouche pour parler, Peggy le devança:

— Bien sûr qu'il peut l'emporter. Anne peut aussi disposer du vieux landau, si ça l'arrange.

— Il conduit une petite Ford de rien du tout, maman, pas un camion de l'armée ni la Bentley de tante Doris.

Les poings sur les hanches, Cissy exhala un soupir excédé :

— Sincèrement, qu'est-ce qui t'arrive ce matin ?

— Rien, se hâta de répondre la logeuse avant de déguerpir dans le hall, au cas où l'on aurait besoin d'elle.

Mais Ron avait déjà démonté le petit lit, dont il attachait solidement les pièces sur le toit de l'automobile, pendant que Martin fourrait les valises dans le coffre. Jim et James avaient plongé le nez sous le capot, s'extasiant sur les qualités mécaniques du moteur.

Cette fois, on était fin prêt. Anne rendit une dernière visite à sa chambre, pour s'assurer qu'elle n'avait rien oublié. Plantée ensuite dans l'entrée de la pension, sa fille entre les bras, elle se sentit déchirée entre le chagrin d'abandonner ses parents pour la deuxième fois et sa volonté de mettre son enfant à l'abri des bombes.

— Prends bien soin de toi, ma chérie, lui murmura Peggy, qui l'avait rejointe pour déposer un baiser sur sa joue. Et appelle-nous dès que tu seras arrivée chez Violette.

Elle embrassa le visage menu de Rose, huma, avant de s'écarter, son doux parfum de bébé.

Anne fit ses adieux à Ron, puis à son père, avant d'embrasser tendrement Mme Finch. Cissy, comédienne dans l'âme, éclata en lourds sanglots, que le très dévoué James s'efforça d'endiguer.

Peggy, dans le secret de son cœur, était inconsolable.

— J'ai obtenu une permission de dix jours, lui annonça Martin en se rapprochant d'elle. Je l'aiderai à s'installer. Ne vous tourmentez pas, elles seront bien là-bas, et elles ne risqueront plus rien.

— Je sais, répondit la logeuse, s'obligeant à sourire.

— Viens, ma chérie, dit-il ensuite à son épouse. Une longue route nous attend, et il n'est jamais bon de prolonger les adieux.

Jim rejoignit Peggy sur le perron. Elle posa la tête contre son épaule. Lorsque leur fille agita la main par la vitre ouverte de la voiture, qui s'éloignait, elle ne put retenir ses larmes.

Son époux la poussa doucement vers l'intérieur de la maison, dont il referma la porte.

— Tout va bien, dit-il, quoique sa voix tremblât un peu. La guerre sera bientôt terminée, et tous nos oisillons regagneront le nid.

Peggy opina, mais elle songeait qu'au contraire le conflit n'était pas près de finir, et que plusieurs années pourraient fort bien s'écouler avant qu'elle revît ses enfants.

À la fin du mois de juin, on ne parlait plus que de l'invasion allemande en Union soviétique ; Minsk était tombé. Durant la première semaine de juillet, Staline appela à une « politique de la terre brûlée », mais sept jours plus tard, les Allemands pénétraient en Ukraine, la Grande-Bretagne signant dès lors, avec les Soviétiques, un « pacte d'assistance mutuelle ».

Julie croulait sous le travail, car aucune infirmière ne s'était encore présentée pour la soutenir dans sa tâche, et Jess avait rejoint l'hôpital pour y entamer sa formation. Quant à Eunice, elle se montrait toujours aussi peu serviable, Michael demeurait distant, et son père passait davantage de temps dans son jardin qu'au cabinet. En revanche, la santé de William s'améliorait de semaine en semaine – son cœur semblait se réparer de lui-même, ainsi que les médecins l'avaient pronostiqué.

On était maintenant à la mi-juillet. Julie se dirigeait vers la pension du Bord de mer au terme d'une journée éreintante ; elle ne rêvait plus que de prendre un bain avant le dîner. Mais son neveu ne l'entendait pas de cette oreille : agité et grognon, il refusait toute nourriture.

— Vous croyez qu'il a de la fièvre ? demanda-t-elle à Peggy.

— Peut-être un peu, répondit celle-ci en lui touchant le front. Mais il a fait très chaud toute la journée, et il ne doit pas arranger les choses en pleurant comme il le fait. À ta place, je lui donnerais un bain tiède, après quoi j'installerais son berceau sous la fenêtre ouverte. La nuit promet d'être moite.

— Vous avez sans doute raison, murmura Julie sans conviction.

Cependant, l'enfant ne présentait aucune rougeur, il ne toussait pas, il respirait normalement et son nez ne coulait pas. Sans doute se tourmentait-elle à tort.

Après avoir partagé un bain tiède avec lui, elle lui donna un biberon de lait maternisé pour l'apaiser encore, puis le coucha, uniquement vêtu de sa couche et d'un maillot de corps. Elle n'ouvrit cependant pas la fenêtre, car la nuit, la température avait tendance à chuter. Elle l'embrassa, alluma la veilleuse posée sur la table de chevet, puis regagna le rez-de-chaussée.

— Je vais passer une petite heure chez Eileen, annonça-t-elle après le repas. Je ne rentrerai pas tard. William est encore un peu chaud, et je commence tôt demain matin.

— C'est parfait, ma chérie, lui répondit Peggy. Mais dis-moi…, ajouta-t-elle, ta sœur et toi vous entendez à merveille, maintenant.

Julie opina, ajoutant qu'elle se navrait de la savoir si seule – le maire, selon elle, confit dans ses habitudes, ne lui proposerait jamais le mariage.

— Ça ne doit pas être rose tous les jours, mais si je puis me permettre, elle est un peu l'artisan de son propre malheur.

Julie se contenta de sourire.

— Je reconnais qu'elle est d'un abord un peu… rébarbatif.

Devinant à une lueur dans l'œil de la logeuse que celle-ci était au courant pour le bébé d'Eileen, elle enchaîna :

— Elle m'a tout raconté de son passé. Je crois que, depuis, elle a peur de s'offrir une autre chance d'avoir un enfant.

— Personnellement, on ne m'a raconté que des bribes, bien sûr…

Julie, en mal de confidences, et songeant qu'elle n'agissait pas contre les intérêts de son aînée, rapporta l'affaire à Peggy par le menu, telle qu'Eileen lui en avait fait le récit. Après quoi, elle lava sa vaisselle, puis quitta son hôtesse à la hâte.

Peggy frotta son dos douloureux, se rendit au sous-sol, et de là au jardin, où Mme Finch somnolait dans l'un des vieux transats que Ron avait extirpés de son appentis dès le début de l'été.

Il faisait encore chaud en ce début de soirée, et l'air embaumait la lavande, le thym et le romarin. De la musique s'échappait d'une radio non loin. Ron se trouvait à L'Ancre, Jim dans sa cabine de projection à l'Odéon. Quant aux plus jeunes des pensionnaires, elles avaient rejoint Cissy en ville pour y prendre un verre. Car la cadette des Reilly passerait la nuit chez ses parents, ce qui ne se produisait plus que rarement – Jim avait donc décidé que, ce soir, il annoncerait la grossesse de son épouse à l'ensemble de la maisonnée.

Peggy s'étant installée à son tour dans une chaise longue, elle songea qu'Eileen, en évoquant le passé devant sa cadette, avait pris des libertés avec la vérité, lui dissimulant sa part d'ombre – et dire que cette pauvre Rosie Braithwaite s'était alors trouvée projetée au beau milieu de ces vilaines ténèbres engendrées par la sœur de Julie.

Quelque temps plus tard, elle réveilla doucement Mme Finch, afin qu'elles pussent regagner ensemble la cuisine, où la logeuse alluma la radio pour écouter les informations de 21 heures. En attendant, elle monta voir William.

Il avait toujours chaud, et dormait d'un sommeil inquiet, mais, de son souffle régulier, Peggy déduisit qu'il supportait mal la chaleur, rien de plus. Elle redescendit à la cuisine, en laissant néanmoins la porte de la chambre entrouverte.

— Je n'arrive toujours pas à accepter l'absence de Rose Margaret, dit-elle à Mme Finch. D'ailleurs, je crois qu'elle manque aussi à William.

— Bah…, fit la vieille dame. À mon avis, le landau supplémentaire ne restera pas vide bien longtemps.

Sa logeuse s'empourpra.

Mme Finch pouffa :

— Je suis peut-être un peu sourde, mais pas aveugle. Pour quand la naissance est-elle prévue ?

— Début décembre. Mais… comment avez-vous deviné ?

— Un matin, j'ai surpris sans le vouloir une petite scène entre Jim et vous. Vous vous dévisagiez avec intensité, après quoi il a posé doucement une main sur votre ventre.

— Je souhaitais garder cette nouvelle pour moi un petit moment, avoua Peggy.

— Comment vous sentez-vous ? Cela a dû vous surprendre beaucoup ?

— C'est le moins qu'on puisse dire ! Mais une fois que j'ai réussi à me faire à cette idée, je me suis dit qu'à peu de femmes de mon âge il était accordé une autre chance. Je profite donc de chaque instant.

— De quelle chance parles-tu? s'immisça Cissy, qui venait de pénétrer dans la cuisine; elle s'assit.

— Tu rentres drôlement tôt, dis-moi. Où sont passées les autres?

— Elles arrivent. Alors, maman, vas-tu cracher le morceau, oui ou non?

— Je... j'attends un enfant, finit par lâcher la logeuse au terme d'une longue hésitation.

Le silence se fit et, quand elle osa lever le regard vers celui de sa fille, elle y lut de l'horreur.

— J'ai été au moins aussi surprise que toi, poursuivit-elle en lui tendant la main. Mais je ne peux rien y faire. Essaie de te réjouir pour moi, Cissy, s'il te plaît.

Mais Cissy se leva d'un bond.

— Je n'arrive pas à croire que tu puisses faire un truc pareil à ton âge. C'est dégoûtant. Que vont penser mes amis? Quand mes collègues seront au courant, je serai la risée de toute la base aérienne.

— Ressaisis-toi un peu, se fâcha Mme Finch. Et, une fois n'est pas coutume, essaie de penser à quelqu'un d'autre qu'à toi. Ta mère s'inquiète déjà bien assez. Inutile de lui imposer, par-dessus le marché, une crise d'hystérie.

— Mais elle est trop vieille! s'emporta Cissy, des larmes de fureur étincelant dans ses yeux. Elle est déjà grand-mère, bon sang. Ça ne se fait pas!

— On croirait entendre ta tante Doris, se fâcha Peggy à son tour. Assieds-toi, et cesse de te comporter comme si tu avais quatre ans.

Cissy obtempéra, mais elle croisa les bras en foudroyant sa mère du regard.

— Tu as tout gâché. James ne voudra plus de moi, après un coup pareil. Et les autres ricaneront dans mon dos.

— Dans ce cas, ce ne sont pas de vrais amis. Tes vrais amis comprendront, et ils te soutiendront. Et si James est aussi gentil qu'il en a l'air, tu verras qu'il s'accommodera fort bien de la situation.

Elle tendit de nouveau la main à sa fille, se penchant vers elle.

— Je suis navrée que ma grossesse te perturbe à ce point, mais c'est ainsi. Et puis d'ici décembre, quand le bébé arrivera, j'espère que tu auras digéré la nouvelle, et que tu l'aimeras comme il le mérite.

— Alors, intervint Fran, suivie de Rita et Suzy. Ça y est, elle te l'a dit?

Cissy releva le nez, l'œil certes rougi, mais tout à coup accusateur.

— Parce qu'elles étaient au courant? Comment as-tu pu faire une chose pareille, maman? Je suis ta fille et…

— Mais non, voyons, l'interrompit Fran, elle ne nous a parlé de rien. Mais nous sommes infirmières, figure-toi. On avait deviné depuis belle lurette.

Rita prit place à côté de son amie d'enfance.

— Ta mère est sans doute aussi stupéfaite que toi, Cissy. Mais nous trouvons toutes que c'est une merveilleuse nouvelle, et j'espère que tu ne vas pas tarder à te réjouir autant que nous.

— Vraiment? Tu ne dis pas ça pour me faire plaisir?

— Bien sûr que non. Nous sommes tes amies, et nous aimons Peggy, et nous l'admirons comme s'il s'agissait de notre propre mère. Ne lui rends pas les choses plus difficiles qu'elles ne le sont déjà. Au cours des mois qui viennent, elle va avoir besoin de notre soutien à toutes.

Après que diverses émotions contradictoires furent passées sur les traits de Cissy, elle adressa un sourire larmoyant à sa mère:

— Je suppose que je vais m'habituer, en effet. Mais sur le moment, j'avoue que c'est un peu dur à avaler.

— Je comprends, ma chérie. Mais ça va aller.

Elle observa les quatre jeunes femmes.

— Que diriez-vous d'une tasse de chocolat pour fêter l'événement?

Cissy acquiesça, puis pinça les lèvres.

— Est-ce qu'on aura le droit de mettre une cuiller de sucre dedans? Et peut-être un soupçon de crème?

Peggy se mit à rire. Sa cadette ne changerait donc jamais…

— Ça devrait pouvoir se faire, ma chérie.

Julie rentra de chez Eileen pour découvrir qu'une petite fête battait son plein dans la cuisine. La logeuse avait annoncé la bonne nouvelle – et Jim se rengorgeait, ivre de fierté.

La Londonienne sourit en acceptant à son tour une tasse de chocolat: sans que Peggy le sût, son secret était éventé depuis longtemps – elle ne portait plus que des tabliers amples, et Jim plastronnait à tel point que les habitants des lieux avaient eu tôt fait de comprendre ce qui se tramait. Seul Ron, tout à son bonheur d'amoureux, ne se doutait de rien.

Elle monta voir William. Pénétrant à pas de loup dans la chambre, elle le découvrit bras et jambes écartés; il s'était, en dormant, débarrassé de sa couverture.

Comme elle lui tâtait le front, elle fronça les sourcils. Il était encore un peu chaud mais, surtout, sa respiration lui parut laborieuse. Elle alla chercher dans sa trousse un thermomètre, qu'elle lui glissa sous une aisselle. Elle lui prit le pouls. Trop rapide. Récupéra le thermomètre: il avait de la température. Certes pas très élevée, mais suffisamment pour qu'il fallût se préparer à le veiller toute la nuit.

Elle s'empressa de remplir, à la salle de bains, une cuvette d'eau froide, dans laquelle elle trempa un linge, qu'elle plaça sur le front de l'enfant.

Peggy la rejoignit un moment plus tard.

— Quelque chose ne va pas? chuchota-t-elle.

Julie lui fit un bref résumé :

— Si la température ne baisse pas, il faudra que j'appelle le médecin. Il a le souffle un peu court. J'ai peur qu'il se soit enrhumé.

— Veux-tu que je reste auprès de lui pendant que tu te prépares à aller te coucher?

— Merci, Peggy. Je reviens tout de suite.

Quelques minutes plus tard, en effet, elle était de retour.

— Allez vous coucher, Peggy, je prends le relais.

— Si tu as besoin de moi cette nuit…

— Je sais. Pour le moment, reposez-vous. Prenez soin de vous et de votre bébé.

La logeuse ayant enfin obtempéré, Julie s'assit auprès du berceau. La nuit serait longue, songea-t-elle en passant à nouveau le linge frais sur le corps de l'enfant.

Il était 2 heures du matin, et sans doute Julie avait-elle brièvement piqué du nez. Elle ouvrit soudain les yeux, réveillée par la respiration sifflante du garçonnet, qui en outre toussait gras. Elle prit sa température, qui avait grimpé, puis son pouls, qui s'était accéléré. Elle se rua au rez-de-chaussée, où elle composa le numéro du cabinet médical.

À l'autre bout de la ligne, le téléphone se mit à sonner. Hélas, les sonneries se succédaient interminablement et elle s'apprêtait à raccrocher lorsqu'enfin le Dr Michael prit l'appel.

— Ici Julie Harris, dit-elle d'une voix oppressée. William ne va pas bien du tout.

— Je serai là dans une dizaine de minutes, lui répondit le médecin après qu'elle lui eut décrit l'ensemble des symptômes.

Julie raccrocha, gravit l'escalier quatre à quatre: Peggy se tenait debout à côté du berceau.

— Michael arrive.

— Je vais préparer du thé.

Elle boutonna sa robe de chambre.

— Puis-je me rendre utile à quelque chose?

L'infirmière lui fit signe que non – l'effroi la rendait muette. William souffrait d'une grave affection, à laquelle, vu l'état de son cœur, il risquait de succomber. À l'idée de le perdre, elle sentait la folie la guetter.

Elle passa un gilet sur une robe de coton. Elle était en train de nouer ses lacets lorsqu'elle entendit Michael se garer devant la pension. Il échangea quelques mots avec Peggy dans le vestibule. Cette fois, Julie l'attendait sur le seuil de sa chambre.

— Merci d'avoir fait si vite, murmura-t-elle pour éviter de réveiller les autres résidents.

— Je vous en prie.

Il s'était à l'évidence vêtu en hâte, et il avait les cheveux en bataille. Il examina brièvement le petit garçon en bombardant l'infirmière de questions.

— Je pense qu'il souffre d'une affection pulmonaire, déclara-t-il en rangeant son stéthoscope dans sa serviette. Je vais le conduire à l'hôpital. Soyez assez gentille pour le préparer pendant que j'appelle pour les prévenir de mon arrivée.

Elle le considéra d'un œil hagard, incapable de parler ni de bouger.

— Tout va bien, tenta-t-il de la rassurer avec douceur. Il ne s'agit pas d'une affection grave, mais en raison de son souffle au cœur, je préfère ne courir aucun risque.

Il se dirigea vers la porte.

— Habillez-le chaudement. Il fait froid dehors.

Julie s'exécuta et, lorsqu'elle descendit l'escalier, elle sentit contre la sienne la peau brûlante de l'enfant, qui par ailleurs réagissait à peine entre ses bras…

Elle courut jusqu'à la voiture, prenant tout juste le temps d'adresser à Peggy un sourire, s'installa à bord. Michael démarra en trombe. Pied au plancher, il descendit Camden Road, déserte à cette heure, pour s'arrêter devant l'hôpital dans une violente projection de gravillons. Julie n'eut pas le temps de descendre du véhicule que, déjà, Michael lui prenait William des mains pour gravir les marches du perron, au sommet duquel le Dr Watson l'attendait.

La jeune femme claqua la portière dans son dos, s'élança derrière les deux hommes, mais ceux-ci l'avaient déjà largement distancée, qui couraient en direction du service de pédiatrie.

Ils franchirent des portes battantes et disparurent dans l'une des salles où, déjà, lorsque Julie fut parvenue à les rejoindre, une armée d'infirmières s'affairait autour de son neveu.

Michael se tourna vers elle :

— Veuillez attendre à l'extérieur, s'il vous plaît. Vous pourrez le voir lorsque nous aurons terminé.

— Il ne va pas…

— Pas si j'interviens à temps, lui sourit le Dr Watson. Maintenant, laissez-nous travailler, je vous prie.

Julie battit en retraite, continua d'observer la scène par le hublot ménagé dans la porte, jusqu'à ce qu'une infirmière eût tiré le rideau autour du petit lit. Alors, elle se laissa tomber sur une chaise, dans le long couloir, l'œil rivé au mur blanc qui lui faisait face, résolue à ne pas pleurer, à ne pas s'effondrer non plus. Car William avait besoin qu'elle se montrât forte, qu'elle honorât la promesse faite à sa sœur agonisante. Il n'avait qu'elle au monde, et elle ne lui ferait pas faux bond.

Dans ce couloir presque désert, le temps s'étirait interminablement. Des infirmières pénétraient dans la salle de soins, en sortaient, chacune gratifiant Julie d'un sourire enjoué, l'encourageant à boire du thé pour tromper un peu l'attente. Mais aucune d'elles ne lui exposait ce qui se jouait de l'autre côté de cette porte – les médecins lui fourniraient toutes les informations nécessaires lorsqu'ils en auraient terminé, lui assuraient-elles.

Elle avait posé à côté d'elle la troisième tasse de thé dont elle ne voulait pas plus qu'elle n'avait eu envie des deux précédentes, lorsqu'elle perçut un bruit de pas, qu'elle identifia aussitôt.

— Oh, Peggy…, soupira-t-elle. Je suis tellement contente de vous voir. Mais vous devriez être en train de vous reposer dans votre lit.

La logeuse lui tapota le dessus de la main avant de s'asseoir auprès d'elle.

— Comment voulais-tu que je me repose, alors que je te savais aux cent coups. As-tu des nouvelles?

— Personne ne me dit rien. Je déteste les hôpitaux, siffla-t-elle. Ces machos s'imaginent que toutes les bonnes femmes, y compris les infirmières, sont incapables de faire la différence entre leur coude et leur cul.

Peggy gloussa.

— Eh bien, voilà qui est envoyé.

Julie rougit un peu.

— Bah… On peut toujours obliger une fille à quitter l'East End, mais personne ne peut obliger l'East End à quitter la fille.

— Ton quartier te manque?

— Plus que je ne l'aurais cru. C'est là-bas que je suis née. Je n'ai jamais rien connu d'autre. Cliffehaven, pour moi, c'est un peu comme si je m'y trouvais en vacances. Il y a quelque chose d'irréel dans la vie que je mène ici.

— Tu as l'intention de retourner un jour chez toi ?

— Seulement quand je serai sûre que William y sera en sécurité. Après tout, c'est un petit Londonien. Il mérite de connaître l'endroit d'où il vient.

Les portes s'ouvrirent à la volée. Julie bondit sur ses pieds, cependant que Michael et le Dr Watson s'approchaient d'elle.

— Comment va-t-il ?

— Il souffre d'une affection pulmonaire sans réelle gravité, répondit le pédiatre, dont un traitement viendra aisément à bout. Néanmoins, son cœur a fort à faire, à cause des mucosités qui encombrent ses poumons. C'est pourquoi nous allons le garder avec nous pendant quelques jours.

— Mais il va se rétablir ?

— Nous avons toutes les raisons de le penser. Vous pourrez aller le voir dans quelques minutes. Ensuite, je vous conseille de rentrer chez vous, puis de revenir aux heures de visites, demain après-midi.

Il consulta sa montre.

— Cet après-midi, plutôt, rectifia-t-il avec un sourire.

Michael s'avança à son tour, sourit lui aussi, mais avec raideur.

— Faites ce que mon confrère vous dit, infirmière Harris, et ne vous inquiétez pas pour vos visites à domicile. Je demanderai à Eunice et Fay de s'en charger. Mon père et moi nous occuperons du cabinet.

Sur quoi les deux médecins prirent congé et s'éloignèrent.

— Je t'attends, dit Peggy à sa pensionnaire. Va le voir, et fais-lui un gros bisou de ma part.

William avait été placé sous une tente à oxygène, comme après sa naissance. Soutenu par de nombreux oreillers, afin qu'il fût presque assis dans son lit, on l'avait en outre perfusé, et une machine volumineuse, à côté de lui, contrôlait les battements de son cœur.

Lorsque Julie quitta les lieux, Peggy l'attendait, comme prévu. Dans l'aube naissante, bras dessus, bras dessous, elles prirent lentement le chemin de la pension du Bord de mer dans un silence complice.

21

Tandis que Peggy passait la serpillière dans l'entrée, en ce brûlant matin d'août, elle songea aux trois terribles semaines qui venaient de s'écouler, durant lesquelles Julie avait passé tout son temps libre au chevet de William. L'état du petit garçon, en effet, après s'être notablement amélioré, s'était soudain dégradé dans des proportions au moins égales, à tel point que les médecins eux-mêmes avaient, pendant plusieurs jours, redouté de le perdre. Sa convalescence s'était ensuite révélée d'une lenteur désespérante, mais enfin, il était tiré d'affaire. Cette pauvre Julie, en revanche, dormait littéralement debout.

Entre-temps, le Dr Sayers avait déniché deux volontaires pour seconder sa pensionnaire, ainsi qu'une infirmière à la retraite, qui avait accepté de reprendre du service durant cette période pour le moins exceptionnelle. En revanche, on continuait à s'arracher les talents de sage-femme de Julie, en sorte que sa logeuse redoutait chaque nuit qu'on l'appelât, lui mangeant du même coup les quelques heures de sommeil qu'elle grappillait çà et là.

Toutefois, et Peggy n'en était pas peu fière, tous les habitants de la pension du Bord de mer s'étaient spontanément placés au service de Julie, afin d'alléger un peu son fardeau. Y compris sa logeuse elle-même, dont le futur bébé, pourtant, commençait à la fatiguer beaucoup.

Rosie, qui avait préparé un panier de pique-nique avant de fermer son pub pour l'après-midi, alla dans les collines en compagnie de Ron et d'Harvey ; le temps était idéal.

Le couple avait déployé sur l'herbe une couverture écossaise, puis ils avaient mangé – des casse-croûtes, des tomates cueillies par l'homme dans son jardin, des saucisses, un peu de fromage accompagné de biscuits salés, puis une pleine poignée de prunes bien mûres que Ron avait chapardées en chemin dans le verger abandonné de Lord Cliffe. Il y avait encore d'exquises bouteilles de bière…

À présent, ils se trouvaient étendus sur la couverture, heureux et repus, tandis qu'Harvey furetait de droite et de gauche suivant ses habitudes.

— C'est magnifique, ici, observa Rosie. Je me demande bien pourquoi je ne suis jamais montée plus tôt.

— L'Ancre exige trop de toi. Par ailleurs, ajouta Ron avec un sourire en coin, ces talons hauts ne sont pas faits pour la randonnée.

Rosie se mit à rire en agitant ses orteils dans les sandales que son bien-aimé lui avait apportées avant le départ. Puis elle se dressa sur ses coudes pour observer Harvey.

— J'aimerais bien avoir un chien, murmura-t-elle. Ce sont de fameux compagnons.

— Je peux t'avoir un chiot, si ça te dit.

Elle secoua la tête.

— Je passe mon temps au pub, il serait malheureux. D'autant plus que je préférerais un grand chien. Les petits, ça jappe à longueur de journée, j'ai horreur de ça.

— Pourquoi tu l'as acheté, ce pub ?

— Jack et moi, on avait repris le pub de ses parents, à Chippenham, le jour où ils ont décidé de déménager en Écosse pour ouvrir un petit hôtel. J'avais déjà obtenu ma licence quand il a été interné, mais sans lui, ce n'était plus la même chose.

Elle soupira.

— Trop de souvenirs, sans doute. Trop de rêves perdus, de projets impossibles à réaliser désormais… Mais je n'avais encore qu'une trentaine d'années, je n'allais pas renoncer à vivre. Si bien que le jour où on m'a fait une offre en or pour racheter L'Ancre, j'ai sauté sur l'occasion.

— Pourquoi ici ?

— Quand j'étais gosse, je venais en vacances à Cliffehaven, et je me suis dit que ce serait agréable de m'installer en bord de mer. Que ça changerait.

Quelle femme, songea son interlocuteur, pétri d'admiration.

— Il n'en reste pas moins que tu as eu du cran.

— Mon père est mort pendant la dernière guerre, mais ma mère est venue me donner un petit coup de main. Maintenant, elle est percluse d'arthrose, et je ne la vois que de temps en temps, et ça me fait de la peine, parce qu'elle est partie vivre dans la famille de mon frère, avec lequel je ne m'entends pas particulièrement bien.

— J'ignorais que tu avais un frère.

— Nous ne sommes pas proches, et il ne me rend visite que quand il a besoin de quelque chose. Il a toujours été le mouton noir de la famille. Un vrai boulet pour quelqu'un comme moi, qui s'est lancé dans les affaires.

— Je l'ai déjà croisé ?

Elle alluma une cigarette, le regard perdu vers l'horizon.

— Une ou deux fois.

— Comment s'appelle-t-il ?

— Tu le sais déjà, Ron, répondit-elle après un long silence. Et puis j'en ai assez raconté.

Elle consulta sa montre.

— Il est l'heure de rentrer.

Ron prit ses mains entre les siennes.

— Rosie, ma chérie… Tu n'as pas à avoir honte. Je ne t'ai jamais caché mon antipathie pour ce type, et je te promets que je ne lui permettrai jamais de se dresser entre nous.

— Le fait est que j'ai honte, figure-toi. Il a fait des trucs épouvantables, et pour ce que j'en sais, il reste prêt à se fourrer dans n'importe quelle vilaine combine.

— Tu n'es pas responsable de ton frère. Tu es une belle personne, Rosie. Une personne respectable. Et tu as toutes les raisons du monde d'être fière de toi.

Elle lui sourit enfin, l'embrassa sur la joue.

— Je t'aime, Ron. Merci de te montrer tellement compréhensif. Penser que Tommy Findlay est mon frère ne m'a jamais amusée, mais grâce à toi, j'arrive enfin à accepter la situation.

Julie, qui se trouvait au chevet de William, vit Peggy franchir les portes battantes pour se dandiner dans sa direction. Visage fermé, sourire de façade. La Londonienne prit peur :

— Que se passe-t-il ? s'enquit-elle après lui avoir abandonné sa chaise.

— Tu ne vas pas le croire…

Elle était à bout de souffle.

— Vous n'avez quand même pas fait tout ce chemin à pied depuis la pension ?

— Bien sûr que non. C'est Alf le boucher qui m'a conduite dans sa camionnette de livraison.

Elle prit encore quelques minutes pour se ressaisir.

— Essaie de ne pas t'en rendre malade, Julie, dit-elle enfin, mais il s'est passé quelque chose d'important, et je tenais à...

Trop tard...

Julie fit volte-face... et la Terre s'arrêta de tourner.

L'homme qui venait de se détacher du couple de quinquagénaires avec lequel il était entré, pour s'avancer en boitillant sur ses béquilles, elle l'aurait reconnu entre mille... On lui avait amputé la jambe gauche au-dessus du genou, ses rides s'étaient singulièrement creusées, des fils argentés se mêlaient à ses cheveux bruns, mais...

— Bill? hoqueta-t-elle entre ses doigts, qu'elle avait portés à sa bouche. Bill... C'est vraiment toi?

Il lui adressa un sourire teinté d'un peu d'amertume.

— C'est moi, oui. Même si la moitié de ma guibolle est restée en Afrique du Nord.

Il déposa ses béquilles sur le sol, se pencha sur le berceau.

— Je suppose qu'il s'agit de William, soupira-t-il. Salut, mon bonhomme. Ça fait un bail que j'ai envie de te rencontrer.

Il glissa un doigt dans la paume de l'enfant, le regard embué de larmes.

— C'est le portrait craché de Franny, dit-il dans un sanglot.

— En effet, parvint à articuler Julie. Il a aussi le même sourire qu'elle.

Comme elle s'apprêtait à le laisser en tête à tête avec son fils, il la retint par le bras.

— Assieds-toi, poulette. Avant de tomber.

— C'est que je ne m'attendais pas à te voir. On m'avait dit que tu étais mort...

— Tu n'as pas reçu ma lettre?

Comme Julie secouait la tête, il lui adressa un sourire compréhensif.

— Bah…, reprit-il. L'essentiel, c'est que je sois ici aujourd'hui. J'ai un sacré retard à rattraper.

Il avisa les larmes de désespoir dans les yeux de la jeune femme.

— Hé, poulette… Je suis vraiment désolé de te faire de la peine, mais c'est mon gosse, tu comprends? Mon fils et celui de Franny. C'est pour lui que je me suis battu. Pour lui que j'ai perdu ma jambe. J'ai décidé de le ramener avec moi dans le Yorkshire.

Julie comprenait. Bien sûr qu'elle comprenait, mais cela ne lui rendait pas la tâche plus facile.

— Qui va s'occuper de lui? Je refuse catégoriquement que Charity s'approche de lui.

— Te bile pas, poulette, la rassura-t-il. On m'a raconté ce qui s'était passé lors de sa visite éclair à Cliffehaven. Je lui ai fait la leçon.

Une petite étincelle s'alluma dans son œil.

— Je ne ressemble pas à ma mère. Quand j'ai quelque chose sur le cœur, je ne me gêne pas pour cracher ma pastille. Je ne supporte pas l'attitude de Charity. Ce n'est pas elle qui veillera sur le bébé, parole.

— Qui, alors?

— Moi. Et puis papa et maman. Nous allons l'emmener dans notre ferme, pour lui apprendre à devenir un gars du Yorkshire. Je te promets que, d'ici quelque temps, il aura repris du poil de la bête.

— Je l'aime aussi. Depuis l'instant de sa naissance, ou peu s'en faut. Je ne supporte pas l'idée de ne jamais le revoir.

— Mais… tu seras toujours la bienvenue chez nous, voyons. Il est hors de question qu'il t'oublie.

Ce furent ensuite les parents de Bill qui s'avancèrent, dont l'allure ne ressemblait en rien à celle de Charity. Quels que fussent les arguments qui lui venaient en bouche, Julie avait déjà compris qu'elle avait perdu la bataille. Et que, pour le bien de William, elle devait s'avouer vaincue... Cependant, lorsque la mère de Bill, avec une infinie douceur, la prit entre ses bras, comme l'aurait fait sa propre mère, Julie sentit que les digues enfin cédaient, et elle éclata en lourds sanglots, le cœur irrémédiablement brisé.

22

À partir de ce jour, Julie se contraignit à se détacher de William. Cesser de lui rendre visite à l'hôpital lui fit souffrir mille morts, mais elle savait que, si elle ne respectait pas cette discipline, elle n'en aurait que plus mal le jour de la séparation. Il lui fallait apprendre à vivre sans lui – quoique chaque heure passée loin de lui parût interminable, et que, la nuit, il se trouvât présent dans tous ses rêves.

Peggy, qui avait parfaitement saisi la nature de l'épreuve traversée par sa pensionnaire, avait discrètement retiré le berceau de sa chambre, puis rangé le joli landau dans la salle à manger, afin que Julie ne le vît plus.

Un jour, comme les deux femmes bavardaient, la logeuse se lança :

— Tu as décidé de rentrer à Londres, n'est-ce pas?

— En effet. Maintenant que je suis seule, j'éprouve le besoin de retourner là-bas.

Elle considéra son interlocutrice à travers ses larmes.

— Vous êtes une femme formidable, Peggy, et sans vous, je ne m'en serais jamais sortie. Sans compter le soutien des autres membres de cette maisonnée. Vous m'avez offert un foyer, prodigué des conseils et des encouragements qui m'ont portée. Je vous en serai éternellement reconnaissante. Mais Londres, c'est chez moi, c'est là-bas, et là-bas seulement, je le sais, que j'arriverai à faire la paix avec le passé, afin de prendre un nouveau départ.

Peggy étreignit la jeune femme.

— Tu vas nous manquer, murmura-t-elle, et j'avais espéré que tu serais encore là le jour de la naissance de mon bébé. Je comptais même faire appel, pour accoucher, à la meilleure sage-femme du district…

— Ne vous tourmentez pas. Vous pourrez vous en remettre à ma remplaçante les yeux fermés.

Peggy fronça les sourcils.

— Tu as déjà tout prévu, si je comprends bien ?

— C'est vrai, mais je ne pars pas tout de suite. Vous allez devoir attendre encore un peu avant de vous débarrasser de moi.

Elle enfila son gilet bleu marine par-dessus son uniforme, s'empara de sa trousse médicale.

— À ce soir !

Julie se dirigea à bicyclette vers le front de mer, pour y rêver un peu. Une fois que le père de Bill eut regagné la ferme familiale, Peggy avait déniché une chambre pour le jeune homme, une autre pour sa mère, dans un hôtel tout proche. Si proche qu'Édith et son fils rendaient de fréquentes visites à la pension du Bord de mer, bien que la maîtresse des lieux estimât que cela faisait du mal à Julie. Ils résidaient à Cliffehaven depuis deux semaines à présent et, bientôt, William se porterait assez bien pour qu'ils pussent l'emmener dans le Yorkshire.

Julie soupira. Bill, après les terribles épreuves que la guerre lui avait imposées, méritait de devenir à temps complet le père de son enfant. L'heure était venue pour elle d'accepter pleinement la situation, puis de passer à autre chose.

Ce jour-là, elle remit sa démission au Dr Sayers. Elle quitta le cabinet plus légère soudain, sentant que Londres à présent l'appelait en son sein. Elle s'apercevait peu à peu que les événements qu'elle venait de vivre avaient fait d'elle un être meilleur sans doute, plus robuste en tout cas. Elle se détourna sans regret.

À la gare de Cliffehaven, elle vit émerger d'un nuage de vapeur Alison Chenoweth, qui lui décocha le plus radieux des sourires, avant de se jeter dans ses bras, sans plus se soucier de ses bagages, qu'elle venait de lâcher. Julie avait tout organisé : Alison prendrait ses quartiers chez la mère de Katherine Carter, où elle occuperait une chambre demeurée libre. On fit les présentations et, déjà, Katherine promettait à la nouvelle venue, comme elle l'avait fait si aimablement avec Julie, de lui faire visiter la ville, avant de la présenter à quelques-unes de ses connaissances. Décidément, songea Julie, dont le cœur se haussa, son amie londonienne se trouvait à présent entre d'excellentes mains.

De son côté, la jeune femme ne put s'empêcher de se rendre une dernière fois dans le service de pédiatrie où, comme elle se penchait sur le berceau de William, celui-ci saisit une mèche de ses cheveux entre ses doigts, gloussant de plaisir. Comme il avait la peau douce, comme le parfum qu'il exhalait sentait le sucre, comme il se blottissait à la perfection entre ses bras... Il avait davantage de dents, maintenant, et ses prunelles fonçaient peu à peu. Bientôt, elle ne le reconnaîtrait plus.

Elle embrassa son petit minois, le huma encore, avant de le remettre dans son berceau.

— Au revoir, mon chéri, murmura-t-elle. Tu n'es pas mon fils, mais tu resteras dans mon cœur à jamais.

Le lendemain, Julie ne se rendit pas à la gare pour voir partir Bill et sa mère, accompagnés du petit William, qu'ils emmenaient loin d'elle. Elle préféra passer le plus clair de la journée en compagnie d'Eileen, avant de regagner la pension du Bord de mer, où elle fit ses bagages en se préparant à sa dernière soirée auprès de la famille Reilly.

Avant de monter dans le train, elle jeta un ultime regard sur la grand-rue, fit un effort pour entrevoir la mer au loin ; et cette mer ce jour-là scintillait. Après ces longues semaines frappées au sceau du désarroi, Julie sentait s'insinuer peu à peu en elle un enthousiasme ravivé. Sans qu'elle eût rien fait pour cela, Londres l'alléchait de nouveau, l'appâtait malgré elle ; la capitale l'appelait à elle. À cet appel, Julie avait finalement choisi de répondre : elle allait rentrer chez elle – chez elle, là où battait son cœur. Chez elle, où, enfin, l'occasion lui serait offerte de tout recommencer.

Épilogue

Peggy accoucha le 7 décembre 1941, à 17 h 45. Jim ne se sentait plus de joie et, bien que son épouse éprouvât une fatigue intense, au terme d'un long travail, elle nageait elle aussi dans le bonheur. Ils prénommèrent leur fillette Daisy.

Il fallut attendre le lendemain pour que la famille Reilly, en écoutant le bulletin d'informations à la radio, apprît que Daisy avait vu le jour à l'instant même où l'aviation japonaise attaquait la base navale américaine de Pearl Harbor.

Bientôt, les États-Unis entreraient en guerre à leur tour. Bientôt, plusieurs milliers de militaires américains arriveraient en Angleterre pour défendre cette petite île et ses courageux habitants.

Cet ouvrage a été composé
par Atlant'Communication au Bernard (Vendée)

Impression réalisée par
CPI France
en octobre 2019
pour le compte des Éditions Archipoche

IMPRIM'VERT
Votre imprimeur agit pour l'environnement

Imprimé en France
N° d'édition : 596
N° d'impression : 3035780
Dépôt légal : novembre 2019